SVEVA CASATI MODIGNANI

LO SPLENDORE DELLA VITA

Sperling & Kupfer

RINGRAZIAMENTI

L'autrice ringrazia: il dottor Marco Greco, vicedirettore della Divisione di Oncologia Chirurgica B dell'Istituto Nazionale dei tumori di Milano; il dottor Enrico Augusto Semprini, ginecologo dell'Università di Milano; il signor Ermes Tagliaferri, del magazzino-scenografie Video Time di Milano; la dottoressa Ornella Robbiati, per le informazioni sulle barche; la signorina Monika Whinterholer, per le informazioni sui cavalli.

I fatti narrati sono immaginari. Ogni riferimento a persone realmente esistite o esistenti è puramente casuale.

www.pickwicklibri.it
www.sperling.it

Lo splendore della vita
di Sveva Casati Modignani
Proprietà Letteraria Riservata
© 1991 Sperling & Kupfer Editori S.p.A.
© 2018 Mondadori Libri S.p.A., Milano

ISBN 978-88-6836-167-9

I edizione Pickwick marzo 2014

Anno 2019-2020-2021 - Edizione 34 35 36 37 38 39 40 41 42 43

*Dedicato a Anna Maria,
una grande narratrice
che si ostina a non scrivere*

«La vita, a voler che sia bella, a voler che sia gaia, a voler che sia vita, dev'essere un arcobaleno, una tavolozza con tutti i colori, un sabato dove ballano tutte le streghe. Il sollazzo e la noia, il pianto e il riso, la ragione e il delirio, tutti devono avere un biglietto per questo festino.»

CARLO BINI
Manoscritto di un prigioniero e altro

1

«Tu, come ti immagini un'emittente televisiva?» chiese l'agente Michele D'Amico, al volante dell'Alfetta bianco azzurra che scivolava veloce sulla tangenziale est di Milano, al collega che gli era seduto accanto, silenzioso.

Erano le otto del mattino e D'Amico e Ruta, agenti della Polizia di Stato, dopo ore e ore di tranquilla perlustrazione nel settore loro assegnato, stavano rientrando al commissariato quando la centrale operativa, via radio, aveva impartito seccamente l'ordine di raggiungere gli stabilimenti di Inter-Channel per la segnalazione di un furto.

«Hai la testa nella luna? Ti ho fatto una domanda», incalzò stizzito D'Amico.

«Su come immagino un'emittente televisiva?» ribatté pronto il collega. «Non mi becchi mai in castagna», aggiunse con orgoglio.

«Allora?» insisté D'Amico.

«Me la immagino come un posto pieno di tette che solo a vederle ti viene voglia di morderle», rispose Francesco Ruta. D'Amico scosse la testa in segno di compatimento. Aveva ventisei anni e veniva da un paesino abbarbicato sulle Madonie; Ruta, invece, ne aveva ventiquattro ed era nato e vissuto a Foggia. D'Amico aveva molta voglia di fare carriera.

Il diploma di ragioniere gli aveva consentito di essere assunto negli uffici della Polizia dove, però, non si era sentito a suo agio e aveva chiesto il trasferimento alla sezione mobile.

Ruta e D'Amico da sei mesi facevano coppia fissa.

«Tu il sesso ce l'hai inchiodato in testa», l'accusò D'Amico con ironia.

«Tu invece sei Nico della Girandola.»

D'Amico rise. «Non sono Pico della Mirandola», ripeté senza fargli notare l'errore.

«Questo è un dato certo», ribatté. «Basterebbe pensare a quando ti sei fatto fregare sotto il naso il borsello con dentro lo stipendio», l'aggredì Ruta con un sorriso beffardo.

«*Touché*», si arrese il collega.

«Tu che?»

«Niente, niente», tagliò corto D'Amico.

«Con quel tuo diploma da ragioniere sembra che tu abbia fatto l'università. Sei un montato pieno di fumo», incalzò Ruta.

D'Amico frenò di colpo e l'auto si bloccò a pochi centimetri dal guard-rail.

«Vieni fuori che ti spacco la faccia», gridò agguantando il collega per il bavero del giaccone di pelle.

«Guarda che l'uscita per Brugherio è a venti metri», minimizzò Ruta sorridendo divertito. Era riuscito a farlo arrabbiare.

D'Amico abbozzò: si infiammava facilmente ed era caduto nella trappola. Mollò la presa e riaccese il motore. Partì sgommando e imboccò l'uscita per Brugherio.

«Sei sicuro che sia la strada giusta?» l'interrogò Ruta aprendo una mappa.

«Credevo che tu sapessi la strada», si alterò e subito afferrò il microfono per mettersi in comunicazione con la centrale. Li raggiunse la voce gracchiante di un operatore che D'Amico riconobbe subito.

«Ma come, non siete ancora arrivati?» lo aggredì la voce del poliziotto.

«Dammi delle indicazioni decenti», replicò seccamente il siciliano, «non stiamo andando alla Rai di corso Sempione.»

«Dove siete esattamente?» domandò la centrale.

«Tangenziale est. All'uscita di Brugherio», rispose d'Amico.

«Avete superato abbondantemente la sede di Inter-Channel. Fate dietrofront e dopo circa due chilometri girate a destra, all'altezza della chiesa. Troverete subito i cartelli indicatori che vi porteranno a destinazione», concluse l'operatore.

«Che roba è questo Inter-Channel?» domandò Ruta afferrando il microfono.

«È un'emittente che ha una certa importanza. Un impianto via satellite che trasmette in venticinque Stati programmi per bambini e ragazzi.»

«E scommetto che sai anche di chi è questa specie di Paese dei balocchi», lo sfidò Ruta.

«Hai vinto, Sherlock Holmes. Si tratta di un certo Francesco Vassalli, il tipico manager rampante», concluse soddisfatto.

«Ecco la freccia per l'Inter-Channel», sospirò D'Amico svoltando repentinamente. «Adesso vorresti dirmi che cosa hanno rubato?» domandò appropriandosi di nuovo del microfono.

«La casa di Biancaneve e i sette nani, il castello del principe azzurro e il bosco di Cappuccetto Rosso», elencò l'operatore.

«Hai intenzione di prenderci in giro?» chiese D'Amico stralunato da quella singolare elencazione.

«Mai stato più serio di così», confessò l'operatore. E aggiunse il classico: «Passo e chiudo».

2

«Mamma, vuoi ancora un po' di cioccolata?» chiese l'uomo seduto accanto alla vecchia al tavolo della prima colazione.

«Oh sì, ti prego. Peccato che Pomina me ne dia solo quando ci sei tu. Se tu non ci sei, niente cioccolata. Mi dà solo il tè, che mi fa schifo», segnalò la vecchina con un'espressione infantile simpaticamente petulante.

Erano nella veranda, con ampie pareti di vetro, al primo piano di una bella villa liberty sul lago di Como. Il sole inondava di luce dorata quell'ambiente in cui dominavano tenui colori pastello, le poltroncine in vimini, la tovaglia di bisso inamidato color giallo pallido, impreziosita da leggere margherite bianche ricamate a punto ombra. La singolare luminosità di quel mattino creava un'atmosfera quasi irreale. Anche l'anziana signora, con i capelli bianchi raccolti in un morbido chignon sulla nuca, l'abito di mussola celeste con il colletto di piquet bianco, sembrava il personaggio sfumato di un sogno. La vecchina parlava a mezza voce e guardava l'uomo giovane e bello che le sedeva accanto con l'adorazione innocente di una bambina.

«Stamattina io sono qui con te e puoi avere tutta la cioccolata che desideri», le sorrise il figlio versando il liquido fumante e profumato da una cioccolatiera d'argento cesellato di pregevole fattura inglese.

Lei si portò alle labbra la tazza a fiori e bevve con avidità mentre il volto le si illuminava di piacere. Depose delicatamente la tazza semivuota sul piattino e allungò una mano per posarla su un braccio dell'uomo che le sedeva accanto.

«La cioccolata calda», pontificò la vecchina, «per come la penso io, è la prova certa dell'esistenza di Dio.» Poi, come le capitava con sempre maggiore frequenza, cambiò completamente tono.

«Franco, sei proprio bello», esclamò con voce ridente, divorando con gli occhi quel figlio splendido che aveva uno sguardo scuro e profondo. Il suo profilo sembrava inciso dallo scalpello di uno scultore: il naso diritto, la fronte ampia, le sopracciglia folte. Il mento largo e volitivo era addolcito, al centro, da una fossetta. La bocca ben disegnata esprimeva una cocciuta determinazione. Indossava pantaloni grigi di vigogna e una giacca inglese a quadri su una polo di seta color glacé.

Coprì, con la sua, la piccola mano della madre, e prese ad accarezzarla delicatamente.

«Sono tuo figlio, cara la mia vecchietta. Tu mi vedi bello e buono solo perché sono tuo figlio.» Franco sorrise e depose un bacio sui capelli della madre.

Entrò nella veranda Pomina, una domestica di mezza età che sembrava incarnare il modello della perfetta cameriera.

«C'è una chiamata per lei, signore», annunciò. «Dagli uffici di Brugherio», aggiunse.

«Risponda che non ci sono», tagliò corto l'uomo.

«Pare sia cosa urgente», si permise di insistere Pomina.

«Niente è più importante di quello che sto facendo», sentenziò.

La domestica si eclissò e Franco si calò di nuovo nel clima di affettuosa intimità con la madre.

«Come ti senti, stamattina?» chiese l'uomo mentre lei aveva ripreso a sorbire golosamente la sua cioccolata.

La vecchina, sorridendo, non rispondeva alla domanda ma esprimeva tutta la sua soddisfazione per la cioccolata ormai finita. Posò la tazza e con aria vivace chiese all'improvviso: «Adesso posso andarmene per i fatti miei?»

L'uomo la guardò sconcertato.

«Perché me lo chiedi? Puoi fare quello che vuoi.»

«Io ti ho fatto una domanda precisa. E vorrei una risposta precisa, sì o no.»

«Va bene. Puoi andare», accondiscese Franco scuotendo il capo con aria rassegnata. Ancora una volta si era lasciato sorprendere dal voltafaccia improvviso della madre che passava sempre più frequentemente dalla lucidità al torpore.

Lei si alzò con agilità dalla poltroncina e si avviò alla porta della veranda che dava sul giardino con passo svelto e sicuro. Quando l'aveva quasi raggiunta si fermò di colpo e, girata verso il figlio, chiese con un accento quasi di rimprovero: «E tu non vieni?»

Franco Vassalli, che aveva appena aperto un quotidiano, lo richiuse e si apprestò a seguirla, ovunque lo volesse condurre.

«Voglio uscire», lei disse con aria capricciosa. Aprì la porta a vetri della veranda e prese a scendere la scalinata di pietra grigia che portava nel giardino a terrazze. L'uomo la seguì docilmente.

Si inoltrarono lungo un viale fiancheggiato da una siepe di lauroceraso e raggiunsero una grande aiuola ricoperta di cespugli di rose di colori che sfumavano l'uno nell'altro, in gradazione, dal giallo al salmone. Un giardiniere sarchiava la terra.

«Mamma, devo lasciarti», disse piano Franco.

«Quando?» si preoccupò la donna.

«Fra pochi minuti», disse consultando l'orologio.

«Ma come, sei appena arrivato e già parli di andartene», all'improvviso il suo sguardo diventò inquieto.

«Lo sai bene quante cose devo fare, no?»

«No, proprio no. Non lo so. E non desidero saperlo», replicò imbronciata, evitando di guardarlo negli occhi.

«Tornerò domani», aggiunse l'uomo.

«È una bugia», l'accusò la madre. «Hai sempre detto bugie. Quando eri ragazzo ne facevi di tutti i colori e ti difendevi dietro una trincea di bugie.»

«Forse era vero allora, ma adesso sono cambiato. Lo sai. Ti ricordi che domani è il tuo compleanno?»

L'espressione della donna cambiò completamente di nuovo.

«Il compleanno», ripeté piano. Si avvicinò al figlio per rifugiarsi tra le sue braccia. «Quanti anni?» gli sussurrò all'orecchio. «Quanti anni compirò domani?» domandò in un soffio.

«Che importanza ha?» cercò di sdrammatizzare il figlio.

«Proprio per questo vorrei saperlo», lei insisté. «Quanti ne compio, figliolo?» Si era staccata da lui e lo guardava diritto negli occhi. «Pensa», riprese, «che non ricordo il giorno del mio compleanno. Ma la cosa strana è che non ricordo neanche il tuo anno di nascita.» Si coprì la faccia con le mani e cominciò a piangere silenziosamente. Poi, fece scorrere le dita lungo le guance per asciugare le lacrime e in quel momento un lampo di luce le attraversò gli occhi: «Sessant'anni. Sessanta», ripeté la donna. «Sono un bel mucchio d'anni. Tre volte venti. Ma non mi ci ritrovo più con i numeri. E tu, figliolo, quanti anni hai?»

«Ne ho trentasei, mamma», disse Franco paziente.

«Così domani è il mio compleanno». sorrise. «E il regalo? Che regalo mi farai?»

«Sorpresa. Sarà comunque una cosa che ti piacerà molto», lui promise accarezzandole una guancia.

«A domani, allora», la donna si rassegnò e ridendo senza motivo si voltò per ritornare a piccoli passi verso la villa.

Franco Vassalli rimase a osservare la madre che si allontanava e si sentì invadere da una tenerezza infinita per quella creatura evanescente e fragile che lo aveva partorito, cresciuto con amore e camminava verso il declino inarrestabile di una malattia che la scienza può spiegare ma non guarire.

«Buongiorno, signore», lo salutò il giardiniere che veniva verso di lui portando un gran cesto di verbene.

«Buongiorno Aldo», ricambiò. «Che cosa ci fai con quei fiori?» gli chiese.

«La signora mi ha ordinato di trapiantarli sul terrazzo dietro la villa», spiegò con aria rassegnata. «Dio sa se non ho cercato in mille modi di farle capire che l'ombra è la morte per le verbene. Ma è difficile convincere la signora. Così, quando le verbene moriranno, darà la colpa a me.»

«Hai tutta la mia solidarietà», lo rassicurò Franco mentre il giardiniere proseguiva il suo cammino.

Franco guardò l'ora. Ormai erano le nove e trenta e doveva assolutamente ritornare a Milano. Alle undici aveva un incontro importante negli uffici di piazza Missori. Rientrò nella villa, si inoltrò nel vestibolo, incrociò la domestica che spingeva il carrello carico delle stoviglie della prima colazione consumata in veranda.

«Dica a Tom che sono pronto per partire», ordinò Franco Vassalli.

«L'autista la sta già aspettando in macchina», rispose la donna.

Voleva chiedere dove fosse sua madre ma vi rinunciò quando l'accorato falsetto di un'antica nenia filtrò da una porta socchiusa: «Fai la ninna, fai la nanna bel bambino della mamma». Quanti ricordi suscitava in lui quel motivo e quella voce che lo rassicurava quando, bambino, il buio evocava fantasmi orribili.

La madre nella sua mente incerta ricostruiva scampoli della propria giovinezza e momenti accorati della prima infanzia di un figlio che le sfuggiva. A volte arrivava al punto di non riconoscerlo, soprattutto quando era nella stanza dei giochi di Violet, unica figlia dei signori Gray, ex proprietari della villa ottocentesca che portava il loro nome.

Alan Gray era un inglese facoltoso che amava l'Italia e, soprattutto, il lago di Como. Villa Gray si specchiava nel lago e la famiglia Gray vi trascorreva gran parte dell'anno, ricevendo amici e allevando la loro unica figlia, Violet, come un fiore raro. Una breve, inguaribile malattia uccise Violet a undici anni. I Gray ritornarono in Inghilterra con le spoglie mortali della bambina adorata. E la loro villa sul lago rimase come loro l'avevano lasciata fino all'inizio degli anni Cinquanta quando, a distanza di un mese l'uno dall'altro, morirono entrambi.

Gli eredi cercarono di affittare o vendere la proprietà ma non vi riuscirono a causa di un preciso vincolo testamentario lasciato scritto dai Gray. Per loro volontà, infatti, la villa doveva essere conservata esattamente com'era. Non vi si potevano apportare cambiamenti di sorta, soprattutto doveva rimanere intatta la stanza della piccola Violet. Così villa Gray rimase sfitta per molti anni, fino a quando Franco Vassalli accettò l'imposizione e affittò l'imponente costruzione per sua madre.

Franco si affacciò sulla soglia della camera di Violet, un locale tutto veli e merletti pieno di giocattoli d'epoca gettati alla rinfusa. In prevalenza erano bambole con la testa di porcellana, la più grande delle quali stava tra le braccia della madre che la cullava con paziente amore. E per lei sola cantava l'antica nenia.

Quando la donna lo vide si alzò in piedi stringendosi la bambola al petto.

«Ti ho disturbata?» le chiese Franco.

«Figurati. Stavo giocando alle signore. Vuoi giocare anche tu, papà?» propose spalancando i suoi occhi chiari.

«Tanto per cominciare, non sono il tuo papà», lui sorrise.

«E allora chi sei?» lo interrogò guardandolo con sospetto.

«Sono tuo figlio. Ricordi?»

«No. Non me lo ricordo, ma se lo dici tu, ti credo. Dove hai detto che vai?»

«A Milano, lo sai. E domani ritorno con un fantastico regalo per te.»

«Mi regali una bambola nuova?» si illuminò.

«Qualcosa di più. E di meglio», rispose Franco dolcemente.

«Allora va' e torna presto. Ti credo. Anche se sei bugiardo per natura», lo accusò stringendo al petto la bambola di porcellana.

Franco baciò la madre, poi uscì richiudendo la porta alle sue spalle accompagnato dalla triste e accorata nenia che sua madre aveva ripreso a cantare.

3

«Ehi, Rovelli», la voce greve del ragazzo gli arrivò con la violenza di un pugno alla bocca dello stomaco. Giorgio, che era a metà del corridoio, si bloccò. Senza fiato.

Era l'intervallo e gli studenti irrompevano chiassosi fuori delle aule, costituendosi in gruppi e prendendo d'assalto il tavolo coperto di panini e bevande.

«Allora?» lo sfidò il ragazzo agguantandolo per una spalla. Lo sovrastava di una buona spanna. Aveva un viso magro e ossuto, butterato dall'acne. I capelli lunghi, sporchi e disordinati, gli scendevano sulle spalle ombreggiandogli il viso. Aveva due anni più di Giorgio e frequentava l'ultimo anno di liceo.

«Salve Filippo», replicò Giorgio fingendosi disinvolto. «Come mai da queste parti?» aggiunse con un tono falsamente ironico. Giorgio aveva paura. E si vedeva.

«Mi devi dei soldi. Te lo sei dimenticato?» lo interrogò Filippo guardandolo minaccioso.

«Te li darò», promise Giorgio.

«Quando?» incalzò il ragazzo.

«Quando li avrò», concluse Giorgio brevemente.

«Quando li avrò», ridacchiò Filippo, «sono tre parole vuote come canne. Una risposta buona è: qui ci sono i soldi.

Oppure: domani alla stessa ora pagherò il mio debito. Guarda che se non mi dai una risposta credibile, io ti spacco il culo», lo minacciò il ragazzo.

Giorgio si guardò intorno. I suoi compagni di classe si erano dispersi e mischiati con gli altri studenti. Ridevano, si insultavano allegramente, commentavano le lezioni, criticavano gli insegnanti, programmavano i loro incontri. Sembravano giovani e felici. Certamente non badavano a lui che, dietro una colonna, cercava di farsi piccolo e servile per evitare che le minacce di Filippo diventassero operative.

Filippo Corsico, figlio di un noto penalista, figurava fra i primi nell'elenco degli allievi da tenere sotto controllo che il preside aveva compilato e aveva in evidenza.

«Sei più grande, più forte, più vecchio e hai ragione», tentò Giorgio, «posso solo contare sulla tua benevolenza.»

La paura lo induceva a ricorrere a qualunque stratagemma.

L'altro, per tutta risposta, lo agguantò al petto, per il maglione, e lo obbligò a seguirlo.

«Vieni con me, stronzo», disse piano, «se credi di farmi fare la figura del coglione ti sbagli.»

Lo sospinse brutalmente giù per le scale tenendo d'occhio i ragazzi intorno e ridendo ostentatamente come se si trattasse di un gioco.

Infilarono un corridoio corto, in discesa, che portava all'aula delle proiezioni.

«Ne ho beccato un altro», disse Filippo con aria trionfante, buttando letteralmente Giorgio nel locale buio dove altri ragazzi, seduti per terra, stavano fumando. Giorgio fu subito avvolto dall'odore dolciastro. Dopo pochi minuti, nella semioscurità incominciò a individuare le fisionomie dei presenti.

«Vuoi fumare?» gli chiese uno del gruppo sorridendo con aria mite.

«Magari», rispose esitante.

Esplose un coro di risate. Anche Filippo rise con gli altri:

«Dai stronzo. Fatti questa canna in santa pace», lo rassicurò tendendogli un chilom.

Giorgio aspirò avidamente dal grosso tubo di legno fino a riempirsi i polmoni di quella roba acre e pungente che gli toglieva ogni energia facendolo precipitare in uno stato di ottusa beatitudine. Appoggiò la testa al muro e si sentì in paradiso.

«Bada che questo non cancella il debito», precisò Filippo. Era il capo di quel misero gruppo e non perdeva occasione per sottolineare il suo ruolo.

«Merda», mugugnò Giorgio, «mia madre mi ha tagliato i viveri.»

«Cazzi tuoi», rise un compagno che si accingeva ad aspirare stupidità e torpore da quel sordido arnese.

«E tuo padre non sgancia?» indagò Filippo ormai intontito dall'hashish.

«Lo farebbe anche. Solo che non c'è mai», rispose Giorgio.

«Padri di merda», intervenne un altro. «Buoni solo a rompere i coglioni con le loro prediche moralistiche. Salvo, poi, andare a puttane tutte le volte che possono.»

Uno si mise a ridere in modo sommesso ma sottilmente isterico.

«Mia madre», si intromise un terzo, «si scopa tutti gli amici di famiglia. Poi viene da me a farmi i sermoni sulla moralità e le buone maniere. Quando scopa fa un tale casino che la sentono fino in portineria. Io non le chiedo soldi. Apro la borsetta e pesco. Le borsette delle madri sono miniere d'oro. Non lo sai?» domandò rivolgendosi a Giorgio.

Giorgio non rispose. Gli ripugnava l'idea di mettere le mani nella borsetta di sua madre. E non gli piaceva neppure sentir parlare in quel modo dei genitori. Sua madre aveva un amante, Ermes, ma dovevano sposarsi nel giro di pochi mesi. Il comportamento di Giulia, sua madre, non poteva giustificare le sue trasgressioni. Anche se la presenza di Ermes continuava a metterlo a disagio.

Prese il chilom, ne aspirò voluttuosamente il fumo, poi si alzò avvertendo un piacevole dondolio della mente. Il torpore si stava impadronendo di lui. Da quel momento, e per molte ore, non avrebbe potuto fare altro che ascoltare la sua amata, violenta musica rock.

«Grazie per il fumo», disse dopo un po'. «Ci vediamo stasera.»

«Aspetta, furbacchione. Guarda che le mie trentamila le rivoglio», disse Filippo.

«Senti. Se non ti chiedo più soldi in prestito me lo abbuoni il debito?»

«Non ci penso neanche», rispose seccamente.

«Ma tu sei pieno di grano. Che differenza ti fanno trentamila in più o in meno?»

«È una questione di principio», obiettò il compagno.

«Ma se predichi che i princìpi sono merda», reagì Giorgio che, per effetto del fumo, parlava con la cadenza lenta di un ubriaco.

«I tuoi princìpi sono merda, bamboccio. I princìpi degli altri, non i miei», lo sferzò. «I miei princìpi sono sacri e inviolabili. Perciò non dimenticarti dell'impegno preso.»

Filippo Corsico non minacciava mai a vuoto. Giorgio lo sapeva. Ritornò in classe avvertendo un vago malessere. La lezione era appena ripresa e l'insegnante aveva cominciato le interrogazioni. Lui cercò di farsi piccolo e sgattaiolò nel suo banco, in fondo all'aula.

L'insegnante di lettere, la professoressa Cazzaniga, lo osservò con studiata indifferenza. Rimandò a posto la ragazza che stava interrogando, quindi lo catturò con un garbato: «Rovelli, vuoi venire tu, adesso?»

«No, signora», rispose avviandosi tuttavia verso la cattedra. «Non credo di essere preparato.»

«Non mi sembra che tu stia facendo onore al nome che porti. Tuo padre è un giornalista, tua madre una scrittrice. Il tuo compito in classe d'italiano è disastroso», lo rimpro-

14

verò porgendogli un foglio costellato di correzioni. «Errori di grammatica, Giorgio», aggiunse chiamandolo per nome, «errori da terza elementare.»

Giorgio prese il compito e ritornò al suo posto, indifferente agli sguardi e agli apprezzamenti dei compagni. Navigava su un nero veliero, in un mare cupo di ottusa imbecillità, in compagnia di un'insensata vertigine che lo teneva prigioniero in un mondo dal quale tutti erano esclusi: i compagni di scuola con le loro risate, la voce degli insegnanti, lo sguardo indagatore di sua madre, l'eterna allegria del padre, la sicurezza di Ermes.

Doveva trovare il denaro da restituire a Filippo, e altro ancora, per comperare il fumo. Perché quello era il solo, grande piacere della sua vita.

4

GIULIA percepì prima il suo profumo, poi il tepore delle labbra sulla fronte. Ma non voleva aprire gli occhi e svegliarsi completamente. Mugolò di piacere affondando la testa nel cuscino di piuma.

La voce di Ermes era un sussurro che veniva da pianeti lontani.

«Ciao, Giulia. Io esco», le disse piano.

«Che ore sono?» farfugliò.

«Le sette e mezzo», rispose Ermes, «dormi ancora un po'. Si sta così bene a letto in queste mattine d'autunno», proseguì con voce piena di sorridente invidia.

«E allora perché non ci stai anche tu?» implorò Giulia con un filo di voce.

«Devo andare in clinica. Lo sai», si giustificò. «Stamattina ho un paio di interventi piuttosto complessi. Non so nemmeno quando finirò.»

La sera prima erano andati insieme a teatro. Poi avevano cenato con un paio di amici. Quando Ermes l'aveva riaccompagnata a casa, lei lo aveva invitato a passare la notte in casa sua.

La scrittrice Giulia de Blasco e il celebre chirurgo Ermes Corsini erano «fidanzati ufficialmente» dalla scorsa estate;

questa definizione li faceva sorridere. Avevano in programma di sposarsi entro pochi mesi. Ermes aveva quarantasei anni e Giulia ne compiva quarantadue. Si amavano da sempre, anche se le vicende della vita li avevano separati da ragazzi e avevano impedito loro di sposarsi molto tempo prima.

«Se fossi una brava ragazza dovrei alzarmi e prepararti la colazione», scherzò Giulia ancora prigioniera del sonno e incapace di vincere la tentazione di continuare a dormire. La poca luce che filtrava dalle persiane illuminava con discrezione la tappezzeria sui toni pastello, le lampade di porcellana con i paralumi rosati, un grande crocefisso ligneo dove da anni si era insediato un tarlo che, di tanto in tanto, si risvegliava e aggrediva il legno provocando un *tac* sonoro. Tutt'intorno al crocefisso erano appese delle immaginette sacre del secolo scorso nelle cornici dorate.

Giulia tese le braccia verso di lui attirandolo a sé.

«Credo che non sarò mai una buona moglie», affermò la donna.

«E che cosa fanno le buone mogli?» chiese Ermes divertito.

«Preparano un buon caffè per i mariti che vanno al lavoro.»

«Invece a questo rituale provvederà Ambra. Tra l'altro il caffè non è la tua arma migliore», confessò con una punta di ironia.

«E io che cosa dovrei fare?»

«Tu farai bene a rimanere a letto ancora per un paio d'ore. È il medico che te lo ordina», replicò lui.

Da quando, meno di nove mesi prima, Ermes l'aveva operata per un tumore al seno, Giulia si stancava facilmente e aveva rallentato il ritmo del lavoro.

«Va bene, professor Corsini. Farò come vuoi. Ma prima baciami», lo invitò scherzosamente.

Ermes la baciò. Fu un bacio casto e pieno d'amore. Per un attimo Giulia ritrovò le sensazioni e le emozioni dei suoi quindici anni, quando Ermes, studente squattrinato con la testa piena di progetti ambiziosi, aveva appoggiato le proprie labbra sulle sue.

«Sorry», disse Giorgio irrompendo nella camera di sua madre.

Il ragazzo, nato dal matrimonio di Giulia con il giornalista Leo Rovelli, si era bloccato a pochi passi dal letto, impietrito dall'imbarazzo.

«Ciao Giorgio», lo salutò Giulia affettuosamente, sollevandosi dai cuscini.

Il ragazzo si voltò di scatto e, raggiunta la porta, la sbatté fragorosamente dietro le spalle. Poi si precipitò per le scale calpestando i gradini con forza e facendo rimbombare metà casa.

«Ma che cosa gli ha preso?» domandò Ermes a Giulia.

«Non sapeva di trovarti qui», lei spiegò.

«Ma ormai dovrebbe essere abituato. Inoltre siamo amici, lui e io.»

«Non quando ti insinui nel mio letto», disse Giulia. «Professore, datti una mossa. Avrai pur sentito parlare di un certo dottor Freud. E di un certo complesso di Edipo.»

«Fastidiosissimo, per altro», commentò Ermes. «Sei dispiaciuta, cara?» aggiunse subito, premuroso.

«No. Sono soltanto disperata», sospirò Giulia.

«Ora scendo in cucina e gli parlo», propose l'uomo.

«Gli parlerò io, tesoro. Adesso fila o farai tardi in sala operatoria. Come vedi», sorrise Giulia, «ora sono io che comando.»

«Come vuoi. A presto», la salutò con un bacio e uscì dalla stanza.

Giulia stava già pensando a come ristabilire con Giorgio l'equilibrio che lei stessa, involontariamente, aveva contribuito a turbare.

Il ragazzo viveva in modo drammatico il delicato periodo dell'adolescenza. La spia del suo malessere era il rendimento scolastico. Passava giornate intere sui libri e i risultati erano pessimi. Evidentemente non riusciva a concentrarsi e la sua mente vagava chissà dove. Giulia non riusciva ad aiutarlo.

Comunque, decise che quella mattina lo avrebbe aspettato all'uscita dalla scuola e sarebbero andati a mangiare una pizza insieme. Di fronte a un bicchiere di Coca-Cola avrebbe tentato di farlo parlare dei suoi problemi.

Immersa nei suoi pensieri, avvertì il cigolio del cancello del giardino che si apriva. Era Ambra, la sua governante-amica, che metteva sul marciapiedi il sacco della spazzatura. Poi sentì sbattere la porta di casa: Ermes andava in ospedale. Giorgio, con lo zainetto in spalla, era sicuramente già uscito e doveva già essere sull'autobus che lo portava a scuola.

«Finalmente sola», disse fra sé, sapendo che soltanto in queste condizioni poteva rimuginare con calma i suoi pensieri. Aveva un problema con suo figlio, la persona più importante della sua vita. Doveva affrontarlo e risolverlo.

Andò in bagno e si concesse una lunga, caldissima doccia. Poi, davanti allo specchio, iniziò quello che definiva scherzosamente il suo restauro quotidiano: un fondo tinta bianco per attenuare le occhiaie, un fondo tinta rosato per nascondere le piccole imperfezioni della pelle, una spolverata di fard e una passata di rimmel sulle ciglia. In guardaroba scelse un paio di pantaloni verdi di gabardine, un maglioncino di seta color panna a collo alto e una giacca di tweed a piccoli quadri sui toni del verde e del marrone.

Giulia pensò al suo ultimo romanzo. Sarebbe stato in libreria entro pochi giorni e lei, come sempre, ne era eccitata. A parte i dubbi e le perplessità per il giudizio del pubblico che da molti anni la seguiva affettuosamente.

Tornò in camera da letto e si analizzò allo specchio che le rimandò l'immagine rassicurante di una donna piacevole. Sentì suonare il campanello di casa, ma non se ne preoccupò. C'era Ambra a proteggerla dalle aggressioni esterne. Osservò ancora la propria immagine riflessa nello specchio. Aveva i capelli bruni e folti, graffiati qua e là da qualche filo d'argento. Notò, rassegnata, la minuscola, sottile ragnatela di rughe intorno agli occhi. Stai invecchiando, Giulia, disse fra sé. Che cosa pretendi? Gli anni passano per tutti, concluse tristemente.

La prossima estate avrebbe compiuto quarantadue anni. Un'età problematica che sottolinea i primi segni del declino. Giulia aveva la certezza di essere desiderata da Ermes, che l'amava, e anche da Leo Rovelli, il suo primo marito. Ma Ermes e Leo la conoscevano da sempre, l'avevano amata e continuavano ad amarla e a desiderarla. E gli altri? Come la consideravano gli uomini che incrociava per la via? Per un attimo Giulia si sentì turbata. Poi pensò a un tramonto infuocato che dà il meglio di sé prima di cedere il passo alle ombre della notte. Sorrise. Era una descrizione che non avrebbe usato neppure in uno dei suoi romanzi.

«Chi è quel cretino», declamò ad alta voce, «che sostiene che l'adolescenza è l'età più difficile? C'è qualcuno che conosce la disperazione dell'età matura?» concluse in modo teatrale.

«Io», le rispose Ambra irrompendo nella camera di Giulia con la faccia dei momenti più neri.

«Che cosa c'è che non va?» chiese Giulia andandole incontro.

Per tutta risposta Ambra spalancò la finestra e cominciò a disfare il letto, sprimacciando con inutile violenza i cuscini e scuotendo con forza le lenzuola.

«Tutto non va», urlò fulminandola con lo sguardo. «C'è che oggi la mia artrosi morde come un cane rabbioso. C'è che la bilancia dice che sono aumentata ancora di due chili. E, infine, c'è che mi hanno derubato», concluse sedendosi sul letto sfatto e prendendosi il viso tra le mani per nascondere le lacrime.

«Ambra, amica mia», Giulia sedette vicino a lei e le passò un braccio attorno alle spalle. «Chi ti ha derubato?»

«Ma che cosa ne so? Hai sentito il campanello poco fa?»

«Certo che ho sentito.»

«Bene. Era il postino. Voleva duemila lire per un plico che aveva un'affrancatura insufficiente. Ho aperto la borsetta per prendere i soldi. E ho visto il disastro», spiegò con la voce spezzata dai singhiozzi.

«Avevi molto denaro con te?» chiese Giulia preoccupata.

«Non molto. E il denaro c'è ancora. È il resto che manca. È per il resto. Prima di uscire, avevo messo nella borsetta la catenina d'oro della povera mamma per portarla dall'orafo a farla riparare e l'anello con l'acquamarina che mi avevi regalato tu tornando dal Brasile. Volevo farlo stringere. Tutto perduto», disse dando via libera a un pianto dirotto.

«Non te la prendere», la consolò. «A queste cose c'è rimedio.»

«Ma non c'è rimedio per quelle sporche, luride mani che hanno insozzato la mia anima. Questa è violenza.»

«Adesso calmati», disse Giulia dolcemente. «Piuttosto», la sollecitò, «hai fatto la denuncia?»

«Non so nemmeno da che parte incominciare», rispose Ambra sconsolata.

«Allora andiamo insieme al commissariato», decise Giulia.

L'incontro con Giorgio era rimandato.

Al commissariato di zona dovettero aspettare a lungo prima di essere ricevute. C'era moltissima gente. Due ragazzini volevano denunciare la scomparsa del loro gattino. Una massaia era stata brutalmente scippata da due delinquenti in motocicletta. Una distinta signora derubata da una domestica. Un barbone, gonfio di alcol, era stato fermato per disturbo della quiete pubblica e atti osceni. Uno spacciatore di hashish era in manette.

«Si accomodi, signora de Blasco», disse un poliziotto che l'aveva riconosciuta, facendo strada a lei e ad Ambra verso un ufficio.

«Ci scusi se l'abbiamo fatta aspettare tanto», si giustificò il poliziotto, «ma stamattina sembrano tutti impazziti.»

La stanza era inquinata da una compatta nuvola di fumo di sigarette. Un paio di impiegati si avventavano, usando soltanto due dita, sui tasti consunti delle vecchie macchine da scrivere.

Il poliziotto sedette al suo tavolo. «Allora, in che cosa posso esserle utile?» domandò con insolita cordialità rivolto a Giulia.

«Mi hanno derubata», rispose Ambra. «Quei delinquenti hanno preso dalla mia borsetta una catenina d'oro e un anello.»

«Dov'è avvenuto il fatto?» chiese l'uomo.

«Credo in autobus», rispose Ambra. «Me ne sono accorta più tardi, quando ero già in casa della signora», precisò guardando Giulia.

«Può darmi una descrizione degli oggetti rubati? Così incomincio a stendere il verbale.»

L'agente, però, non sembrava particolarmente desideroso di mettersi al lavoro. Probabilmente sapeva, per esperienza, che gli oggetti rubati con destrezza difficilmente vengono recuperati. Soprattutto, sembrava molto più interessato alla presenza di Giulia che non al furto della povera Ambra. Infatti, invece di scrivere, si rivolse a Giulia.

«Questa mattina è successo un fatto che, se lei lo sapesse, con la sua fantasia, potrebbe scriverci un romanzo», disse l'uomo.

«Davvero? E non me lo racconta?» chiese Giulia con aria divertita e rassegnata al tempo stesso. Tutte le persone che incontrava, prima o poi, le raccontavano storie che, a loro giudizio, contenevano gli elementi per un grande romanzo.

«Pensi», esordì l'agente con aria complice, abbassando la voce e chinandosi verso Giulia, «hanno rubato la casa di Biancaneve, il castello della strega cattiva, il bosco di Cappuccetto Rosso e la giostra del Paese dei balocchi.»

«Incredibile», esclamò Giulia senza capire di che cosa parlasse l'uomo.

«Incredibile, ma vero», ribadì il poliziotto. «L'ho ricevuta proprio io la denuncia, stamattina.»

«E dove si trovavano tutte queste meraviglie?» domandò. «A chi appartenevano questi brandelli di un sogno?»

«Si trovavano nei capannoni di una televisione privata. La Inter-Channel di Franco Vassalli a Brugherio. Lo conosce?»

«Mai sentito nominare», tagliò corto Giulia che aveva altri e ben più importanti pensieri per la testa.

5

La Pantera della polizia fu costretta a fermarsi di fronte alle sbarre simili a quelle di un passaggio a livello. Le azionava un uomo seduto davanti a un tavolo coperto di telefoni, di citofoni e di una serie di comandi a pulsante all'interno di una cabina di vetro. Sulla sommità della guardiola trasparente c'era un cartello d'acciaio con la scritta: Inter-Channel. Oltre le sbarre si vedevano automezzi di vario tipo fermi ai lati della strada che si apriva, a sinistra, su una grande area di parcheggio. In fondo, un edificio di vetro bronzato e una serie di piccole costruzioni. Sulla destra, c'erano due lunghe e basse strutture di cemento color terracotta dalle quali entrava e usciva, in un andirivieni continuo, un gran numero di persone fra le quali spiccavano gli operai in tuta e le comparse in costume.

«È per il furto al magazzino?» chiese un uomo giovane, in giacca blu, con un lieve rigonfiamento sotto l'ascella a segnalare la presenza di un'arma. Era comparso all'improvviso, chinato all'altezza del finestrino aperto mentre i due agenti si guardavano intorno incuriositi.

«Perché non provi ad alzare le sbarre?» lo invitò seccamente Ruta che detestava i gorilla privati e quando ne vedeva uno si sentiva ribollire il sangue.

«Il magazzino che cercate è dall'altra parte», spiegò i giovane guardiano indicando un punto lontano oltre l'avveniristico edificio di vetro scuro.

«E allora?» lo sollecitò Ruta con ironia.

«Allora dovreste tornare indietro, girare a destra, proseguire per duecento metri e poi girare ancora a destra. C'è un cantiere per la costruzione di un nuovo studio televisivo. Troverete un cancello sempre aperto e, subito dopo, un magazzino. Fermatevi al cancello. C'è qualcuno che vi sta aspettando.»

«E bravo il nostro vigile urbano», lo provocò Ruta.

La guardia non raccolse la provocazione.

«Ma dal punto in cui siamo, non si può proseguire direttamente per il magazzino?» intervenne D'Amico per frenare l'aggressività del collega.

«L'accesso al magazzino è ostruito da un camion che sta scaricando materiale di scena», spiegò il gorilla. «Dovreste aspettare troppo tempo.»

«E se spostassimo il camion?» lo stuzzicò Ruta.

«Mi dispiace. Stanno allestendo le scenografie per una trasmissione e ci sono degli orari da rispettare.»

«E bravo il nostro supervigile», lo stuzzicò di nuovo l'agente, «educato, efficiente, deciso a far rispettare gli ordini ricevuti.»

«È una descrizione che mi onora», sorrise impassibile il giovane. «Seguite le mie indicazioni e arriverete in un minuto. Se invece avete voglia di chiacchierare, dovete trovare un altro interlocutore perché io devo ritornare al lavoro.»

Ruta lo guardò con rabbia.

«Dai, andiamo», lo sollecitò bruscamente D'Amico.

Seguendo il percorso indicato, i due agenti si trovarono in un budello polveroso di terra battuta che delimitava, da un lato, una vasta distesa di terreno incolto e, dall'altro, lo scheletro in cemento armato di un edificio in costruzione. Un'alta gru gialla ruotava lentamente il suo braccio poderoso che trasportava pesanti putrelle di ferro, mentre nelle grandi impastatrici il cemento veniva amalgamato con un frastuono assordante. Alcuni mezzi cingolati si muovevano sul terreno accidentato aumentando il fragore infernale.

Sollevando una lunga scia di polvere, la Pantera si inoltrò nel viottolo e si bloccò all'altezza di una cancellata metallica, a scorrimento automatico, completamente spalancata. Subito oltre, c'era un grande capannone.

Due uomini in tuta blu si avvicinarono all'auto.

«Io sono Walter», si presentò il primo, un bel ragazzo bruno, alto, con spalle da lottatore. «Sono il direttore dei magazzini», precisò ai due poliziotti che nel frattempo erano scesi dalla Pantera. «E questo è Carlo», concluse brevemente.

«I ladri sono entrati da qui?» lo interrogò D'Amico.

«È la sola conclusione possibile», rispose Walter, «anche se c'è un guardiano che ogni notte fa il giro dei magazzini. L'ingresso principale è presidiato ininterrottamente, giorno e notte.»

Il giovane condusse i poliziotti all'interno del capannone attraverso una galleria con il soffitto a volta che sembrava fatto di vetro.

«È policarbonato. Un materiale trasparente ma resistente alle intemperie e al calore. È lo stesso tipo di copertura che è stato usato per lo stadio di San Siro», spiegò ai due poliziotti che si guardavano intorno con infantile curiosità.

«Su un lato della galleria che, come vedete, è abbastanza larga per consentire il transito degli automezzi e dei carrelli elevatori, c'è uno studio di registrazione, sull'altro gli ingressi a tre magazzini», proseguì Walter. «Il furto è avvenuto nei magazzini due e tre», concluse aprendo un pesante portale di ferro a due battenti.

Si trovarono all'interno di un capannone alto circa dieci metri e con una superficie di circa cinquecento metri quadrati. Non c'erano finestre e la luce proveniva dalle grandi lampade che pendevano dal soffitto.

Lungo le pareti, le gigantesche scaffalature metalliche contenevano gli oggetti più eterogenei e singolari: lance e scudi, pannolini e telefoni di ogni epoca, bottiglie e specchi, strumenti musicali e fornelli elettrici, orologi e bauli, salvagenti e scatole, candelabri e piatti, pentole, una vasca da bagno, spazzole e pupazzi di stoffa. Le scaffalature sulla parete di fondo erano completamente vuote.

«Ecco», riprese indicandole Walter, «qui c'erano le scenografie degli spettacoli per bambini. Ieri abbiamo registrato due puntate. Poi abbiamo smontato tutto, trasportato il materiale dallo studio a qui e l'abbiamo sistemato su questi scaffali. Stamattina, quando ho aperto il magazzino, non c'era più niente.»

«Sono oggetti costosi?» chiese D'Amico.

«Non li chiamerei oggetti», rispose il giovane. «Sono costruzioni vere e proprie da montare e smontare ogni volta. Ci sono parti in legno, altre in truciolato, in polistirolo, in laminato, in plexiglass. Per esempio, c'era una giostra con stupendi cavalli di legno e un castello disegnato dall'architetto Sabelli. Perfino un piccolo bosco ideato dallo scenografo Altamura. Un autentico capolavoro in miniatura.»

I poliziotti ascoltavano incuriositi. Fu convocato il guardiano notturno, un uomo relativamente giovane ma con i capelli quasi completamente bianchi.

«Così lei non si è accorto di nulla?» chiese Ruta.

«Io faccio un giro degli studi», precisò vagamente a disagio, «due volte soltanto nel corso della notte: a mezzanotte e alle tre del mattino. Ieri notte non ho notato niente di speciale. Era tutto tranquillo, come sempre.»

«Se adesso volete seguirmi, vi faccio vedere che cosa è stato rubato dal magazzino numero due dove conserviamo i costumi», proseguì Walter guidando gli agenti nel capannone accanto. «È una struttura che abbiamo costruito un anno fa», spiegò con l'entusiasmo di chi ama il proprio lavoro.

Gli agenti D'Amico e Ruta si trovarono in un capannone

identico a quello delle scenografie ma scandito da una successione di stand creati da gigantesche scaffalature colme di scarpe, borse, cappelli, accessori di abbigliamento di ogni genere, epoca e foggia.

«Ecco», disse Walter che aveva condotto i poliziotti su per una scala di ferro, «qui ci sono i costumi dei personaggi cari ai bambini e sono scomparsi tutti quelli di Biancaneve, di Cenerentola e di Cappuccetto Rosso.»

«È come se qualcuno avesse voluto allestire altrove uno spettacolo per ragazzi», si intromise Ruta che finalmente sorrideva in questa specie di Paese dei balocchi.

«Può darsi», replicò Walter. «A me sembra il furto di un pazzo. Ma molto bene informato e che sa come muoversi in un ambiente come questo.»

«Questo pazzo aveva sicuramente dei complici», annotò Ruta. «È impensabile che una persona sola abbia potuto portare a termine questa impresa.»

«Forse la cosa è anche più complessa», intervenne Walter. «Durante la notte l'accesso a tutto questo settore è impedito da un sensibilissimo antifurto. Se si cerca di passare senza inserire la banda magnetica, scatta l'allarme e vi garantisco che le sirene sono letteralmente assordanti.» Proseguì come ragionando a voce alta: «Il cancello non è stato forzato. Soltanto una persona con la banda magnetica poteva entrare e uscire. E, adesso che ci penso, non c'è stata effrazione neanche per l'accesso ai magazzini. I ladri avevano le chiavi», concluse con convinzione.

«O un complice che ha aperto», ipotizzò Ruta che aveva trovato, accanto al portale, la leva per l'apertura elettronica a distanza.

«È probabile», ammise Walter. «Da questo momento il problema è vostro. I miei sospetti», sottolineò avviandosi all'uscita seguito dai due agenti e dal guardiano, «cadono ovviamente sulla concorrenza. Inter-Channel è un'emittente che sta dando fastidio a molti. Privarci delle scene dei programmi di maggiore ascolto, come quello per i bambini, appunto, significa metterci nei guai.»

«Mi domando come hanno potuto, in poche ore, trasportare tutta quella roba», osservò D'Amico pensieroso. Nel frattempo erano usciti all'esterno. L'uomo si avvicinò a due camion parcheggiati davanti al capannone: «Francesco, vieni a vedere», gridò al collega che stava prendendo appunti.

«Che cosa c'è?» domandò Ruta avvicinandosi.

«Senti il motore di questo bestione», aveva la mano appoggiata su un lato del cofano.

«È ancora caldo», disse Ruta e si rivolse al guardiano notturno: «Chi ha usato questi camion in mattinata?»

«Per quanto ne so io, nessuno. I camion sono parcheggiati lì da ieri pomeriggio. E c'erano anche stanotte. Glielo garantisco», rispose il guardiano.

«Tu che cosa ne dici?» chiese D'Amico al collega.

«Quello che pensi tu. E cioè che qualcuno, usando la banda magnetica è entrato, ha preso la roba, l'ha caricata sul camion e, dopo averla portata a destinazione, è ritornato indietro e ha rimesso al suo posto l'automezzo», concluse Ruta e aggiunse: «Facciamo una telefonata in centrale».

6

QUANDO Giulia rientrò dal commissariato erano quasi le due del pomeriggio. La casa era deserta. I suoi passi echeggiavano nel silenzio. In cucina era visibile il passaggio di Giorgio che aveva mangiato lasciando piatti sporchi, briciole di pane ovunque e due lattine vuote di Coca-Cola.

C'era anche una buona notizia sintetizzata in un messaggio che rese felice Giulia: *Vado a casa di Fabio a studiare. Ci vediamo per cena. Baci. Giorgio. P.S. Per la cronaca, ho preso otto in storia.*

Giulia sorrise. In fondo che cosa sono due lattine gocciolanti di Coca e un po' di briciole? Eppure, mentre gioiva per lo splendido voto in storia, non poteva nascondere a se stessa che, da qualche tempo, notava nel figlio qualcosa di strano che le procurava amarezza e inquietudine.

Era silenzioso, chiuso in se stesso e, a volte, aveva colto nel suo sguardo lampi di rabbia cupa e disperata. Come era accaduto quella mattina quando l'aveva sorpresa tra le braccia di Ermes.

Cominciò a sistemare i piatti sporchi nella lavastoviglie con rassegnazione e un doloroso senso di smarrimento. In quel momento si sentiva sola e triste, ma sarebbe stato peggio se avesse avuto gente intorno.

Aveva insistito per riaccompagnare Ambra a casa sua, dopo la denuncia. E adesso si sentiva un contenitore vuoto, inutile e ingombrante: senza suo figlio, senza Ermes, senza la presenza rassicurante di Ambra, amica, sorella, governante. Aveva amici e parenti, aveva l'amore e il successo. Eppure le mancava qualcosa di molto importante che non sapeva definire.

Non aveva fame. Andò nel suo studio e pose sullo stereo l'ultimo LP di Paolo Conte. Prese in mano una copia del suo ultimo romanzo. Non era ancora in libreria e già alcuni giornali se ne interessavano. Il suo editore aveva costellato Milano di grandi striscioni pubblicitari.

I giorni che precedono l'uscita di un libro sono eccitanti e tormentati. Scorrono lenti nell'attesa di sapere come i lettori, critici osannanti o distruttivi, accoglieranno il nuovo libro.

Pensò che si era scelta uno strano mestiere, nascosto e solitario, che esige un continuo confrontarsi con se stessi e con gli altri. Uno strano modo per comunicare con la gente.

Che senso ha tutto ciò? si domandò Giulia. Qualche mese prima, aveva pensato di cercare l'aiuto di uno psicologo.

Poi, aveva deciso di rinunciarvi. Il timore di dover guardare dentro le pieghe più oscure e profonde della sua anima era stato più forte del desiderio di farsi aiutare. Anche quando era stata operata al seno, la struttura ospedaliera le aveva affiancato una psicologa. Era la prassi, come la cobaltoterapia e i controlli trimestrali. Giulia aveva accettato tutto, tranne l'assistenza psicologica.

Aprì il suo ultimo romanzo e lesse la dedica: *A mia madre, che mi ha amato senza giudicarmi.* Le mancava molto quella donna mite che aveva scelto la morte schiacciata dal peso dei ricordi. E l'aveva lasciata ad affrontare da sola i giorni della vita.

Trillò il telefono.

«Ciao amore.» La voce chiara di Ermes la ripescò dal fondo dei suoi pensieri riportandola a galla.

31

«Finalmente una voce umana», lei disse. «Mi sentivo così sola.»

«Questo è male», la rimproverò. «Ma a tutto c'è rimedio.»

«Davvero?» replicò Giulia. «E qual è il rimedio del grande stregone bianco?»

«Recupera il passaporto. Vengo a prenderti tra mezz'ora. Destinazione Londra. Avremo una notte tutta per noi al *Claridge's*. Saremo di ritorno domani in serata.»

«Ermes, fammi capire», ribatté lei esitante.

«È la forza del destino», scherzò, «non c'è niente da capire. Un mio paziente molto facoltoso e molto capriccioso mi reclama per una visita. A Londra, appunto. Ti basta?»

«Certo che mi basta», Giulia si immalinconì per un attimo. «E allora?»

«Giorgio mi crea qualche problema. Non so se sia bene lasciarlo solo. Non lo vedo da stamattina.» Era combattuta tra i suoi sentimenti di madre e di donna innamorata.

«Giorgio è un ragazzo molto assennato. E se hai qualche preoccupazione chiedi la collaborazione di Ambra. Non è la prima volta che passa la notte con lui», suggerì Ermes.

Era una prospettiva davvero attraente. L'ultima volta che era stata da *Claridge's* Giorgio non era ancora nato. Erano passati tanti anni da allora.

«Va bene. Ti aspetto», decise Giulia e riagganciò il ricevitore. Salì le scale con passo leggero. I pensieri bui erano svaniti e si lasciò contagiare dall'entusiasmo all'idea di quella breve fuga romantica. Avrebbe portato la biancheria di ricambio, una camicia di seta bianca e l'astuccio del trucco. Si sorprese a canticchiare un vecchio motivo che le aveva insegnato il nonno Ubaldo quando era bambina: *Lontano, lontano sul mare, le splendide rose morenti...* Per un attimo rivide l'espressione furba e scanzonata del vecchio che era stato il suo più grande amico e aveva avuto una parte decisiva nella sua formazione di ragazza ribelle e avventurosa.

Accarezzava la seta frusciante della sua biancheria mentre

la riponeva nella sacca da viaggio e, al ricordo lieto di quel passato felice, si sovrappose l'immagine di Giorgio con quello sguardo cupo e inquieto. Doveva avvertirlo subito della sua partenza.

Giulia andò nella camera del figlio per consultare l'agenda con i numeri di telefono dei suoi amici. La rintracciò sotto una pila di dischi nel gran disordine che regnava in quello che Giorgio definiva «il mio quieto rifugio». Alla lettera effe trovò il numero di Fabio, il compagno di liceo dal quale era andato a studiare.

«Sono la mamma di Giorgio Rovelli», disse al ragazzo che rispose all'altro capo del filo. «Puoi passarmi Giorgio, per favore?»

Seguì una pausa di silenzio carico di imbarazzo.

«Guardi signora che Giorgio non è qui», rispose infine il ragazzo.

«Ma come? Non è venuto da te a studiare?» si allarmò Giulia.

«Da me?» si stupì il giovane. «Credevo che fosse malato. Non è neppure venuto a scuola stamattina», soggiunse il ragazzo sconcertato.

«Sai dove posso trovarlo?» chiese Giulia con un filo di voce.

«No, mi dispiace. Non so che cosa dirle», disse Fabio.

Giulia chiuse la comunicazione senza un saluto. Le sembrò all'improvviso di essere avvolta da una nebbia compatta che le procurava un senso profondo di smarrimento.

«E adesso... dove sarai bambino mio?» mormorò fra sé.

Giorgio le aveva mentito. Perché? Dov'era andato la mattina?

Giulia incominciò ad aprire cassetti, armadi, a frugare tra i libri alla ricerca di un indizio. Aprì scatole, cofanetti, astucci, barattoli. Rinvenne temperini, mozziconi di vecchie matite, figurine di calciatori, fotografie di cantanti rock ritagliate dai giornali e, all'improvviso, si trovò fra le mani una catenina d'oro e un anello con un'acquamarina.

Fu colta da un senso violento di vertigine che la costrinse a sedersi sul letto del figlio. Si prese la testa tra le mani e scoppiò in singhiozzi.

7

Il giardiniere, usando la vanga, smuoveva in profondità il terreno facendo affiorare i bulbi delle dalie che liberava dalla terra con quelle sue grandi mani, forti e callose.

«E adesso, che cosa fai?» chiese la vecchia signora che, ritta alle sue spalle, seguiva il lavoro con estrema curiosità.

«Quello che faccio ogni autunno. Raccolgo i bulbi e li metto nelle cassette che porto in serra. Li interrerò di nuovo a primavera», spiegò paziente, continuando il suo lavoro.

«Perché?» lo interrogò ancora la donna con aria indagatrice.

«Se non lo facessi, il freddo li farebbe gelare. E allora, addio dalie», rispose.

«Davvero?» si stupì lei. Ogni anno, da molto tempo, vedeva il giardiniere ripetere quella stessa operazione. Ma la vecchia signora non riusciva a ricordarlo. «Posso aiutarti?» propose.

«No che non può, signora. Questo è un lavoro faticoso e lei non deve affaticarsi. Se poi si sente male, il dottore darebbe la colpa a me», disse ancora, pazientemente.

«Non è necessario che tu glielo dica. Intanto io mi diverto un po'. Non so mai che cosa fare», si lamentò.

L'uomo smise di lavorare, cercando di valutare i pro e i contro di quella richiesta. Poi scosse il capo.

«Mi dispiace, signora Serena. Bisogna che lei si trovi un altro diversivo. Adesso non posso occuparmi di lei», sentenziò. E riprese a vangare.

«Sei un vecchio cretino e antipatico», si adombrò la donna. «Lo dirò a Pomina e lei ti punirà per questo», lo minacciò. Quindi gli volse le spalle con aria indispettita e se ne andò.

«Ma va' un po' sulla forca», brontolò il giardiniere che, a lungo andare, si stancava di sopportare le bizze della padrona.

L'anziana signora si avviò verso il muro di cinta basso, in muratura, sovrastato da lance in ferro battuto.

Sulla strada si era fermata una macchina, un'Alfa azzurra. C'era un uomo al volante. La ragazza al suo fianco scese. Era bionda. Aveva un corpo forte e solido, un volto solare, uno sguardo azzurro, onesto.

La vecchia signora si accostò al cancello incuriosita, mentre la ragazza la guardava sorridendole.

«Buongiorno, signora», disse, come se la conoscesse da sempre.

«Buongiorno, cara», cinguettò Serena Vassalli.

«Scusi tanto, sa dirmi se questa è la strada giusta per Como?» la interrogò.

Il giardiniere, pochi metri più in là, seguiva di sottecchi quell'incontro e avrebbe voluto farsi avanti per rispondere. Poi brontolò fra sé: «Che se la sbrighi la vecchia. Così ha qualcosa da fare». Per un po' sarebbe riuscito a lavorare indisturbato, dal momento che Serena non avrebbe mollato tanto presto la nuova preda.

«Per Como?» si stupì Serena. «Ma benedetta ragazza, per questa strada si va a Milano.» Non era vero, ma per lei era come se lo fosse. Intanto aveva dischiuso il cancello per conversare a suo agio.

«Davvero?» disse la giovane. «Allora ci siamo persi»,

constatò guardandosi intorno con aria smarrita. «Volevamo andare a Como. E adesso come facciamo?»

Serena uscì dal cancello e si accostò alla macchina che aveva il motore acceso. L'uomo al volante era piuttosto giovane, portava un giubbotto di pelle e aveva il viso in parte nascosto dagli occhiali da sole. Guardava fisso davanti a sé e sbuffava impaziente. La vecchia non lo degnò di molta attenzione. Invece sorrise alla ragazza.

«Adesso le spiego, figliola», incominciò a dire. «Mio figlio, il mio ragazzo, proprio stamattina è partito per Milano. Sa, Milano è la mia città. La conosco bene e so come arrivarci. Ora, se lei vuole andare a Milano, mi consenta di dirglielo con estrema franchezza, commette un errore.»

La ragazza le prestava attenzione e aspettava impaziente una spiegazione che tuttavia tardava ad arrivare.

«Mi dica perché, signora», la sollecitò incuriosita la ragazza.

«Perché in città si vive male. Sapesse il traffico, i disordini. E le margherite che, sul terrazzo, invece che sole ricevono aria inquinata! I bambini, poi, ci stanno malissimo in città. Respirano veleno anche loro. Devo proprio dirglielo: il mio papà mi ha portata qui perché in città rischiavo di ammalarmi.»

Mentre la donna parlava, la ragazza retrocesse fino alla macchina e aprì la portiera mentre la vecchia signora la seguiva decisa a non mollare la presa.

Il giardiniere, di tanto in tanto, alzava lo sguardo su di loro e scuoteva il capo con aria di compatimento. «Crede che sia facile liberarsi della vecchia», brontolò fra sé con un sorriso di soddisfazione.

Vide la ragazza invitare la signora a prendere posto sul sedile posteriore e poi sederle accanto. Lo sbattere di una portiera, e l'Alfetta partì sgommando.

Il giardiniere appoggiò una mano al manico della vanga, infilò l'altra sotto il berretto e stette lì, qualche secondo, a grattarsi la testa, incapace di interpretare quello che aveva visto.

Fu davvero questione di pochi attimi. Poi, di colpo, lasciò cadere la vanga a terra e si mise a correre verso la villa. «Pomina! Pomina!» gridava con tutto il fiato che aveva. «Hanno portato via la padrona!»

Pomina si era affacciata alla soglia e, dall'alto della scalinata, cercava di dare un senso alle grida del giardiniere.

«Hanno portato via la padrona. Adesso!» l'uomo saliva i gradini, ansando e gridando.

«Aldo! Ma che cosa ti viene in mente?» domandò la cameriera, smarrita.

«Chiama la Polizia! L'hanno portata via. Oh caro il mio Signore! Con la macchina, fuori dal cancello! Un canchero che mi mangi. Me la sono lasciata fare sotto il naso.»

A bordo dell'Alfetta, Serena Vassalli continuava a chiacchierare con la ragazza. Era tranquilla, rilassata, come se si trovasse in compagnia di una cara amica.

«Era tanto tempo che non andavo un po' a spasso in macchina», sorrise beata. «Mio figlio dice che devo stare tranquilla. E lo dice anche il medico. Sa figliola, io ho molto rispetto per mio figlio. E anche un po' di soggezione. Qualche volta mi confondo e non so bene se è il mio ragazzo o è mio padre. Questo perché dicono che ho una malattia alla testa. Forse è così, perché non ricordo bene le cose. Lei, figliola, come si chiama?»

«Marisol», rispose la ragazza. E tese alla vecchia una caramella.

«Grazie», rispose Serena molto compunta. E soggiunse: «Professione?»

«Accompagnatrice di signore smemorate.» Lo disse sorridendo e scrutandola con una punta d'ironia.

L'uomo al volante guidava in silenzio. La macchina si

fermò sul piazzale dell'autogrill di Fino Mornasco. Lui scese senza una parola e si avviò verso il bar. Anche Marisol scese e andò a sedersi al posto di guida. Avviò il motore e infilò l'autostrada per Milano.

«Marisol, mi lascia qua dietro tutta sola?» si lamentò la vecchia signora.

«Possiamo chiacchierare ugualmente», disse la ragazza. «Mi piace ascoltarla.»

Sembravano, la vecchia e la ragazza, una nonna e una nipote in viaggio di piacere.

8

Era venerdì diciassette. Giorno fausto per Franco che attribuiva al numero diciassette un valore scaramantico positivo. Come molte persone importanti, e lui era un manager al massimo livello, anche Franco era superstizioso. Il venerdì, quando era bambino, sua madre cucinava il pesce. Sempre baccalà in umido, con un battuto di cipolla, pomodoro sminuzzato e una spolverata di prezzemolo. Il gradevole odore dell'umido si diffondeva, mentre Franco era alle prese con una versione del *De bello gallico,* seduto al tavolo della cucina, con il ripiano di marmo bianco con venature grigie. E, tra una ricognizione delle spie di Cesare alle linee nemiche e un trasferimento di legionari a marce forzate, aspettava l'ora di cena che sarebbe coincisa con la fine del compito di latino.

Una romantica cenetta per due, sua madre e lui, seduti l'uno di fronte all'altra, i libri e i quaderni impilati a un estremo del tavolo, confortati dalla certezza che né suo padre, né suo fratello avrebbero guastato la magica atmosfera. Pietro, suo padre, faceva il tassista e finiva il turno di lavoro a mezzanotte. Il fratello, cameriere al *Garden blu,* rincasava ancora più tardi.

Franco guardava il viso pallido della donna, i grandi occhi fermi e luminosi, pieni d'amore. Franco amava tutto della madre: il neo alla sommità della guancia, la voce pacata, la gestualità composta, la figura lieve, la modestia degli abiti, comprati ai grandi magazzini, che ingentiliva con un fiore di organza, un nastro di velluto, una cintura ricamata da lei. Ma quello che lo mandava in estasi era il profumo della sua mamma, che ricordava quello dei tigli nelle notti di giugno. In quei lunghi pomeriggi e nelle serate a due, vissuti con tanta intensità, c'era il senso di un rapporto delicato e forte. Lui studiava, sua madre rammendava, stirava, cucinava. Poi, mangiando, parlavano con frasi appena sussurrate, a volte spezzate, ma l'armonia era tale che si capivano al volo. Bastava che uno iniziasse un qualsiasi argomento, perché l'altro proseguisse la conversazione, sottolineata dal ticchettio sommesso della vecchia pendola collocata sopra la credenza.

Franco si sentiva pervaso da una quieta beatitudine e avrebbe voluto che quei momenti non passassero mai. Invece, bastava un minimo riferimento agli «altri due», suo padre e suo fratello, perché l'incanto si spezzasse. Sua madre incominciava a tossire nervosamente, una piccola tosse secca e stizzosa, e lui cambiava umore.

Poi, gli anni passarono e cambiarono molte cose. Lui diventò un uomo, suo padre e suo fratello erano chissà dove e sua madre e lui rimasero insieme felicemente fino a quando, un giorno, Franco si accorse che sua madre perdeva a volte la consueta lucidità mentale.

Franco la fece visitare da uno specialista che diagnosticò una malattia molto grave. Il medico spiegò che si trattava di una forma di demenza senile caratterizzata, anatomicamente, da placche disseminate sulla superficie della corteccia cerebrale. «Clinicamente», specificò lo specialista, «la malattia, scoperta nel 1905 dal professor Alzheimer, da cui prende il nome, si manifesta con il decadimento mentale e può anche comportare crisi di aggressività e di violenza.»

La malattia non modificò mai la natura dolce e pacata della

madre e Franco continuò ad amarla e ad accudirla come una figlia dedicandole il suo tempo libero.

Si era sposato, aveva avuto due figlie. Poi, aveva divorziato e avuto altre donne. Ma la più importante, la più amata era sempre stata lei, sua madre.

Era venerdì diciassette e Franco era appena partito dalla villa sul lago dove sua madre viveva prigioniera di un mondo irreale.

Ordinò all'autista di fermare la macchina in via Torino. Scese, subito seguito dal suo cane, Lupo, un perfetto esemplare di pastore tedesco che lo seguiva ovunque, come fosse la sua ombra.

«Sei tu l'amico migliore», gli disse sottovoce e l'animale rispose con un mugolio affettuoso.

Franco amava camminare per le vie del centro storico, in mezzo alla gente, e osservare le vetrine dei negozi per scegliere un libro o un disco, o per lasciarsi sedurre da una cravatta che non avrebbe mai portato.

Passò davanti a una pescheria. All'esterno, su un trespolo, c'era una tinozza bianca dove il baccalà era stato messo ad ammollare. Si fermò e il cane sedette ai suoi piedi. Ricordò gli odori e i sapori dell'infanzia, la voce della madre, il ticchettio della pendola e si sentì avvolgere da un'ondata di nostalgia.

«Quanto?» gli chiese un commesso guardando con ammirazione, e un po' di timore, il cane immobile. «Mezzo chilo va bene?» propose.

«Mezzo chilo va bene», confermò Franco meccanicamente mentre il venditore inseriva una pinza nella tinozza e pescava il baccalà che fece scivolare in un sacchetto di plastica.

«Altro?» incalzò l'uomo della pescheria.

«Basta così, grazie», rispose Franco. Prese il sacchetto che il commesso gli tendeva, pagò e riprese il cammino affiancato dal cane.

All'angolo di via Torino, buttò il sacchetto del pesce in

un cesto per i rifiuti sperando di liberarsi dei cattivi pensieri, dei ricordi dolorosi, del malessere che lo turbava.

Nella sua agenda, quel giorno, era segnato soltanto un appuntamento, un solo incontro dal quale poteva uscire distrutto. Si trattava di una riunione con i soci di Inter-Channel di cui era presidente con pieni poteri. Uno di questi, il francese Georges Bertrand, voleva sottrarre a Franco il controllo della emittente televisiva e insediarsi sulla poltrona del comando. Per neutralizzare l'attacco, Franco aveva bisogno di dodici miliardi, una cifra modesta per il mondo dell'alta finanza. Il grande Franco Vassalli, però, rischiava di perdere quella che amava definire come la sua creatura, perché i dodici miliardi, al momento, non li aveva. Sorrise rivelando classe e fascino: le sue armi migliori.

Affondò le mani nelle tasche del Burberry color panna e rabbrividì a un soffio di vento che annunciava l'inverno. Venne quasi travolto da una piccola folla di impiegati che scendevano da un tram e che lo separò dal cane. Ma era matematicamente certo che Lupo non lo avrebbe mai perso di vista. La folla si disperse frettolosa e l'animale riapparve al fianco del padrone.

Il sole irruppe dal fondo della via, intasata dal traffico, e si infranse sulle vetrate di un moderno edificio la cui linearità avveniristica non si accordava con lo stile ottocentesco di una lunga e solida schiera di possenti palazzi *fin de siècle* che gli stavano attorno.

Franco attutì l'aggressione del sole proteggendosi gli occhi con la mano destra. Osservò la lunga fila di finestroni a specchio all'ultimo piano del moderno palazzo, sede della Provest, la sua finanziaria, e cercò di individuare quelli della sala riunioni. Erano esattamente le ultime cinque finestre a destra, verso piazza Duomo.

Cercò di immaginarsi i volti dei convenuti che, a quell'ora, stavano agitandosi impazienti sulle poltroncine disposte attorno al lungo tavolo.

La riunione era stata indetta per le dieci in punto. Erano quasi le dieci e mezzo e lui, il presidente, se ne stava a vagabondare nel traffico cittadino, consapevole del ritardo e deciso a non darsene pensiero. Che aspettassero. E si preoccupassero. C'era forse qualcuno tra quegli avvoltoi in doppio petto che aveva il suo stesso massacrante ritmo di vita?

Pensò a Madì, la sua segretaria. Nessuno, fin da quando era bambina, l'aveva mai chiamata con il suo vero nome, Maddalena, troppo bello e sensuale riferito a lei. Aveva una figuretta legnosa, assolutamente priva di età e di avvenenza. Solo gli occhi erano belli, grandi e celesti, mortificati da spesse lenti da miope.

Madì aveva trentadue anni, ma probabilmente a diciotto doveva essere uguale e a sessant'anni sarebbe stata la stessa, con qualche ruga in più.

Vestiva con sobria eleganza tipicamente inglese anche se, con lo stipendio generoso che percepiva, avrebbe potuto permettersi abiti di sartoria, scarpe su misura e qualche gioiello. Ma lavorare con Franco Vassalli, per lei e per tutti gli altri collaboratori, significava rinunciare a qualunque tipo di vita sociale.

Franco la immaginò alle prese con il telefono nel vano tentativo di rintracciarlo. Nella sala delle riunioni, i convenuti probabilmente stavano interpretando il suo ritardo come un segnale di guerra. In effetti lo era. Anche se questa volta non era lui l'aggressore.

«Andiamo nella tana dei leoni», annunciò infine con voce pacata al cane che si mise a scodinzolare. «La sappiamo lunga noi, vero?» continuò. «I leoni ci vogliono sbranare, ma noi abbiamo i denti affilati. E abbiamo anche una lontana parentela con le volpi. Il che non guasta. Vedrai che ne usciremo vincitori», concluse.

Nell'atrio gli si fece incontro un portiere ossequioso che si affrettò ad azionare l'apertura dell'ascensore privato che saliva direttamente all'ultimo piano del palazzo.

Un paio di segretarie, incrociandolo nell'atrio, si volsero a guardare quell'uomo giovane e bellissimo. Franco Vassalli per le cronache finanziarie era un manager rampante. Nelle rubriche rosa era definito come un «re di cuori e di denari».

Quando uscì dall'ascensore, attraversò il vestibolo mentre l'oro del sole conferiva all'ambiente qualcosa di magico. Lungo la parete di sinistra c'era un acquario di pesci tropicali dai colori sgargianti. Sulla parete di destra campeggiavano due splendidi Gauguin che rappresentavano delle ragazze sulla riva del mare.

Madì, la segretaria, gli andò incontro con il respiro affannoso. «Buongiorno, dottore», lo salutò mettendosi al suo fianco.

«Buongiorno», brontolò lui. «Novità?» chiese dirigendosi verso il suo ufficio.

«Bruttissime», lei replicò brevemente.

«Allora?» la sollecitò bruscamente.

«C'è stato un furto ai magazzini di Inter-Channel.»

Franco si fermò di colpo guardandola con aria interrogativa. «I fatti, per favore», ordinò avido di particolari.

«Hanno rubato le scenografie degli spettacoli per ragazzi.»

«Quanti pezzi?» chiese freddamente.

«Tutti», concluse Madì abbassando la voce.

Franco assorbì il colpo senza mostrare nessuna particolare emozione. «Che altro c'è?» aggiunse.

«I soci scalpitano. Sono agguerriti più che mai.»

«Gli daremo una botta in testa», ironizzò. «Così si calmeranno», concluse Franco regalandole inaspettatamente un sorriso smagliante e riprendendo a camminare verso il suo ufficio.

La situazione era problematica, ma Franco era certo di pescare le carte buone dal mazzo. Era una lotta dura ma avrebbe vinto. Perché stava dalla parte giusta, perché era bravo. E perché era venerdì diciassette: il suo giorno fortunato.

9

GIULIA si rannicchiò nella poltrona come un gatto. Per un momento si sentì protetta e calda, ma quasi subito ripiombò nello sconforto. Niente e nessuno poteva ripescarla dall'universo misterioso che è la vita di un adolescente, in particolare quella di suo figlio.

Ermes, poche ore prima, aveva cercato inutilmente di strapparle una parola, un segno, una spiegazione del suo improvviso cambiamento di programma.

Era stata secca e decisa: «Ho un problema con Giorgio. Dovrai partire senza di me».

Dall'atteggiamento ermetico e doloroso di Giulia, Ermes si era reso conto che il problema doveva essere grave. Era partito per Londra da solo, vedendo svanire nel nulla quella brevissima, dolce vacanza.

Giulia era scesa in cucina, aveva apparecchiato la tavola per due e nel piatto di Giorgio aveva messo l'anello e la catenina di Ambra. Poi si era rifugiata nel suo studio, aveva staccato il telefono e aveva incominciato ad aspettare. In quelle ore di attesa si era sforzata di sdrammatizzare il comportamento di suo figlio, senza riuscirci.

Finalmente sentì sbattere il portoncino di casa. Giorgio

era rientrato. Giulia guardò l'orologio. Erano le sette di una bella sera d'autunno.

Si sentì chiamare e notò un certo disagio nella voce del figlio, una tonalità sconosciuta. Poiché Giulia taceva, il ragazzo aumentò l'intensità del richiamo: «Mamma dove sei? Possibile che non ci sia nessuno?» quasi gridò.

Era combattuta fra la tenerezza che, nonostante tutto, le suscitava quella voce e la rabbia e lo sconforto che aveva nel cuore.

Giorgio spalancò la porta dello studio e, invece di irrompervi com'era nel suo stile, rimase immobile sulla soglia, la mano sulla maniglia, ammutolito dall'oscurità, spaventato dal silenzio inquietante di sua madre raggomitolata sulla poltrona.

«Ciao Giorgio», disse sforzandosi di essere naturale.

«Perché te ne stai qui al buio?» indagò Giorgio con sospetto.

«Ti stavo aspettando», rispose Giulia sforzandosi di essere tranquilla.

«Allora si mangia?»

«Quando vuoi», replicò con un mezzo sorriso.

«Vado a lavarmi le mani e sono pronto», disse allontanandosi.

«Ti aspetto in cucina», lo avvertì la madre.

Giulia sedette a tavola al solito posto, appoggiò i gomiti sul ripiano e chiuse le mani a pugno appoggiandovi il mento.

Giorgio entrò in cucina e la guardò perplesso.

«Siediti», lo invitò Giulia.

Lui si accostò al tavolo e vide quello che c'era nel piatto. Guardò sua madre che lo scrutava con occhi severi. Lei lo vide arrossire e poi impallidire. Colse nello sguardo del figlio un lampo di odio prima che scagliasse il piatto e il contenuto che lo accusava contro la parete di piastrelle. Il piatto esplose in mille pezzi e il ragazzo uscì rabbiosamente dalla cucina senza dire una parola.

«Dove vai, adesso?» gridò Giulia alzandosi e seguendolo.

«Me ne vado e basta», replicò. «Vado via da questa casa di merda.»

Giorgio si stava comportando come un animale caduto in trappola. «Dove pensi di andare, piccolo ragazzino idiota?» Giulia era spaventata e non riusciva a controllarsi. L'aveva raggiunto e cercava di trattenerlo per il bavero del giubbotto.

«Non mi toccare. Toglimi le mani di dosso», gridò Giorgio con voce stridula. Ormai era sulla porta e sua madre lo afferrò per un braccio. «Io non ti conosco più», sussurrò Giulia guardandolo costernata.

«Neanch'io mi riconosco più», disse il ragazzo aspettandosi il colpo di grazia.

Giulia, invece, lo abbracciò di slancio e piansero insieme.

«Non so che cosa mi ha preso», cercò di spiegare il ragazzo tra le lacrime. «Avevo bisogno di soldi. Tu non me ne dai.»

«E la tua paghetta? Diecimila lire ogni sabato.» Giulia aveva ripreso il controllo.

«Una miseria. Solo di sigarette mi vanno via tremila lire al giorno», ritornò ad aggredirla Giorgio.

Giulia stava facendo una nuova amarissima scoperta.

«Vuoi dire che fumi?» chiese sgomenta.

«Fumo, certo» affermò Giorgio con durezza.

«Hai quindici anni e fumi», ripeté Giulia lentamente.

«Sì, perché? Non sono il solo. I miei compagni fumano. Molti insegnanti lo fanno.»

«Non me l'avevi mai detto», lo rimproverò.

«Me lo avresti impedito», si giustificò. «Se fumo mi sento più forte e più sicuro.»

Mai come in quel momento Giulia desiderò avere un uomo accanto a sé. La realtà in cui il figlio si muoveva, e la coinvolgeva, aveva qualche cosa di oscuro e di angoscioso. Come in tanti momenti cruciali della sua vita, Giulia era sola ad affrontare una realtà sconosciuta e dolorosa. Guidò il figlio in salotto, lo fece sedere in poltrona e sedette accanto a lui chiamando a raccolta tutte le sue forze per non lasciarsi dominare dallo smarrimento. Cominciò a parlare con voce pacata.

«Allora proviamo per una volta a incominciare dal principio», propose Giulia chinandosi sul figlio.

«Qual è il principio?» domandò il ragazzo.

«Cominciamo col dire che questa mattina non eri a scuola. Vero o falso?»

«Vero», ammise lui con eccessiva disinvoltura.

«Perché non sei andato a scuola?»

«Perché sono andato a una manifestazione», farfugliò con poca convinzione.

«Senza di te la protesta non avrebbe avuto senso, immagino», disse calcando bene sulle parole.

«Non fare così, mamma», si trincerò Giorgio che sapeva quanto sua madre detestasse le menzogne.

«E pensare che hai avuto la faccia tosta di lasciarmi un messaggio nel quale ti vantavi di un otto in storia», riprese aumentando il tono di voce e alzandosi, quasi volesse dominarlo.

«Se fossi andato a scuola avrei preso un voto da vergognarsi», cercò di difendersi arrampicandosi sulle parole. «In fondo ti ho scritto quello che avrei voluto io. E anche quello che tu avresti desiderato da me.»

«Ma come hai potuto pensare di inventare una bugia così grossolana?» si infuriò. «E non sei andato neppure a casa di Fabio nel pomeriggio. Dov'eri?»

«Al parco, con un paio di ragazzi.»

«E che cosa avete fatto in tutto questo tempo?»

«Niente.»

«Come niente?»

«Sì, abbiamo fumato. Giocato a pallone. Ma soprattutto sono stato molto triste. Per averti mentito. Per avere rubato le cose di Ambra. Nel nostro liceo c'è un ragazzo dell'ultimo anno che se gli porti una catenina o un anello te li paga bene.»

«Quanto bene?» chiese Giulia sforzandosi di essere calma mentre il cuore le batteva impazzito.

«Anche dieci o quindicimila lire», confessò Giorgio, «ma non ce l'ho fatta a vendere i gioielli di Ambra.»

«E che cosa pensavi di fare con le cose di Ambra?»

L'istinto era di schiaffeggiarlo. Ma non sarebbe servito.

«Avrei cercato di rimetterli nella sua borsetta. Ma lei non c'era e non c'eri nemmeno tu. Mi sono sentito solo e colpevole», ammise a malincuore.

Giulia cercò di ricordare la sua adolescenza, quella di suo fratello Benny, ora avvocato di successo, e di sua sorella Isabella. Erano stati tutt'e tre ragazzi un po' inquieti, spesso infelici. Ma Giulia, con la sua particolare sensibilità, aveva sofferto più di loro. E suo figlio le assomigliava. Spesso capitava che il castigo morale, che la sua coscienza le imponeva, fosse anche più pesante del castigo per la trasgressione commessa.

«Lo sai che Ambra e io siamo andate al commissariato a denunciare il furto?» disse Giulia dopo qualche attimo di silenzio.

Giorgio si mise a piangere. Le mani aggrappate ai braccioli della poltrona, tremava in preda a una crisi irrefrenabile.

«Dovrai dire tutto ad Ambra», annunciò Giulia. «È la prima cosa da fare.»

Il ragazzo era fuori di sé. «Non posso. Mi vergogno. Voglio andare via. Voglio scappare», piangeva disperato.

«Ma dove vuoi scappare?» lo ammonì Giulia. «Dove vuoi nasconderti se dentro di te rimane la disperazione?» afferrò il telefono e chiamò Ambra. «Giorgio ti vuole parlare», disse semplicemente.

Il ragazzo afferrò l'apparecchio che la madre gli tendeva e cercò di calmarsi. Quando parlò aveva nuovamente la voce di un bambino alle prese con un problema più grande di lui. «Sono stato io», confessò alla governante che l'amava come un figlio.

«Sei stato tu?» domandò Ambra sorpresa. «Che cosa hai fatto tu?»

«Ho rubato la tua roba dalla borsetta. Scusami.» E chiuse la comunicazione.

Giulia trasse un sospiro doloroso prima di continuare la sua inchiesta. «E adesso veniamo alle sigarette», riprese. «Da quanto tempo fumi?» domandò esasperata.

«Dalla scorsa estate. Da quando sei andata in vacanza con Ermes e mi hai lasciato qui, da solo. Anche papà era via.» Stava giocando la carta del sentimento per farla sentire in colpa, oppure esponeva con sincerità il suo stato d'animo?

«Lo sai che fumare fa male alla salute?» disse una banalità perché non sapeva come affrontare il discorso.

Le tornarono in mente le parole di suo padre, il professor Vittorio de Blasco, quando lei, ancora ragazza, si era innamorata di Leo, un uomo sposato. E per quanto suo padre l'avesse messa in guardia, lei non lo aveva ascoltato.

«L'esperienza non è trasferibile», si era rammaricato allora il professore. «Dovete sbatterci il grugno, voi giovani. Dovete sentire il dolore nel vostro cuore. Fra vent'anni ci sarai tu di fronte a un giovane, tuo figlio, al quale, più o meno, dirai le stesse cose che oggi ti dico. E sentirai le stesse pene, lo stesso senso di impotenza che sento io in questo momento.» Com'erano vere, quelle parole. Giulia se ne rendeva conto perfettamente in quel momento.

Era sola ancora una volta di fronte al moto degli affetti opposto alla concretezza dei fatti. Era un groviglio inestricabile nel quale non riusciva a mettere ordine.

Il fatto che Giorgio fumasse e non studiasse, molto probabilmente, era anche la conseguenza di questa confusione.

«Che cosa intendi fare, Giorgio?» gli chiese infine con le lacrime agli occhi.

«Non lo so. E tu? Tu mamma, che cosa intendi fare?»

«Siamo smarriti nella stessa nebbia», disse Giulia. «Io

51

proporrei di prenderci per mano e andare insieme a mangiare una pizza», concluse, cercando di sdrammatizzare.

«Io ci sto», disse il ragazzo. «A condizione che tu mi lasci fumare», tentò.

«D'accordo», accettò Giulia addolorata, consapevole che era meglio affrontare i problemi uno alla volta.

Quando furono in pizzeria, Giorgio estrasse una sigaretta dalla tasca del giubbotto e se la infilò in bocca. Giulia provò una stretta al cuore. Guardò le labbra piccole e rosate di suo figlio che aspiravano con avidità il fumo della sigaretta e, per un attimo, si sentì di nuovo smarrita.

10

FRANCO Vassalli entrò nella sala riunioni preceduto dal suo cane. L'ambiente era arredato con sobria eleganza, secondo il gusto tradizionale della ricca borghesia lombarda: pareti rivestite in radica chiara, lampade in ottone dorato con paralumi di vetro verde appoggiate sul lungo tavolo centrale. Sulla parete di fondo un ritratto di donna del Boldini conferiva al luogo un tocco ottocentesco in contrasto con lo spirito avventuroso della Provest, una finanziaria nata da otto anni, guidata da un manager rampante che perseguiva una politica gestionale aggressiva e, per certi aspetti, discutibile. Poiché, però, ogni traguardo veniva vantaggiosamente raggiunto, nessuno aveva il coraggio, e forse la convenienza, di criticarlo.

Un cameriere stava raccogliendo le ultime tazzine da caffè. Gli bastò un'occhiata del presidente per capire che doveva sgombrare velocemente il campo.

Franco Vassalli raggiunse il suo posto a capo del tavolo. Fece un cenno a Madì perché deponesse davanti a lui il plico dei documenti che la donna teneva in mano. Gli sguardi di tutti convergevano su di lui che, in piedi, le mani appoggiate allo schienale della poltrona, li gratificò con un rassicurante sorriso.

Non si scusò per il ritardo e, finalmente, si sedette. Alla sua destra c'era l'avvocato Mario Tosi che conosceva nei minimi

53

particolari i contratti di Inter-Channel. Alla sua sinistra sedeva Andrea Conti, amministratore delegato del network. Tosi e Conti erano presenze puramente formali per quella riunione semestrale dei soci. L'ordine del giorno e la globalità dei programmi erano perfettamente noti a Franco Vassalli.

C'era anche Georges Bertrand, vicepresidente di Inter-Channel, una specie di Jean Gabin smilzo e dall'età indefinibile, di professione banchiere. Deteneva il quaranta per cento del pacchetto azionario della società. Tra i due non correvano rapporti idilliaci, ma c'era stato un tempo in cui Vassalli e Bertrand erano amici. Il francese sedeva accanto al suo legale e aveva di fronte a sé Alan Gray, l'editore inglese che aveva creato l'emittente. L'idea era stata buona mentre i conti di gestione erano stati tali che si era visto costretto al frazionamento in quote per far sopravvivere la società. Alan Gray era un garbato signore di mezza età con piccoli occhi azzurri dall'espressione serena. Sostanzialmente era un ottimista. Deteneva ancora il quindici per cento del pacchetto azionario e stava per cederne una parte a Bertrand. Questa era la notizia che Vassalli aveva ricevuto da Londra. La mina vagante che, secondo il francese, sarebbe esplosa quel giorno nella sala riunioni della Provest.

«Credo sia inutile dedicare molto tempo e spazio ai bilanci dell'anno finanziario appena concluso», esordì Franco Vassalli con tono sbrigativo. «Sotto la mia presidenza», soggiunse, «Inter-Channel ha rapidamente raggiunto il pareggio. E quest'anno ha chiuso con un attivo di trenta miliardi. A questo punto avrei gradito un apprezzamento. Se non proprio un applauso, almeno un bravo da parte di tutti voi. Un'azienda soffocata dai debiti è diventata una torta che tutti vorrebbero assaggiare. Pensavo che avessimo raggiunto un equilibrio perfetto. Invece pare che il mio amico Bertrand voglia portarmi via il controllo dell'azienda con la complicità e l'appoggio compiacente di Alan Gray.»

Franco aveva sferrato il suo attacco senza preamboli,

com'era nel suo stile. Le accuse secche, come martellate, venivano mediate da un tono vagamente salottiero e con il sorriso di un grande charmeur.

Bertrand arrossì per la collera e il disappunto di avere perso l'opportunità del colpo a sorpresa.

«Tu fai e disfi a tuo piacimento», lo interruppe con l'intenzione di tagliargli la strada. «Non ti preoccupi di informarci sulle iniziative che prendi. Parli di un attivo di trenta miliardi che nessuno ha mai visto. Avevi promesso dividendi che non ci sono. In compenso chiedi una compartecipazione per nuove spese sulle quali io non sono assolutamente d'accordo. Per due anni ho rivestito il ruolo di *sleeping partner*. Ora che mi sono svegliato dovrai sentire il peso delle mie decisioni», lo aggredì.

Fino a due anni prima, quando Franco Vassalli aveva concluso le trattative per l'acquisto, Inter-Channel era un network in perdita. Raggiungeva circa dodici milioni di famiglie in Europa trasmettendo, ogni giorno, programmi sportivi non stop dalle otto del mattino a mezzanotte. Aveva costi di gestione altissimi che non garantivano il traguardo del pareggio.

Alan Gray, ideatore e proprietario dell'emittente, discendeva da quei Gray che avevano costruito la villa sul lago di Como dove viveva la madre di Franco Vassalli. Così si erano conosciuti ed erano diventati amici.

Quando Gray gli aveva esposto le sue difficoltà, Franco Vassalli aveva garantito la sua disponibilità a rilevare parte dell'emittente, debiti compresi. Aveva inoltre garantito l'inserimento di un terzo socio, il banchiere francese Georges Bertrand. Franco aveva promesso di risanare l'azienda in due anni. In compenso aveva chiesto il controllo assoluto. Era bastato un anno per rimetterla in piedi. L'operazione ebbe un costo anche doloroso: l'annullamento dei contratti più gravosi, e una riduzione del cinquanta per cento del personale. Franco aveva differenziato i programmi e ampliato il ventaglio degli utenti. Come conseguenza, l'audience era salita a quasi venti milioni di famiglie in Europa e i contratti pubblicitari erano praticamente raddoppiati giustificando un incremento delle tariffe di un buon trenta per cento.

Franco Vassalli non era intenzionato a fermarsi qui. Aveva altri obiettivi in mente. E le fette della torta avrebbe continuato a tagliarle lui.

«Io non voglio neanche conoscerle, le tue decisioni», replicò Vassalli. «Sto costruendo uno dei network più importanti in Italia. L'operazione comporta costi altissimi: promozione, affitto degli spazi e del satellite, diversificazione dei programmi. Tu vivi nell'ottica del contabile di serie C. Se fossi un ragioniere lungimirante avresti sommato le entrate pubblicitarie di quest'ultimo anno. Abbiamo contratti con l'Inghilterra, la Francia, l'Italia, il Belgio e la Germania. E tu vorresti portarmi via il comando di questa nave che sta andando a tutto vapore? E se tu, Alan, dai il tuo appoggio a Bertrand, sei più pazzo di lui.» Il cane lupo era immobile ai suoi piedi, apparentemente immerso in un sonno profondo.

Franco aveva subito ingaggiato battaglia: il suo quarantacinque per cento contro il cinquantacinque per cento del francese e dell'inglese unificati.

Franco Vassalli guardò Alan Gray. Aspettava la sua presa di posizione.

«Mi dispiace, Franco», intervenne Alan. «Niente di personale, credimi. Ma questa volta sto con Bertrand.»

Vassalli restò impassibile e non volle chiedere la ragione di questa scelta di campo. Sapeva perfettamente che l'inglese navigava in cattive acque con la sua casa editrice. Aveva gusto, intelligenza, ma non era un manager. Non sapeva adeguarsi ai tempi. Aveva bisogno di soldi e il francese glieli avrebbe dati.

«Ti offro sei milioni di sterline», dichiarò Franco.

«Sono dodici miliardi di lire» mormorò Andrea Conti, guardandolo costernato.

«In cambio di che cosa?» domandò l'editore inglese. Georges Bertrand gliene aveva offerti tre per rilevare l'otto per cento della sua quota del network. L'otto per cento sommato al suo quarantacinque, gli consentiva di diventare socio di maggioranza di Inter-Channel.

«Ti sto offrendo il doppio», disse all'inglese.

«Ma se non hai una lira», lo accusò Bertrand. «Non hai nessuna liquidità.»

«Avrai entro due giorni sei milioni di sterline. O dodici miliardi di lire, se preferisci», promise ad Alan. La sua era l'espressione di un vincente.

«Non credergli, Alan», urlò il banchiere francese alzandosi rabbiosamente dal tavolo e puntando contro Franco il suo indice accusatore. «Lui non ha un centesimo.»

«Sono d'accordo», ammise Vassalli, «ma è anche vero che mantengo sempre quello che prometto. E io ti prometto», aggiunse, «che avrai i tuoi soldi fino all'ultima lira.»

«Entro lunedì?» chiese Alan.

«Entro lunedì», affermò Franco Vassalli.

«Ti credo», disse l'inglese con un sorriso fiducioso. Poi, rivolgendosi a Bertrand: «Mi dispiace. Le mie simpatie vanno a Franco che, non dimentichiamolo, ha creato un'emittente di primissimo ordine».

Bertrand non si rassegnava alla sconfitta e arrivò a implorare l'inglese, ma i giochi, ormai, erano fatti.

Mentre Georges Bertrand, ormai perdente, tentava di abbozzare una inutile reazione, la porta della sala riunioni si spalancò e Madì, pallida e sconvolta, si avvicinò a Franco.

«Devo parlarle, signore», esordì drammaticamente.

Lui la guardò con aria interrogativa. «Ti ascolto», replicò imperturbabile.

«Si tratta di una cosa riservata.»

«Non c'è niente di così riservato che i miei soci non possano sentire», precisò.

«Sua madre è stata rapita», annunciò la segretaria.

11

Giulia sfogliava distrattamente il *Corriere della Sera*, seduta al tavolo di cucina, mentre con Ambra consumava la prima colazione. Di tanto in tanto la governante amica osservava il bel viso aggrottato di Giulia. Non ricordava di averla mai vista così depressa, nemmeno quando era più giovane e aveva scoperto i tradimenti coniugali di Leo, suo marito.

Nemmeno quando morì sua madre. Nemmeno quando scoprì di avere un cancro al seno.

«Vuoi ancora un goccio di caffè, Giulia?» le chiese nella speranza di interrompere quel cupo mutismo. Per tutta risposta ottenne soltanto un brontolio indistinto. «Giulia», proseguì, «quella di Giorgio è stata solo una ragazzata. Si è pentito. Personalmente sono pronta a giurare che non farà mai più una cosa simile.» Il buonsenso di Ambra e l'istinto di Giulia erano a confronto.

«Lo spero tanto anch'io», Giulia alzò gli occhi dal giornale.

Erano le prime parole comprensibili da quando era scesa per la colazione.

«Giorgio attraversa un periodo di profonda crisi», precisò.

«Tutti i ragazzi sono in crisi a quindici anni. E fanno un sacco di asinate. Giorgio è buono. Ha un fondamento sano.

58

Lascialo in pace e vedrai che tutto andrà a posto», aggiunse Ambra.

«Mi auguro che tu abbia ragione, Ambra», sospirò Giulia. «Ieri sera gli ho parlato a lungo. Giorgio è pieno di problemi. Non fumerebbe un pacchetto di sigarette al giorno se non fosse così. E, quello che è peggio», continuò, «io mi sento terribilmente in colpa. Credo di non essergli stata abbastanza vicina quando aveva più bisogno di me.»

«Vedi, Giulia, la tua sensibilità ti porta a drammatizzare anche gli episodi che sono tanto frequenti nell'adolescenza.»

«Un pacchetto di sigarette al giorno ti suggerisce queste banalità?» si inquietò Giulia.

«E allora parlane con Leo. È pur sempre suo padre. Se davvero Giorgio ha tanti problemi, lui potrebbe aiutarlo. E aiutarti.»

«Sì. No. Non lo so», replicò Giulia. «Leo è stato un disastro come marito e come padre. A lui va sempre tutto bene. I problemi non lo coinvolgono più di tanto. Vive alla giornata. Detesta le complicazioni.»

«Per fortuna», intervenne Ambra. «Tu invece le ami. Scusami se mi permetto di dirtelo. Sono sedici anni che mi occupo di te, di tuo figlio e di questa casa. Tu trovi sempre qualche ragione per affliggerti. Prova a lasciarti vivere.»

Ambra aveva preso a sparecchiare la tavola con gesti bruschi, quasi volesse cancellare le afflizioni di Giulia che taceva pensierosa.

Davanti all'acquaio e, tanto per fare qualcosa, cominciò a sfogliare un cappuccio d'insalata.

«Scusa, Giulia, dimenticavo di dirti che questa mattina ha telefonato Ermes da Londra.»

«E me lo dici soltanto adesso?» la rimproverò.

«Dormivi.»

«Potevi svegliarmi», replicò vivacemente.

«Ermes non ha voluto. Sappiamo tutti com'è importante il tuo sonno. Dice che tornerà nel pomeriggio e questa sera passerà a prenderti. Mettiti in pompa magna. Pare che si tratti di una cenetta a lume di candela.»

Giulia trasse un doloroso sospiro.

«Che cosa c'è?» si incupì Ambra. «Non ti rallegri nemmeno di fronte a una cenetta intima a lume di candela?»

«Mi sento così vecchia, cara Ambra», disse, sul punto di piangere. «Ci sono momenti in cui ho l'impressione di avere sbagliato tutto nella mia vita. Arrivo al punto di invidiare mia cognata Silvana e mia sorella Isabella. Sono donne appagate, tranquille, sicure. Vivono un'esistenza serena, senza scosse, senza angosce, senza malattia.»

«E senza successi», ribatté Ambra.

«Dio mi è testimone che non li ho mai cercati.»

«Il successo non va da chi lo insegue. Uno ci nasce con le stigmate del successo. E sono dolorose, Giulia. Sanguinano e fanno male. Ti ho conosciuto», continuò l'amica, «mentre scrivevi il tuo primo libro e avevi un pancione grosso così. Cresceva dentro di te un figlio. Stavi a letto per non perderlo. E costruivi il tuo primo romanzo. Sei una donna fortunata, Giulia. Leo andava in giro per il mondo tra interviste e baldorie con donne allegre e disponibili. Vuoi raccontarla proprio a me la storia del tuo successo?»

Giulia, a questo punto, avrebbe voluto scambiare la sua vita con quella di Ambra che era il ritratto della salute e dell'efficienza. Avrebbe voluto barattare la sua esistenza con quella di una qualsiasi delle donne che conosceva. Perché lei non si piaceva. Forse non si era mai piaciuta e trovava difficile convivere con se stessa.

Portava dentro di sé il fantasma del cancro che l'aveva colpita a tradimento. Nonostante le rassicurazioni di Ermes, non era tanto certa che fosse stato debellato per sempre.

A volte si guardava il seno allo specchio. Un seno più piccolo dell'altro. Un capezzolo più alto dell'altro. Dov'era finita l'armoniosa simmetria del suo seno? A quarantadue anni temeva di essere una donna finita.

Sentiva a volte il bisogno disperato di parlare con qualcuno delle sue angosce, di frequentare altri uomini per scoprire se era ancora una donna accettabile, dopo la menomazione subita. L'amore di Ermes e il desiderio intenso con cui la cercava non erano per lei prove sufficienti. Ermes vedeva in lei la quindicenne di un tempo, ma un altro uomo come l'avrebbe vista?

Improvvisamente Giulia scoppiò in lacrime, subito accolta dalle braccia di Ambra.

12

«Oh, che meraviglia!» la vecchia e dolcissima signora sgranava gli occhi mentre si avviava con passo esitante ma leggero lungo un sentiero ricoperto di muschio fine e soffice come un tappeto. Da una parte e dall'altra del sentiero si estendeva, fino ai limiti estremi di un grandioso capannone, un prato costellato di pratoline candide che sembravano fiocchi di neve fresca appena caduta.

Contro un cielo che aveva le tinte tenui di un tramonto primaverile, si alzavano alberi coperti di tenere foglioline e di fiori rosati. All'orizzonte il profilo nitido di una casetta bianca con le imposte verdi spalancate, le tendine di pizzo alle finestre e magnifici gerani rossi appoggiati ai davanzali.

«Mi ricorda un'altra casa», disse la donna con aria sognante. «Era a Canterbury», continuò. «Nel Kent. Lei, Marisol, è mai stata nel Kent? Un posto bellissimo. Il mio Franco ha studiato nel Kent. Un corso per Master. Royal College, mi pare si chiamasse la scuola. Un corso difficile per ragazzi intelligenti come lui. Ora non ricordo se ci sono mai stata in un posto così. O se l'ho visto in cartolina. Perché, vede, ci sono cose che ricordo e altre no. Ma questa casa la ricordo bene. È una meraviglia.» L'anziana signora era allegra, loquace mentre si addentrava nel paesaggio immoto, la simulazione perfetta di un desiderio appagato.

«È contenta, signora, di essere qui?» le chiese Marisol. Indossava il camice bianco delle infermiere. Anche le calze e le scarpe erano bianche. Sembrava un angelo.

«Certo che sono contenta di essere qui. Non vedo l'ora di dirlo al mio papà. Lei conosce il mio papà? Si chiama Franco. È bellissimo. Dicono che gli assomiglio», mormorò ridendo divertita e affondando il collo tra le esili spalle. Ma subito ritornò seria e dubbiosa.

«Mi dica, Marisol, dove mi ha portata?»

«Nel paese delle fiabe», rispose la ragazza. «Non è questo che voleva?» domandò guidandola per un sentiero che aggirava la minuscola casa e sfociava in un cortile dove campeggiava una grande giostra luminosa, con cavalli di legno le cui zampe anteriori erano sollevate nell'atto di saltare un ostacolo. I cavalli mantenevano un equilibrio perfetto grazie a una lancia a righe d'oro e celesti che li trafiggeva all'altezza del collo e li ancorava saldamente a terra. E fu a una di queste lance che la vecchina si aggrappò con agilità per montare a cavallo.

Dopo avere sistemato la sua protetta, anche Marisol salì su un altro cavallo. La giostra prese a girare lentamente mentre la vecchia agitava una mano per salutare chissà chi. La ninna nanna di Brahms, suonata dall'organetto di un patetico carillon, riempiva dolcemente l'aria.

La vecchina sorrideva estasiata coinvolgendo anche Marisol in quella magica finzione.

«Che bello! Che bello!» non si stancava di ripetere con voce gentile. Poi, aiutata dalla ragazza, scese da cavallo. «Era tanto tempo che desideravo andare sulla giostra. Mesi. Forse anni. Non osavo chiederlo al mio papà. Alla fine mi ci ha portata lei. Io lo so chi è lei. Lo sa che io lo so?»

Marisol smise di sorridere. Quella donna riusciva sempre a sorprenderla, come se conoscesse il senso di quella finzione al centro della quale c'era lei, con il suo infantile, candido e intraducibile stupore di bambina.

«Chi sarei, io?» chiese la ragazza incuriosita.

«Il mio angelo custode. L'ho capito fin da quando si fermò davanti al cancello della villa.»

Marisol sorrise alla vecchia signora che volle girare intorno alla giostra e, al limitare del breve orizzonte, contro un cielo rosato, vide il profilo di un antico castello turrito posato sulla sommità di una collina verdeggiante.

«Quella è la casa del principe azzurro», disse Marisol.

«È proprio così che l'avevo sempre immaginata», spiegò la donna. «E lui, il principe azzurro, dov'è?»

«Da qualche parte nel bosco. È uscito a cavallo. Forse è andato a caccia. Forse è andato a cercare Biancaneve.»

«Però, che strano», disse la donna con fare sospettoso. «Non sento cantare gli uccellini. Vicino al principe e a Biancaneve ci sono sempre gli uccellini che cantano, le farfalle che volano, gli scoiattoli che saltano. Non c'è niente di tutto ciò. Sembra un paesaggio finto», constatò la vecchina con lucidità mentre sedeva su una panchina di legno. Si chinò per cogliere un fiore.

«Anche questa margherita non ha profumo», sottolineò delusa. «È finta, Marisol», disse sgranando gli occhi per la sorpresa. «Il paese delle fiabe è una finzione. Anche l'erba è finta. È tutto finto. Ma è bello. E a noi piace. Vero?» si rianimò. «Ma i fiori, almeno quelli, devono essere profumati.» Sembrava delusa, tradita. Poi, improvvisamente, il desiderio riapparve.

«Facevo un gioco quando il mio ragazzo era piccolo. Lo cullavo e mi dicevo che era figlio di un giovane principe che mi aveva molto amata. Ma la sua famiglia era contraria al matrimonio. Sa... vecchia nobiltà francese. Sarebbe stata un'imperdonabile *mesalliance*. Però, come lei sa, al cuore non si comanda. Lui faceva l'aviatore. Ogni giorno, con il suo aereo, volava sopra la mia casa nella speranza di vedere me e il nostro bambino. L'avevo chiamato Franco per ricordare le origini francesi di suo padre. Poi un giorno l'aereo non venne. E neppure i giorni seguenti. Insomma, non tornò più. Forse il bell'aviatore aveva sposato una principessa.»

«Sa che starei ad ascoltarla per ore? Le sue storie sono davvero belle», disse Marisol conquistata. «Ma adesso è l'ora della medicina. E dobbiamo andare.»

«Via dal paese delle fiabe?» si stizzì la vecchina.

«No, staremo qui finché lei vorrà», promise Marisol guidandola verso una porta di ferro che, una volta aperta, rivelò un breve corridoio di un candore abbagliante sul quale si aprivano altre porte. Marisol ne aprì una e le due donne si trovarono in un soggiorno moderno con arredi in acciaio e cristallo. C'era una tavola apparecchiata per due. Al centro, un vassoio con prosciutto e melone, una piccola alzata piena di frutta fresca, una torta di mele e alcuni flaconi di medicinali.

«È più bello là fuori», disse la vecchia signora.

«Allora facciamo un patto», propose Marisol. «Prima la medicina, poi il pranzo. Poi di nuovo là fuori», concluse Marisol con dolce fermezza.

«Dov'è la stanza da bagno?» chiese l'anziana signora.

«L'accompagno», si affrettò Marisol. La ragazza la introdusse in un piccolo bagno, pulito e brillante.

Richiuse la porta alle spalle della signora. Ritornò nel soggiorno ed estrasse, dal cassetto di un mobile chiuso a chiave, un telefono portatile.

Compose velocemente un numero e parlò: «È tutto a posto. È molto felice di essere qui. Una trovata davvero geniale».

Marisol ascoltò brevemente la voce dell'interlocutore dall'altra parte del filo.

«Lo farò subito», promise.

Quando la vecchina uscì dal bagno, Marisol aveva in mano una Polaroid.

«Voglio farle una bella fotografia», disse l'infermiera. «Me lo regala un sorriso?»

«Ma neanche per sogno», replicò la vecchina rabbuiandosi. «Se crede che non sappia che oggi è il mio compleanno, si sbaglia di grosso. So anche che mio figlio mi ha promesso un dono speciale.»

«E se il dono speciale fosse proprio il paese delle fiabe?» la interrogò Marisol che cercava il momento giusto per premere il pulsante.

«Ma certo», esclamò felice la signora, «a volte non riesco a pensare bene come vorrei. La mia povera testa», soggiunse, «non si comporta come dovrebbe. O come vorrei. Ma la vita è tanto bella», concluse sorridendo.

L'immagine che si impresse sulla carta della Polaroid fu quella di una signora felice davanti a una elegante tavola imbandita.

13

Louis Fournier guardava la pioggia cadere con cupa insistenza di là dai vetri del suo ufficio di Georgetown e tamburellava con i polpastrelli il ripiano in teck della scrivania. Era un uomo di quarant'anni, ma ne dimostrava molti di più. La pioggia lo immalinconiva. Proprio in un giorno come quello, a Parigi, sua moglie l'aveva lasciato per andarsene con un ricco signore che poteva assicurarle le certezze di cui aveva bisogno. Si era stancata delle depressioni di Louis, della sua ipocondria lamentosa, delle sue paure. Lui stesso non aveva potuto darle torto. La sua malinconia cronica gli aveva sempre impedito di essere felice. Inoltre, l'altro aveva saputo risvegliare in lei il desiderio, regalandole l'intensità di una giovinezza ritrovata.

Si erano lasciati da persone civili, soffrendo molto. Quasi subito, Louis accettò un incarico nelle isole Cayman e vi arrivò nel periodo delle grandi piogge che moltiplicarono la sua tristezza.

Louis guardò i goccioloni che rigavano i vetri come le lacrime che gli pesavano sul cuore. Cresceva dolorosamente la nostalgia di Parigi, della sola donna che avesse mai amato, della sua casa di Neuilly, dei sogni giovanili, della brillante carriera che non era riuscito a fare.

Aveva accettato di vivere su un'isola, che un giorno o l'altro sarebbe sprofondata sotto il peso dei dollari che, in questo paradiso fiscale, confluivano da tutte le parti del mondo, spinto dal solo sentimento che gli era rimasto: l'avidità di denaro.

Georges Bertrand gli aveva affidato la direzione dei suoi traffici al confine tra il lecito e l'illecito. Un'ora prima, dall'Italia, l'aveva chiamato Franco Vassalli. Gli aveva chiesto un prestito urgente di sei milioni di sterline.

Sulla scrivania di Louis Fournier c'erano i fax che riportavano i titoli dei giornali italiani con la notizia del rapimento di Serena Vassalli. Franco gli aveva chiesto quella cifra per pagare il riscatto di sua madre.

«Louis, è una questione di vita o di morte», l'aveva implorato. «Devi farmi avere la rimessa entro due giorni. Ne va dell'incolumità di mia madre.»

Louis lo conosceva da cinque anni. Erano quasi coetanei. Glielo aveva presentato Bertrand a un party nella villa del banchiere a Cap Ferrat. A lui piaceva Franco per la forza e la simpatia che sprigionava. Era l'uomo che lui avrebbe voluto essere. E che non sarebbe mai stato. Perché Franco aveva una marcia in più, una qualità superiore che gli consentiva di primeggiare su tutti.

«Devo chiedere a Bertrand», aveva replicato Louis. Sapeva che i due erano soci in Inter-Channel e pensava che, di fronte a un evento tanto grave, lo stesso Bertrand non avrebbe mosso obiezioni. Tuttavia, sei milioni di sterline erano pur sempre una grossa somma.

«Non metterti a fare lo scudiero zelante, Louis», aveva detto Vassalli. «Prima mandami i soldi. Poi chiedi tutti i permessi che vuoi. E non venirmi a raccontare che devi cautelarti con delle garanzie.»

«Dobbiamo concordare i tassi di interesse», replicò Louis. Poi cambiò registro. «Senti Franco, quando mi renderesti il tutto?»

«Due mesi. Ti vanno bene? Entro il 30 dicembre.»

«Su quali garanzie possiamo contare?»

«La mia parola. Non ti basta?»

«No. Cioè, sì. A me basterebbe, ma non a Georges.»

«La mia barca. Va bene?» azzardò Franco Vassalli.

Era uno Swan di sessantacinque piedi, a vela, costruito in Finlandia dai cantieri Norton. Un autentico gioiello.

«No, non basta» sentenziò Louis. «Non copre neanche un terzo della somma. E tu lo sai, amico.»

«Mettiamola così, allora. Tu mi dici quello che vuoi a garanzia e io vedo se te lo posso dare. Così chiudiamo la storia.»

«Il sei per cento di Inter-Channel», propose, «e cinquecentomila sterline a due mesi.» Gli sembrava una transazione corretta sulla quale lo stesso Bertrand non avrebbe avuto niente da obiettare.

«Va bene», accettò Franco. «Mandami i soldi e io ti faccio preparare i documenti per il passaggio delle quote.»

Louis Fournier aveva cercato subito di mettersi in contatto con Georges Bertrand per comunicargli i termini della transazione, ma il francese sembrava essersi volatilizzato. Questo non gli impedì di tenere fede ai patti stabiliti con Vassalli. Gli sembrava un eccellente affare. In fondo, in un colpo solo si guadagnava l'eterna riconoscenza di Vassalli, per averlo aiutato in un momento drammatico, e quella di Bertrand per avergli acquisito sei quote del network, una società che gli stava particolarmente a cuore. E chissà che Bertrand non si decidesse a toglierlo da quella trappola di isola dove l'aveva sistemato approfittando della sua disperazione. E se invece qualcosa fosse andato male? Impossibile, si disse Louis. Conosceva bene Franco e la sua onestà professionale. Si rassicurò.

Louis chiamò Vassalli sul suo numero diretto. L'orologio da polso segnava le undici del mattino. In Italia era pomeriggio. Gli rispose Madì.

«Il numero è sotto controllo», gli comunicò la donna riconoscendo la sua voce. «È a causa del rapimento della signora Vassalli.»

«Capisco. E... ci sono novità?» chiese cautamente.

«Aspettiamo che ci vengano indicate le modalità del pagamento. L'unica nostra richiesta è il silenzio stampa.»

«Dica al dottor Vassalli che gli sono vicino e che farò in modo di raggiungerlo entro domani», concluse. Louis non si sarebbe mosso da Georgetown. Usava un linguaggio convenzionale che Madì comprese al volo.

«Riferirò», concluse lei chiudendo la conversazione.

Poi bussò all'ufficio di Franco. «I soldi arrivano domani», annunciò. «Fournier aspetta i documenti a garanzia del prestito.»

«Benissimo», ribatté Franco. Poi ebbe per lei un sorriso di riconoscenza. «Ha lavorato troppo in questi ultimi tempi. Perché non si prende un pomeriggio di libertà?»

Madì lo osservò attraverso le spesse lenti da miope che rendevano il suo sguardo indecifrabile.

«Se lei lo desidera», rispose esitante.

Franco era sicuro che Madì non lo avrebbe abbandonato neppure per un'ora.

«Faccia come crede», commentò alzandosi dalla poltrona. «Vieni Lupo», sollecitò il cane. «Andiamo a sgranchirci le gambe.»

Uscirono dalla sede della Provest e si diressero verso piazzale Cordusio. Entrarono nel palazzo delle Poste e Telegrafi e raggiunsero il settore dei telefoni.

Franco formò un numero di Londra: «È tutto a posto», disse all'interlocutore lontano. Riagganciò e uscì con aria soddisfatta. «Sta andando tutto nel migliore dei modi, amico», disse accarezzando il pelo morbido del cane.

Si infilò in un bar dove bevve un succo di pompelmo. Regalò a Lupo una patatina croccante e il fedele, inseparabile compagno lo ricambiò con uno sguardo riconoscente.

Poi uscì e imboccò via Dante. Proprio sull'angolo della strada fu colpito dalla vetrina di una grande libreria che ostentava, al centro, la gigantografia a colori di una bella donna e, tutto intorno, decine di copie di un libro intitolato: *Come il vento*. Giulia de Blasco era il nome dell'autrice.

Franco si fermò qualche istante a guardare, incuriosito, quel bel volto di donna intenso e pacato. Osservò una luce struggente nel suo sguardo limpido che gli ricordò un dipinto ottocentesco, un ritratto di donna che aveva visto da un antiquario.

Entrò in libreria e acquistò una copia del romanzo.

«Ottima scelta», commentò la commessa battendo lo scontrino di cassa.

«Lo ha già letto?» si incuriosì Franco.

«Ancora no. È uscito soltanto oggi. Ma i romanzi di Giulia de Blasco, di solito, sono molto belli.»

Franco Vassalli uscì, fermò un taxi al volo e diede l'indirizzo di casa, in via Borgonuovo. Si sentiva sereno e rilassato. Sarebbe andato a cena a casa dell'editore Riboldi, ma intanto avrebbe avuto un paio d'ore, per dimenticare gli affari e gli affanni, in compagnia di Giulia de Blasco.

14

L'EDITORE Giuseppe Riboldi abitava in un'antica palazzina in via Fiori Chiari, nel quartiere di Brera, che in tempi nemmeno tanto remoti era stata una casa di tolleranza.

«Qui c'era un casino» era solito specificare Riboldi con la consueta delicatezza a edificazione degli ospiti che, ogni volta, dovevano sorbirsi la descrizione del padrone di casa. «Quando l'ho comprata, il piano terreno era tutto piastrellato. Le camere, al piano di sopra, erano piene di specchi. E di bidet. Se questi muri potessero parlare...» concludeva divertito.

Il buongusto della signora Riboldi e il talento di un architetto alla moda avevano trasformato il vecchio postribolo in una raffinata residenza borghese con tre salotti al piano terreno, un ampio soggiorno con vista sul giardino interno e una sala da pranzo austera, senza fronzoli perché, sosteneva il padrone di casa: «Chi mangia non deve essere distratto, altrimenti non può apprezzare la bravura del mio cuoco».

Quella sera, contrariamente al solito, Giulia arrivò con un notevole ritardo. Prima di uscire di casa aveva avuto uno stressante colloquio con Giorgio. Un monologo, più che un dialogo, perché suo figlio rifiutava di aprirsi, di parlarle apertamente. Giulia dubitava persino che lui l'ascoltasse, perduto com'era in un mondo inaccessibile, misterioso e aggrovigliato nel quale si chiudeva.

«Signora de Blasco», l'accolse Valerio, l'anziano domestico dell'editore, «la stanno aspettando. Erano in ansia per lei», continuò mentre l'aiutava a togliersi la mantella nera di cachemire. Poi, timidamente, le porse una copia del suo ultimo romanzo. «Me la farebbe una dedica prima di andare di là?» chiese esitante.

Riboldi la raggiunse nel vestibolo mentre lei, con la penna in mano, stava pensando a una frase carina per Valerio. L'editore l'accolse letteralmente a braccia aperte. Sembrava il padreterno.

«Ecco finalmente la mia Giulia, forte come il vento», esordì compiacendosi del gioco di parole che alludeva alla tempra della scrittrice e al titolo del suo romanzo.

Mentre la scortava verso il salotto, l'editore continuava a rovesciarle addosso complimenti di ogni genere.

Ingioiellata come una Madonna, apparve Erminia Riboldi, «la mia inestinguibile consorte», come usava definirla il marito. Indossava, come sempre, un abito molto elegante, anche se la gonna troppo aderente e i tacchi troppo alti la costringevano a trotterellare, più che a camminare.

«Cara Giulia», sorrise offrendole la guancia imbellettata da sfiorare con un bacio, «mi sono consumata gli occhi a leggere tutto d'un fiato il tuo bellissimo romanzo. Bello. Bello. Bello. Sapessi le lacrime! Le tue storie mi fanno sempre piangere. Mi divertono tanto.» Le parole uscivano dalle sue labbra come da una fresca sorgente. Più che parlare, cinguettava. «Fatti vedere», proseguì allontanandola un poco per ammirarla meglio. «Sei una bellezza. E che meraviglia di vestito. Chi ti ha cucito addosso questo capolavoro?»

Giulia indossava un tubino color antracite che portava almeno da un paio d'anni e che aveva messo già altre volte per andare a cena dai Riboldi.

«È soltanto una vecchia cosa», disse Giulia liquidando l'argomento.

Entrarono in salotto e Giulia si sentì avvolgere dagli sguardi dei presenti. Un misto di ammirazione, di invidia, di scetticismo da parte di chi riteneva che il suo successo fosse dovuto più alla fortuna che al talento.

C'era Franco Paolini, il direttore di *Opinione,* il settimanale leader del gruppo che l'aveva tenuta a battesimo nel mondo della carta stampata. Si conoscevano ormai da vent'anni e Giulia lo considerava un amico.

C'era Peggy, la moglie francese del giornalista, che viveva da molti anni in Italia e continuava a ostentare assurdi abiti di chiffon e stravaganti cappellini.

Giulia fu sommersa da una valanga di complimenti che non tentò nemmeno di arginare anche se, al punto in cui era arrivata, prestava orecchio soprattutto alle critiche che le avevano consentito di sbagliare meno, di cancellare dai suoi libri molte ingenuità. Le critiche la mettevano in crisi, ma costituivano un incentivo a migliorare.

L'onorevole Armando Zani la strinse in un tenero abbraccio. «Come sta la mia bambina?» le sussurrò.

«Bene quando ti vedo», sorrise lei.

Armando Zani, un eroe della Resistenza, durante la guerra aveva vissuto una brevissima ma intensa storia d'amore con la madre di Giulia. Entrambi sapevano che il frutto segreto di quella passione era Giulia, appunto.

Si vedevano raramente perché Zani, che era un importante uomo politico, viveva a Roma.

«Mi sembri nervosa», le disse baciandole la mano con una galanteria che conservava ancora tracce della sua origine contadina. «Ho l'impressione che tu abbia qualcosa, sei molto tesa», insisté parlando sottovoce. Giulia gli regalò un falso sorriso rassicurante.

«Quale scrittore non lo sarebbe, quando il suo romanzo

è in libreria da appena un giorno e non sa ancora se avrà successo?»

Giulia e Armando erano pronti per una lunga e fitta conversazione, ma non erano quelli il posto e il momento per un affettuoso scambio di pensieri.

«Caro onorevole, adesso non monopolizzi la mia ospite», si intromise Riboldi con aria allarmata. Prese Giulia sottobraccio e la guidò verso uno sconosciuto che, in piedi, le mani affondate nelle tasche dei pantaloni, la scrutava con curiosità.

Vedendolo, la prima impressione di Giulia fu quella di paragonarlo a un capitano di ventura. Fisico da guerriero, lineamenti marcati, mento largo e forte, occhi fondi che brillavano di una luce gelida. Giulia gli attribuì un'età fra i trenta e i quarant'anni.

«Ecco la star della mia casa editrice», disse Riboldi, enfatico. Quindi si rivolse a Giulia. «Ti presento Franco Vassalli.»

Giulia gli tese la mano che lui sfiorò con un tocco lieve delle labbra.

«Come sta?» un esordio banale sottolineato però da uno sguardo intenso di Franco che la irritò. C'era una sorta di irriverenza in quel modo di guardare. Giulia ebbe l'impressione che lui le stesse contando le rughe.

«Ho letto del rapimento di sua madre», disse lei.

«Un episodio che, spero, si risolverà presto. I rapitori si sono già messi in contatto e ho chiesto il silenzio stampa», spiegò con tranquillità.

«So che la magistratura cerca di congelare i beni dei famigliari dei rapiti», proseguì lei.

«Ho già disposto le cose in modo che nessuno possa intralciare il rilascio di mia madre. La rivoglio al più presto», spiegò Franco. Aveva l'aria di voler chiudere l'argomento.

Giulia andò a sedersi accanto a Erminia, mentre Valerio le porgeva un succo di pomodoro.

«Ho portato dalla collina un cesto di porcini. Ho fatto preparare dal cuoco il risotto che piace a te», le disse Erminia. Giulia la ringraziò con un sorriso, ma aveva la mente altrove. Si chiedeva che significato avesse la presenza di Vassalli in quella casa e a quel pranzo. Non le risultava che il finanziere avesse rapporti con il suo editore. Ricordò che, un paio di giorni prima, il poliziotto del commissariato le aveva raccontato il singolare furto di certe scenografie dai magazzini di Inter-Channel. Era stato un segnale premonitore di questo incontro?

«Cara Giulia, lo sai perché Vassalli è qui?» esordì Riboldi. «Vuole acquistare i diritti del tuo romanzo per farne uno sceneggiato televisivo. Eh? Che cosa ne dici?»

Giulia guardò Vassalli. Aveva un'espressione assorta.

«Ho comperato il suo romanzo, attratto dal titolo e dalla sua fotografia. Ho cominciato a leggerlo subito e mi sono innamorato della storia. È stupenda. È una di quelle vicende che, quando ancora riusciva a leggere, entusiasmavano mia madre.»

«Credevo che i finanzieri leggessero soltanto le pubblicazioni specializzate e le pagine economiche dei giornali. Inoltre, non sapevo che lei producesse sceneggiati», osservò Giulia.

«Amo lo spettacolo. Per questo ha comprato un'emittente televisiva. Il mio network trasmetterà sceneggiati americani, tanto discussi dai critici, ma graditi ai telespettatori. Adesso è arrivato il momento di produrne dei nostri. *Come il vento* mi sembra la storia giusta per cominciare in grande stile.» Sembrava convinto di quello che diceva.

Giulia si guardò intorno. Armando le sorrideva. Riboldi annuiva estasiato, sua moglie ammiccava. Anche Paolini e Peggy sembravano condividere l'idea.

«Intendo acquistare i diritti del suo libro, signora de Blasco», soggiunse Vassalli.

«Vorrei rifletterci», rispose Giulia.

Quando riceveva una notizia straordinaria, nel bene come

nel male, Giulia non reagiva immediatamente. Aveva bisogno di assimilarla prima di esprimere un parere.

«Se è soltanto questo, ha tutto il tempo che vuole», la rassicurò il finanziere. «Cinque minuti le bastano?»

Vassalli non scherzava. Lei guardò Zani quasi a chiedergli aiuto.

«Tienili un po' sulla corda, questi mega imprenditori», le venne in aiuto l'uomo parlando a bassa voce, ma in modo che tutti sentissero e capissero da che parte stare.

«Ne parlerò con Elena Dionisi. È il mio avvocato. Per ora è tutto quello che posso dirle, dottor Vassalli», rispose lei.

Valerio annunciò che il pranzo era servito e Giulia si trovò seduta a tavola tra il suo editore e l'onorevole Zani. Vassalli era di fronte a lei e la osservava con intensità. Giulia, sentendosi guardata, finiva inevitabilmente per incrociare il suo sguardo più spesso di quanto avrebbe voluto. Percepiva il brusio delle chiacchiere dei commensali, senza ascoltare nessuno in particolare, continuando a rimuginare pensieri confusi.

Avrebbe voluto Ermes, accanto a sé. Ma lui sarebbe ritornato soltanto a fine settimana. Istintivamente guardò l'orologio. Ermes avrebbe telefonato intorno a mezzanotte e, per quell'ora, voleva essere a casa.

«Stanca?» si informò premuroso Armando Zani.

Lo rassicurò con un sorriso. Lui pensò di riaccompagnarla a casa prima di rientrare all'*Hotel Manzoni*, dove era solito alloggiare durante i suoi soggiorni milanesi. Voleva parlare un po' con lei perché intuiva che Giulia non stava attraversando uno dei momenti migliori della sua esistenza.

«Va tutto bene, Armando.» Lo rassicurò. «È solo che non voglio rincasare troppo tardi.»

«La riaccompagno io», intervenne Vassalli. Più che un'offerta sembrava un ordine. E Giulia si rese conto che non riusciva a rifiutare, anche se avrebbe preferito rientrare con suo padre.

Così, dopo il caffè, uscirono insieme sulla strada deserta, sotto un cielo stellato. L'aria frizzante della notte faceva pensare all'inverno imminente. Giulia si strinse addosso la mantella per il brevissimo tratto che la separava dalla soglia di casa Riboldi alla Rolls argentata che si apriva per lei.

Un autista in abito blu li stava aspettando. Franco Vassalli si guardò intorno, nella via appena rischiarata dalla pallida luce dei lampioni e fischiò leggermente. Dal fondo della strada un pastore tedesco corse loro incontro con poderose falcate.

«Bravo Lupo», disse Vassalli accarezzandogli la testa.

Nell'auto, il cane si accucciò ai piedi del padrone, sul tappeto di agnellino bianco.

Giulia ammirò l'interno della vettura in radica bionda, i sedili in cuoio rosso cupo, il telefono e il piccolo televisore.

«In via Tiepolo», ordinò l'uomo all'autista.

«Come mai conosce il mio indirizzo?» chiese incuriosita.

Lui non rispose. Si limitò a un vago gesto della mano. Poi, con estrema naturalezza, passò un braccio intorno alle sue spalle. E si chiuse in un assoluto mutismo. Giulia si sentì in imbarazzo. Se Vassalli cercava di metterla a disagio, ci stava riuscendo benissimo. Decise di stare al gioco per capire quali fossero i limiti di questa situazione che, tutto sommato, stava accettando.

L'auto si fermò davanti alla casa di via Tiepolo. Lei non ebbe neppure il tempo di accostarsi alla portiera, perché l'autista l'aveva già spalancata.

Vassalli scivolò fuori dalla macchina dopo di lei e, prendendola sottobraccio, la guidò fino sulla soglia di casa.

Aspettò che lei aprisse la porta. Le stava vicino e le sorrideva. Giulia fu sul punto di ringraziarlo. Poi decise che non era davvero il caso.

Varcò la soglia e allora il braccio di Vassalli, che fino a quel momento l'aveva sostenuta, divenne una morsa. L'uomo l'attirò a sé e la baciò sulle labbra con inattesa violenza.

Giulia fu così sorpresa che non trovò neppure la forza di reagire.

«Buonanotte», disse lui con un sorriso da vincitore.

Lei lo osservò mentre si avviava tranquillamente verso la Rolls.

Con un gesto di rabbia richiuse con forza la porta di casa, accese la luce dell'ingresso e si appoggiò al muro, ansando.

«Ma che accidenti mi succede?» si interrogò ad alta voce. Quell'uomo le piaceva. E le era piaciuto anche quando l'aveva baciata.

15

GIULIA sorrise nel sonno. E nel sogno. Erano dunque quei fiori che fiammeggiavano all'orizzonte le splendide rose morenti che crescevano rigogliose nel giardino del nonno Ubaldo? Il sontuoso tramonto combatteva la sua inutile battaglia contro le tenebre che presto avrebbero avuto il sopravvento. Il passaggio dalla luce del giorno al buio della notte suscitò in lei una sottile nostalgia.

Quando la metamorfosi fu compiuta, una nausea improvvisa si impadronì di lei. Era una sensazione sgradevole e disperata che la possedeva completamente. Giulia si svegliò di soprassalto quando non c'era più speranza che la nausea appartenesse al sogno e vi restasse impigliata. Era proprio un malessere reale che fluttuava dal cervello alle viscere mentre il suo cuore galoppava impazzito.

Che cosa le stava succedendo? Un sudore freddo si diffuse su tutto il corpo. Giulia, istintivamente, si aggrappò al lenzuolo come un naufrago si afferra all'appiglio più vicino. Era una sensazione che non aveva mai provato. Non così forte, almeno.

Poi la nausea lentamente si affievolì fino a scomparire completamente. Se ne era andata per non tornare più o si trattava soltanto di una tregua? Pensò a Ermes, l'uomo che aveva rimosso il male dal suo seno, il grande amore della sua vita fin dagli anni della sua adolescenza. Anni pieni di desideri e di sogni. Anni sofferti ma gonfi di speranza.

Accese la lampada sul tavolino da notte e guardò la sveglietta. Segnava le tre. La casa era immersa in un silenzio profondo che le restituì un minimo di sicurezza. Era come viaggiare su un maestoso galeone che scivolava lento e sicuro nella notte.

Si mise a sedere sul letto. Si guardò intorno. Osservò i fiori azzurrati della tappezzeria che, alla luce della lampada, creavano strane figure: un profilo di donna, la faccia di un clown, un paesaggio lacustre.

All'improvviso, con il bagliore di una folgore, ricordò il suo incontro con Franco Vassalli. E il loro bacio. Chiuse gli occhi portandosi le mani al viso come a creare uno schermo protettivo tra sé e una realtà davvero sconvolgente. Ricordò il primo bacio di Ermes, un bacio timido, dolcissimo, delicato come i suoi quindici anni. Si era sentita improvvisamente adulta e innamorata. Lo paragonò al bacio violento di Franco. Non le interessava trovare una spiegazione razionale per il comportamento dell'uomo. Quello che la stava sconvolgendo invece, era stata la sua disponibilità a quel bacio.

Si sentì in colpa nei confronti di Ermes. Se lui l'avesse vista, sulla porta di casa, mentre uno sconosciuto la stava baciando, che cosa avrebbe pensato di lei? Che cosa prova un uomo innamorato quando vede la sua donna tra le braccia di un altro?

Chiusa la porta di casa, dopo che Vassalli l'aveva lasciata, Ermes aveva telefonato.

«Ciao, amore», aveva esordito con la sua voce chiara, pacata, rassicurante. «È andata bene la tua serata?»

«Il solito pranzo, con la solita gente.» Gli aveva taciuto l'incontro con il finanziere e aveva eluso ulteriori domande.

«Quando torni?» gli aveva chiesto Giulia.

«Tra un paio di giorni. Ti richiamo domattina. Ti voglio bene.»

«Buonanotte Ermes. Grazie. Anch'io ti voglio bene.»

Poi si era avviata stancamente su per le scale. Aveva socchiuso con cautela la porta della camera di Giorgio. Suo figlio dormiva. Lei si era chinata a raccogliere gli indumenti abbandonati per terra, li aveva ripiegati e disposti con ordine su una sedia. Poi aveva richiuso piano la porta della camera ed era entrata nella sua stanza.

Aveva preso una pastiglia per dormire e non pensare. In pieno sonno l'angoscia l'aveva svegliata con quella nausea lacerante.

Si alzò, andò in bagno e bevve un bicchiere d'acqua. Si guardò allo specchio. I riccioli spettinati, gli occhi gonfi di sonno. Si passò un polpastrello sulle labbra quasi volesse cercare un segno del bacio di Franco Vassalli. Tirò fuori la punta della lingua e si fece uno sberleffo.

«Dai, Giulia, non farne un dramma», si disse ad alta voce. «Sei una donna matura, consapevole. Che cosa sono queste storie da ragazzina? Quel tipo non rappresenta assolutamente niente per te.»

«Chi è quel tipo che non rappresenta niente?» chiese Giorgio, con voce assonnata.

Lo vide alle sue spalle, riflesso nello specchio. «Non dormi?» chiese Giulia girandosi.

«Mi sono svegliato. Che ore sono?» chiese il ragazzo.

«Le tre», rispose affondando le dita tra i capelli arruffati di Giorgio.

«Allora, mamma, chi è quel tipo che non rappresenta niente per te?» insistette suo figlio.

«Ho detto così?» tergiversò.

«Hai detto proprio così», martellò Giorgio.

«Pensavo ad alta voce. I pensieri sono segreti. Lo sai?»

«I tuoi. Perché i miei, tu li vuoi sapere.»

«*Touchée*», sorrise Giulia. «Il fatto è che tu sei mio figlio e stai attraversando un momento di crisi. È mio dovere cercare di aiutarti», disse.

«Tu sei mia madre. Da che ho memoria sei sempre stata in crisi e non hai mai permesso a nessuno di aiutarti», la sfidò. «'Notte, mamma», tagliò corto il ragazzo gratificandola di un sorriso ironico.

«'Notte, Giorgio», sussurrò lei guardandolo mentre si allontanava.

Uscì a sua volta dal bagno, spense la luce e si avviò verso la sua camera da letto.

In quel momento, esplose di nuovo, violenta, la nausea. Giulia fece appena in tempo a raggiungere il bagno. Vomitò. Poi, si sedette esausta sul bordo della vasca. Le sembrò che la sua vita stesse spegnendosi. Il fantasma della malattia non l'abbandonava mai. Bastava un piccolo malessere per indurla a credere che quel terribile male fosse ritornato. Comunque, i controlli trimestrali, le scintigrafie, le mammografie, le analisi del sangue sottolineavano che nel suo corpo lampeggiava perennemente un segnale di pericolo.

Rabbrividì. La nausea era passata e ritornò in camera. Si infilò a letto, spense la luce e aspettò che il sonno ponesse fine al turbinio dei suoi pensieri.

Come ogni mattina, la svegliarono i soliti rumori: la porta di casa che si apriva, i passi di Ambra che si aggirava al piano terreno spalancando le finestre e rassettando, l'acqua che scorreva nel bagno di Giorgio. Sperò che il ragazzo si affacciasse alla porta della camera per salutarla; invece lo sentì scendere le scale con il suo passo pesante: lo stesso modo di camminare di Leo.

Decise di alzarsi e raggiungerlo in cucina. Doveva dimenticare tutti i suoi problemi per concentrarsi solo su suo figlio. Mise i piedi giù dal letto e, a tradimento, come una pugnalata, la nausea tornò ad aggredirla mentre le sembrava che la stanza le girasse intorno. Corse nel bagno e vomitò di nuovo.

Si sciacquò il viso e si guardò allo specchio. Era pallida e aveva gli occhi segnati da profonde occhiaie scure.

Era terrorizzata per quello che le stava succedendo. Ritornò in camera e stava infilandosi la vestaglia quando sentì il trillo del telefono sul suo comodino.

«Ermes, sto male», disse tutto d'un fiato, sapendo che l'interlocutore mattutino non poteva essere che lui.

«Che cosa ti succede?» chiese allarmato.

Giulia gli raccontò quello che era successo. «Che cosa può essere?» gli domandò ansiosa.

«Probabilmente niente. Forse è solo una banale indigestione. Forse lo stress. Giorgio ti dà dei problemi e tu reagisci così. Adesso stai calma. Vestiti e vai dal professor Pieroni. Nel frattempo gli telefono io e lo avverto che stai andando da lui.» Ermes tentò di rassicurarla.

Mezz'ora dopo Giulia era in clinica e l'infermiera del professore la stava aspettando.

«Signora de Blasco, il professore la vedrà fra un'ora. Intanto mi ha incaricato di farle fare una serie di indagini.»

«Oddio, altre analisi. Ma perché?» si scoraggiò.

«Soltanto un'analisi del sangue e una delle urine. Il professor Corsini ha accennato al sospetto di una intossicazione alimentare», spiegò l'efficiente infermiera.

«Ma certo», disse Giulia fra sé. «Perché non ci ho pensato prima. I funghi della signora Riboldi.»

Era quasi mezzogiorno quando il professor Mauro Pieroni ricevette Giulia nel suo studio.

«Cara Giulia», esordì. «Sono felice di vederla.»

«Come sto, professore?» chiese lei con un filo di voce.

«A giudicare dal suo aspetto, direi male. A giudicare dalle analisi, lei sta benissimo», sentenziò sorridente.

«E allora, che cosa c'è che non va?» aveva la gola secca, il cuore che galoppava e le mani sudate per la tensione.

«Assolutamente nulla. Lei è una donna sana e sarà una madre sana», concluse serenamente.

«Sarò... che cosa?» chiese disorientata.

«Lei è incinta, Giulia. Non lo sapeva?»

16

Marta era adagiata nella grande conchiglia d'oro dove l'acqua profumata all'essenza di *Edwardian Bouquet* spumeggiava agitata dai getti dell'idromassaggio. Alzò lo sguardo e attraverso la grande lastra di cristallo, che faceva da soffitto all'intera stanza da bagno, guardò le stelle.

Sorrise alla maestà infinita della morte a cui pensava sempre più spesso. Che cosa c'era dall'altra parte? Desiderò morire, anche se non avrebbe mai fatto niente per realizzare un simile progetto.

Aveva quarantasette anni e innumerevoli naufragi alle spalle. Non conosceva le certezze di una maturità serena al riparo delle aggressioni del mondo frivolo e vuoto nel quale era sempre vissuta.

Lo sfarzo della stanza da bagno era stato voluto dal padrone di casa, il chirurgo estetico James Kendall. Il progetto dell'intera faraonica abitazione era stato affidato a un grande architetto francese che aveva firmato anche tutti gli arredi della villa di Antibes.

I marmi azzurri intarsiati con lapislazzuli blu e vellutati turchesi del pavimento, gli affreschi di paesaggi settecenteschi alle pareti e i rubinetti d'oro a forma di draghi alati non la incantavano più. La ricchezza e la profusione del lusso, dopo lo stupore del primo momento, da tempo generavano in lei soltanto noia. Frivola, ma non stupida, alla sua età incominciava a sentire la mancanza di qualche emozione autentica.

Allungò un braccio e si versò un po' di champagne dalla bottiglia di Cristal appoggiata sul bordo della vasca da bagno. Ne bevve un sorso cui seguì una smorfia di disgusto. Il re dello champagne aveva perso il suo perlage. Era quasi tiepido e aveva un sapore disgustoso. Meglio così. Da qualche tempo l'alcol avvelenava il suo fegato più del lecito.

Emerse dalla enorme conchiglia come una Venere triste e disillusa. Somigliava a quel sorso di champagne di grande marca che aveva perso il suo brio e il suo sapore.

Infilò un accappatoio di candida ciniglia e sedette su una poltroncina di fronte a una grande specchiera ovale. Guardò assorta l'immagine riflessa di una donna al suo tramonto.

Suo padre, Attilio Montini, un tempo illustre barone della medicina, si era ritirato in campagna dopo che la figlia era andata a vivere all'estero con James Kendall.

Ermes Corsini, il suo ex marito, non le aveva più dedicato nemmeno un pensiero. Il modo in cui s'erano lasciati, d'altra parte, non consentiva nessuna ricucitura. Sua figlia, Tea, la ignorava. Quanto a James Kendall, il chirurgo estetico col quale viveva ormai da mesi, si era rivelato l'individuo più noioso che avesse mai incontrato. I miliardi che accumulava esercitando con eccezionale bravura la sua professione lo riscattavano tuttavia dalla mediocrità.

Quella sera, Marta era irresistibilmente attratta dal soffitto di stelle nella magia del chiaro di luna. Pensò che James a quell'ora, di ritorno da Parigi, la stava aspettando a bordo del *Nautilus*, la loro stupenda barca ancorata al largo di Cap Ferrat e probabilmente si chiedeva dove fosse lei, in quel momento. L'indomani sarebbero partiti per una crociera nel Mediterraneo. Mancava poco alla mezzanotte. Quando si fossero incontrati, gli avrebbe detto che era stata a Montecarlo a giocare al casinò. Lui le avrebbe creduto. Le credeva sempre. La sua fortuna professionale gli dava un senso di onnipotenza che escludeva la possibilità di avere dei rivali, anche in amore.

Il telefono a forma di conchiglia era lì, davanti a lei. Poteva chiamare, cautelandosi da un'intrusione improbabile ma possibile. Dopo una rapida riflessione, Marta decise che non aveva nessun desiderio di aggiungere un nuovo anello alla catena di menzogne che già soffocava la sua vita.

Si alzò agilmente, si liberò dell'accappatoio e, trionfalmente nuda, marciò con passo deciso verso la camera da letto.

Franco Vassalli, il compagno occasionale di quella sera, non sollevò nemmeno lo sguardo dal libro che stava leggendo.

Marta riteneva di poter fare affidamento sulle sue grazie e sulla sua bellezza che le costava ore di massaggi e una ginnastica massacrante. Si piantò ritta davanti a lui ai piedi del letto sfidandolo a ignorarla. Capì subito che era una battaglia persa. Evidentemente, il fascino del libro era di gran lunga superiore a quello del suo corpo che, a un occhio attento, mostrava i segni di un lento ma inarrestabile declino.

«Be'?» lo sollecitò Marta con tono spazientito.

L'uomo le rivolse uno sguardo risentito. «Noi ci conosciamo?» scherzò sperando di guadagnare un po' di tempo.

Marta avvampò di collera. «Brutto stronzo», lo sferzò. «Abbiamo scopato fino a mezz'ora fa e adesso mi chiedi se ci conosciamo? Ma chi ti credi di essere?» urlò afferrando le lenzuola e strappandole dal letto.

«D'accordo», si arrese lui lasciando a fatica il libro e sollevando le braccia in segno di resa. «D'accordo contessa. Il suo fatato eloquio mi ha convinto.»

Marta accettò il pungolo dell'ironia. La perfezione del corpo di quell'uomo più giovane di lei la affascinava.

«D'accordo», ripeté Franco. «Scusami», si giustificò. «Il fatto è che ho trovato qualcosa di diverso e di meglio da leggere dei bilanci aziendali. È una lettura appassionante», soggiunse raccogliendo il libro che era caduto sul tappeto.

Marta era pronta a rinfoderare gli artigli. Poi rivolse lo sguardo al libro che Franco Vassalli teneva fra le mani. La sua vista non aveva l'acume e l'elasticità di un tempo e le occorsero alcuni secondi per mettere a fuoco la copertina. «*Come il vento*», lesse piano, «di Giulia de Blasco», sillabò.

La sua furia esplose come un temporale estivo. Strappò il libro dalle mani dell'uomo e cominciò a lacerarlo pagina dopo pagina. «Questa scrittrice è soltanto una puttana», disse accanendosi sempre più su quello che restava del volume. «E tu sei il degno lettore di una grandissima puttana», l'accusò. «La conosco bene questa donna. Che cosa credi?» continuò mentre la sua furia aumentava alimentata dal bisogno disperato di identificare in qualcuno e in qualcosa la causa di quei suoi quasi cinquant'anni sbagliati che le franavano addosso.

«È una bastarda», riprese, «mi ha portato via marito, onore e rispettabilità.» Urlava e soffriva, il viso inondato di lacrime, la voce rotta dai singhiozzi.

«Datti una calmata, bimba», suggerì Franco sconcertato da quella sceneggiata. Prese il lenzuolo di seta e tentò di coprirla per restituirle una parvenza di dignità.

«Coraggio. Tutto passa», cercò di consolarla stringendola a sé. Ma si rese conto che all'origine di questa sfuriata doveva esserci un grosso dramma che non lo lasciava indifferente.

Marta scattò in piedi e scagliò quello che restava del libro contro un prezioso soprammobile cinese che rotolò al suolo frantumandosi.

«Fuori da casa mia!» ordinò riprendendo il controllo.

«Mi dispiace», replicò rivestendosi. «Non avevo idea di avere scoperchiato un vespaio.»

«Quando mai un fottutissimo maschio ha un'idea dei problemi di una donna? Siete tutti uguali.» Si era calmata ed era andata a sedersi sulla dormeuse, ai piedi del letto, drappeggiandosi addosso il lenzuolo.

Franco, ormai completamente vestito, la osservava con affettuosa serietà.

«Posso fare qualcosa per te?» le chiese. Era rimasto colpito dalle invettive di Marta che aprivano un imprevedibile squarcio nella vita di Giulia de Blasco. Appena conosciuta e già sconvolgente.

«Non lasciarmi sola», lo supplicò Marta. Sembrava un'altra donna. Perso lo smalto sfavillante del recente incontro a una cena mondana, svanito il richiamo erotico che lo aveva attratto nella sua villa principesca, dissipata la furia volgare ma convincente con cui l'aveva aggredito mentre teneva fra le mani il romanzo di Giulia, adesso aveva davanti a sé una donna affranta, disperatamente sola.

«Considerata l'ora, sarebbe meglio che me ne andassi», osservò Franco. «Vorrei evitare di incontrare tuo marito.»

«Non è mio marito», lei puntualizzò. «Non siamo sposati. Non ancora. E non verrà qui», precisò. «Questa casa non gli piace. Prima l'ha voluta. Poi l'ha abbandonata. E non posso dargli torto. È un orrore, un costosissimo, volgarissimo orrore.» Si era alzata dalla dormeuse e, stringendosi addosso il lenzuolo, con l'incedere altezzoso di un'attrice drammatica, si era avviata, seguita da Franco, verso lo scalone che portava al piano terreno della villa.

«Che cosa c'entra Giulia de Blasco con te?» azzardò Franco.

«Ma tu, in che mondo vivi?» si meravigliò Marta. «Lo scorso inverno tutti i giornali hanno parlato di lei e del mio ex marito.»

Marta entrò in un soggiorno con ampi divani rivestiti di seta, pareti tappezzate di antichi damaschi, tavolini in stile moresco, il pavimento di piastrelle bianche con intarsi di madreperla. Si avvicinò al tavolo dei liquori. Prese una bottiglia di whisky a caso e versò in un bicchiere cilindrico una robusta dose di liquido ambrato. Ne bevve una sorsata, poi tese il bicchiere a Franco che rifiutò l'offerta.

«È la sua amante», proseguì Marta.

«Vuoi dire che ti ha messa fuori gioco?» indagò.

«Ma davvero non leggi i giornali?» si scandalizzò.

«Non le cronache mondane», puntualizzò Franco.

«E quelle giudiziarie?» replicò. «Quelle dovresti legger-le. Sai che cos'è la cronaca nera? Mio marito era finito in carcere. Una montatura sfumata nel nulla», continuò Marta. «Un'accusa campata in aria fatta da un chirurgo sconosciu-to che poi si è ammazzato. Miserie», recitò con teatralità. «Soltanto miserie.»

Stava manipolando la verità a suo esclusivo vantaggio.

«Quanto alla scrittrice, se me lo consenti, è una stronza», si infuriò di nuovo. «Anni fa mi ero portata a letto suo marito. Leo Rovelli. Il giornalista. Lo conosci?»

Franco annuì. Lo conosceva e lo stimava.

«Io credo che abbia voluto vendicarsi accalappiando il mio. Non c'è altra spiegazione. Perché sai, Ermes Corsini è un tale noioso. Devo dirti», raccontò lei continuando a bere, «che per esperienza personale e diretta ho scoperto una verità. I medici sono i tipi più insopportabili che una donna possa incontrare. Mio padre, innanzitutto, poi Ermes, ora James. Dio che noia. Si credono onnipotenti. E invece sono soltanto dei palloni gonfiati.» Era ubriaca e rideva senza ragione.

«Voglio fare un film dal romanzo di Giulia de Blasco», annunciò lui con apparente disinteresse.

«Evviva!» Marta levò il calice accennando a un brindisi. «La signora approda nello sfavillante mondo del technicolor.»

«Ma è lei che non vuole», obiettò Franco.

«È una cretina», constatò, ritenendo sacrosanto il suo punto di vista, quindi si fece incalzante. «Perché non vuole?»

«Mi ha soltanto fatto sapere dal suo avvocato che la mia proposta non la interessa.»

«Prova a prenderla per il verso giusto», disse con aria insinuante.

«Ci ho già provato», confessò lui.

«In che modo?» s'incuriosì Marta.

«L'ho baciata.»

«Tu mi deludi ragazzo», lei disse sempre più ubriaca. «Prova ad affondare il tuo pugnale nel suo cuore. Chissà che non ti riesca di distenderla.»

«Grazie del suggerimento», disse Franco.

Si chinò a baciarle la mano prima di andarsene.

17

GEORGES Bertrand lesse il fax che Fournier gli aveva trasmesso da Georgetown e impallidì di rabbia. Schiacciò il pulsante dell'interfono e disse in modo appena percettibile: «Pierre, vieni da me.»

Pierre Cortini era uno dei più abili esperti in denaro. La sua origine corsa era evidente nell'espressione decisa degli occhi furbi. Pierre era il suo assistente. Occupava l'ufficio accanto a quello di Bertrand al primo piano della sede parigina della Banque de Commerce in boulevard Saint Germain.

«Quand'è arrivata questa comunicazione?» sibilò con un tono che non prometteva niente di buono, tendendo al collaboratore il dispaccio proveniente dalle lontane isole Cayman.

«Due giorni fa», rispose Cortini. «Io ero a Tokio», precisò sapendo di avere un alibi di ferro. Lo stesso Bertrand l'aveva mandato in Giappone a perfezionare un'alleanza con un gruppo nipponico in grande espansione.

Pierre lo osservava da sopra gli occhiali da presbite con l'aria di chiedergli dove fosse stato lui in quei giorni.

Bertrand aveva l'abitudine, pessima per un banchiere, di darsi alla latitanza un paio di giorni al mese. La cosa singolare era che gli altri sapevano, compresa sua moglie, che tutto quel tempo lo passava tra le braccia di madame

Leclerc, moglie di un alto funzionario del ministero degli Esteri. Tutti sapevano, compreso il marito tradito, ma tutti fingevano di non sapere, perché ognuno aveva delle buone ragioni per ignorare la faccenda.

«Chiamami Fournier. E passamelo», ordinò. «Voglio sentire dalla viva voce di quel bastardo come sono andate le cose.» Parlava sottovoce, schiarendosi la gola ogni due o tre parole; un tic che segnalava i momenti di collera nera.

Bastava leggere il messaggio per capire com'erano andate le cose. Sei milioni di sterline, per il banchiere francese non erano la fine del mondo, ma essere stato messo nel sacco era una frustrazione insopportabile. Pierre detestava Bertrand e il fatto che qualcuno lo avesse giocato gli procurava un sottile piacere. L'uomo che gli aveva piazzato la stangata fra capo e collo era il socio italiano: Franco Vassalli.

Quando ebbe in linea Fournier, la sua voce si fece melliflua.

«Salve, Louis», disse. «Vedo che ti sei dato da fare durante la mia assenza»

L'uomo di Georgetown percepì il livore del banchiere e il motivo che lo provocava.

«Per la verità», mise le mani avanti, «ti ho cercato un bel po' prima di evadere la richiesta di Franco. Poi ho pensato che al mio posto avresti fatto la stessa cosa. Siete amici», continuò, «lui attraversa un momento tragico, con la madre in mano ai rapitori. Credo anzi che, alla fine, ne ricaverai dei grossi vantaggi. Se Vassalli non pagasse nei termini, avresti la maggioranza di Inter-Channel. Che sta andando forte.» Gli sembrava di avere in mano delle ottime carte oltre che delle concrete giustificazioni.

«E così ci hai pensato tu», disse Bertrand. «Suppongo che tu ci abbia pensato a lungo», lo schernì.

«Non il tempo che avrei voluto», replicò, «ma certo il tempo sufficiente per capire l'importanza dell'affare.»

«Credo che tu rientri in quella categoria di persone che farebbero bene a non pensare», lo sferzò.

Louis, a quel punto, cominciò a temere di essersi messo in un terribile vespaio. «Non ti seguo», reagì debolmente.

«Hai commesso un errore imperdonabile», soggiunse con dolcezza quasi paterna. «Hai fatto di testa tua e hai sbagliato. Non si prestano soldi sulla parola. Le statistiche dimostrano che il più delle volte non ritornano indietro.»

«Mi sembrava di avere agito per il meglio», ribatté. «Tu e Franco siete amici», affermò un'altra volta ma senza grande convinzione, mentre un brivido gelido gli attraversava la schiena.

«Confondi l'amicizia con la complicità. Caro Louis, io non ho amici. E neanche tu, ne hai. Tant'è vero che ti invito a levare i tuoi stracci da quella dannata scrivania. Sei licenziato!»

Louis si sentì invaso da una irresistibile ilarità.

«Non ci crederai se ti dico che avevo pensato anch'io di lasciare questo fetido buco», replicò. «Non avevo pensato al modo. Me lo hai offerto tu. Grazie.»

«Vattene!» gridò inutilmente il banchiere perché l'altro aveva già interrotto la comunicazione.

Bertrand incassò la tempestività dell'ex collaboratore e cercò di rilassarsi riscoprendo il suo grande ufficio di impronta ottocentesca protetto dai rumori del boulevard dai doppi cristalli Saint Gobain. La stanza era la solida sintesi della sua banca. Alle pareti c'erano i ritratti del fondatore e dei suoi successori: suo nonno, suo padre e suo zio. Anche il suo ritratto sarebbe entrato in quella galleria, quando suo figlio Jean, che stava imparando il mestiere in una banca di Wall Street a New York, avrebbe preso il suo posto.

Bertrand pescò dal taschino interno della giacca una piccola agenda di pelle blu. La sfogliò e trovò il numero telefonico che cercava. Alla luce dei fatti recenti credeva di sapere a che cosa era servito il suo denaro.

Compose il prefisso di Londra e chiamò un numero della City.

«Caro amico, sono Georges. Come stai?» esordì sfoderando una cordialità tutta parigina. «No, non sono a Londra. Sono a Parigi.» La sua voce cambiò registro. «Mi serve un'informazione», continuò scandendo bene le parole essenziali. «Voglio un controllo dei movimenti di banca di Alan Gray, l'editore.» Ascoltò per alcuni istanti la voce dall'altra parte del filo. «Mi bastano quelli degli ultimi quattro giorni. Se trovi un accredito di sei milioni di sterline, vedi di rintracciarne la provenienza. È tutto. Va bene se ti richiamo tra un'ora?»

Riagganciò e sentì il clic dell'apparecchio di Pierre che, nell'ufficio accanto, chiudeva a sua volta l'ascolto.

Era la prassi che Pierre ascoltasse le sue telefonate. Anche questo faceva parte della strategia degli affari. Ma questa volta la cosa era riservata e personale, e tale doveva rimanere. L'errore era stato suo, in quanto non si era servito dello speciale apparecchio senza derivazioni. La collera, cattiva consigliera, gli aveva fatto commettere un'imperdonabile imprudenza.

Bertrand non si fidava di nessuno. Nemmeno del suo assistente. Nemmeno di Madame Leclerc. Nei giorni in cui erano rimasti insieme si era mostrata più curiosa del solito. Georges sapeva che si serviva di lui, come lui di lei, per avere informazioni sul mondo economico, finanziario e politico. Primizie che lei, il marito e l'amante sapevano mettere meravigliosamente a frutto. La loro storia d'amore era una copertura piacevole per un tacito accordo a tre. L'ultima volta che si erano visti, la bella Huguette aveva avuto un'insolita caduta di stile.

«È andata bene la riunione milanese?» gli aveva chiesto a bruciapelo dopo che si erano amati e lei giocherellava con una collana di perle, adornando il suo membro stanco.

«In che senso?» lui tergiversò coprendosi con il lenzuolo

e interrompendo il gioco dell'amante che lo metteva in imbarazzo. S'infilò la vestaglia e si sentì meglio.

«Nel solo senso possibile», proseguì la donna. «La battaglia per il controllo di Inter-Channel l'hai vinta tu o Vassalli?»

«L'ha vinta lui.»

«È un duro», sottolineò lei con malcelata ammirazione.

«Ma troverà uno più duro di lui che lo metterà in riga.»

«Per il momento non l'ha trovato», sorrise Huguette con intenzioni provocatorie.

«No. Ha trovato invece quel bastardo di Gray che si è lasciato incantare e si è messo dalla parte dell'italiano.»

«Che ancora comanda.»

«Con otto quote in più, rispetto a quelle che aveva prima», ammise il suo smacco.

«Ma se non ha una lira», si stupì la donna.

«Da qualche parte troverà il denaro.»

«Così sei out, mio povero Georges», concluse con tono falsamente rattristato ma il banchiere aveva colto nel suo sguardo un lampo di perfida soddisfazione.

All'improvviso Bertrand ebbe la certezza che ai Leclerc non dispiacesse la vittoria di Vassalli. Che cosa gli nascondevano? Lo avrebbe scoperto e allora il funzionario del ministero degli Esteri avrebbe avuto qualche spiacevole contrattempo.

Ricostruiva il recente passato quando lo squillo del cicalino del telefono lo distolse dai suoi pensieri.

«Ti ascolto», disse riconoscendo la voce dell'interlocutore londinese.

«Quell'accredito c'è. Viene da Milano, via Ginevra. Il mittente su Ginevra è Zeta Rosso», disse l'altro.

Fu un pugno nello stomaco per il banchiere che riuscì tuttavia a dominarsi. Zeta Rosso era il nome in codice della sua banca di Georgetown.

«Grazie, amico», rispose dopo essersi schiarito la voce. «Riceverà dei fiori al solito recapito.»

I fiori erano sterline, naturalmente.

Ora lo sapeva con certezza. Franco Vassalli l'aveva giocato. Si era comprato le quote di Gray con il suo denaro: i sei milioni di sterline che quell'imbecille di Fournier gli aveva mandato per il riscatto della madre. Le quote promesse verbalmente non sarebbero mai state sue. Il sangue gli affluì alle tempie e il cuore intensificò i battiti. Un controllo medico avrebbe segnalato un pericoloso attacco di ipertensione.

18

«ISABELLA, vorrei vederti», disse Giulia telefonando alla sorella.

«Oddio, che cosa succede?» s'incuriosì.

«Devo parlarti», tagliò corto Giulia.

«Certo, certo gioia mia. Capisco.»

Non capiva assolutamente nulla, ma era una sua caratteristica ostentare il proprio acume e la propria disponibilità formali. Più passavano gli anni e più diventava insopportabile. Eppure per Giulia continuava a essere una parte importante della sua vita. E contro ogni logica, più il tempo passava, peggiorandola, più Giulia l'amava.

«Vengo da te?» propose Giulia.

«Subito subito?» chiese esitante, «perché, sai, ho la casa invasa dai ragazzi e dai loro amici. Alberigo sta per tornare a pranzo e...»

«Va bene, Isabella, come non detto», si rassegnò.

Ma il tono di Giulia fu tale che la sorella suggerì: «Sai che cosa faccio? Vengo io da te».

«E i ragazzi? E gli amici dei ragazzi? E Alberigo?» elencò Giulia.

«Si arrangeranno. I ragazzi, poi, sono in grado di darsi una smossa, come dici tu.» Rise di gusto. «Che espressioni brillanti sai trovare. Si sente subito che sei una scrittrice. Sei un caleidoscopio di battute. Inesauribile.»

«Come hai ragione, cara Isabella», ironizzò Giulia, certa di essere presa alla lettera. «Allora ti aspetto.» Interruppe la comunicazione per evitare ulteriori, inutili spargimenti di parole. Si abbandonò contro la spalliera della sedia, davanti al tavolo da lavoro, e trasse un lungo e profondo sospiro.

La notizia che il professor Pieroni le aveva comunicato era stata un fulmine a ciel sereno. Lei non si era ancora ripresa e aveva bisogno di confrontarsi con Isabella anche se, a voler ben vedere, era la peggiore delle decisioni. Tuttavia, anche se non erano figlie dello stesso padre, cosa che Isabella non sapeva, erano cresciute insieme e si conoscevano profondamente.

Isabella arrivò puntualmente in ritardo. Elegante come se dovesse partecipare a un pranzo di gala, carica di gioielli, reggendo un fascio di rose rosse si fiondò nello studio della sorella lasciando dietro di sé una scia di *Opium*.

«Isabella, sei sempre così inutilmente formale», la rimproverò Giulia abbracciando la sorella e quel fascio di fiori hollywoodiano.

«Ma che cosa c'entra, sciocchina. È per dirti tutto il mio affetto», replicò sprofondando allegramente nella poltroncina di fronte alla scrivania di Giulia. «E adesso raccontami tutto per filo e per segno.»

«Sono incinta», confessò Giulia in un soffio.

Isabella, che veleggiava verso i quarantasei anni e cominciava ad avvertire i primi sintomi della menopausa, alle parole di Giulia si portò d'istinto una mano al ventre.

«Mi hai sentito?» chiese Giulia prendendo posto nella poltrona accanto a lei.

«Altroché se ti ho sentito. Hai quarantadue anni, un figlio

quindicenne. Hai avuto un... come si chiama al seno. E aspetti un bambino. Giusto?»

«Giusto. Ma quel... come si chiama al seno, non ce l'ho più», precisò Giulia con decisione.

«Certo certo», cinguettò Isabella. «Però l'hai avuto e non occorre essere medici per sapere tutti gli scombussolamenti ormonali cui va incontro una donna gravida. Ermes che cosa dice?»

«Non lo sa. È a Roma. Tornerà soltanto domani. Ho pregato il professor Pieroni di non parlargliene.»

«Il grande annuncio te lo sei tenuto per te», sorrise. «Sempre il ruolo di protagonista per la mia sorellina. E Pieroni che cosa dirà a Ermes?» indagò.

«Che ho avuto una banale indigestione. Ma questo è il meno. Il punto è che sono scontenta.»

«I tuoi timori sono più che giustificati», salì in cattedra Isabella. «A quarantadue anni una gravidanza non è facile da gestire. Ma tu ce la farai», la consolò. Poi cambiò rotta. «Per fortuna c'è Ermes. Sai che cosa ti dico, Giulia? Trovo che sia magnifico ringiovanire così alla nostra età. Saremmo quasi pronte per essere nonne. Invece tu... Non ti smentisci mai, Giulia. Sei sempre la donna dei grandi colpi di scena. Ma lo sai che un po' ti invidio? Volevi Ermes e l'hai avuto. E adesso ti prepari a dargli il figlio che avete sempre desiderato. Per non parlare del colpo pubblicitario che una notizia del genere farà sul pubblico dei tuoi lettori.» Si infervorò: «Giulia de Blasco, che ha appena partorito un libro, prossimamente partorirà un figlio. Oh cara, cara Giulia». Si alzò e si chinò su di lei per abbracciarla con le lacrime agli occhi.

«Frena, Isabella», l'ammonì Giulia, «o finiremo fuori strada.»

Invece, un torrente di parole fluì dalla bocca di Isabella. «Bisognerà dare la notizia a Benny. Nostro fratello sarà felice. E bisognerà fare una festa. Una grande festa. Te l'organizzo io. Ti garantisco un successo clamoroso. Invitiamo anche Leo? Che cosa ne dici? E dovremo trovare il modo di dirlo anche a Giorgio. Chissà come accoglierà la notizia del fratellino. Certo all'inizio sarà un po' geloso. Sono tutti così i primogeniti. Dovrai andarci un po' cauta. Ma poi Giorgio non è più un bambino. Forse nascerà in lui una sorta di sentimento paterno», continuò Isabella a ruota libera. «Ma un po' di cautela non guasta. Con Giorgio, intendo. Oh, guarda che per il corredino ci pensa la zia. Eh sì, voglio proprio divertirmi a vestire questo pupo. Camicini ricamati a mano. Il primo di seta, naturalmente, perché, come ben sai, porta buono. E la culla?» si emozionò. «Pensa che proprio l'altro giorno ne ho vista una da Martinelli: una nuvola. Sai che cosa ti dico? Quella la compro subito. Oh Giulia, Giulia, fortunatissima Giulia.» Era ritornata a sedersi in poltrona. Allargava le braccia con un tintinnar di ciondoli preziosi.

«Basta così, Isabella», la riprese con decisione Giulia. «Non era per sentire questo cumulo di luoghi comuni che ti ho cercata. Avevo bisogno di te per chiarire i miei dubbi.»

«Va bene. Capisco le tue ragioni. Però calmati gioia mia e parliamo. Cioè, parla tu, dal momento che mi hai cercato per questo», si placò Isabella.

«Non ho detto niente a Ermes e non glielo dirò nemmeno quando ritornerà. E se tu parli di questo con anima viva, ti strozzo.»

Isabella si portò istintivamente una mano a difesa del collo.

Giulia sembrava decisa ad attuare il suo proposito.

«Ma perché?» chiese timidamente.

«Perché non sono sicura di volerlo questo figlio», rispose Giulia perplessa.

«Ti capisco. Ci sono tanti e tali problemi...» Era pronta a ricominciare, ma Giulia non glielo consentì.

«Ce n'è soltanto uno. Il problema sono io. Non sono più sicura di me. Di quello che sono e che voglio. Non so più se sono una donna o un animale da laboratorio. Non passa mese senza che mi sottopongano a visite, analisi, radiografie.

Esami, esami e ancora esami. Non so più se Ermes mi ama in quanto donna o come oggetto di studio.» Era spietata e sapeva di esserlo, ma non faceva niente per mitigare le accuse contro tutto e tutti, ma soprattutto contro se stessa. Non so più che cosa sono i miei ormoni. Se devo amarli perché mi fanno sentire donna o odiarli perché hanno fatto nascere dentro di me un cancro. Non so come conciliare i miei sentimenti di madre per Giorgio, con quelli di amante per Ermes. Mio figlio è in crisi e mi sta dando un sacco di problemi. Non so da che parte cominciare per risolverli. Ho tanta voglia di vivere e ho paura di morire. Tutti vedono in me una donna di successo, ma io non so che cosa sia il successo. Non lo vedo. Non lo percepisco. Tocco, invece, con mano, questo corpo che frana e il groviglio di sentimenti contraddittori in cui mi dibatto. Non sopporto più il peso della mia infelicità.»

Si prese il volto tra le mani e scoppiò in singhiozzi.

Giorgio in quel momento si affacciò sulla porta dello studio. Aveva ancora sulle spalle lo zainetto dei libri. Era appena ritornato da scuola.

«Si può sapere che succede, adesso?» chiese guardando la madre in lacrime e la zia commossa.

«Niente, caro», lo rassicurò Isabella andandogli incontro. «Tua madre ha bisogno di stare un po' tranquilla. Vieni. Andiamo di là.»

19

Franco Vassalli si svegliò al tenue chiarore che filtrava dalle persiane della sua camera. Lupo, sdraiato accanto al letto, percepì il risveglio del padrone e si tirò in piedi accostando il naso umido al viso di Franco.

«Buongiorno, amico», lo salutò l'uomo accarezzandolo.

L'orologio digitale sul tavolo segnava le sei e trenta del mattino. Franco si alzò e attraversò a piedi nudi la stanza. Aprì le finestre e la luce grigia del nuovo giorno invase la stanza rivelando le pareti rivestite in cotone a disegni *prince de Galles,* la moquette di lana con lo stesso disegno, il letto a due piazze con le lenzuola immacolate e la coperta di cachemire rosso cupo. Intorno, pochi arredi essenziali: una poltrona, un tavolo Direttorio coperto di libri e giornali, una sedia dello stesso stile, un televisore e, sopra una cassapanca Ottocento, un quadro di Boldini raffigurante una strada di Parigi.

Suonò il campanello per chiamare il cameriere. Quindi Franco andò in bagno mentre il domestico gli preparava i vestiti che avrebbe indossato.

La residenza di via Borgonuovo era uno dei tanti piccoli appartamenti dell'immobiliare Zeta cui la Provest pagava un affitto. L'immobiliare era di Vassalli. Tutto un giro per alleggerire le tasse e frodare il fisco nella più assoluta legalità come nel gioco delle scatole cinesi.

La colazione gli fu servita sul tavolo in sala da pranzo: succo d'arancia, yogurt, una gran tazza di caffè americano. C'era anche una consistente mazzetta di quotidiani che Franco sfogliò con distrazione soltanto apparente, registrando le notizie che più lo interessavano.

Telefonò a Inter-Channel per avere notizie sui dati d'ascolto delle trasmissioni. Erano in continua ascesa, soprattutto nei Paesi di lingua tedesca e inglese.

Parlò con Madì perché convocasse una riunione dei responsabili dei programmi e della pubblicità entro le undici del mattino negli uffici della Provest.

Uscì con il cane e si avviò per via Montenapoleone. Erano le otto. Le saracinesche dei negozi erano ancora abbassate, ma la centralissima arteria cominciava già ad animarsi. Nuvole pesanti di pioggia coprivano il cielo.

All'altezza di via Baguttino, Lupo precedette il padrone in via Bagutta e si infilò nel portone del palazzo adiacente il ristorante omonimo.

Il portiere salutò Franco Vassalli e gli aprì premurosamente la porta dell'ascensore. Al secondo piano Franco e il cane entrarono nel vestibolo di un appartamento.

«Le bambine sono pronte», sorrise una graziosissima cameriera di colore in veste nera e grembiulino bianco.

Subito due bambine, di circa otto anni, irruppero con voci gioiose mentre il pastore tedesco le salutava abbaiando, dimenando la coda e annusandole avidamente.

«Veronica, Violante», le chiamò Franco stringendole fra le braccia.

Erano belle nei loro grembiuli bianchi, i capelli raccolti in due lunghe trecce.

«Le mie adorabili gemelline», disse Franco sfiorando le loro guance con il suo viso. Era una sensazione così piacevole. La cameriera ritornò portando due giubbotti blu e due cartelle.

«Svelte bambine», le incitò la donna aiutandole a indossare i giubbotti. «Che cosa dice, dottore, è meglio che portino anche l'ombrello?» si preoccupò la domestica.

«No, no, l'ombrello no», protestarono all'unisono le gemelline.

«Lo dimenticherebbero. No, non piove. E poi sono proprio due passi», decise Franco.

Dal fondo dell'appartamento venne avanti una donna. Era alta e sottile, aveva capelli biondi, un viso rosato dai lineamenti delicati. Indossava un pigiama di seta azzurro e aveva la faccia assonnata.

Porse la guancia a Franco che la sfiorò con un bacio formale.

«Per strada non fate arrabbiare papà», ammonì le figlie. Poi scrutò il cane che si era seduto e la guardava in modo enigmatico. «E tu non leccarle com'è tua abitudine», lo rimproverò. Sembrava un pacifico quadretto di vita famigliare, ma per arrivare a quella parvenza di serenità c'erano voluti anni di sofferenza.

«Tua madre?» chiese a Franco quando era già sulla porta con le bambine.

«Sto trattando», rispose lui.

«Preoccupato?»

«No», rispose. «Andrà tutto per il meglio.»

Franco stava salendo sull'ascensore quando la donna disse: «Ieri sono venuti due poliziotti».

«Che cosa volevano?»

«Quello che vogliono tutti i poliziotti. Sapere.»

Franco annuì e disse: «Ci vediamo».

Percorsero via Bagutta. Le due bambine rincorrevano il cane che si divertiva moltissimo a quel gioco. Svoltarono in via Sant'Andrea e raggiunsero la scuola di via della Spiga dove affluivano altri bambini accompagnati dalle madri, dalle cameriere o dagli autisti.

Franco baciò le bambine e, dopo che le vide entrare, ritornò sui suoi passi. In piazza San Babila, sull'angolo con corso Venezia entrò in una cabina telefonica. Chiuse la porta e, in quel momento, il telefono a gettoni trillò. Al terzo squillo Franco alzò il ricevitore.

«Eccomi», disse. Ascoltò con attenzione e poi soggiunse: «Si può fare quando volete voi». Ascoltò ancora e replicò: «Diciamo venerdì. È stato sempre il mio giorno fortunato». Riattaccò e uscì. Si avviò verso corso Vittorio Emanuele. Entrò in una libreria e acquistò dieci copie del romanzo di Giulia. Chiese, e ottenne, che venissero consegnate all'indirizzo della Provest entro un'ora.

Attraversò la Galleria del Toro e fu di nuovo in via Montenapoleone. La bottega di Buccellati apriva in quel momento.

Si fermò a guardare la vetrina che esponeva alcuni pezzi d'argenteria d'autore. Entrò nel negozio.

«Mi interessa quella conca d'argento esposta in vetrina», disse al commesso. «Quella con la ghirlanda di rose a sbalzo.»

Il giovane la mise sul tavolo perché il cliente potesse ammirarla.

«È un pezzo raro, francese, firmato da Jean Baptiste de Lens 1732. L'interno è in vermeil», spiegò il commesso mostrando la finezza della lavorazione.

«Vorrei che fosse riempita di rose scarlatte e inviata alla signora Giulia de Blasco», disse accingendosi a dettare l'indirizzo.

«Desidera allegare un messaggio, signore?»

«Certo.» Scrisse di getto su un cartoncino del gioielliere: «Con profonda ammirazione. Vassalli».

Quando entrò nel suo ufficio, Madì, solerte come sempre, lo stava aspettando.

«Voglio sapere tutto su Giulia de Blasco, la scrittrice», disse sedendosi alla scrivania. «Chi è, come vive e con chi. La storia col chirurgo e tutto il resto.»

Voleva verificare le informazioni di Marta Montini. La segretaria prese velocemente appunti.

«D'accordo, dottore. Intanto ho fatto accomodare i ragazzi nella sala riunioni. Sono anche arrivate dieci copie del romanzo della de Blasco. Le ho distribuite subito. Giusto, vero?»

Franco annuì. «Chiami l'avvocato Elena Dionisi. Mi fissi un appuntamento con lei.»

Madì sapeva che l'avvocatessa Dionisi aveva già risposto picche alla proposta di Franco Vassalli di trasporre il romanzo di Giulia in un film per la televisione. Ma sapeva anche che, alla fine, vinceva sempre lui.

Franco entrò nella sala riunioni dove i direttori del network lo stavano aspettando.

«Voglio che leggiate questo romanzo», esordì, «e che lo troviate bellissimo. Perché lo è. Voglio il miglior sceneggiatore, un musicista che mi faccia una colonna sonora da far dimenticare quella di *Love Story* e un produttore esecutivo con i fiocchi. Per non parlare del regista. Voglio fare di *Come il vento* il primo di una serie di sceneggiati per Inter-Channel.»

«Abbiamo i diritti?» chiese il capo dei programmi.

«Non ancora. L'autrice fa i capricci, ma alla fine me li venderà. Comunque noi cominciamo a lavorare come se i diritti fossero già nostri.»

«E dove lo manda in onda questo sceneggiato? Abbiamo solo due canali: i giochi per i ragazzi e la musica leggera», chiese uno dei presenti.

«Stiamo per vararne un terzo: film, telenovela, sceneggiati. Adesso vi spiego il programma.»

20

Erano quasi le dieci di sera quando Ermes arrivò a casa di Giulia.

«Scusami tesoro. Ho avuto un pomeriggio infernale allo studio. Per non parlare della mattina di fuoco in clinica. Ho finito di operare alle quattro e così tutte le visite sono slittate di due ore.»

Giulia lo aiutò a togliersi il soprabito.

«Figurati. Proprio non esiste il problema.» La sua voce aveva la calma inquietante che precede la tempesta. «La pasta al forno ormai è da buttare. L'arrosto è freddo, le patate sono uno schifo. Sono rimasti la frutta e il formaggio. È una cena all'insegna della frugalità, ma è pur sempre una cena.»

Lo precedette nella sala da pranzo. «Io, naturalmente, a quest'ora non mangio più», disse. «Per non parlare del sonno. Quando mi innervosisco, la notte per me è persa», proseguì facendosi sferzante.

Giulia faticava a dormire da quando era stata operata e se poteva riversare su qualcuno la responsabilità della sua insonnia, le sembrava di soffrire meno.

«Giulia, che cos'hai? Mi sembri seccata.» Le andò vicino e l'abbracciò.

Lei si liberò bruscamente.

«Di' piuttosto che sono furibonda», replicò girandogli le spalle e rifugiandosi nella sua poltrona, in salotto, tormentando il lungo filo di perle che portava al collo.

«Tesoro, scusami», intervenne Ermes raggiungendola. «Sono mortificato. Ma non potevo fare diversamente. Ho dei pazienti che hanno grossi problemi. Dovevo occuparmi di loro. Lo capisci, vero?»

«Tutti hanno i loro problemi», riprese Giulia decisa a non dargli tregua. «Mio figlio ha i suoi problemi, il padre di mio figlio ha i suoi problemi. Tu hai i tuoi problemi. Be', anch'io ho i miei problemi. Tanti e grossi. La verità è che io non ho più voglia di stare a sentire quelli degli altri.»

La sua voce aveva assunto toni drammatici. Poi, di colpo, si calmò. Aveva visto negli occhi di Ermes tanta stanchezza. Sapeva che si dedicava ai malati totalmente, una proprietà terapeutica che talvolta assumeva un ruolo decisivo.

«Oh, Ermes, perdonami. Io... non so che cosa mi ha preso», disse tendendogli le braccia.

Ermes la strinse a sé.

«Propongo una soluzione radicale», sussurrò Ermes. «Usciamo a cena. Io e te. Una deliziosa cena a lume di candela, in quel piccolo ristorante che ti piace tanto.»

«Non possiamo», ribatté. «Voglio dire che io non posso uscire.»

«E perché?» si meravigliò Ermes. «Credi davvero che sia troppo stanco per fare un colpo di vita con la mia donna?»

«Giorgio è uscito», spiegò Giulia. «Come vedi, sono le dieci e ancora non torna.» C'era una vibrazione angosciosa nella sua voce che lo preoccupò.

«Ti ha detto dove andava?»

«Non mi dice mai dove va. Tutto quello che sa dirmi è: 'Mamma esco'. Chi vede, con chi va, chi frequenta? Non so nulla Ermes», confessò sconsolata.

«Non lasciarlo uscire», suggerì semplicisticamente Ermes. «Ha soltanto quindici anni. Non può andare e venire a suo piacimento. Tu devi...» si interruppe sorridendo amaramente. «Senti da che pulpito viene la predica», si autoaccusò. «Proprio io che non so neppure da dove si comincia a fare il padre, ho la pretesa di insegnare a te.»

«È tutto molto difficile.» Giulia cercò un sorriso che non riuscì a trovare. «Quando ero bambina, i miei genitori ci mettevano in riga, me e i miei fratelli. All'occorrenza, anche con uno schiaffone bene assestato. E noi li amavamo.» Trasse un lungo sospiro che celava un singhiozzo.

«Tuo figlio e mia figlia sono nati e cresciuti in famiglie complicate. Se ripenso alla mia famiglia, non è che le cose andassero meglio», ragionò il chirurgo.

Ermes rivide la vecchia, povera casa di via Beato Angelico, con i muri che trasudavano miseria. Un padre che entrava e usciva di galera per patetici furtarelli, una madre che andava a servizio e cercava nel vino un'illusione di serenità. Partoriva un figlio dopo l'altro, tutti concepiti con uomini diversi, e si affannava per cercare di metterli a tavola due volte il giorno.

Eppure, lui e i suoi fratelli, amavano questi poveri genitori.

«Sì, i tempi sono cambiati. Forse noi eravamo troppo impegnati a riscattarci dalla miseria. Ma loro, come si riscattano dal benessere?»

Giulia ricordò con tenerezza il padre, il professor Vittorio de Blasco, che si ammazzava di lezioni private per comprare ai figli le scarpe o il cappotto.

Ermes e Giulia, presi dai ricordi, avevano dimenticato la cena e l'ora tarda. Giulia, però, non poteva dimenticare la creatura che le stava crescendo dentro. Fu sul punto di raccontargli tutto: «Ermes, ascolta», esitò.

«Dimmi, tesoro», la invitò a continuare mentre le copriva il viso con tanti piccoli baci.

Lei si rese conto che non era ancora pronta per affrontare con lui l'argomento. Cambiò tono: «Che cosa faccio con Giorgio che non è ancora ritornato?»

«Aspetti. Aspettiamo insieme», propose Ermes.

Sentirono girare la chiave nella serratura della porta d'ingresso.

«È Giorgio», disse Giulia con un senso di sollievo.

«Hai visto che è tornato?»

Giorgio si affacciò alla porta del salotto. Aveva la faccia pallida e assonnata.

«Salve a tutti e due», li salutò con una punta di arroganza. «C'è niente da mangiare?»

«Posso sapere dove sei stato fino adesso?» chiese Giulia con tono di rimprovero.

«In piazzetta. Qui dietro. Abbiamo giocato a pallone. che male c'è? Allora posso mangiare qualcosa?»

Giulia provò un senso di liberazione.

«C'è dell'arrosto freddo sul tavolo», suggerì Giulia.

Giorgio si avviò verso la cucina. Ma dopo due passi si fermò, attratto da qualcosa di insolito.

«Quella, che roba è?» chiese indicando su un tavolino del salotto una grande conca d'argento colma di rose rosse.

«È un capolavoro», disse Ermes che non si era accorto della novità prima che il ragazzo la notasse. «Da dove viene?»

«È un regalo del mio editore», mentì Giulia.

21

«ALLORA», cominciò Elena, «che cosa vuoi fare con quel Vassalli?».

«Quindici, sedici, diciassette, diciotto», contò Giulia, il volto arrossato per lo sforzo. Inspirò ed espirò un paio di volte, quindi sollevò le gambe dalle staffe e appoggiò i piedi su una sbarra.

Erano in palestra, l'una accanto all'altra, sedute sulla macchina per rinforzare i muscoli adduttori. Giulia aveva ripreso a frequentare la palestra da un paio di mesi, dopo una lunga interruzione dovuta all'intervento al seno, alla cobaltoterapia e alle vacanze estive che aveva passato rivedendo le bozze del nuovo romanzo, a scrivere articoli per i giornali, a seguire Giorgio che era stato rimandato in latino e greco.

«Non riesco a rimettermi in forma», si lamentò ansando e palpando i muscoli interni delle cosce con aria insoddisfatta.

«Giulia, vuoi rispondermi a tono?» incalzò Elena.

«No. Non ne ho voglia.» Andò a sdraiarsi su una panca e cominciò a esercitare i pettorali con il sollevamento dei pesi.

Elena la raggiunse, le strappò i pesi dalle mani e sovrastandola, le disse: «Vuoi ascoltarmi o devo mettermi a gridare?» aveva alzato un po' troppo la voce. Qualcuno fra i presenti smise di fare gli esercizi per osservare con curiosità le due donne.

«Va bene Elena. Dopo ne parliamo. D'accordo? Ora posso farmi la mia serie di pettorali in santa pace?» sibilò Giulia.

Sollevava pesi leggeri, da un chilo e mezzo. Ermes si era raccomandato perché non forzasse troppo la muscolatura. Le sue fasce pettorali dovevano stare tranquille, almeno per qualche mese ancora.

Ritornò la nausea improvvisa come un agguato e le afferrò lo stomaco. Si sollevò e corse verso il bagno dove si liberò della colazione del mattino. Era all'inizio del secondo mese di gestazione, secondo il professor Pieroni. Avrebbe potuto continuare a fare ginnastica o sarebbe stata costretta a mettersi a letto per portare a buon fine la gravidanza com'era successo per Giorgio? Questo figlio sarebbe stato abbastanza forte da aggrapparsi al suo utero senza cadere? E lei avrebbe continuato a volerlo?

Entrò nello spogliatoio tamponandosi il viso con una spugna. Era stremata.

Elena la raggiunse ansiosa: «Che cosa c'è?» si preoccupò. «Qualcosa non va?»

«Solo un po' di stanchezza», minimizzò Giulia. «E poi, ho qualche problema.»

«Dimmene uno. Vuoi?»

«Per esempio, Vassalli.»

«Quello è un problema che ti risolvo io», la rassicurò Elena. «Basta un tuo sì o un tuo no.»

Giulia si spogliò e andò sotto la doccia. Elena la seguì ponendosi sotto il getto vicino al suo.

«Senti, possiamo parlarne un'altra volta?» prese tempo Giulia. Le frustate d'acqua calda le comunicavano un senso di benessere.

«No, non possiamo rimandare. Quello è venuto ieri nel mio studio dopo che gli avevo risposto picche. Ti offre un sacco di soldi per i diritti. Mi sembra da idioti lasciar perdere un'occasione del genere.»

«Non so niente di lui», replicò Giulia preoccupata. «Potrebbe prendere il mio libro e stravolgerlo. Potrebbe farne una schifezza. In quel romanzo c'è il mio lavoro di due anni.»

Lasciarono la palestra e si infilarono nel solito bar. Davanti a una tazza di tè, Giulia ed Elena si regalarono una sigaretta.

«Quando uno scrittore vende i diritti del suo romanzo per una versione cinematografica o televisiva, se non è contento del lavoro che ne fanno, ha il diritto di far togliere il proprio nome dai titoli di testa. Si possono usare delle formule come: liberamente tratto da... eccetera», riprese Elena. «Tu firmi libri, non film. Comunque non credo che Vassalli ne farà una schifezza. Ci investe miliardi. Non è tipo da buttare via i suoi soldi.»

«E tu come lo sai?» chiese Giulia.

«Ho preso le mie informazioni. Vuoi sapere chi è? Ti servo subito. Trentasei anni. Padre tassista e alcolizzato che vive non si sa dove. Un fratello debosciato che abita col padre. Sua madre, lo sai anche tu, nelle mani dei rapitori. Una moglie lesbica; sentimentalmente, diciamo così, legata alla tua grande amica Zaira Manodori, la stilista. Due figlie gemelle che lui frequenta assiduamente. Un cane lupo che non lo abbandona mai. Molte relazioni con donne sempre più vecchie di lui. Ha una finanziaria, la Provest, che opera prevalentemente nel settore immobiliare. Lavora con varie banche che, attualmente, hanno sospeso ogni contatto diretto con lui, per ordine della magistratura, in seguito al sequestro della madre. Ha appena acquisito il pacchetto di maggioranza di un'emittente privata europea che comprò per quattro lire, e che è diventata, in seguito, molto importante. Sta diversificando i programmi e produrrà sceneggiati e film made in Italy. Il tuo romanzo rappresenterebbe il suo esordio nel settore sul mercato europeo. E forse americano. Ti basta?»

«Però», si stupì Giulia. «Come te le sei procurate tutte queste informazioni?»

«Devo tutelare i tuoi interessi. Ottenere informazioni fa

parte del mio mestiere. Allora», sospirò, «Vassalli è ancora un problema?»

«Più che mai», rispose Giulia. Bevve un sorso di tè.

«Ma perché?» chiese Elena sul punto di spazientirsi.

«Perché mi piace. Da quando l'ho incontrato la prima volta non faccio che pensare a lui. Come se non bastasse, mi sento attratta sessualmente. Si dice così?»

Elena la guardò con un senso di smarrimento.

22

L'AGENTE Ruta inzuppò con voluttà il cornetto nel cappuccino e se lo portò grondante alla bocca, mentre il collega D'Amico beveva una spremuta di pompelmo con la compostezza di un gentleman.

Il bar, alle dieci del mattino, riprendeva il suo aspetto abituale, dopo l'ondata quotidiana di operai e di impiegati che, nelle ore di punta, lo prendevano letteralmente d'assalto.

Un giovane cameriere spazzava il pavimento disseminato di bustine vuote di zucchero, briciole e mozziconi di sigarette. Il proprietario, un tipo dalla faccia feroce con vistosi baffi neri, lustrava l'acciaio del bancone, mentre sua moglie, una biondina sui trent'anni, piccola e delicata, grandi occhioni celesti, sistemava le tazzine che prelevava calde e splendenti dalla lavastoviglie.

Fuori pioveva. Una pioggia tiepida, sporca e appiccicosa.

«Allora, si va?» D'Amico sollecitò il compagno.

Ruta pagò la consumazione dopo avere trangugiato l'ultimo boccone di brioche. I due agenti salirono sulla Pantera. D'Amico, al volante, azionò i tergicristalli che, per qualche istante, spalmarono sul parabrezza una specie di fanghiglia subito diluita dai sottili e potenti getti dell'acqua. Ripresero il loro giro di pattugliamento.

«Come mai stamattina sei così silenzioso?» chiese il pugliese.

«Stavo pensando al furto a Inter-Channel. C'è qualcosa in questa storia che non mi convince», disse d'Amico.

«Il sergente Hunter», replicò ironico il collega, alludendo al poliziotto di una fortunata serie televisiva, «sente odore di bruciato?»

«Parlo seriamente», replicò stizzito.

«E io no?» ridacchiò. «Che cos'è che non ti convince?» cambiò tono.

«Che senso ha rubare scenografie che non potranno mai essere utilizzate né rivendute?» si interrogò. «Che senso ha che i ladri riportino al legittimo proprietario il camion che hanno utilizzato?»

«Se entri in crisi per ogni furto che fanno in questa città schifa...»

«Vedi», proseguì riflettendo, «a mio avviso i ladri hanno agito secondo un preciso disegno. Non so quale, ma deve esserci un senso in questa storia apparentemente scombinata», insisté D'Amico.

«La tua mentalità da ragioniere non si concilia con la fantasia dei delinquenti», obiettò Ruta.

«Con la matematica impari a ragionare», replicò senza raccogliere la provocazione. «E prima o poi, col ragionamento, arrivi alla soluzione del problema. Prova a seguirmi», riprese. «Un certo Vassalli, in due giorni, colleziona due disgrazie: la prima è leggera, il furto delle scenografie. La seconda è grave, il rapimento della madre.»

«Che è rimbambita», sintetizzò crudelmente Ruta.

«Il sopralluogo nella villa sul lago e il personale che è stato interrogato confermano che la donna gioca con le bambole. Come una bambina», osservò D'Amico.

«Ma tu, come lo sai?» si incuriosì.

«Ieri ho letto i verbali», ammise D'Amico sapendo di aver compiuto un'azione non perfettamente lecita.

117

«Bravo!» si complimentò Ruta ironico.

«Quindi, gli autori del furto potrebbero essere gli stessi rapitori. Per far stare buona la vecchia le hanno creato attorno una specie di Disneyland a suo uso e consumo. Trova i ladri delle scenografie e troverai i rapitori», concluse il giovane poliziotto.

Un monumentale automezzo della nettezza urbana, dal quale provenivano i colpi lugubri di un meccanismo a rotazione, impediva la circolazione da una decina di minuti e D'Amico prese a suonare il clacson con impazienza, mentre proseguiva il suo ragionamento. «Vassalli non fa niente per facilitare la cattura dei rapitori», continuò, «ha i telefoni sotto controllo, però è stato beccato mentre usava una cabina della Sip in piazza Cordusio, e un'altra in piazza San Babila. Lì la chiamata era addirittura in arrivo.»

«Naturalmente non hanno rintracciato la provenienza», osservò Ruta.

«Il verbale dice così», confermò.

«Ehi, guarda quel marocchino», lo interruppe Ruta. «Sta vendendo qualcosa al ragazzo.»

In un angolo nascosto della piazzetta di Greco si stava svolgendo una scena triste e consueta. D'Amico frenò di colpo e balzò fuori dall'auto seguito dal collega. Bloccarono il ragazzo, ma non il nordafricano che, velocissimo, si era dileguato.

«Forse è saltato su quel camioncino», ipotizzò Ruta osservando un automezzo scalcinato che si dileguava oltre una curva.

«L'abbiamo perso», constatò amaramente. «Vediamo adesso questo galantuomo», soggiunse rivolgendosi al ragazzo che incominciò a tremare.

Era uno studente, una faccia pulita e ingenua, gli occhi smarriti, lo zaino dei libri sulle spalle. Li guardava sgomento, paralizzato dalla paura.

«Su, vuota le tasche», incalzò il poliziotto.

«Fa' vedere che cos'hai nascosto», rincarò la dose il collega facendo la faccia del cattivo.

Il ragazzo non parlava, paralizzato dalla paura.

«Hai capito che devi rovesciare le tasche?» lo ammonì Ruta.

«Fatelo voi», propose il ragazzo incapace di muoversi.

«Non vogliamo bucarci con le tue siringhe infette.» Il poliziotto capì che aveva esagerato. Davanti a lui c'era un adolescente terrorizzato, ma non aveva l'espressione e il comportamento dell'eroinomane. Tuttavia, come vuole il regolamento, infilò un paio di guanti di gomma e con ogni cautela rovesciò le tasche del giubbotto, dei pantaloni e dello zaino. Fu una cascata di libri, quaderni, pennarelli, bigliettini, un abbonamento del tram, due accendini, un pacchetto di sigarette, la fotografia consunta di una donna, forse la madre, un chilom per fumare e un piccolo pezzo di hashish.

«È un 'fumatore', il nostro giovane», ironizzò D'Amico.

Dal taschino interno del giubbotto venne fuori anche la carta d'identità.

«Giorgio Rovelli», lesse l'agente ad alta voce. «Nato a Milano. Domiciliato in via Tiepolo. Che cosa facciamo?» chiese rivolto al collega.

«Lo portiamo alla centrale e chiamiamo i genitori. A quest'ora, penseranno che sia a scuola.»

23

L'ONOREVOLE Zani l'aspettava nel piccolo bar dell'*Hotel Manzoni*. Quando Giulia lo vide, stava consultando dei documenti. La mano che reggeva i fogli vibrava per un lieve tremito.

«Ciao, Armando», lo salutò con voce sorridente tendendogli la mano.

L'uomo si alzò in piedi con insospettata agilità. Prese la mano di Giulia e la baciò. Poi la abbracciò affettuosamente.

«Siediti», la invitò a prendere posto nella poltrona accanto alla sua. «Che cosa bevi?» le chiese indicando il suo bicchiere di acqua minerale.

«Niente, grazie. Dimmi invece come stai», domandò Giulia premurosa.

L'uomo le aveva telefonato un'ora prima invitandola a colazione: «Voglio parlarti prima di ritornare a Roma», le aveva detto.

Adesso stavano l'uno di fronte all'altra. «Sto bene, grazie. Ho prenotato un tavolo al *Don Lisander*. Ci avviamo?» propose Armando.

«Credevo volessi parlarmi», disse Giulia.

«Dopo», le sorrise.

Camminarono sottobraccio per via Manzoni. Erano una coppia piacevole. Lui, una figura possente che vestiva con eleganza molto inglese. Lei, una graziosa e giovane signora. C'era tra loro una vaga rassomiglianza. Qualcuno li guardò con interesse come se avesse riconosciuto l'uomo politico e la scrittrice di successo che apparivano con una certa frequenza in televisione e sui giornali.

«Quando ritorni a Roma?» si informò Giulia.

«Domani sera», lui rispose. «Prima devo inaugurare un convegno di medicina. Poi, visiterò un impianto per la depurazione dell'acqua. Infine, ho un impegno tanto importante che l'ho dimenticato», cercò di buttarla in ridere con un sospiro di rassegnazione. «La mia memoria», si lamentò, «mi abbandona.» Subito aggiunse: «A pranzo non saremo soli».

«È una sorpresa piacevole? Un personaggio famoso?»

«No, soltanto un onesto notaio.»

Passò un lungo attimo di silenzio.

«Che cos'è questa storia?» si insospettì Giulia.

«Sai, cara», cominciò a spiegarle pacatamente, «trovo che i testamenti siano tra le pratiche più tristi. Le eredità le detesto. Ma un giorno o l'altro me ne andrò a far compagnia a tua madre e al nonno Ubaldo. Sei giovane e vorrei lasciarti qualcosa su cui contare. Non ho mai fatto niente per te», si giustificò. «Mi sono perso gli anni più belli della tua infanzia», disse con una punta di commozione.

«Alt», lo interruppe Giulia, «questi discorsi non voglio neanche sentirli», protestò alterandosi.

«È proprio per non fare questi discorsi che ho deciso di regalarti, finché sono vivo, la mia casa di Roma con tutto quello che c'è dentro. Sono cose che ti appartengono. Davanti a te e al notaio firmerò un atto di donazione.»

«Sei pazzo se credi che accetterò la tua bicocca, le tue carabattole, i tuoi dannatissimi stracci», reagì Giulia cercando di scherzare.

«Accetterai la mia decisione», s'impose Zani, «perché sei mia figlia. E hai il dovere dell'obbedienza.»

«Hai altri due figli», gli ricordò.

«Lo so. Figli legittimi e carichi di soldi. Sono americani e non si ricordano nemmeno più che sono al mondo.»

«Sei pazzo, Armando», ripeté Giulia meccanicamente.

«Hai il tuo lavoro, Giulia. Possiedi la villetta in cui vivi. Sei una scrittrice di successo. Ma hai davanti a te una lunga vita e un figlio da tirar grande. Sul tuo ex marito, il brillante Leo Rovelli, non puoi fare affidamento. E poi», confessò con voce pacata, «non sto benissimo di salute.»

«Che cos'hai?» chiese ansiosa.

«Qualcosa non funziona nei miei reni. Niente di serio... almeno per ora», pasticciò. «Ma insomma... diciamo che ho vissuto la vita che volevo vivere. E ho avuto la migliore e la più cara delle figlie.»

«Sono guarita anch'io, papà», cercò di rincuorarlo.

«Forse sarà così anche per me. O forse il mio male rimarrà entro valori accettabili.»

«Posso fare qualcosa per te?»

«Se tu fossi l'Onnipotente, non ti chiederei di aggiungere un solo giorno alla vita che mi rimane. Poiché sei mia figlia, ti chiedo di non ferirmi con la tua cocciutaggine e di fare come ti dico.»

Giulia lo seguì dentro il ristorante.

«Buongiorno, signora de Blasco. Buongiorno, onorevole», disse il maître mettendosi a loro disposizione con un paio di camerieri.

«È arrivato il nostro ospite?» domandò Armando.

«Vi sta aspettando», rispose il maître guidandoli verso un tavolo appartato.

Il notaio era un professionista romano di antico stampo, un uomo di mezza età, affabile e riservato. Ci fu appena il tempo per le presentazioni.

«Signora de Blasco», annunciò un cameriere. «C'è una chiamata per lei.»

Giulia si sforzò di mantenersi calma. Raggiunse il telefono. Era Ambra all'altro capo del filo.

«Giulia, stai tranquilla», le disse subito l'amica, «Giorgio sta bene», le comunicò. «Solo che... ha fatto una marachella.»

«Quale marachella?» chiese Giulia con voce di ghiaccio. «Dov'è Giorgio?»

«È al commissariato di Greco-Turro. Devi andare a prenderlo.»

24

Giulia parcheggiò la vecchia Mercedes davanti alla villetta di via Tiepolo. Ambra stava aspettando sulla porta.

«Scendi», ordinò al figlio. Per tutto il tragitto, dal commissariato a casa, non si erano detti nemmeno una parola.

Giorgio aveva la faccia lunga e tirata.

«Ti ho detto di scendere», ripeté lei raggiungendo la sua portiera e spalancandola.

«No. Da qui non mi muovo», insisté il ragazzo.

Ambra si fece loro incontro: «Siete tornati, finalmente. Dio sia lodato».

«Ambra, non t'immischiare», l'ammonì Giulia bruscamente.

Poi, con la forza, obbligò il ragazzo a uscire dall'auto e lo trascinò in casa. Richiuse la porta alle loro spalle e lo sospinse su per le scale, in camera sua. Visto che doveva esserci battaglia, Giulia volle offrire al ragazzo il vantaggio di combatterla sul suo territorio.

Intanto faceva appello a tutte le sue risorse per non perdere la calma. Era disperata e terrorizzata dalla recente scoperta.

Giorgio si tuffò letteralmente sul suo letto, restò a pancia sotto, coprendosi il capo con il cuscino.

Giulia sedette su uno sgabello, le mani giunte strette fra

124

le ginocchia. Ognuno dei due cercava la forza e la concentrazione per affrontare l'altro.

«Siamo al momento della verità», cominciò Giulia, mentre si chiedeva se fosse giusto che lei sola dovesse affrontare la situazione. Giorgio aveva un padre. Dov'era in quel momento?

Aveva lasciato Armando Zani al ristorante senza dargli nessuna spiegazione. Ancora una volta Giulia aveva voluto affrontare il male da sola. Aveva raggiunto il commissariato dove l'avevano trattata con molta comprensione. Un paio di poliziotti aveva minimizzato la trasgressione di Giorgio. Il più gentile dei due le aveva anche sussurrato per tranquillizzarla: «Guardi che l'abbiamo rivoltato da tutte le parti. Non è un tossico. Si fuma qualche canna. Ma sono molti i ragazzi nelle sue condizioni. Non è la fine del mondo, signora de Blasco».

Certo. Non era la fine del mondo, ma poteva essere il principio di qualcosa di molto grave.

«Giorgio, mi ascolti?» chiese Giulia rompendo il silenzio.

«No», rispose lui testardamente da sotto il cuscino.

«Hai cercato di derubare Ambra», lo accusò.

«È vero. Mi dispiace.»

«Perché hai bisogno di soldi?»

«Per le sigarette.»

«Le sigarette o gli spinelli?»

«Canne! Sono canne, non spinelli», la corresse. «Lo vedi che non sai nemmeno di che cosa parli?»

«E non ci tengo a saperlo. Quello che invece voglio sapere è quando è incominciata questa storia», indagò. «E soprattutto voglio sapere come ti procuri i soldi per comprare questa roba.»

«È inutile che parli o ti spieghi. Tanto non puoi capire», sbottò Giorgio scattando a sedere sul letto, pronto a difendersi.

«Può darsi che non capisca, come dici tu, ma ti guardo e vedo i risultati. Non vai a scuola. Non studi. Racconti bugie a tutti. Fumi come un turco e ti riempi i polmoni di quella schifezza. La tua pelle trasuda tristezza, nicotina e droga.»

Giulia procedeva con la determinazione di uno schiacciasassi. «Sei senza amici. Ti rifiuti di fare dello sport. Quando non sei fuori, e solo Dio sa dove, ti rinchiudi in questo buco puzzolente che è la tua camera e ti spacchi i timpani con quella miscela esplosiva che tu chiami musica. Passi le ore sdraiato su questo letto. Ecco la verità che ho sotto gli occhi. Oggi sei stato arrestato dalla polizia come un piccolo trafficante», esagerò. «C'è mancato poco che il tuo nome finisse sulla cronaca nera con le conseguenze che ti puoi immaginare.» Fece una pausa e riprese: «Giorgio per favore, vuoi dirmi che cosa ti sta succedendo?»

Aveva le lacrime agli occhi e il cuore che galoppava impazzito. Stava malissimo, ma non avrebbe mollato la presa. Doveva assolutamente correre ai ripari. Sperava soltanto che non fosse troppo tardi.

«Che palle, mamma», reagì il ragazzo. «Come la fai lunga. Non ho fatto niente di male. Non studio, è vero. Ma sarà una crisi che un giorno o l'altro si risolverà. Sono scontento, è vero. Perciò fumo. E dopo mi sento più rilassato. Non faccio sport. Ma gli sportivi non mi interessano. Gente piena di muscoli e vuoti d'intelligenza. Quanto a fumare, fumi anche tu. Fuma papà, fumano molti di quelli che conosco e sono convinto che questo fa veramente male. E per venire all'altro fumo devo dirti che è vero: io sono un fumatore abituale di hashish. Fa molto meno male una canna, di una sigaretta. Qualcuno ha scritto che la marijuana fa bene. È un tipo del Sessantotto. Blumir. Credo. Hai presente?»

Lo ricordava quella specie di santone affascinante e un po' fanatico che aveva un vasto seguito di imbecilli e di disperati negli anni della contestazione. Il fumo e gli apostoli della non violenza la cui filosofia, il più delle volte, era il presupposto per il passaggio all'eroina e agli allucinogeni.

«Che cosa hai detto che sei?» lo sfidò Giulia provocandolo con uno sguardo insolente, alzandosi.

Anche Giorgio si alzò di scatto fronteggiandola.

«Ho detto che sono un fumatore abituale di hashish», scandì le parole con tranquilla precisione.

Giulia fu colta da un impulso irrefrenabile e, per la prima volta, lo schiaffeggiò violentemente sulla guancia.

Giorgio, come se a colpirlo fosse stato il suo peggior nemico, reagì brutalmente, selvaggiamente, picchiando con cattiveria la madre che sentì abbattersi sulla faccia un colpo secco, così forte che per qualche secondo la lasciò stordita.

Giulia sperò di vivere un incubo terrificante. Non poteva credere che suo figlio l'avesse colpita. Quel gesto del ragazzo, quella guancia indolenzita, erano soltanto una costruzione della sua fantasia.

Ma quella rissa sacrilega apparteneva alla realtà. E lei non poteva dichiararsi vinta. Colpì per la seconda volta il figlio; e per la seconda volta la mano del ragazzo, immediata e feroce, si abbatté su di lei facendola vacillare.

Giulia doveva dimostrare a se stessa e a suo figlio che quello che lui aveva compiuto era un misfatto esecrabile. Lo colpì per la terza volta e per la terza volta Giorgio restituì lo schiaffo con una violenza inaudita. La colpì tra la mascella e l'orecchio e fu come se su di lei si fosse abbattuta una spranga di ferro.

Giulia vacillò e cadde a terra, stordita. In una manciata di secondi aveva subito la più oltraggiosa violenza per una madre. Allora, perdendo ogni controllo, sentì rabbiosamente irrompere dalla sua gola un grido lacerante che spaventò il ragazzo, pallido e tremante come un bambino, sconvolto dallo strazio della madre che con una rabbia non sua lo stava maledicendo.

25

«Mamma, ti scongiuro, perdonami», supplicò Giorgio svuotato di ogni energia. Guardava smarrito la madre, che, in un angolo della stanza, singhiozzava disperatamente.

«Mamma», ripeté chinandosi su di lei e sfiorandole i capelli con la mano che l'aveva colpita.

«Non mi toccare», gli intimò Giulia sottraendosi a quel contatto che le procurava un senso di orrore.

«Ti prego, mamma», insisté. «Perdonami. Non ho giustificazioni, lo so, ma ti scongiuro, non mi maledire.»

Gli occhi pieni di lacrime, in ginocchio davanti a sua madre, il ragazzo guardava Giulia lacerata dal dolore.

«In pochi secondi hai distrutto le nostre vite», disse Giulia pensando anche alla creatura che portava dentro di sé. Ricordò il primo grande dolore di Giorgio bambino quando, al cinema, vide morire sullo schermo la madre di Bambi colpita a morte da un cacciatore. In quel momento si rese conto che il cucciolo non piangeva tanto per la morte della madre, quanto per la sua solitudine, per la mancanza di protezione, per la sua vulnerabilità, in un mondo vasto e terribile di cui rischiava di essere la prossima vittima. Non era per la madre che soffriva, ma per se stesso.

La guancia le bruciava, aveva male all'orecchio e alla

mascella, ma il dolore di Giulia era provocato soprattutto dai lividi dell'anima.

Si era sollevata da terra e, in ginocchio, davanti a Giorgio, ritrovava la forza di guardarlo in faccia.

«Che cosa ho fatto di così terribile per meritare tutto questo?» si interrogò smarrita, incredula.

«Niente, mamma», replicò timidamente il ragazzo. «La colpa è solo mia e non so perché», confessò con apparente sincerità.

Giulia si prese il volto tra le mani e incominciò a singhiozzare come una bambina.

Quando si fu calmata si alzò a fatica, sentendosi vecchia e malata, e si mise a sedere sul letto di Giorgio. Aveva la gola riarsa ed era percorsa da brividi come se avesse la febbre.

Giorgio, seduto in un cantuccio, tra il letto e la scrivania, taceva.

«Adesso mi supplichi di non maledirti», Giulia esordì duramente, «e di perdonarti. Certo che non ti maledico. Come potrei? Sarebbe come se maledicessi me stessa. Ma è successo qualcosa che ha lasciato un segno», annotò con coraggio. «L'equilibrio che c'era fra noi si è spezzato. Ci saranno altri giorni e altre atmosfere, ma non sarà mai più come prima. Tu hai aggredito tua madre. Su questo fatto atroce, io credo, dovremo tutti riflettere», disse ormai svuotata di energia. «Da domani non avrai più un centesimo da me: mangiare, bere, dormire e l'abbonamento per i mezzi pubblici. Sarei la peggiore delle madri se finanziassi le tue trasgressioni. Questo è tutto. Se pensi di avere qualcosa da dirmi, ti ascolto.»

«Sono molto confuso, mamma», si sforzò di dare una spiegazione a quanto era accaduto. «Forse non ho niente da dirti. O forse sì. Ma non so da che parte incominciare. Però devi credermi quando ti dico che provo vergogna per quello che ho fatto. E ti prometto che non succederà più.»

Giulia tacque qualche minuto, poi gli si avvicinò: «Sai una

cosa, Giorgio? Anch'io mi sento in colpa per avere scatenato la tua violenza. Quanto devi odiarmi per essere arrivato fino a questo punto».

Sentì che il mondo le crollava addosso. Giorgio la guardava con occhi disperati esprimendo il disagio della persona colta in fallo.

«Io non ti odio», garantì. «C'è qualcosa in me che mi spinge alla violenza. Anche contro me stesso. Ma non sono io. Io sono quello di adesso», dichiarò. «E ti voglio bene», concluse, cominciando a piangere.

26

IL *Nautilus*, una barca di quaranta metri con tre ponti, si cullava nelle acque trasparenti del porto di Mandràki. Sembrava nata dal mare e pronta per affrontare qualsiasi viaggio. Intorno a lei sciamavano tante imbarcazioni piccole e curiose come anatroccoli.

Mentre si avvicinava, a bordo di un motoscafo, Marta guardò ammirata quella regina del mare sullo sfondo dell'antico palazzo del Gran Maestro di Rodi. Ci sarebbe stata festa quella sera a bordo.

Era stata nella città vecchia a ritirare dall'orafo i doni per gli ospiti: preziose riproduzioni in oro delle statue del cervo e della cerbiatta poste a guardia del porta. Aveva fatto anche incetta di coralli, ceramiche, vecchi merletti, giornali e riviste di tutto il mondo.

Il marinaio alla guida del motoscafo spense il motore e lasciò che il battello si accostasse al *Nautilus* per forza d'inerzia guidandolo, tuttavia, verso la scaletta che consentì a Marta di salire a bordo.

Due domestici sostituivano il *ciré* bianco dei materassini e dei divani, sul ponte, con fodere di spugna bianche e blu. Qualcuno aveva rinnovato le composizioni floreali sui tavolini di ciliegio e ottone. Sebbene fosse ottobre inoltrato, il clima era particolarmente dolce.

Marta attraversò il ponte impartendo ordini frettolosi e precisi con il tono sbrigativo di chi è abituato a comandare. Si affacciò sulla soglia del salone principale rivestito di boiserie laccata color panna con divani e poltrone color sabbia dorata. Il suo occhio attento ai particolari notò che alcuni pezzi di argenteria, su un tavolino, non erano stati lucidati alla perfezione. Ne prese mentalmente nota: al momento opportuno avrebbe detto il fatto suo al responsabile.

Scese nella cabina padronale. Era un ambiente vasto dove predominava il color salmone delle pareti e dei tendaggi. Il letto, di tre metri per due, era stato accuratamente rifatto e rivestito con una coperta color panna, ricamata a mano, con motivi di coralli e conchiglie.

Sulla *dormeuse* c'era l'ultimo romanzo di Giulia de Blasco che Marta aveva finito di leggere quella notte. Lo prese e lo gettò nel cestino della carta straccia come avrebbe voluto fare con l'autrice, cancellandola dalla faccia della terra. Depose sul letto il pacco di giornali e riviste, si sdraiò con un senso di sollievo e si attaccò al telefono.

«La mia ineffabile Tea», salutò ironicamente la figlia di cui aveva subito riconosciuto la voce. «Quando ti vedo?»

«Prenderò a Milano il volo delle due», disse la ragazza.

«Molto bene», prese atto la madre. «All'arrivo troverai la macchina che ti porterà al molo, dove ti aspetterà un motoscafo.»

«Immaginavo che non sarei dovuta venire a nuoto.»

«La mia bambina che ha scoperto il senso dell'umorismo», la punzecchiò incapace di incassare anche una semplice battuta.

«Festa grande, suppongo», proseguì Tea.

«Perciò ti voglio bellissima», miagolò Marta.

«Farò del mio meglio. Ho avuto una buona scuola.»

«Come vanno le cose lì da te?» indagò.

«Bene», rispose Tea laconicamente.

«Sei di poche parole», la sferzò Marta.

«Ma sincere», puntualizzò la ragazza.

«Il maneggio?» si informò la madre.

«Va a gonfie vele. Le lezioni si moltiplicano. Marcello e io abbiamo già acquistato fieno per tutto l'inverno», disse con fierezza.

«Cavalli?»

«Quattordici, per ora.»

«Non sono granché», considerò Marta.

«È vero. Ma le cose girano bene. Marcello è sicuro che a primavera potremo acquistare ancora un paio di cavalli e assumere un altro istruttore.»

«Per te il puzzo di stalla è più eccitante dello *Chanel n. 5*», s'irritò Marta.

«Ti chiedo soltanto un favore», patteggiò Tea, «non tirare fuori il tuo umorismo peggiore parlando di me e di Marcello.»

«Promesso. Sarò la vostra migliore propagandista.»

«Non è necessario.»

«Fa molto chic avere una figlia che vive in campagna e ha una scuola di equitazione con l'ultimo dei conti Belgrano. A proposito, perché non porti anche lui?» propose.

«Perché siamo a corto di personale e Marcello dovrà sobbarcarsi anche la mia parte di lavoro, durante il mio soggiorno a Rodi.»

Tea, nonostante tutto, amava sua madre e aveva accettato il suo invito anche se sapeva che le avrebbe fatto il terzo grado per avere notizie di Ermes e di Giulia.

«Straordinario», disse Marta. «Bacioni bacioni, cara. A questa sera», concluse chiudendo la comunicazione.

Una cameriera bussò e subito si affacciò all'uscio.

«È arrivato il suo abito, signora, dall'atelier di Zaira Manodori-Stampa», annunciò. «L'ho appeso nello spogliatoio. Se mi è consentito dirlo, è bellissimo», soggiunse con ammirazione. Era una giovane greca, si chiamava Melina. Considerava Marta una specie di divinità. L'adorava e la temeva. Di lei conosceva la generosità e le collere.

133

In un paio di occasioni, Marta l'aveva persino schiaffeggiata, tuttavia Melina continuava a strisciare ai suoi piedi, perché alle divinità tutto è concesso. E ottenerne i favori e le punizioni è comunque un privilegio. Marta cambiava umore e comportamenti con sorprendente rapidità.

Sorrise di soddisfazione. Sarebbe stata la regina della festa, com'era giusto che fosse. Era la sua festa. Il suo fidanzamento sarebbe stato annunciato a una cinquantina di ospiti selezionatissimi e pettegoli, e a un paio di fidati cronisti: Liza Bonner di *Vanity Fair* e Gunther Patrik del *Times*.

La notizia sarebbe rimbalzata in tutto il mondo. Ermes Corsini, che l'aveva esiliata convinto di averla sconfitta per sempre, doveva rassegnarsi a vederla risorgere più sfavillante che mai. Pensò a Ermes e subito, al viso dell'uomo, si sovrappose quello di Giulia. Questo bastò a cancellare l'euforia della vittoria.

«Togliti dai piedi, Melina», ordinò alla ragazza cambiando repentinamente umore. La cameriera si ritirò velocemente.

Marta si sentiva divorata dall'odio e dall'invidia per Giulia de Blasco. Ricordò il romanzo che aveva appena letto. Era una vicenda animata da personaggi veri i cui destini si intrecciavano in un susseguirsi di colpi di scena arricchiti da una straordinaria ironia.

C'era in quelle pagine la vicenda umana di Giulia, di Ermes e c'era anche la sua storia ricostruita, doveva ammetterlo, con garbo e benevolenza, riscattando anche certe cadute di stile che avrebbero involgarito il romanzo e reso impopolare il personaggio.

Nessuno dei suoi personaggi era completamente buono o completamente cattivo. Giulia sapeva trovare il lato buono anche negli individui peggiori e il lato cattivo negli individui migliori. Questo Marta l'aveva capito.

«Dio, come la odio», pensò. Era convinta che senza l'incontro con Giulia, Ermes sarebbe stato ancora suo marito. Non che le importasse molto di lui. Era l'umiliazione dell'abbandono che non aveva mai digerito e quella, ancor più grave, dell'esilio.

La indispettiva il successo di Giulia che giocava, secondo lei, come un pokerista di professione, la parte della santarellina. Inoltre, dal giorno della sua partenza dall'Italia, il paragone fra lei e Giulia faceva risaltare la piattezza della vita di Marta.

Era stata la figlia dell'ultimo grande barone della medicina, poi la moglie del «cavallo bianco» della chirurgia. Adesso era la fidanzata di James Kendall, il famoso chirurgo plastico che modificava volti inaccettabili cambiando la psicologia delle persone e influendo perfino sul loro comportamento. Si vantava di avere recuperato famosi personaggi che gli pagavano parcelle principesche in cambio di un ritrovato gusto per la vita.

Marta prese a sfogliare distrattamente un quotidiano italiano. Non c'era niente di così eccitante che riuscisse a placare il livore che la divorava. All'improvviso, su una pagina di cronaca, catturò un'immagine che le restituì la cattiveria necessaria per reagire. C'era una fotografia di Giulia, il volto tirato e stanco, accanto al finanziere Franco Vassalli.

Lesse la didascalia: «La scrittrice Giulia de Blasco e il finanziere Franco Vassalli, tra i visitatori della mostra di Boldini a Palazzo Reale. Franco Vassalli, proprietario di un'emittente privata, produrrà un film per la TV tratto dall'ultimo bestseller della scrittrice milanese».

Marta sorrise. Che fosse arrivata l'occasione d'oro? L'uomo che l'aveva umiliata rischiava, a sua volta, di essere abbandonato. Vassalli era in caccia e la giovane preda non poteva sfuggirgli. Marta lo conosceva bene: non gli mancavano il denaro, il fascino, l'intelligenza e gli attributi per sedurre.

«Te l'immagini come ci resterà Ermes?» disse ad alta voce alla sua immagine riflessa da un grande specchio. «È la vita, caro. Oggi a me. Domani a te.»

Adesso era pronta per fare della sua festa un avvenimento indimenticabile.

27

GIULIA incontrò Franco Vassalli, complice il caso, a una mostra di Giovanni Boldini.

Inutilmente, tuffandosi nel passato elegante e malinconico descritto dall'artista nei suoi quadri, cercò di dimenticare la tristezza di quei giorni, il presente che pesava su di lei così dolorosamente. Cercava di evadere dal buio ma non riusciva a intravedere neppure uno spiraglio di luce.

Stava attraversando un periodo terribile. Si rifiutava di parlare persino con Ermes. Aveva cercato, invece, affannosamente, Leo. Era riuscita a raggiungerlo miracolosamente per telefono, in un luogo impervio sulle montagne peruviane, dove il giornale l'aveva inviato al seguito di una spedizione archeologica.

«Come hai fatto a pescarmi in questo buco dimenticato da Dio?» le aveva chiesto il giornalista.

Lo sentiva come se fosse a un passo da lei.

«Sono stata fortunata», tagliò corto.

«E ostinata», ribatté Leo.

«Certo», disse Giulia. «Tutto quello che vuoi. Ma dimmi esattamente quando torni», l'aveva sollecitato.

«Che cosa ne so? Forse fra un paio di settimane. Forse fra tre. Forse prima. O dopo.» Era stato evasivo. come sempre.

«Prima torni, meglio è. Nostro figlio è nei guai. Ho bisogno del tuo aiuto.»

«Che genere di guai?» aveva chiesto.

«Diciamo esistenziali.»

«E basta?»

«Anche troppo per telefono.»

«Non stai esagerando?» l'aveva ripresa.

«È una storia nella quale sei dentro fino al collo, insieme con me e con nostro figlio.»

«Verrò al più presto.» Sembrava sincero anche se, per lui, la sincerità era un'astrazione.

In quel periodo Giulia aveva ricevuto un invito per la mostra di Boldini che l'aveva indotta a uscire dal suo guscio, dopo giorni di clausura. Era andata in via Montenapoleone da Miranda Maestri, la sua parrucchiera, a farsi pettinare. Aveva comperato un abito elegante per l'occasione e aveva fatto un tuffo nella folla anonima.

Ermes si era offerto di accompagnarla, ma Giulia aveva insistito per andare sola.

Lungo l'itinerario che seguiva il percorso artistico del maestro, si soffermò in una saletta dov'era esposto un unico quadro raffigurante una donna esile, dal profilo dolce ma risoluto, lo sguardo sognante eppure attento, seduta accanto al vano di un'ampia finestra che dava su un giardino. La magia di quella raffigurazione era tutta nell'evanescente figura femminile e nelle splendide rose che avevano i colori del tramonto estivo. Le rose salivano dall'esterno a incorniciare la finestra.

Giulia si abbandonò alla corrente impetuosa dei ricordi. In quella tela del Boldini c'erano i colori estivi della campagna intorno alla casa del nonno Ubaldo, dove aveva vissuto momenti indimenticabili della sua vita.

Ricordò il nonno e la sua muta di cani e, a fatica, trattenne un singhiozzo. Aveva gli occhi lucidi e un gran bisogno di piangere.

«Ben trovata, signora de Blasco». Era Franco Vassalli che la salutava. Ci fu uno scambio di sorrisi abbastanza convenzionali, che il flash di un fotografo illuminò, catturandoli. Giulia si sentì percorrere da un brivido.

«Commovente, vero?» osservò l'uomo alludendo al quadro.

«Qualcosa di più», precisò lei, «straziante.»

«Pensi che mi è sfuggito per un soffio», disse sfiorandole la mano con le labbra.

Giulia fu colpita da quella dichiarazione.

«Davvero?» si interessò.

«L'avevo visto nella vetrina di un antiquario», spiegò Vassalli. «Qualche giorno dopo, quando sono andato per comprarlo, non c'era più.»

«I quadri si comprano e si vendono. Per fortuna, soprattutto, si espongono. Quello che conta è avere la possibilità di vederli.»

«Perché straziante?» domandò l'uomo incuriosito da quella definizione.

«Solo un'impressione associata a un ricordo lontano.»

Si ritrovarono a camminare nella sera, sull'acciottolato della piazza, seguiti dal fedele Lupo.

«A me quel ritratto ricorda mia madre», disse Vassalli riprendendo il filo del discorso appena interrotto. «Lei», precisò convinto, «sarebbe stata un'eccellente modella per Boldini.»

«Notizie?» lo interrogò cautamente Giulia, alludendo al rapimento.

«La solita foto Polaroid che l'ha colta in un momento sereno. Il cuore mi dice che sta bene. Mia madre si è sempre adattata alle avversità, tranquillamente. Io l'amo molto per questo.»

In quelle frasi spezzate c'era un brivido di commozione che la sensibilità di Giulia percepì immediatamente.

«Credo sia un segno di grande coraggio e di grande maturità accettare serenamente le avversità», osservò Giulia.

«O di grande incoscienza», lui disse.

«Vorrei tanto essere incosciente», ribatté Giulia.

«Ma lei, Giulia de Blasco, com'è?»

«Fragile, insicura, spigolosa. Una delle mie più grandi difficoltà è convivere con me stessa. Perché non mi piaccio, dottor Vassalli», confessò con assoluta sincerità.

«È un vero peccato», disse sorridendo. «Perché lei ha una bellezza strana e intensa, davvero particolare.»

Erano arrivati in via delle Ore. La breve strada milanese, in quel momento, era quasi deserta. I loro passi echeggiavano sul selciato.

Improvvisamente Giulia si fermò obbligando l'uomo a fare altrettanto.

«Ma lei, che cosa vuole da me?» chiese all'improvviso. «Oltre ai diritti del mio romanzo, intendo dire.»

Lui appoggiò le mani sulle spalle di Giulia e la guardò attentamente, come già aveva fatto in casa Riboldi.

«Voglio te», si impose da padrone. Fece scivolare le mani dietro la schiena di Giulia, l'attirò a sé e la baciò.

Lei sentì sul viso il tiepido respiro dell'uomo. Dimenticò Ermes che l'adorava, il suo male che poteva annientarla, il bambino che portava in grembo, Giorgio che la detestava. Scordò le angosce della sua vita scombinata e fu sul punto di dire: «Anch'io voglio te». Invece tacque.

Da qualche parte, in lei, erano scritti dei divieti assoluti, dei limiti invalicabili.

«Il nostro incontro finisce qui», disse con decisione. Fermò un taxi con un gesto della mano e vi salì, rapidissima.

28

A CASA Leo la stava aspettando.

«Sei tornato prima di quanto pensassi», disse Giulia.

«Quando il grande capo chiama i gregari accorrono», declamò. Era in cucina, alle prese con i fornelli. Stava cuocendo delle uova al tegamino e intanto disponeva su un piatto delle fette di formaggio.

«Chi ti ha aperto?» s'informò Giulia.

«Ambra. Se ne è andata da poco. E Giorgio dov'è?»

«A 'spinellare' da qualche parte, suppongo», rispose Giulia ricambiando il bacio che l'ex marito le aveva posato su una guancia.

«A spinellare?» replicò incredulo Leo.

«Certo.»

«Certo che cosa?» domandò rendendosi finalmente conto dell'affermazione di Giulia.

«Nostro figlio è un fumatore abituale di hashish. Per sua stessa ammissione.»

Leo rimase con il coltello del formaggio a mezz'aria.

«Giulia, fammi capire. Giorgio ha quindici anni, quasi sedici. E una volta tanto si è fumato uno 'spinello'. Sono molti i ragazzi che lo fanno», minimizzò senza riuscire a tranquillizzarsi completamente.

«Ti prego di credermi che, per quanto riguarda gli altri, sono disposta anche a battermi per la riuscita delle campagne antidroga. Non mi diverte che gli altri siano fumatori abituali di droghe. Ma io sto parlando di nostro figlio. Capisci quello che ti sto dicendo?»

«Giorgio è un ragazzo del nostro tempo. Ha trasgredito, ma ha fatto un'esperienza. Punto e basta!»

«Due punti, a capo, e aperte le virgolette. Un ragazzo di non ancora sedici anni che si abbandona a queste esperienze è un ragazzo gravissimamente a rischio.»

«In Africa e anche altrove, dopo cena, così come da noi ci si fa un grappino, tra amici, ci si fa uno spinello», cercò di ridimensionare l'episodio.

«Non vuoi capire. Io sto parlando di nostro figlio. Non del problema in generale. E Giorgio non si fuma uno 'spinello' di tanto in tanto. Aspira da una cosa orrenda che si chiama chilom, una pasta che si chiama hashish. E lo fa ogni giorno. Anche due volte al giorno, da ormai un anno. La sua è una dipendenza bella e buona», precisò Giulia.

Leo si volse verso il piano di cottura dove le uova si stavano ormai bruciando e le fissò mentre un odore disgustoso si diffondeva per la cucina. La notizia di cui aveva finalmente preso coscienza l'aveva stravolto. Rimase immobile, incapace di reagire. Poi spalancò le braccia e Giulia ci si rifugiò scoppiando in lacrime.

«Dolce, carissima amica mia», la confortò l'uomo cercando di consolarla.

Erano davvero due grandi e leali amici che si ritrovavano dopo una lunga separazione. Ma quanti anni e quante sofferenze per arrivare a questo risultato!

Come marito, Leo era stato un disastro, ma forse nemmeno Giulia era stata una compagna facile.

Aveva infranto le leggi borghesi e la mentalità tradizionale, innamorandosi di un uomo sposato e andando a vivere con lui.

Quando, in seguito, si erano sposati, più per assecondare

la famiglia che per autentico convincimento, era stata una moglie scomoda che reagiva colpo su colpo alle trasgressioni del marito.

La loro vita coniugale era stata un susseguirsi di burrasche e di bonacce fino all'inevitabile separazione. Da quel momento Leo era diventato il più caro amico di Giulia.

«Io sto da cani, Leo», confessò lei asciugandosi le lacrime.

«Ora siamo in due a soffrire.»

«Ti prendi la tua parte. È giusto.»

«È tanto grave la situazione con Giorgio?» rischiò.

«Tu che cosa dici?» replicò Giulia.

«Penso di sì, se le cose stanno esattamente come tu mi hai raccontato. Ma poi», continuò, «come faccio a esprimere un giudizio obiettivo? Giorgio vive con te. Per lui io sono stato soltanto un compagno occasionale, più che un padre. Era più facile dirgli di sì che spiegargli le ragioni di un no. Tu l'hai visto crescere.» Cercò le parole giuste per formulare una domanda delicata: «Non ti eri accorta di niente?»

«Sono mesi che lo vedo scontento, inquieto, sfuggente.»

«Potevi parlarmene prima.»

«E tu avresti preso in pugno la situazione? Dimmelo. È così?»

«Perché tutta questa aggressività?» si stupì Leo sentendosi in colpa.

«Ti ho fatto una semplice domanda. Ti sarei grata se volessi rispondermi. Possibilmente con sincerità.»

Leo si passò una mano tra i capelli folti come a raccogliere i pensieri e riuscì a partorire soltanto un ambiguo: «Non lo so». E poi, aggiunse: «Non c'è la controprova».

«Stai forse dicendo che è colpa mia?» replicò.

«Giulia, per carità, non metterti a fare la vittima.»

«E perché non dovrei? Lo sono.»

«Il ruolo del capro espiatorio non ti si addice.»

«Davvero? Eppure questo scampolo di famiglia, nel bene e nel male, l'ho portato avanti io. Perché tu non ci sei mai.

Non ci sei mai stato», incalzò. «Neanche quando vivevamo insieme. E non venirmi a dire che non c'eri perché il tuo mestiere è quello di girare il mondo. Se uno vuole riesce a esserci comunque, fa sentire in qualche modo la sua presenza. Ma tu quando rientravi da un viaggio», l'accusò spietata, «t'impegnavi con la prima donna disponibile. E quando stavi in casa la tua testa era altrove. Hai pensato a tutto nella vita, tranne che a nostro figlio.» Aveva sferrato un attacco frontale e si sentiva dalla parte della ragione.

«Naturalmente tu sei senza peccato.»

Erano di nuovo ai ferri corti, come quando vivevano insieme.

«Leo, per carità», cambiò tono Giulia, «non ricominciamo a litigare. Questa volta non si tratta di noi. Noi possiamo anche toglierci la pelle, se vogliamo. Siamo adulti, anche se non sempre responsabili. Ma questa volta dobbiamo fare muro per proteggere questo ragazzo dai fantasmi che lo terrorizzano.»

«Che cosa mangerà, Giorgio, quando ritornerà a casa?» si preoccupò Leo guardando la pentola bruciata.

«Giorgio svuoterà il frigorifero. È una reazione tipica di chi fuma!»

«Non pensi di preparargli qualcosa di caldo?» domandò l'uomo.

«Rieccolo il maschilista», si inviperì Giulia. «Lui ha il suo lavoro. Le sue donne. E tu, povera scema, bada alla casa e ai fornelli.»

«Forse, se l'avessi fatto, Giorgio non sarebbe in queste condizioni», obiettò il giornalista con tono accusatore.

«Questo non dovevi dirlo», reagì lei rabbiosamente. «Non dovevi proprio dirlo», ripeté. «Sei stato tu che mi hai spinta a lavorare perché non avevamo una lira. E nostro figlio l'ho cresciuto io. L'ho nutrito io. L'ho vestito io. Quando mai ti sei preoccupato di sapere se ce la facevamo a tirare avanti senza di te? Tu dovevi fare il brillante con le tue conquiste.» Giulia aveva sferrato il suo attacco.

«Adesso la storia delle conquiste la lasci perdere», reagì Leo. «Perché nemmeno tu hai fatto la monaca di clausura.»

«Che cosa stai cercando di rinfacciarmi? La mia storia con Ermes?» replicò.

«Non vorrai farmi credere che Ermes e io siamo stati i soli uomini della tua vita.»

«Leo sei pietoso. Soprattutto quando ti arrampichì sugli specchi per sostenere le tue accuse insensate.»

«Io un figlio non lo volevo», prese le distanze. «Non l'ho mai voluto. Sei stata tu a volerlo con tutte le tue forze.»

«Certo», ammise Giulia. «Ma se l'avessimo voluto in due, forse sarebbe riuscito un po' meglio. Perché poi», soggiunse, «quando Giorgio è nato, tu hai sempre fatto la parte del compagnone comprensivo e generoso. E io quella della madre rigida e severa. Assumevo io il ruolo paterno. Solo che la parte non mi si addiceva. Avrei voluto essere per lui soltanto una madre tenera e comprensiva, prodiga e dolce.»

«Prodiga e dolce sì», ammise Leo. «E anche tenera e comprensiva. Ma a modo tuo. L'integralismo islamico è un giochetto da ragazzi a confronto con le tue ossessioni. Il tuo doveva essere il figlio più bello. Il più intelligente. Un fiore all'occhiello. Un argomento di conversazione. Un fenomeno da ostentare nei circoli culturali e nei salotti. Il primo della classe e nella vita. Eri disposta a dargli l'anima, ma in cambio volevi un numero uno. Per ottenere questo eri disposta a tutto. E non ti costava nessuna fatica rivestire il ruolo autoritario.»

«Mentre tu gli strizzavi l'occhio esprimendogli la tua complice solidarietà», l'accusò lei. «C'è in te qualche cosa di femminile e di perverso. Mi hai sempre impedito di fare la madre soccorrevole, perché nella tua folle gelosia ti eri appropriato del mio ruolo naturale.»

«Geloso? Femminile?» reagì arrossendo come una collegiale. «Ma che cosa dici? E poi perché soltanto adesso salta fuori questa novità?»

«Perché soltanto adesso nostro figlio ha rivelato la sua

debolezza. Se l'avessi scoperto prima, mi sarei comportata diversamente. E forse saremmo ancora insieme. E Giorgio sarebbe un ragazzo sereno. E io non avrei tutti i problemi che ho», gridò. «Tu non volevi bambini perché eri tu un bambino. Come può un bambino viziato essere un buon padre?»

«Anche tu eri una bambina!»

«Ma ci ha pensato la vita a farmi crescere. Ci hai pensato tu scaricando su di me tutte le responsabilità, per continuare indisturbato a vivere nel tuo mondo di sogni. Adesso il sogno si è spezzato. È diventato un incubo. E tu devi svegliarti, Leo, perché sono in gioco il futuro e la vita di nostro figlio.»

«Sei proprio tu, Giulia?»

«Sono una madre che vuole salvare suo figlio. E possibilmente anche quello che resta della sua vita.»

«Non so che cosa dirti», disse l'uomo, ormai svuotato della sua aggressività.

«È già un passo avanti. Perché le parole non servono. Adesso ci vogliono i fatti. È venuto il momento di posare i piedi per terra e guardare in faccia la realtà.»

«Ma è davvero una situazione così brutta?»

«È anche peggio, Leo. Non ti ho ancora detto tutto», disse lei mettendo nell'acquaio il tegame bruciacchiato. Leo si alzò, le andò vicino e prese tra le mani il volto stanco di Giulia.

«Che cos'altro c'è, amica mia?» domandò preoccupato. Aveva nuovamente un tono accorato e dolce.

«Nostro figlio mi ha picchiata selvaggiamente. E mai, te lo giuro, è stato sincero come in quel momento. Lui detesta questa madre padrona. Non l'accetta. Non l'ha mai accettata», riprese a singhiozzare. «E io dovrò farmi perdonare da lui per questo.»

«Tu che cosa?» chiese allibito vedendo adesso, chiaramente, sotto il fondotinta i segni bluastri lasciati dalla mano di Giorgio sul viso della madre.

«Io devo avere il perdono di mio figlio per averlo portato

145

a compiere questa violenza su di me. E tu dovrai aiutarlo a perdonarmi, Leo», lo supplicò piangendo.

L'uomo prese Giulia tra le sue braccia e capì che non sarebbe stato facile per lui decifrare i concetti che lei aveva elaborato. Ma seppe che sarebbe arrivato a chiarirli soffrendo come soffriva lei e prendendo su di sé una parte del dolore di Giulia.

29

GEORGES Bertrand irruppe nell'ufficio di Pierre Cortini come un toro infuriato.

«Voglio la testa di Franco Vassalli», gridò.

«Soltanto?» scherzò Pierre.

«Sarai tu a portarmela», precisò il banchiere senza ascoltarlo.

Pierre abbassò gli occhialini sulla punta del naso e alzò gli occhi su Bertrand. Era uno sguardo pieno di ironia e di perplessità.

«Tutto quello che posso fare è prendere contatto con Vassalli per cercare insieme un compromesso dignitoso», propose Pierre.

Dall'interfono scaturì la voce di una segretaria.

«Sulla tre il signor Vassalli per il signor Bertrand», annunciò.

«*Lupus in fabula*», esclamò Pierre. «Vuoi parlargli tu o preferisci che intervenga prima io?» domandò.

«Lasciamelo che lo sbrano», esagerò. «Inserisci il registratore e mettiti in ascolto.»

Pierre attivò il congegno elettronico che aveva spesso fornito prove schiaccianti nel corso di complesse transazioni.

«Salve», esordì seccamente il francese. Aveva assunto

un tono enfatico, divertito, che il tremito al labbro superiore smentiva rivelando preoccupazione e nervosismo.

«In un momento come questo, non merito un tono di voce così glaciale», disse Franco, fingendosi offeso. «Mi dispiace, caro Georges, che tu la prenda così male. Dopotutto hai aperto tu le ostilità. O ti sei dimenticato che una settimana fa volevi soffiarmi il mio network?»

«Rientra nelle regole del gioco», tagliò corto il francese.

«Anche chiedere denaro a un banchiere cercando di non farsi spennare fa parte del gioco», ribatté Vassalli.

«Dove vuoi arrivare?» indagò Bertrand.

Forse non tutto era perduto.

«Te lo dirò nel nostro prossimo incontro. Sai Georges, potresti avere i telefoni sotto controllo. E potrebbe nuocerti la divulgazione dei tuoi progetti. Meno cose si sanno in giro, meglio è. Il nostro mondo è pieno di registratori», sparò al buio. «Inoltre i miei telefoni sono sotto controllo. A causa di mia madre.»

«A quest'ora avrai trovato il modo di pagare il riscatto, visto che hai tanti amici disposti ad aiutarti», insinuò il banchiere, riferendosi al raggiro di cui era stato vittima.

«Ci sono delle regole imposte dalla magistratura che rendono difficile l'operazione. Anzi impossibile. È un bel problema», si commiserò l'italiano.

«Gli affari, invece, vanno bene», sibilò Bertrand che ancora conservava il senso dell'ironia.

«Fortunatamente.»

«Hai anche la parte di Gray. Lui è ai sette cieli per tutto quel denaro che gli è piovuto addosso.»

«E lo sono anch'io», ammise Vassalli.

«Senti, qual è la ragione vera di questa telefonata? Tu non fai mai niente senza un motivo», si spazientì Bertrand.

«Volevo proporti un affare. Un grosso affare.»

«Ho chiuso con i grossi affari, per il momento.»

«Senza sapere di che cosa si tratta? Non è da te», disse

Vassalli. «Peccato. La tua partecipazione sarebbe soltanto di sei milioni di sterline. E praticamente sarebbe come se li avessi già sborsati.»

«Di che cosa stai parlando?» reagì il banchiere.

«Di una nuova operazione» disse Franco, con tono vago.

«Di che tipo?» s'incuriosì il francese.

«Cinema. Hai presente i fratelli Lumière? Sto varando una società di produzione cinematografica», annunciò con tono indifferente.

«Perché non vieni da me così facciamo quattro chiacchiere?» il banchiere stava pensando a un modo per incastrarlo.

«Si può fare», accondiscese Franco. E subito dopo soggiunse: «Quando ci vedremo, sarò in compagnia di Louis Fournier. Era in cerca di lavoro. Ho il cuore tenero. E poi Louis è un bravo ragazzo. È un amico. Io non dimentico mai chi mi ha aiutato.»

Bertrand chiuse la comunicazione senza replicare. Era troppo livido per proferire una sola parola.

30

GIULIA, al volante della sua auto, uscì al casello di Modena Nord e prese la Via Emilia in direzione Est. Era un susseguirsi di piccole e medie industrie, costruzioni modernissime che frammentavano la linea armoniosa della dolce pianura della sua infanzia.

Qua e là, in parte diroccate, agonizzavano case coloniche in mattoni. Un paio di antiche osterie, dov'era stata con il nonno Ubaldo quando era bambina, prosperavano grazie agli avventori domenicali e ai frequentatori serali. Anche i filari di gelsi sopravvivevano intatti. Giulia si chiese se vi crescessero ancora le dolcissime more profumate che raccoglieva quando era bambina.

L'arco di pietra, che sulla sommità centrale aveva scolpito lo stemma dei marchesi Manodori-Stampa, le apparve dopo una curva. Il cancello di ferro battuto era lo stesso, accuratamente ripulito e riverniciato.

Una pianta di rose, spoglia di fiori, avvolgeva con il suo tronco nodoso il pilastro del cancello. Giulia ricordò. Era lì che, più di trent'anni prima, aveva visto per la prima volta la bella Zaira, attuale proprietaria della casa di moda italiana più esclusiva, conosciuta in tutto il mondo. Giulia aveva dieci anni allora e trascorreva le vacanze estive con il nonno.

Parcheggiò la macchina davanti al cancello, scese e si stupì di trovarlo chiuso. Le sembrava che un tempo non avesse nemmeno una serratura.

Di là dal cancello, dove una volta c'era l'aia che nelle sere d'estate si popolava di gente e risuonava di voci, vide una piscina.

Quanti anni erano passati dalla sua ultima visita? Le case coloniche che una volta segnavano il perimetro del grande cortile erano state ristrutturate e ingentilite da un abile architetto. Tutte, tranne una: la casa del nonno. Quella, per fortuna e per volontà di Zaira, era rimasta come lei la ricordava. Tutto il resto era il risultato del progetto innovativo di cui Zaira le aveva parlato dopo la morte del nonno Ubaldo.

A quell'epoca Giulia aveva diciott'anni ed era perdutamente innamorata di Leo Rovelli. L'amministrazione della casa colonica, dove il nonno aveva abitato con i suoi cani, aveva ingiunto agli eredi di provvedere allo sgombero dell'abitazione perché il contratto di affitto era scaduto. Carmen, sua madre, l'aveva mandata a Modena per liquidare la questione e Giulia aveva scoperto che tutto il complesso rurale era stato acquistato da Zaira.

«Ho comperato una manciata di ricordi», le aveva detto l'amica d'infanzia che, nonostante le nozze con il marchese Manodori, non dimenticava il suo passato di ragazza povera.

Da allora erano passati molti anni. Giulia aveva continuato a pagare un affitto, assolutamente simbolico, a Zaira. A Modena non era più tornata, ma era importante, per lei, sapere che la casa esisteva sempre. Era un modo per tenere vivo il ricordo degli anni felici della sua infanzia, e dell'adorato nonno Ubaldo.

Ora che stava attraversando un periodo tanto tormentato, Giulia sperava che quella casa l'aiutasse a ritrovare un po' di serenità. Aveva messo poche cose in una borsa ed era partita da Milano alla ricerca delle sue radici.

Giulia vide un campanello di ottone lucido, come usava

una volta, inserito in un incavo della colonna. Suonò. Sentì prima l'abbaiare di un cane e, subito dopo, da una delle case nuove le venne incontro uno scodinzolante, bellissimo setter irlandese seguito da una ragazzina bruna e graziosissima con grandi occhi nocciola. Sorrideva con una spontaneità affascinante.

«E tu chi sei?» domandò Giulia ricambiando il sorriso dell'adolescente.

«Zitto, Tobia», ordinò la ragazzina al cane. Poi rivolta a Giulia rispose: «Io sono Zaira. La figlia del custode. Lei cerca qualcuno?» chiese mettendosi a sua disposizione.

«Cerco la casa di Ubaldo Milkovich.»

«Il partigiano Gufo», disse la piccola Zaira. «Qui lo ricordano tutti. Lei lo conosceva?»

«Era mio nonno.»

Il volto curioso e indagatore dell'adolescente si illuminò.

«Allora lei è la scrittrice», esclamò premendo il pulsante che azionava l'apertura del cancello. «Entri e giri a sinistra. Può parcheggiare la macchina in quel box.»

«Perché ti hanno chiamato Zaira?» chiese Giulia raggiungendola dopo aver parcheggiato l'auto.

«Perché la marchesa Manodori-Stampa si chiama così. I miei dicono che è un nome che porta fortuna. E poi è stata proprio la marchesa a farmi da madrina al battesimo», soggiunse.

Giulia intanto cercava di aprire la porta della casa del nonno. L'ultima volta che ne aveva varcato la soglia, quella simpatica ragazzina non era ancora nata.

«La marchesa è una grande sarta», le comunicò. «Ma voi siete amiche?» domandò curiosa.

«Ero grande come te quando l'ho conosciuta.»

Finalmente la serratura scattò.

«Allora la marchesa non era ancora una marchesa», osservò la piccola, rivelando di saperla lunga sul conto della padrona.

«Già. Era la figlia del custode. Come te, adesso», rispose Giulia entrando nella grande cucina immersa nel buio.

«Posso aiutarla signora?» si offrì la ragazzina. «È tutto impolverato, qui. La mamma, ogni tanto, dà aria alle stanze. Ordine della marchesa», le confidò. «Però non si deve toccare niente. La marchesa dice che la casa di Ubaldo Milkovich deve restare così com'è.»

Aveva preso dallo stipo accanto al camino uno straccio e s'era messa a spolverare con cura il tavolo al centro della stanza.

«Ti ringrazio», le disse Giulia prendendole lo straccio dalle mani, «non intendo fare grandi pulizie. Sono venuta qui soprattutto per stare un po' da sola a riposare. Devi far conto che io non ci sia. Me lo prometti? Quando avrò bisogno di te, verrò a cercarti.» Le diede un piccolo bacio sulla guancia per farsi perdonare la poca socievolezza.

La piccola Zaira se ne andò socchiudendo delicatamente la porta alle sue spalle.

Giulia spalancò le finestre e si guardò intorno. Appeso alla parete c'era il fucile da caccia che era servito al nonno per combattere i tedeschi e i fascisti, c'erano anche le biciclette, quelle del nonno e la sua. Su una mensola poggiava l'intera raccolta dei romanzi di Salgari e di Raphael Sabatini e i suoi diari di quando era bambina.

Nella credenza trovò piatti, bicchieri, tazzine da caffè in porcellana. E la tazzona in cui il nonno le serviva il caffelatte del mattino.

C'era l'armadietto dei medicinali per i cani: pomate ormai rinsecchite e boccettine prosciugate. C'era anche un pennello da barba e una ciotola dove il nonno stemperava il sapone e faceva montare la schiuma. Il pezzo forte era un rasoio Puma col manico bianco d'osso e la lama intaccata dalla ruggine.

Giulia salì al piano superiore e tolse delicatamente i giornali con cui lei stessa aveva ricoperto il letto per proteggerlo dalla polvere, nella vecchia camera dei nonni. In quella stanza, lei aveva fatto l'amore per la prima volta nella sua vita con Leo, il giornalista famoso, che sarebbe diventato il suo imprevedibile marito.

Aprì l'armadio. C'erano ancora un paio di vestiti del nonno e il suo cappellaccio nero da brigante dal quale non si separava mai. In un angolo scoprì, puliti e ingrassati, i suoi vecchi scarponi.

Giulia si era infreddolita. Ridiscese in cucina e accese il fuoco. Quando le fiamme guizzarono tra miriadi di faville nel vortice ascendente della canna fumaria, prese una sedia e si accomodò accanto al focolare. Era completamente sola. Chiuse gli occhi e, dopo tanti giorni di ansia, sentì finalmente che il nodo stretto della tensione si stava sciogliendo dentro di lei.

31

«Non ho mai visto niente di simile. È la festa più squallida cui abbia mai partecipato. Aragoste di cartone, gelati che si squagliano, il caffè servito freddo. E questi lagnosi musicisti greci. Per non parlare delle danzatrici che sono patetiche. Ma in che razza di posto mi hai trascinata, Zaira?»

Dorina Vassalli si era buttata sulle spalle la prima stola che aveva visto, certamente non sua, ed era salita sul ponte superiore per mettere una ragionevole distanza tra sé e quella gente con cui non aveva niente da spartire.

«Non metterti a fare la parte della principessa sdegnata», la criticò Zaira. «Sai benissimo che queste feste sono tutte uguali. Servono ai padroni di casa per mettersi in vetrina, agli ospiti per mostrare ricchezze lecite e illecite, ai cronisti per riempire i loro giornali che la gente leggerà avidamente.»

«E a noi che cosa importa di tutto ciò?»

«Tutto e niente. Gli invitati sono in. Se ti escludono, sei out. Tutto qui. Nel caso specifico, questo ricevimento serve a Marta per far vedere la sua barca e far sapere all'ex marito che lei è più che mai sulla cresta dell'onda», disse Zaira accarezzando la schiena dell'amica.

«Non potremmo andarcene? Mi sto annoiando a morte», si lamentò Dorina.

«Proprio adesso che ci sarà il taglio della torta e l'annuncio ufficiale del fidanzamento di Marta con il chirurgo americano? La padrona della barca potrebbe aversene a male. Il che mi lascerebbe del tutto indifferente, se Marta non fosse anche una delle mie migliori clienti.»

«Allora anche tu hai interesse ad alimentare questa baraonda.»

«Ebbene sì», replicò teatralmente Zaira. «Sono qui per bassi motivi d'interesse. E per niente al mondo vorrei contrariare Marta.»

«Ti piace?» chiese Dorina morsa dalla gelosia.

«Difficile negare che sia una bella donna.»

«Ti ho chiesto se ti piace», incalzò l'amica.

«Il mio tipo sei tu», sorrise Zaira, accarezzandola.

«Però è il suo nome che hai inserito tra le dieci donne più eleganti del mondo. Non il mio.»

«Sì, per denaro», ribatté con ironia. «È un tipo di pubblicità», spiegò, «che per uno stilista è più importante di una collezione ben riuscita.»

«Ma io ho voglia di stare un po' sola con te», miagolò Dorina.

«Perché, io no? Abbi ancora un po' di pazienza. Poi ce ne andiamo. Abbiamo tutta la notte per noi», le sussurrò all'orecchio mentre Dorina si scioglieva di piacere.

Era bello sentirsi amata e protetta da una donna forte e dolce come Zaira. La marchesa le aveva insegnato i piaceri ineffabili della diversità che sfociavano in una tenerezza mai provata. Da un paio d'anni Dorina Vassalli e Zaira Manodori-Stampa facevano coppia fissa e la moglie del finanziere aveva trovato nella nuova compagna e nelle sue carezze il quieto equilibrio che la virilità di Vassalli non le aveva mai dato.

Dal salone sottostante arrivava fin lassù l'eco della musica e uno scrosciare d'applausi. Zaira si chinò sull'amica e la baciò con passione.

Tea Corsini, dall'altra parte del ponte, vide le due donne che si baciavano, e provò un profondo disagio.

Scese sotto coperta cercando di farsi piccola tra gli invitati. Neanche lei si stava divertendo e non vedeva l'ora di ritornare da Marcello e dai suoi cavalli.

Al centro del salone, su un tavolo appositamente allestito, trionfava una torta rettangolare a tre piani, rivestita di glassa bianca con complicati fregi dorati. Sulla sommità due cuori d'oro trafitti da una freccia. Su ogni cuore un nome: Marta e James.

L'apoteosi del cattivo gusto pensò Tea inorridita, pur ammirando la madre che, quella sera, era al massimo del suo splendore. Marta indossava un abito di lamé dorato, ricamato con perle barocche. Fili di perle, legate da sottili catene d'oro, intrecciavano i suoi capelli biondi, morbidi e lucenti. Sembrava uscita da una tela rinascimentale.

Zaira Manodori aveva infuso in quel modello tutta la sua creatività ottenendo un autentico capolavoro che aveva richiesto una lavorazione lunghissima e molto accurata.

James Kendall, accanto a Marta, aveva un'aria tranquilla e assente. Si passava di tanto in tanto una mano sull'ampia fronte, quasi volesse liberarsi da un sonnolento torpore, come se gli applausi e i sorrisi gli impedissero di raccogliere i pensieri.

«Un attimo di silenzio, prego», esordì. «Pare tocchi a me rivolgervi alcune parole. E lo farò. Grazie a tutti per avere accettato il nostro invito.» Parlava con voce stanca, come se recitasse una parte non sua.

Marta lanciava occhiate sfavillanti sugli ospiti. Vide sua figlia e cercò di attirare la sua attenzione con un segno della mano. Tea le sorrise.

«Io mi ritengo un uomo fortunato per la donna che mi è toccata in sorte. Sono stato già sposato due volte e sono stato il più infelice dei mariti. Da quando ho conosciuto Marta, mi sento il più felice, scusate la parola desueta, dei fidanzati. Con la certezza di consolidare questa gioia, ho chiesto a questa meravigliosa creatura di sposarmi.»

Mentre scrosciavano gli applausi, Marta sussurrò qualcosa all'orecchio dell'uomo.

«Ancora un istante, per favore», disse James. «In questo momento bellissimo, vorremmo vicino a noi Tea, la figlia di Marta.»

Tea avvampò e tentò di defilarsi, ma l'imperioso richiamo materno la catturò.

«Amore mio, qui... qui dalla tua mamma», la invitò Marta con voce autorevole.

Tea chinò il capo in segno di resa, anche se sapeva che non era l'amore materno a reclamarla, ma il bisogno di sua madre di ostentare l'armonia di un legame che era invece una successione burrascosa di abbandoni e di brevi riconciliazioni.

I flash dei fotografi immortalarono l'abbraccio tra madre e figlia. Applausi e gridolini sottolinearono la scena.

«Sarà Tea a tagliare la prima fetta di torta», annunciò Marta agli ospiti. E subito, rivolta alla figlia, la rimproverava sottovoce: «Sei un disastro! Regala un sorriso alla stampa. Sembra che tu sia a un funerale».

Fu a questo punto che il celebre chirurgo estetico aprì e chiuse gli occhi alcune volte, reclinò leggermente il capo e barcollò.

«James, non fare il buffone», sibilò Marta temendo uno dei soliti scherzi che l'uomo amava fare in pubblico.

«Non mi sento bene», disse accasciandosi sul tappeto come un pupazzo.

Nel salone piombò improvvisamente il silenzio, mentre i fotografi scaricavano impietosi le loro macchine sull'immobilità dell'uomo e sullo stupore della donna china su di lui.

«Non fare l'idiota», sibilò piano la donna, «mi stai rovinando la festa.» Era furibonda.

Il chirurgo fu portato nella sua camera da letto mentre Marta continuava a sorridere agli ospiti allibiti.

«È un semplice malore», rassicurava gli ospiti. «James ha avuto un periodo stressante. È una crisi di stanchezza. La festa continua. Io scendo a vedere come sta.»

Tea, indifferente a quel parapiglia che non la riguardava, osservò da un angolo appartato le reazioni degli invitati.

Marta entrò come una furia nella camera da letto di James dove tre medici, suoi colleghi, confabulavano tra loro. Marta li aggredì.

«Allora?» strillò. «Che scherzo è questo?»

Nessuno le rispose e lei tacque.

Uno dei medici si avvicinò a Marta, la prese per le spalle e la fissò negli occhi in silenzio.

«Che cosa significa?» chiese la donna con un filo di voce.

«Mi dispiace, Marta», mormorò lui, «James è morto.»

Marta si liberò bruscamente dalle braccia dell'uomo, volse attorno lo sguardo, ma non vedeva più niente.

«Mi si è rotto il fidanzato», mormorò e scoppiò in lacrime, commiserandosi: «Si può essere più sfortunati di così?!»

32

ERMES era stato intrattabile per l'intera mattinata. In sala operatoria aveva strapazzato tutti: infermiere, ferriste, assistenti. Dopo l'ultimo intervento lasciò all'aiuto i punti di sutura, passò nello spogliatoio, si lavò, scagliò il berretto e il camice nel cestone e scese nel bunker del professor Pieroni che ospitava il reparto alte energie con la bomba al cobalto e il recente ciclotrone per la terapia radiante dei tumori. L'anziano scienziato aveva già completato il suo programma ed era risalito.

Ermes prese l'ascensore e schiacciò il bottone del terzo piano dove era lo studio del primario. Ricambiò con un cenno del capo il saluto sorridente della segretaria. Doveva vedere subito Pieroni per avere conferma delle buone condizioni di salute di Giulia, delle quali ormai dubitava. Giulia sembrava attribuire il nervosismo che le toglieva il sonno unicamente alle preoccupazioni per Giorgio. Ma il comportamento trasgressivo del figlio irrequieto, secondo Ermes, non giustificava le apprensioni e le reticenze della scrittrice in quel periodo.

Era radicalmente cambiata dalla notte in cui si era sentita male.

«Tutto bene, Ermes», lo aveva rassicurato l'illustre collega al telefono, dopo avere visitato Giulia.

Ma con il passare dei giorni quel «tutto bene» lo convinceva sempre meno. Perché Pieroni avrebbe dovuto mentirgli? Era escluso che riservasse a lui le cautele destinate ai malati. Il loro era un dialogo continuo con la vita e con la morte. I due aspetti estremi dell'esistenza erano per loro materia di confronto quotidiano. Inoltre, nel caso specifico, Ermes si aspettava di ottenere dallo studioso anche qualche consiglio, una luce che rendesse meno fitto il buio che lo sovrastava.

Che fosse diventato lui, improvvisamente, il malato?

Giulia lo teneva a distanza. Negli ultimi giorni non erano mai riusciti a stare insieme. Nei rari incontri, lei era lontana, inaccessibile. E adesso era partita lasciandogli un messaggio.

Ho bisogno di stare sola per qualche tempo, gli aveva scritto. *Spero tu possa capire e sappia aspettare. Ti amo. Giulia.*

Non gli aveva detto dove andava, né con chi. Ambra, quando lui era passato da casa, era stata tutt'altro che chiara.

«Professore, mi dispiace. Non so che cosa dirle», gli aveva risposto. «Da un po' di tempo questa mi sembra diventata una casa di matti», aveva concluso.

«Perché?» aveva insistito lui.

«So soltanto che Giorgio le dà dei grossi dispiaceri. Un giorno c'è stata una lite tremenda tra loro. Poi è arrivato il dottor Rovelli e si è portato via il ragazzo. L'indomani Giulia ha fatto le valigie e se n'è andata», confessò Ambra. «Io non so altro, professore. Mi creda.»

Ma lui non le aveva creduto e aveva fatto alla donna una domanda precisa: «Secondo te, Giulia sta male?»

Ambra lo aveva guardato di sotto in su, come se non avesse capito.

«Bene bene non sta», aveva risposto. «È pallida, non mangia. Ma io che cosa ne so», si era ribellata, «non sono mica un dottore. Di solito con me si apre. Ma stavolta... niente», aveva concluso desolata.

«Un giorno è venuta la signora Isabella. Si sono chiuse nello studio. Giulia piangeva.»

Ermes era andato a trovare Isabella.

«Non farmi parlare, Ermes», aveva esordito lei rispondendo alla domanda che lui non le aveva ancora fatto. «Non posso.»

«Perché non puoi?»

«Ho solennemente promesso», aveva garantito portandosi una mano al cuore.

Ermes aveva contato sulla dilagante frivolezza della donna per indurla a parlare, ma si era reso conto che Giulia aveva eretto, intorno al suo segreto, un muro di silenzio.

Ermes aveva cercato persino Leo, telefonandogli al giornale, ma una segretaria gli aveva risposto: «Il dottor Rovelli è in ferie».

A questo punto era combattuto da sentimenti diversi. Soprattutto, era preda di una violenta crisi di gelosia, esplosa in lui come un'allergia, che gli toglieva il respiro e la capacità di ragionare obiettivamente. Si era convinto che Giulia fosse partita con il figlio e l'ex marito.

I conti tornavano. Giorgio in piena crisi adolescenziale reclamava, per salvare il proprio equilibrio, la madre e il padre.

Non era capitata la stessa cosa anche a lui con sua figlia? Soltanto pochi mesi prima, Tea aveva preteso un avvicinamento tra lui e Marta. Perché non poteva essere accaduta la stessa cosa a Giulia?

In quel momento era un uomo insicuro, pieno di dolore, tormentato dalla paura di perdere la sua donna. Una cosa era certa: tutto era incominciato la notte in cui Giulia si era sentita male ed era proseguito nello studio del professor Pieroni.

La segretaria l'aveva preceduto aprendogli la porta dello studio del primario.

«Può passare, professor Corsini», gli disse sorridente e cordiale.

Ermes si avvicinò alla scrivania del collega.

«Voglio sapere che cos'ha Giulia», domandò senza nemmeno salutarlo.

Pieroni lo scrutò con quel suo modo severo e paterno insieme.

«Perché non lo chiedi a lei?» rispose lo studioso, senza intenti polemici che la perentoria imposizione del chirurgo avrebbe potuto giustificare.

«Per quello che mi riguarda sta benissimo. Ma se vuoi saperne di più, perché non lo chiedi a lei?» insisté Pieroni.

«Perché se n'è andata», capitolò Ermes.

«Esistono i telefoni», suggerì lo studioso.

«Non so dove sia andata», proseguì sconsolato.

«Rassicurati, Giulia sta bene. Che cosa vuoi che sia un po' di nausea, un po' di vomito...» suggerì Pieroni.

In quel momento Ermes intuì la verità: «Giulia è incinta», esclamò.

«Lo stai dicendo tu, non io», precisò Pieroni, il volto intenso illuminato dal sorriso.

«E ti ha fatto promettere di non parlarmene. E così?» insisté.

«Ancora una volta sei tu che parli, non io.»

«Ma perché non me lo ha detto?»

«Hai detto tutto tu, Ermes. Io posso solo assicurarti che dal punto di vista fisico, Giulia sta bene», concluse accompagnandolo alla porta.

«Non hai altro da dirmi?» insisté in un ultimo tentativo.

«Niente altro, Ermes.» Lo liquidò nel modo affettuosamente burbero che gli era abituale.

Ermes camminò con passo sicuro lungo il corridoio verso l'ascensore, il volto radioso di felicità. Pensava a Giulia, al figlio che gli avrebbe dato e si sentì padre per la prima volta. Non era stato così con Tea. Se ne rammaricò, sentendosi in colpa. Il suo fermo proposito, ormai, era quello di trovare Giulia, ovunque fosse.

33

«ORIGINALE, come si dice da noi, ma un gran bel tipo suo nonno», disse Artemio Zoboli, il padre della piccola Zaira, mentre armeggiava nella grande cucina con il filo elettrico di una lampada. Era un uomo giovane e mite ma assetato di avventure. La vita di nonno Ubaldo era una fonte inesauribile di aneddoti divertenti, eroici, erotici, insoliti.

«Ero poco più di un ragazzino quando lui morì», continuò il custode. «Fu a Milano, vero?»

«Sì, a Milano», confermò Giulia sorridendo.

«Tra le braccia di una grande attrice», osò Artemio.

«Credo di sì», disse Giulia che non voleva deludere l'interlocutore. In realtà si era trattato di una vogliosa preside di liceo travolta dal fascino e dalla prepotente sessualità di Ubaldo Milkovich.

Artemio parlava del nonno, della sua vita, dei suoi amori e ne usciva un personaggio un po' diverso da quello che Giulia aveva conosciuto e amato. Comunque, ascoltava pazientemente le chiacchiere del custode. Una delle tante cose che aveva imparato è che, nella vita, tutto ha un prezzo. La sua lampada era andata in tilt e i racconti di Artemio erano lo scotto che doveva pagare per averla di nuovo funzionante.

«Ecco, adesso dovrebbe essere a posto», disse l'uomo

inserendo la spina. «E infatti funziona», aggiunse accendendo e spegnendo la lampada. «Le serve altro, signora?»

«Niente altro», lo ringraziò Giulia accompagnandolo alla porta.

Quando Artemio uscì, lei si avvicinò alla libreria. Prese uno dei tanti quaderni che aveva riempito con fitte annotazioni quando, ragazzina, scriveva il suo diario. Sedette al tavolo, accese la lampada e cominciò a leggere:

Oggi compio quindici anni. Sono innamorata di Ermes e detesto il mondo intero; la grafia era ordinata e chiara, in qualche punto esitante.

Con un brivido ripensò al diario di Giorgio che aveva preso dalla sua stanza prima di partire e che, in quei giorni, aveva letto e riletto infinite volte. In ogni pagina scopriva un abisso di infelicità.

Adesso cercava di confrontare la sua adolescenza con quella del figlio. Dalla sovrapposizione emergeva soltanto la confusione in cui viveva Giorgio e la sua incapacità nel dargli la sicurezza di cui, evidentemente, aveva bisogno. Nelle parole del figlio c'era la cronaca desolata di un fallimento.

Se lei aveva fallito con Giorgio, con quale spirito poteva accettare di avere un altro figlio?

Consegnare Giorgio a Leo era stato un segno di debolezza, un gesto di resa per delegare al padre una responsabilità che lei non aveva saputo assumersi.

«Ci penso io a raddrizzarlo», le aveva promesso Leo.

Ma che cosa poteva fare quell'uomo con un ragazzo di cui non sapeva nulla?

«Sono un fumatore abituale di hashish.» Quelle parole, la drammatica sintesi di una dipendenza confessata quasi con orgoglio, continuavano a ossessionarla. Come poteva Leo convincerlo a rinunciarvi?

«Nonno, che cosa avresti fatto tu, al mio posto?» chiese guardando una fotografia di Ubaldo Milkovich, vestito da cacciatore, che le sorrideva da una cornice d'argento appoggiata sulla credenza.

«Non sarei fuggito», le sembrò che il nonno dicesse. «Chi scappa, si porta dietro i problemi, non li risolve.» Sì, le sembrava proprio di sentirla la voce calda e convincente del nonno.

«Non ci sono più punti di riferimento precisi», proseguì Giulia ad alta voce, «i ragazzi ti sfuggono di mano. Ed è difficile indicare loro dei valori assoluti nei quali credere.»

Il nonno continuava a sorriderle dalla cornice.

«Io ho fallito come madre. È giusto che faccia un altro figlio, alla mia età, con questi presupposti? E poi mi sono lasciata baciare da un uomo che neanche conosco», si colpevolizzò.

Erano scese le ombre di una sera carica di autunno. Nella muta conversazione con il nonno, Giulia cercava luce per dissipare le ombre che la terrorizzavano. Era un dialogo intenso, sofferto, che le impediva di udire un bussare insistente alla porta della cucina. Avvertì invece la voce di una bambina.

«Signora Giulia, apra. Presto.»

«Che cosa c'è, Zaira?» chiese Giulia affacciandosi sulla soglia.

«La chiamano al telefono. Da Milano.»

Giulia seguì la figlia del custode. Soltanto Ambra sapeva il numero telefonico di Artemio.

«Giorgio?» chiese subito Giulia terrorizzata quando raggiunse il ricevitore.

«No. Si tratta dell'onorevole Zani. È stato ricoverato all'ospedale di Niguarda», la informò Ambra. «Devi andare subito da lui. Pare sia molto grave.»

34

La notizia del fastoso ricevimento a bordo del *Nautilus* e della sua tragica conclusione aveva fatto il giro del mondo. Su tutti i giornali erano apparse le fotografie di Marta Montini, sfavillante, al fianco del promesso sposo e di Tea. Poi le immagini di James, un corpo senza vita, stroncato da un ictus fulminante.

A bordo dell'aereo che la riportava in Italia, Marta continuava a sfogliare quotidiani e a singhiozzare. Era sinceramente disperata per l'occasione perduta, per la vetrina infranta, per il suo bel giocattolo spezzato.

«Mamma, calmati per favore», le sussurrò Tea che sedeva al suo fianco e si sentiva addosso gli sguardi dei passeggeri della Top Class.

«Perché dovrei preoccuparmi di questi quattro imbecilli che mi guardano soffrire? E magari se ne compiacciono. Possibile che tu non capisca?»

Era davvero una donna distrutta.

«Certo che lo capisco. Ma non è dando spettacolo che troverai sollievo al tuo dolore», la riprese.

«Ma quale dolore. Questa è una fregatura», ribatté. «Tu non c'eri quando mi sono piombati addosso i legali di quel grandissimo figlio di puttana. Mi ha lasciato senza una lira.

Tutto ai figli e alle due ex mogli. La villa di Antibes. La casa di New York. La clinica di Los Angeles. La barca. I soldi. Tutto a loro. A me solo gli occhi per piangere. Gli ho regalato otto lunghissimi mesi della mia vita. I miei giorni. Le mie notti. So io quello che mi è costato sopportarlo, noioso e vanitoso com'era.»

«Mamma», si scandalizzò Tea, «io credevo che gli volessi bene.»

«Volergli bene?» replicò. «Ero pazza di lui. Come si può non amare una montagna di dollari?»

«La tua riserva di brutalità è inesauribile», constatò la figlia.

«La sincerità è sempre brutale», sentenziò.

Sua madre non sarebbe cambiata mai e, tuttavia, Tea provava per lei una pena infinita.

Quando, dopo la morte di James, si era buttata in lacrime tra le sue braccia implorandola di aiutarla, Tea aveva telefonato a suo padre.

«La mamma è a pezzi», gli aveva detto. «Vorrei portarla a casa mia», gli aveva chiesto.

«Va bene. Purché tu la tenga sotto controllo. Sarebbe capace di combinare altri guai», Ermes aveva acconsentito. «Per quanto dopo questo colpo...»

Marcello le aspettava all'aeroporto. Marta non lo degnò di molta considerazione. Lo aveva sempre ritenuto un inetto e aveva fatto quanto era in suo potere per ostacolare la sua unione con Tea. I suoi sentimenti non erano cambiati, ma doveva modificare almeno il suo comportamento esteriore.

Poteva trovare ospitalità anche altrove, ma rischiava di mettersi in urto con Ermes e con suo padre che, praticamente, le avevano imposto l'esilio perpetuo. In quel momento, non sopportava l'idea di stare da sola.

Marta e Tea salirono sulla Land Rover del conte Marcello Belgrano e partirono per la piccola tenuta nei pressi di Cassano d'Adda.

* * *

Fontechiara era il nome della scuderia di Tea Corsini e Marcello Belgrano. Un appezzamento di due ettari con una casa rustica a due piani, una grande scuderia, divisa in due settori, che ospitava quattordici cavalli e una più piccola per quattro pony.

«Benvenuta a Fontechiara», disse Marcello aiutando Marta a scendere dalla Land Rover.

«Vuoi dare un'occhiata intorno?» le chiese Tea che era molto orgogliosa della sua proprietà.

«Come mai non c'è nessuno qui?» chiese Marta stupita aspettandosi uno stuolo di istruttori, domestici e mozzi di stalla.

«Ci siamo noi», disse semplicemente la ragazza.

«Noi chi?»

«Marcello e io.»

«Ma non mi dire», ridacchiò Marta, «che fate tutto voi.»

«Lo vedrai da sola.»

«Vuoi farmi credere», replicò osservando l'area del dressage e la casa in cui vivevano i due giovani, «che tutto questo è materialmente gestito da voi due?»

«Proprio così», intervenne Marcello. «Per ora non possiamo permetterci di stipendiare del personale», spiegò.

Marta si rivolse a Tea.

«Vuoi dire che hai investito qui dentro tutto il capitale di tuo nonno?» si informò Marta che andava sempre al nocciolo della questione.

«Quel denaro non l'ho toccato», precisò la figlia. «Papà ci ha dato una mano per comperare i cavalli. Il resto dei soldi che ci occorrevano li abbiamo avuti in prestito dalla banca.»

«Ti spelleranno con gli interessi», constatò la donna.

«Fontechiara è già attiva. E stiamo pagando i debiti. Per tutta l'estate abbiamo avuto allievi dalle nove del mattino alle nove di sera», precisò orgoglioso Marcello, mentre si

169

inoltravano nei box. «Ora, con il freddo, le lezioni terminano alle sette.»

«Qui abbiamo i mezzosangue tedeschi, Hannoveraner e Olsteiner. Questa è Ortensia», spiegò Tea indicando una splendida cavalla bruna con un ventre enorme. «Tra qualche giorno ci darà un puledrino», soggiunse.

Marta fu colpita dai grandi occhi languidi della cavalla e dalla sua espressione dolcissima.

«Come vede, i box sono divisi da griglie di metallo in modo che i cavalli, vedendosi, possano familiarizzare», la informò Marcello. «I cavalli, come noi, hanno un gran bisogno di socializzare», continuò. «E qui, separati da questo muro, abbiamo quattro purosangue irlandesi e i nostri due arabi Kacina e Kadim.»

«Interessante, molto interessante», disse Marta con aria condiscendente. «Ma chi si occupa materialmente della pulizia, delle lettiere, del foraggio?»

«Se vuoi te lo ripeto, mamma. La risposta è sempre la stessa: Marcello e io. Ci alziamo tutte le mattine alle sei e finiamo di lavorare alle dieci di sera.»

Marta ebbe un lampo di ammirazione per questa figlia tenace e volitiva che per anni aveva tenuto sotto il suo dominio; una creatura fragile e smarrita che adesso lavorava quattordici ore al giorno e parlava con naturalezza e competenza del suo lavoro.

«La sera uscite?» chiese Marta. «Andate a divertirvi?»

«Lo svago, fortunatamente, è il nostro lavoro. La sera facciamo i conti. Entrate, uscite, partita Iva, fatture. Chi lavora tanto come noi, anche se lo volesse, la sera non può permettersi uno svago diverso dal sonno», disse Tea.

«Bisognerà subito assumere qualcuno che ti dia una mano», decise Marta con la sua solita arroganza. «Non voglio che mia figlia si ammazzi di lavoro come una schiava», protestò.

«Noi stiamo benissimo così. Marcello e io siamo i padroni e, come dicono gli inglesi, nessuno è servo del proprio cavallo.»

«Se proprio vuoi», replicò incredula.

«Tu non riesci a capirlo, lo so. Ma, per la prima volta, sono completamente felice», dichiarò guardandola dritta negli occhi e sfidandola a dimostrare il contrario.

Marcello era andato a scaricare i bagagli dalla Land Rover.

«Ma lui», chiese osservandolo da lontano con aria scettica, «lui», ripeté, «che cosa ci ha messo in questa impresa?»

«Tutto se stesso. E il suo amore per me. Non è poco, mamma», rispose Tea avviandosi verso il compagno.

Marta continuava a essere convinta che lo spiantato Marcello Belgrano, conte di Sele, fosse un profittatore, ma si rendeva conto che sarebbe stato difficile liberare sua figlia da questo legame.

«Porta dentro i miei bagagli», disse Marta a Marcello con aria di degnazione, precedendolo.

Lui la seguì con un carico di valigie e di cappelliere. «La signora sarà servita», ironizzò.

«Ti prego, Marcello. È appena arrivata», gli sussurrò Tea lanciandogli uno sguardo supplichevole.

Marta si guardò intorno. I ragazzi vivevano in un casale ristrutturato. L'ingresso dava direttamente in un soggiorno arredato spartanamente.

«Sento un vago profumo di stalla», fu la prima osservazione di Marta. «Bisognerà provvedere.»

«Non c'è nessun vago profumo e non c'è niente da cambiare», replicò Tea. «E poi a noi va benissimo così», aggiunse decisa. «E tu dovrai adattarti!»

«Come vuoi, cara. Contenta te. Dov'è il telefono?» chiese guardandosi intorno.

«Laggiù. Ti prego, usalo con parsimonia», l'ammonì. «Capisci quello che voglio dire. Intendo, nel senso dell'economia oltre che della riservatezza. Marcello e io facciamo i conti al centesimo e non possiamo consentirci i lussi cui tu sei abituata.»

C'era una consapevolezza nuova nella voce e nell'espressione di sua figlia. Marta la guardò stupita.

«Non sei stata allevata per vivere in una stalla», ricordò a Tea. «E francamente non capisco che cosa ci trovi di attraente in tutto questo», si stupì indicando la stanza con un ampio gesto del braccio. «Ma dammi tempo e cambierò un po' di cose.»

«Purché ti riferisca alle tue cose. Le nostre vanno benissimo come sono», ribatté con decisione.

Tea sospirò rassegnata e Marta iniziò la prima di una serie di telefonate. In barba alle raccomandazioni di Tea, il primo numero che compose corrispondeva a un abbonato di New York.

«Voglio parlare con l'avvocato Martin Newton. Sono la signora Marta Montini», disse al centralino. E quando ebbe l'avvocato in linea: «Voglio fare causa agli eredi di James Kendall».

Tea e Marcello si ritrovarono, da soli, nella scuderia.
Marcello l'abbracciò.
«Mi sei mancata», disse.
«Anche tu. È stato terribile, te l'assicuro.»
«Posso immaginarlo, conoscendo tua madre. E adesso che c'è lei che cosa facciamo? Come dobbiamo comportarci?» chiese imbarazzato.
«Continueremo la vita di sempre e impareremo a difenderci dalle sue intrusioni», rispose Tea.
«Ho paura», confessò Marcello.
«Di che cosa?»
«Cercherà un'altra volta di allontanarti da me», si confidò Marcello stringendola forte.
«Ci riproverà. È più forte di lei. Ma siamo cresciuti tutti e

due. Non ci siamo fatti mettere in trappola quando eravamo due sprovveduti. Figurati adesso», concluse allegramente.

«Tea, dovevi proprio portarla qui?»

«È mia madre. Ha tagliato i ponti con tutti. Che cos'altro potevo fare?»

Tea si rifugiò tra le braccia dell'uomo che l'aveva aiutata a rifarsi una vita. Ma non sapeva che Marta stava già tramando per separarli.

35

GIULIA guidò nella notte spingendo al massimo la sua vecchia Mercedes. Guidò nella nebbia e nell'angoscia. Intuiva la strada più che vederla. Immaginava che nel buio ci fossero dei giganti che l'aspettavano per aggredirla e lei si buttava loro addosso non per sfidarli, ma per vincere il desiderio di fuggire. Perché l'istinto le suggeriva la fuga dalla morte di suo padre, che presagiva imminente.

Aveva telefonato a Ermes prima di lasciare la casa del nonno.

«Finalmente, Giulia», aveva esclamato lui sentendo la sua voce.

«Armando Zani sta molto male. È ricoverato a Niguarda. Sto correndo da lui. Ci vorranno un paio d'ore prima che arrivi. Per favore, va' in ospedale e aiutalo.» Sapeva che Ermes avrebbe fatto quanto era in suo potere per l'uomo a cui lei era legata così profondamente.

Era quasi mezzanotte quando Giulia parcheggiò l'auto davanti al piazzale gelido e buio del grande ospedale milanese.

Salì di corsa una rampa di scale seguendo le frecce con la scritta ACCETTAZIONE.

«Il signor Armando Zani», disse all'uomo corpulento che fumava dentro una guardiola sporca.

L'addetto consultò un elenco di nomi su un foglio che aveva davanti a sé.

«Lei è una parente?» chiese guardandola con indifferenza.

Giulia rispose d'impeto: «Sono sua figlia».

«Padiglione Carati, secondo piano, stanza diciotto», declinò l'uomo.

Giulia uscì nel viale spazzato da un vento gelido, fiocamente illuminato da rari lampioni. La città-ospedale ricordava un insediamento da fantascienza.

Edifici bianchi in stile fascista, con grandi finestre che accarezzavano il buio con una luce appena azzurrata, si ergevano in un paesaggio astrale. Non una presenza, né una voce, né un suono: solo paura e dolore.

Camminava lentamente dopo l'ansia con cui aveva divorato la strada da Modena a Milano. Andava incontro, lo sentiva, a un fatto ineluttabile che nessuno avrebbe potuto cambiare. Giulia aveva imparato a riconoscere, se non a decifrare, i segni del destino.

Si accorse che stava rabbrividendo sotto il giaccone di lana pesante. Ascoltava l'eco dei suoi passi lungo il viale deserto e tremava.

Aveva già perduto un padre, il professor Vittorio de Blasco. Ma questo era accaduto quando aveva vent'anni. Come avrebbe reagito adesso a un nuovo, doloroso, distacco?

Il percorso obbligato la costrinse a imboccare una galleria ad arcate scoperte sferzata dal vento.

All'improvviso inciampò in qualcosa di morbido. Poteva essere immondizia o stracci. Giulia riuscì a non cadere e, recuperato l'equilibrio, lanciò un urlo di terrore. Per terra, addossato al muro della galleria aperta, c'era un essere umano imbacuccato in un logoro cappotto o mantello. Due occhi ardenti come tizzoni scrutavano la sua paura.

Giulia ricordò di aver sentito e letto di vagabondi e drogati che trascinavano la loro disperazione negli angoli bui dei grandi ospedali. Prese a correre con il cuore in gola e, finalmente, raggiunse una grande porta a vetri. La spalancò su un vestibolo sporco. Schiacciò il pulsante e attese l'arrivo di un ascensore cigolante.

«Puttana», gracchiò una donna alle sue spalle, la voce strascicata piena di fumo e di vino. Era una mendicante che tendeva minacciosa verso di lei le braccia flaccide e stanche.

Giulia non attese l'ascensore. Fuggì inerpicandosi sulle scale inseguita dagli insulti della vagabonda. Su quale spaventoso pianeta era approdata? Era un ospedale, un lazzaretto o la corte dei miracoli? Con agilità mise un ragionevole distacco tra lei e la donna.

Arrivò ansante al secondo piano e spinse la porta del padiglione in cui era ricoverato suo padre. Un altro atrio, questa volta più pulito e meglio illuminato. Alcune panche lungo le pareti. Due ritratti a olio, probabilmente di generosi benefattori. Mozziconi di sigarette negli angoli. Su tutto, un lamento, uno straziante lamento, tra un andirivieni di camici bianchi. Giulia mosse alcuni passi esitanti verso una porta da cui medici e infermieri entravano e uscivano.

Il lamento adesso era diventato una voce distinta, una supplica straziante.

«Aiutami Ermes. Fammi respirare. Ho male. Aria. datemi aria.»

Giulia si fermò impietrita sulla soglia. Nel lettino immacolato, un corpo trafitto da un intrico di cannule, gli occhi sbarrati su di lei.

«Giulia», la riconobbe subito Armando. Era ridotto a un grumo di dolore.

Oltre ai due medici, c'era Ermes che le andò incontro. La prese bruscamente per le spalle e la spinse fuori.

Fu nuovamente nell'atrio illuminato e udì ancora il lamento fioco del morente.

«Soffre molto. Non devi andare da lui», le impose Ermes.

«Mi chiama, Ermes. Mio padre mi sta chiamando», confessò il segreto che Ermes conosceva da tempo. «Non farlo soffrire, ti prego», lo implorò Giulia stravolta.

Ermes la costrinse a sedere su una panca e le si mise accanto tenendole affettuosamente le mani.

«Non sappiamo che cosa gli sia successo», cercò di spiegarle. «Non sappiamo la ragione di questo addome teso e dolente. Sappiamo che morirà se non facciamo subito qualcosa.»

Ermes si allontanò. Giulia tremava e aveva il corpo attraversato da aghi di ghiaccio.

Venne un'infermiera con un bicchiere di acqua e una ciotolina di metallo con dentro una pastiglia.

«Prenda questa, signora», la invitò, «l'ha prescritta il professor Corsini.»

Giulia rifiutò con un cenno del capo. Non aveva bisogno di calmanti. Le serviva integra la sua lucidità per cercare di capire quello che stava accadendo, per vivere fino in fondo la tragedia di suo padre.

Ermes ritornò da lei.

«Lo portano in sala operatoria. Al pronto soccorso. A quest'ora è il solo blocco operatorio agibile», spiegò.

L'ultima immagine che Giulia ebbe di suo padre fu la sua testa di capelli grigi arruffati che uscivano da una maschera a ossigeno che gli copriva il viso.

L'ambulanza sfrecciò nel viale appena rischiarato da fiochi lampioni. Lei ed Ermes seguirono in macchina. Giulia continuava a battere i denti e a tremare.

Quando raggiunsero il pronto soccorso un medico si fece loro incontro.

«È finita», disse.

Giulia ricordò Armando Zani con gli occhi di quando era bambina. Era bello, pieno di vita e di coraggio. E lei così voleva continuare a ricordarlo.

«Vuole vederlo?» le chiese il medico.

«Ermes, portami a casa», rispose avviandosi con passo stanco verso l'uscita. Quello che restava di Armando Zani non la riguardava più.

36

Fu la voce di Ermes che svegliò Giulia. L'uomo stava parlando al telefono. Lei si tirò faticosamente a sedere sul divano dove si era assopita. Ermes le aveva somministrato un sedativo e lei aveva dormito un sonno agitato, pieno di incubi.

Avvertì in cucina la presenza di Ambra e incominciò a ricordare gli eventi della notte precedente.

Ermes concluse una breve conversazione di cui Giulia non capì neppure il senso. Poi le andò vicino.

«Come stai?» le chiese dolcemente.

«Tu non hai dormito», rispose Giulia.

«La notizia è arrivata fino a Roma», le comunicò alludendo alla telefonata appena conclusa. «La stampa è stata informata. Il giornale radio parla di funerali di Stato. Anche Benny e Isabella hanno chiamato mentre tu dormivi. Che cosa farai?»

«Non voglio vedere nessuno. Soprattutto non voglio che si sappiano i fatti miei», rispose lei stancamente.

«Ti aiuterò io», la spalleggiò Ermes. «Per quanto», soggiunse, «nessuno conosce i fatti tuoi. In giro si sa soltanto che Zani era un caro amico della tua famiglia.»

«Però, se la notizia è trapelata», replicò preoccupata, «sapranno anche che ero in ospedale quando lui è morto. È facile trarre delle conclusioni.»

Ermes le accarezzò i capelli per calmarla.

«Poco fa ha telefonato da Roma il notaio di Armando. I figli di Zani stanno partendo dagli Stati Uniti. Verranno ai funerali. Ha detto anche che deve vederti.»

«Lo so», confermò Giulia. «Speravo tanto di evitare tutto questo.»

Ambra arrivò dalla cucina portando il caffè.

«Mi dispiace, Giulia», disse la donna deponendo il vassoio sul tavolino del salotto. «Posso fare qualcosa per te?»

«Lo stai già facendo», sorrise Giulia.

«È così privo di senso tutto quello che segue la morte di una persona cara.»

Il telefono la interruppe. Ermes rispose.

«È Leo», disse. «Vuole parlarti. Ha saputo.»

Giulia afferrò il ricevitore. Ascoltò Leo, poi disse: «La mia opinione sincera? Tu e Giorgio restate dove siete, per favore. Probabilmente Armando verrà portato a Roma. Io non andrò ai funerali di Stato».

Salutò l'ex marito e uscì lentamente dal salotto. Ermes la seguì nel giardino spoglio dove si erano conosciuti e dove era nato il loro amore. Lei era una ragazzina e lui aveva vent'anni. Erano poveri, ma il futuro era ricco di promesse.

«Giulia, che cosa farai?» la interrogò Ermes che osservava impotente la sua prostrazione.

«Andrò a dare l'ultimo saluto a mio padre, prima che i corvi facciano scempio della sua memoria», rispose.

Giulia colse una delicata rosa novembrina cresciuta nonostante il freddo e pensò che presto sarebbe appassita.

«È il destino delle rose», disse. «E degli uomini», soggiunse.

«Che cosa?» si stupì Ermes.

«Pensavo a mio padre», cercò di spiegare, «a me. A noi», continuò.

«Sei stanca», affermò lui. «E il freddo non ti aiuta», era un ammonimento a rientrare.

Ma Giulia non sentiva il freddo né le sue parole. Guardava la delicata rosa novembrina appena colta e pensava che Armando Zani, il grande amore di sua madre, il grande amico e compagno di lotta del nonno Ubaldo, il suo vero padre, non c'era più.

Una piccola folla di curiosi si assiepava all'entrata della cappella dell'ospedale. Quando lei passò al fianco di Ermes scattarono dei flash. Le spoglie del parlamentare erano state composte nella bara. Un giovane sacerdote celebrava la messa. C'erano Isabella, con il marito e i figli, e Benny con Silvana e i loro ragazzi. Tutti l'abbracciarono. Isabella piangeva.

«Sappiamo il tuo affetto per lui», recitò la sorella con persuasivo sussiego. «Una perdita davvero dolorosa», sentenziò.

Giulia ed Ermes sedettero su una panca in prima fila. Il giovane prete pronunciava parole di circostanza ricordando alcuni passi del Vangelo: «Solo chi crede in me avrà la vita eterna», disse. E continuò: «La dirittura morale di quest'uomo che ha usato la politica come una spada per combattere la corruzione e il peccato è rivelatrice della sua profonda fede cristiana. Qui riuniti ci sono alcuni amici del fratello Armando. Cristo è vicino a loro e alla loro sofferenza per questa perdita».

Ma chi era questo prete che si arrogava il diritto di parlare di Armando senza conoscerlo? Giulia era venuta per dare l'ultimo saluto alle spoglie mortali di suo padre, più per adeguarsi a un rituale che in obbedienza ai sentimenti che l'animavano.

Il suo cuore e la sua anima erano per Armando vivo, e non per un feretro che non aveva più emozioni da comunicarle. Capì in quel momento che la messa era opera di Isabella, che non si smentiva mai per la sua intraprendenza organizzativa.

Allora sentì il desiderio di ribellarsi e di sovrapporre la sua voce a quella del sacerdote per cancellare le banalità e i luoghi comuni che non rendevano giustizia della figura di Armando.

Avrebbe voluto tratteggiarlo lei un profilo di questo grande uomo, con il suo coraggio, le sue paure, le sue debolezze, la sua forza, i suoi peccati, le sue virtù. Avrebbe voluto raccontare la sua morte disperata.

L'aveva visto soffrire come un animale dilaniato dai colpi del cacciatore, aveva letto nei suoi occhi sbarrati l'intensità intollerabile del dolore che è la maledizione più atroce che toglie all'uomo ogni difesa e ogni dignità. Avrebbe voluto descrivere lo strazio dei suoi lamenti.

Invece depose sul feretro la rosa novembrina del suo giardino che incominciava ad appassire.

37

MADÌ chiuse a chiave i cassetti della scrivania. Andò in bagno a ravviarsi i capelli e si passò sulle labbra lo stick del rossetto. Era preoccupata per due ragioni: lo stato di salute della sua cagnetta Lilli, una barboncina nera che assorbiva tutte le sue attenzioni materne, e Franco Vassalli, il grande boss, sul quale da tempo aveva riversato inutilmente i suoi sentimenti di donna.

Lilli, da due giorni, si rifiutava di mangiare. Franco Vassalli era di pessimo umore e, cosa insolita per lui, la trattava come un essere umano. Quel giorno le aveva persino regalato dei cioccolatini. Un fatto assolutamente nuovo e inspiegabile.

Madì, ormai, temeva che Franco Vassalli avesse pochissime chance di condurre felicemente in porto tutte le operazioni che aveva in sospeso. Prima fra tutte la liberazione della madre. Anzi, lei che lo conosceva bene, temeva che questa vicenda finisse per compromettere tutte le altre, se non si fosse conclusa bene e nel più breve tempo possibile. Madì conosceva i sentimenti profondi che legavano Vassalli alla madre.

Erano le nove di sera di venerdì. Aveva due giorni per sé e per la sua Lilli. A meno che il boss non le chiedesse un supplemento di lavoro.

Bussò alla porta dello studio di Vassalli.

«Avanti», disse lui.

Madì si affacciò sulla soglia. Franco sedeva alla scrivania. Di fronte a lui c'era l'avvocato Mario Tosi.

«Se non ha più bisogno di me...» esordì rendendosi conto che i due uomini stavano discutendo animatamente.

«Ci vediamo lunedì», disse sbrigativamente Vassalli.

In quel momento il telefono sulla scrivania di Madì mandò un trillo petulante. Lei si precipitò a rispondere.

«Un momento, prego.» Si mise in comunicazione con Franco: «C'è una signora in portineria», annunciò, «dice di chiamarsi Antonella e che ha un appuntamento con lei».

«La faccia salire e la conduca da me. Poi vada pure. Grazie», rispose l'uomo e, rivolgendosi al più abile dei suoi legali: «Dovresti andartene anche tu, Mario», concluse senza dare spiegazioni.

La signora Antonella era una via di mezzo tra una campionessa di catch e una pescivendola da mercato rionale. Non molto alta, corpulenta, soda, la faccia larga con la mascella forte, piccoli occhi azzurri e penetranti, capelli biondi, tinti, mani come morse. Indossava un cappotto bianco di buon taglio e fumava una sigaretta in un lungo bocchino nero.

Quella donna era un fiero colpo alla sicurezza di Madì. Credeva di sapere tutto sul conto di Vassalli, ma c'erano molte cose, evidentemente, che ancora non sapeva. Mise anche questo incontro sulla contabilità delle stranezze degli ultimi giorni. Accompagnò quella specie di virago dal big-boss, richiuse la porta e uscì.

Nell'ufficio presidenziale della Provest, Franco Vassalli leggeva attentamente alcune cartelle dattiloscritte che la sua ospite gli aveva portato. Ogni foglio recava l'intestazione: *Antonella Roghi. Informazioni.*

Arrivò in fondo all'ultima pagina poi sollevò lo sguardo sulla donna che, in piedi, al di là della scrivania, sbuffava fumo come una locomotiva e lo osservava con i suoi piccoli occhi penetranti.

«Questo è tutto?» chiese Franco guardandola.

«Questa è la risposta alle sue domande», precisò con una voce dal timbro argentino che smentiva la volgarità del suo aspetto.

«Crede che ci sia dell'altro da sapere?» domandò l'uomo.

«Forse c'è dell'altro da fare», obiettò. «Ma l'operazione è rischiosa. È difficile prevedere le reazioni di tipi come quelli.» E soggiunse: «Ma probabilmente lei li conosce meglio di me».

«Li conosco bene», ammise.

«È sicuro di non voler chiedere l'intervento della magistratura?» domandò.

«È una questione personale. Nessun intervento esterno», decise. «Me la caverò da solo.»

«In questo caso le faccio tutti i miei auguri. Ne avrà bisogno, mi creda.»

Era già sulla porta pronta ad andarsene. Franco si alzò, aprì lo sportello di una piccola cassaforte a muro ed estrasse una mazzetta di banconote da centomila lire. Lo tese alla donna.

«Non adesso», si oppose lei ricusando il denaro con un gesto.

«È quello che mi aspettavo da lei», osservò Franco rimettendo il denaro al suo posto. «Sistemeremo tutto a operazione conclusa. Avrò ancora bisogno di lei.»

«Mi chiami quando vuole», sorrise lei aprendo la porta dell'ufficio e richiudendola dietro di sé.

Vassalli prese i fogli che la donna gli aveva consegnato, entrò nella stanza da bagno attigua al suo ufficio e li bruciò disperdendo nella tazza i residui carbonizzati.

Tornò nel suo ufficio e guardò l'ora. Erano quasi le dieci

di sera. Telefonò a casa sua. Gli rispose il cameriere. «Questa notte non torno», gli comunicò Franco.

Aprì una porta, dissimulata dalla libreria, e si trovò in una piccola ma confortevole camera da letto. Si spogliò e si infilò sotto le coperte. Spense la luce e, nell'oscurità, mormorò: «Mamma, non credere che ti abbia abbandonato. È che ogni cosa deve fare il suo corso. Abbi ancora un po' di pazienza». Stava piangendo.

38

GIULIA era sdraiata sul lettino. Ermes, con assorta sensibilità, esplorava i seni della sua donna, con mani esperte.

«Adesso porta le braccia dietro la testa», ordinò con affettuosa fermezza. «Ecco, brava. Così.» Lei ubbidiva docile ai suoi comandi.

Ermes cominciò a esplorare gli incavi ascellari millimetro dopo millimetro, scendendo e risalendo verso il collo.

«Ora siediti», la invitò.

Giulia, rialzandosi dalla posizione supina, sollevò pudicamente con una mano la sottoveste di seta per coprirsi il seno.

Girò il viso dall'altra parte. La visita al seno era sempre carica di imbarazzo e di ambiguità.

Alla fine, Ermes considerò con grande attenzione i suoi capezzoli, stringendoli tra il pollice e l'indice. Poi fu lui stesso, con un gesto affettuoso, a ricoprirla con la sottoveste.

«Va tutto bene», la rassicurò, «puoi rivestirti.»

Lei scivolò rapida dietro il paravento, mentre lui sedette sul lettino aspettandola e cercando le parole giuste e convincenti per affrontare un problema che li riguardava entrambi.

«Avremo questo figlio, se tu lo vuoi veramente», disse quando lei gli ricomparve davanti completamente vestita.

«Dimmi i rischi cui vado incontro», chiese lei in tono

perentorio. «Dimmeli tutti, fino in fondo. Brutalmente, se occorre.»

«La verità è che la tua gravidanza non è un problema. Te lo garantisco.»

«Prova a spiegarmi perché.»

«Una volta si pensava che la maternità, in una donna operata di un tumore al seno, potesse scatenare nuovamente la malattia. L'aumento del progesterone, il movimento ormonale erano considerati fattori di rischio. In realtà si è visto che non c'è nessuna prova scientifica di questa teoria. Anzi c'è una convincente letteratura, basata su fatti concreti, che testimonia il contrario. Io sono tra quelli che credono che la tua gravidanza ti metterà addosso una gran voglia di vivere.»

«Che adesso non ho», puntualizzò lei.

«Che ancora non hai. Ma siamo in due», cercò di persuaderla. «Io sarò al tuo fianco. Sempre. Con tutto me stesso.»

«Non ho mai dubitato di te, Ermes. È su me stessa che non posso contare.»

«Per questo non me ne avevi parlato? E avevi imposto anche a Pieroni di non parlarmene?»

Giulia annuì. «Mi dispiace che tu l'abbia saputo per vie traverse. Nel modo e nel momento sbagliati.»

«Non ci sono modi sbagliati per avere l'annuncio di una paternità. Almeno per me.»

«Ermes, non cercare di influenzarmi», lei lo mise in guardia.

«Perché dici così?» si insospettì l'uomo.

«Perché non ho ancora deciso se diventerai padre. Non so nemmeno se io voglio diventare madre.»

«Che cosa c'è che te lo vieta?»

«Per esempio, l'idea del tempo che potrei passare in questa clinica a subire centinaia di esami.»

«Non più di qualsiasi altra donna nelle tue condizioni. Farai regolarmente gli esami del sangue e delle urine. Farai i controlli ginecologici. Come qualsiasi altra donna, ascolterai il battito del cuore di tuo figlio a partire dal quarto mese. Mangerai carne e frutta e verdura, rinunciando, entro certi limiti, al pane, alla pasta e ai dolci. Questo è tutto. Sinceramente.»

Ermes l'abbracciò. «Va tutto bene, Giulia», cercò di rassicurarla.

«È un'affermazione?» chiese.

«È una realtà.»

«Che io non sento.»

«Giulia, ti prego», la rimproverò affettuosamente.

«Mi sento incastrata, Ermes», riprese. «Messa con le spalle al muro. Da te. Da questa gravidanza. Dal fantasma della mia malattia. Dalle mie ossessioni. Da mio figlio. Dal mio stesso carattere.»

«Un altro figlio potrebbe essere una consolazione. Un nuovo mondo d'amore. Un antidoto alle tue ossessioni. Forse una soluzione per i tuoi problemi.»

Giulia lo guardò con diffidenza. «Da dove ti viene tutta questa sicurezza?»

«Da una lunga esperienza», replicò paziente. «Da quel minimo di conoscenza accumulata nel tempo. Inoltre, non posso nasconderti che ho un desiderio immenso di diventare padre.»

«Quindi se decidessi di rinunciare al figlio», si incupì Giulia, «la responsabilità di questo rifiuto sarà unicamente mia? Un bel modo anche questo di incastrarmi.»

«Lo credi davvero?» chiese lui guardandola dritto negli occhi con un'ombra di risentimento.

«Sì... no... non lo so.»

«Hai ancora un mese per decidere. Ma la decisione finale è soltanto tua», disse con fermezza. «Nel frattempo, qualunque sia la tua scelta, sarò al tuo fianco. Vieni», le sorrise togliendosi il camice, «ti porto a casa.»

In macchina accanto a Ermes, Giulia era insolitamente silenziosa. Quasi ostile. Per la prima volta quel compagno troppo buono, troppo pulito, troppo tutto, le sembrava un extraterrestre.

«Ma tu non hai mai un dubbio?» lo interrogò bruscamente. «Voglio dire, sai sempre qual è la cosa giusta da fare?»

«Per quanto ti riguarda, sì. La mia serenità è legata alla tua presenza. La mia forza viene da te.»

«È un altro peso quello che mi offri.»

Ermes sentiva su di sé il profondo disagio di Giulia che la morte del padre aveva ulteriormente accresciuto. Avvertiva il suo bisogno di isolamento, il desiderio di trovare se stessa. Un tentativo di prendere le distanze rifugiandosi nella casa del nonno lo aveva già fatto.

«Non conosco le mie intenzioni, ma vorrei tanto scoprirle», precisò lei.

«La prossima settimana andrò negli Stati Uniti. Starò via per quindici giorni. Era da tempo che rimandavo una serie di incontri alla Columbia University di New York. Vuoi venire con me?» la incitò.

«Preferisco restare sola», disse con grande sincerità. «Ti dispiace?»

«Tanto. Ma anche se sei la donna più attraente che abbia mai conosciuto, rifiuto l'idea di passare la vita con la paura di perderti.»

Giulia lo accarezzò. «Ti ringrazio.»

«Quando tornerò», disse lui con un'ombra di commozione, «se vorrai ancora me e nostro figlio, sarà perché hai maturato una scelta precisa. Liberamente.»

39

C'ERANO piccole imbarcazioni capovolte sulla riva. Il mare si stendeva piatto e grigio verso un orizzonte velato da una bianca foschia. Nonostante il sole, l'aria era umida.

Leo sedeva sul bordo di una barca panciuta e guardava il figlio che raccoglieva conchiglie per scagliarle lontano. Aveva un'aria triste e annoiata.

Erano insieme, l'uomo e il ragazzo, da alcuni giorni e avevano scambiato soltanto poche parole. Ogni volta che Leo cercava di avventurarsi nell'intimità di Giorgio, il figlio si chiudeva a riccio negandosi a ogni dialogo.

«Giorgio», lo chiamò, «c'è qualcosa che vorresti fare, oggi?»

Il ragazzo rispose con una smorfia. Leo tirò fuori da un taschino della giacca a vento un pacchetto di sigarette. Ne accese una. Giorgio lo guardò.

«Vuoi fumare?» gli chiese il padre.

Giorgio annuì andando verso di lui come un cucciolo, pronto, per una sigaretta, a qualsiasi compromesso. Leo gli tese il pacchetto. Erano tre giorni che gli impediva di fumare e il suo umore era peggiorato. Leo poteva capirlo. Aveva cominciato a fumare anche lui in quinta ginnasio.

E non aveva mai smesso.

Giorgio accese la sigaretta e Leo lo guardò respirare veleno.

Sentì un brivido corrergli lungo la schiena. Quello che valeva per lui non valeva per il figlio. Come se fumando entrambi, non corressero lo stesso rischio.

Non si era mai sentito così profondamente a disagio come in quei giorni con Giorgio, che scopriva estraneo e ostile.

Erano sulla riviera romagnola nella piccola casa sul mare. Era di Lavinia, la ragazza che viveva con il giornalista ormai da qualche tempo. Nella stagione autunnale la spiaggia era deserta e Leo aveva creduto che quello fosse un buon posto per rimettere in carreggiata il figlio.

Aveva lasciato Lavinia a Milano perché non turbasse, con la sua presenza, quella che Leo considerava come un'operazione di recupero. La sua grande ambizione era riuscire dove altri avevano fallito, ma si accorse ben presto che occorrevano strumenti e tempi diversi da quelli di cui lui disponeva.

Giorgio fumava con la ottusa, provocante tracotanza del ragazzino disegnato sui manifesti delle campagne antitabacco.

«Se almeno sapessi che cosa ti piace», pensò Leo ad alta voce.

«Vorrei fumare anche dell'altro. Ecco che cosa mi piace», confessò Giorgio. Quello del «fumo» era il solo argomento sul quale sembrava disposto a discutere. Aspirò avidamente una boccata e sedette accanto al padre, sul ventre panciuto della barca.

«Io non riesco a capirti», disse Leo padroneggiandosi e respingendo il desiderio di prenderlo a schiaffi.

«Perché non provi? Perché non vuoi farti un chilom con me?» si entusiasmò il ragazzo «Sono sicuro che ti piacerebbe.» Uno strano sorriso aleggiava sulle sue labbra.

«Guarda che io ho fumato tutto, nella vita», si confidò l'uomo. «Anche lo spinello. Anche il tuo dannato chilom. Ma prima di tutto non avevo la tua età. E poi l'ho fatto come dici tu: per provare.»

«E non ti è piaciuto?» si interessò Giorgio.

«Preferisco le donne. Mi sembra un gioco più attraente. Un divertimento più allegro, dove c'è vita, non un lungo sonno senza sogni. A te piacevano le ragazzine. Avevi un sacco di ammiratrici. Dove sono finite?»

«Rompono i coglioni», tentò di difendersi Giorgio. «Hanno la puzza sotto il naso. E si sentono autorizzate a farti la predica.»

«Forse a loro dispiace vedere un amico fare il cretino, buttarsi via, calpestare la sua giovinezza, solo per sembrare quello che non è.»

«Come parli difficile, giornalista», lo punzecchiò.

«Traduzione: forse a loro dispiace vedere un imbecille che cerca di indossare i panni del superuomo e riesce solo a essere un grandissimo coglione.»

«Ecco, vedi? Inutile parlare. Io sono coglione perché continuo a fumare quella che voi borghesi vi ostinate a considerare una porcheria.» Giorgio scagliò lontano la cicca della sigaretta.

«Tu non sei coglione solo perché fumi», continuò Leo, «sei cretino perché non studi.»

«Sai quanto me ne frega del greco e del latino? Dell'algebra e della sintassi?»

«Tuo nonno, il professor de Blasco, ha tirato grandi i figli con il greco, il latino e la sintassi.»

«Sai che bel risultato! Una scema come la zia Isabella, un saccente come lo zio Benny e una fanatica come mia madre.»

«Sintesi edificante», constatò Leo. In fondo era quello che pensava anche lui. «E io? Come vedi tuo padre?» chiese, ormai deciso a battere il ferro caldo.

«Anche tu fai parte della famiglia», dichiarò il ragazzo. E proseguì: «Io non faccio parte di niente. Sono un prigioniero di guerra. Delle vostre guerre. Nella famiglia io mi ci sono trovato. E qualcuno mi ha preso in trappola».

«Insomma, non si salva proprio nessuno?» si irritò Leo.

«Il mitico nonno Ubaldo, il mio bisnonno. Lui si salva. E forse la nonna Carmen. Per quel poco che ricordo.» Un lampo di tenerezza gli brillò nello sguardo. «Era molto dolce con me la nonna Carmen. Non mi sgridava e non mi obbligava a pensarla come gli altri.»

«Ma che cosa dici, Giorgio?» lo smentì il padre. «Avevi poco più di due anni quando nonna Carmen morì.»

«Eppure me la ricordo», insisté il ragazzo. «È forse la sola immagine che conservo incisa nella mia memoria. È stato proprio qui, su questa spiaggia, che l'ho vista per l'ultima volta. Ho un ricordo nitido di quel giorno. Stavo sotto l'ombrellone. Lei mi ha detto: 'Stai buono, Giorgio. Non ti muovere. Io vado a fare il bagno'. L'ho vista entrare in acqua camminando lentamente. L'ho vista allontanarsi e diventare sempre più piccola. Alla fine era solo un punto. Poi sparì anche quello.»

Aveva raccontato la fine della nonna con aria sognante e anche quando tacque gli rimase un'espressione assorta sul viso.

Seguirono lunghi istanti di silenzio. I fatti, più o meno, si erano svolti così. Ma Giorgio ricordava davvero la tragedia o non aveva per caso ricostruito la cronaca del suicidio prendendo dei particolari dai discorsi fatti in famiglia nel corso degli anni? L'intensità del racconto deponeva a favore di una memoria precocissima. Se era così, il peso di quel dramma aveva sicuramente influito su di lui e sulla sua serenità.

«Ti sei mai chiesto perché tua nonna sia finita così?» l'interrogò Leo.

Giorgio parve riflettere.

«No, non me lo sono mai domandato. Ma è proprio necessario che uno abbia delle ragioni per fare una cosa? Qualsiasi cosa?»

Avevano preso a camminare, padre e figlio, sulla rena umida e compatta.

«Direi di sì», replicò Leo. «Io credo che tua nonna fosse

molto infelice. E la morte, a un certo punto, le è sembrata il minore dei mali.»

«A me l'idea di ammazzarsi», intervenne Giorgio, «non sembra una gran soluzione.»

«Anche a me», concordò Leo. «Basta un po' di pazienza. Bisogna saper aspettare.»

«È proprio l'attesa che non mi convince.»

«E allora incomincia a vivere», lo spronò il padre.

«È quello che sto facendo», reagì Giorgio.

«Ne sei davvero sicuro? Rifiuti la scuola. Sputi sulla famiglia. Ti fai beccare da due poliziotti a comperare hashish. Sei sulla strada dello stordimento, non su quella della vita.» Leo si sentiva incoraggiato dall'apparente disponibilità del ragazzo. «Hai mai affrontato l'argomento con tua madre?» insisté.

Giorgio scosse il capo.

«Perché?» incalzò Leo.

«Perché non starebbe a sentirmi. Direbbe che sono un lavativo.»

«E lo sei. Tua madre ha l'abitudine di arrivare subito al nocciolo della questione.»

«Papà, io mi sono rotto di stare in questo posto», dichiarò il ragazzo chiudendo il capitolo delle confessioni.

«Dove vorresti andare?»

«Non lo so. Perché non mi dai dei soldi? Potrei fare un viaggio. Da solo. Per conto mio. Potrei andare ad Amsterdam. Ci sono stato nel luglio scorso. Per quindici giorni soltanto. Perché dopo avevo gli esami di riparazione. Vorrei tornarci. È un paradiso.»

«Di droga», Leo non poté trattenersi dal sottolineare.

«Come puoi constatare non sono in stato di dipendenza. Sto da tre giorni senza hashish e ancora non ho dato i numeri.»

«Tanto per stabilire alcuni punti fermi», ribatté il padre, «Amsterdam puoi pure scordartela.»

«Altro punto fermo», disse Giorgio. «Voi potete scordarvi la scuola. Perché non ci andrò.»

«Mi sembra giusto», sorrise Leo che, in quel momento, lo avrebbe preso a schiaffi. «La scuola è un diritto. Uno può anche rinunciarvi. In questo caso, però, hai un obbligo: andare a lavorare. Se rinunci alla scuola dovrai andare a lavorare.»

«Perché? Non ho bisogno di guadagnare dei soldi per vivere.»

«E chi lo dice?»

«La legge, lo dice. Fino a diciotto anni, tu o la mamma, dovrete mantenermi», dichiarò con freddo cinismo.

Leo si sentì ferito dalla brutalità del ragazzo e pensò a quello che doveva rispondergli evitando i classici schiaffoni che tuttavia gli sarebbero sembrati una risposta adatta.

«Sai una cosa, Giorgio?» disse fermandosi davanti a lui e guardandolo bene in faccia. «Mi hai rotto. Ho promesso a tua madre di portarti a casa rinsavito. Ora so che non manterrò la promessa. Quindi non le riporterò un mascalzone con nessuna voglia di redimersi perché la sottoponga alle sue angherie.»

«E che cosa farai, papà?» lo invitò alla rissa con un sorriso da schiaffi.

«Ti chiudo in collegio», dichiarò.

«Che schifo», sibilò. «Mi fai schifo, schifo, schifo», ripeté con disprezzo. «Tu non mi chiuderai da nessuna parte. Mi fate tutti schifo. E non mi fregate più.»

Giorgio si mise a correre sulla spiaggia, lontano dal padre e dai suoi fantasmi.

40

«Parto domani, Giulia», annunciò Ermes.

Era sera. Erano nel salotto della scrittrice.

«Sei sicura di voler restare da sola?» le chiese.

Teneva, tra le sue, una mano della donna e l'accarezzava.

«È la sola certezza che io abbia.»

«Che cosa è successo tra noi, Giulia? Che cosa si è incrinato nel nostro rapporto?» Domande vuote, banali. Lui conosceva la risposta ma non poteva credere che la psicologia di Giulia obbedisse alla regola generale di una larga percentuale delle donne operate al seno.

«Forse non è successo niente. Tu sei l'uomo che ho sempre voluto. E ti amo sinceramente. A te devo tutto: i miei sogni di ragazza, la mia vita di donna. Il piacere di stare tra le tue braccia.»

«E allora?»

«Mi è accaduto qualcosa che non so spiegarti, ma che soprattutto non so spiegare a me stessa. Mi è nato dentro il bisogno di sentirmi desiderata.»

«Ha un nome?» la sorprese Ermes.

«Chi?» prese tempo Giulia.

«L'altro», incalzò lui.

«No», si sorprese a mentire, pensando a Franco Vassalli.

«Un desiderio generico, dunque», lui ribatté controllandosi.

«Non è facile per me rivelarti quello che provo», si rimise in equilibrio. «Mi sono sempre sentita depositaria di una precisa integrità morale. E ora mi rendo conto che ci sono delle pulsioni che contraddicono la mia vocazione. E incrinano questo concetto di moralità. Può farci male ma è la verità. E poiché io ti rispetto, questa verità sento il bisogno di dirtela.»

«Sono talmente tante le verità, amore mio. E così complicate da perderci la testa. E poi non credo ai furori astratti. Non c'è delitto senza movente», sorrise Ermes con amarezza. «Il tuo bisogno di essere corteggiata è comprensibile. La pulsione, invece, il desiderio, per intenderci, è mirato. È provocato da un incontro. Ci vuole l'esca. Che può essere una scintilla o un colpo di fulmine.»

«Sai troppe cose tu», tentò di scherzare Giulia.

«Credi? Evidentemente non ne so abbastanza e mi sento un verme.»

Si era alzato e la dominava dall'alto dalla sua statura.

«Non dirlo mai», l'ammonì Giulia.

«Come no? Tu sei incinta e non sai se vuoi un figlio. Nostro figlio. Dici di amarmi e desideri uno stuolo di pavoni intorno. Che cosa vuoi da me? Che cosa pretendi che faccia?»

«Rispettare il tuo programma.»

«Andarmene e lasciarti sola?»

«È stata una decisione tua.»

«Potrei anche non tornare. A questo hai pensato?»

«Potevo anche mentirti. A questo hai pensato?»

«Sarebbe stato un segno di maturità. Avresti potuto risolvere da sola il tuo problema.»

«E dirtelo a cose superate?»

«Mi avresti evitato una crisi di gelosia.»

«Sei troppo sicuro di te per essere geloso», gli fece notare Giulia.

«E invece lo sono. Per la prima volta nella mia vita sono

profondamente, rabbiosamente geloso. E lui chi è?» sparò a bruciapelo.

«Davvero non so di chi tu stia parlando», mentì per la seconda volta.

Forse aveva esagerato. Forse era davvero terribilmente immatura. Ermes non le diede tregua.

«Parlo di quello che ti ha fatto nascere dentro tutti questi dubbi, queste perplessità. Questi desideri.»

«Quante donne hai operato al seno nella tua vita?» lo interrogò. «Quanti decorsi clinici hai seguito? Quante confessioni di donne hai ascoltato?»

«Tante. Troppe. Alcune hanno tradito i loro mariti, se è questo che vuoi sapere. Molte lo hanno desiderato.»

«Io non ti ho tradito. Non ancora, almeno», disse con crudeltà. «E non capisco perché il trauma che provoca terremoti psicologici nelle altre debba passare senza danni su di me. Sono una donna come tante altre.»

«No», la smentì afferrandola per le spalle con rabbia. «Tu sei la mia donna.»

«E tu sei il mio uomo, accidenti. Lo so. E so che non voglio perderti. Ma non puoi cambiare il mio modo di pensare e guidare i miei desideri dove vuoi tu. Non posso farlo nemmeno io.»

Giulia si era abbandonata tra le braccia del suo uomo e piangeva.

«Ma perché dovevo innamorarmi proprio di te?» chiese lui stringendola sul suo petto. «Proprio a me doveva capitare questa donna strana e complicata, imprevedibile e disperata? E se c'è un altro uomo nella tua vita, dimmelo. No, anzi, non dirmi niente. Perché non potrei sopportarlo.»

«Non c'è nessuno, Ermes», affermò pensando a Franco Vassalli, alle due volte che l'aveva baciata e al piacere che aveva provato.

Adesso, tra le braccia di Ermes, le sembrava di essere stata una stupida scolaretta. Le sembrava di essere sincera mentre ripeteva: «Non c'è proprio nessuno, amore mio».

«Ti credo, ma sono innamorato e geloso», nuovamente sorrise. Ma era un sorriso amaro e triste.

«È una gelosia ingiustificata», ribatté Giulia asciugandosi le lacrime.

Quella specie di psicodramma aveva avuto, tutto sommato, un effetto benefico anche se molti nodi non si erano sciolti. Giulia si sentì liberata da un peso, leggera e quasi felice.

Salirono insieme la scala che portava nella sua camera. Si spogliò e lo guardò spogliarsi. Lo amò e si lasciò amare con un trasporto che non conosceva da mesi. Fu come se l'onda calda e vibrante di una rinnovata vitalità l'avesse sommersa.

Poi squillò il telefono. Era Leo che la chiamava da Rimini.

«Giorgio è scappato», disse. «È tutto il giorno che lo cerco. Ho avvertito la polizia.»

41

La sala da pranzo di Dorina Vassalli, nell'appartamento di via Bagutta, era piccola e accogliente. Le pareti erano affrescate con motivi floreali sui toni azzurro e giallo pallido. Il tavolo di cristallo era sorretto da due colonne corinzie in pietra rosata con capitelli a foglie d'acanto. Le sedie erano modellate in liana rattan e la stessa liana delineava i contorni di una credenza lunga e bassa dove facevano bella mostra piccoli, preziosi calici e vasi antichi di vetro di Murano. In quella intima e raffinata stanza, come in tutto il resto della casa, c'era la mano di Zaira. Una mano gentile, forte e delicata.

La domestica filippina portò in tavola una guantiera di funghi porcini in crosta, e subito si diffuse intorno un delicato aroma selvatico.

Franco sedeva a capotavola di fronte a Dorina. C'erano le due gemelline e c'era Zaira. Un singolare gruppo di famiglia.

«Papà, quando paghi il riscatto della nonna?» chiese Veronica, che delle due bambine era la più estroversa.

«Quando i magistrati e i rapitori me lo consentiranno», rispose lui.

Le bambine non nutrivano per quella nonna strana un affetto particolare. L'avevano vista poco e tuttavia, dai rari, difficili incontri, avevano riportato sensazioni contraddittorie.

La nonna si era offerta di giocare con loro alle bambole, ma poi si disputava il primato del gioco e sosteneva che le bambole erano le sue bambine e le bambine erano le sue bambole.

Una volta Serena e le nipoti si erano persino accapigliate e Franco, in seguito, aveva evitato ogni ulteriore occasione di incontro. E tuttavia, Serena Vassalli continuava a essere un argomento di conversazione tra Veronica e Violante che non potevano concepire la complessità di una malattia mentale e si ostinavano a considerare la nonna come una vecchia stramba, molto diversa dalle nonne delle loro amiche.

C'erano poi state delle frasi tra Dorina e Zaira, colte al volo dalle bambine a proposito di nonna Serena: «Lui si ostina a lasciarla vivere sola in quella grande casa, mentre dovrebbe rinchiuderla in una clinica», era la costante indicazione di Zaira.

«Il fatto è che lui stravede per la madre. Ne è innamorato», insinuava Dorina.

Questi commenti aggrovigliavano ulteriormente una situazione di per sé molto complessa. Le bambine erano confuse. Il rapporto fra la loro madre e la zia, come erano state abituate a chiamare Zaira, era un rapporto insolito. Capitava spesso che la zia passasse la notte da loro e dormisse nel letto con la mamma, un santuario che a loro due era rigorosamente vietato.

Tra le loro amiche le cose andavano diversamente e nel letto delle mamme ci dormivano i loro papà.

«Veronica, non tormentare tuo padre con questa brutta storia della nonna», l'ammonì Dorina.

«Scusa, papà», deviò Veronica, «posso avere ancora un po' di funghi?»

Quando, raramente, Franco pranzava da loro, le gemelle gli riconoscevano il ruolo di leader e chiedevano a lui le cose invece che alla mamma.

«Certo che questo silenzio dei rapitori, dopo la prima richiesta, è davvero strano», convenne Zaira.

«E preoccupante», incalzò Dorina.

Tutt'e due guardarono Franco aspettando una reazione. Le argomentazioni non gli mancavano. C'erano casi in cui passavano mesi prima che i rapitori si facessero vivi. Ma l'espressione di Franco rimase impenetrabile.

«Ne vuoi anche tu, Violante?» chiese l'uomo tendendo verso l'altra figlia un cucchiaio da portata carico di pasticcio ai funghi, eludendo le domande delle due donne. Le guardò con ironia, sfidandole.

«Che gran casino», esclamò Violante tendendo il piatto vuoto per farsi servire da suo padre.

«Lo senti il linguaggio delle tue figlie?» rilevò Dorina, felice di poter indirizzare la conversazione su un altro argomento.

«A che cosa ti riferisci?» chiese Franco alla figlia, ignorando l'osservazione di Dorina.

«Non sembra anche a te di vivere in un gran casino? Non si dice così?» insistette la figlia.

In quel momento Franco ricordò una scenata violenta tra lui e Dorina che si era conclusa con la stessa espressione usata da lui, che sua figlia, evidentemente, aveva adottato. Soltanto dopo si era reso conto che Violante aveva udito e visto tutto. Era accaduto quando le gemelle avevano quattro o cinque anni. Franco era ritornato in anticipo da un viaggio di lavoro, un sabato pomeriggio, quando le bambine erano ai giardini con la nurse.

Aveva trovato sua moglie e Zaira nella vasca da bagno. E non stavano facendo innocenti abluzioni. Le aveva osservate per un lungo istante, sorpreso da quella scoperta esteticamente molto piacevole per un uomo, ma terribilmente imbarazzante per un marito.

«Pardon», aveva sussurrato con il più garbato dei suoi sorrisi. Aveva richiuso lentamente la porta del bagno, era uscito ed era andato sul lago da sua madre.

Aveva passato un giorno e una notte a riflettere sul suo

matrimonio, che in realtà non era più tale da quando erano nate le bambine. Perché Dorina rifiutava sistematicamente di avere rapporti con lui.

La domenica era ritornato a casa e si era messo a fare le valigie. Si sarebbe trasferito altrove.

«Così adesso sai tutto», lo aveva sorpreso Dorina per niente imbarazzata.

«Non avevo considerato la possibilità di avere come rivale una donna», aveva detto Franco.

«Lei mi dà tutta la dolcezza di cui ho bisogno e di cui un uomo non sarebbe mai capace», aveva tentato di spiegare.

Franco l'aveva guardata come se la vedesse per la prima volta.

«Da dove ti viene tutta questa sicurezza?»

«Dal mio psicanalista. Sono in terapia da oltre un anno. E tu non te ne sei nemmeno accorto.»

«E il tuo psicanalista ti dice di andare a letto con quella specie di marchesa che ha vent'anni più di te?»

«Mi ha semplicemente insegnato ad accettarmi per quella che sono. Sono lesbica, Franco. E mi sta bene così. Mentre tu sei uno che non ha ancora saputo risolvere il rapporto con sua madre.»

«Quella stilista titolata è una nota baldracca», aveva alzato la voce avvampando di collera.

«Non è scadendo in queste volgarità che risolverai i tuoi problemi. Così come non li risolvi andando con tutte le donne che ti capitano a tiro, come hai sempre fatto, per poi chiamare tua madre nel sonno, ogni volta che ti addormenti», l'aveva sferzato.

Franco l'aveva colpita su una guancia.

«Fuori da questa casa», gli aveva ingiunto Dorina spalancandogli la porta.

«E quello che sto facendo», aveva risposto. «Ma non chiamarla casa. Questo è un casino.»

Violante, dietro l'uscio dello spogliatoio lo aveva visto uscire gridando quelle parole. E non le aveva più dimenticate.

Dorina, accettando la sua diversità, aveva risolto una parte dei suoi problemi. Lui aveva continuato a negare i propri forse perché aveva paura di decifrarli.

Guardò la figlia che lo fissava e disse: «Sai una cosa? Io credo che ci sia una spiegazione per tutto. Basta ragionare sui fatti».

«Non sempre», intervenne Veronica, profondamente interessata all'argomento. E soggiunse: «La mamma dice che sei innamorato della nonna».

«Ti sembra possibile che un figlio possa essere innamorato della madre?» era una risposta inconsistente che non convinse le bambine.

Ci fu un silenzio carico di tensione.

«Veronica e io siamo innamorate di te, papà. Perché sei bello e forte. Ma la nonna è vecchia e un po' scema e quindi, secondo noi, tu non puoi essere il suo innamorato.»

Nella stanza calò il gelo.

«Voi scambiate la vostra ammirazione per me con l'amore. Che è tutta un'altra cosa.» Franco si sforzava di conservare la calma sorvolando sugli apprezzamenti per la nonna.

«Io da grande vorrei sposarti. E anche Violante», confessò ingenuamente la bambina.

«Quando voi sarete grandi, io sarò un vecchietto un po' suonato come la nonna», la buttò in ridere. Poi fulminò Dorina con un'occhiata e soggiunse: «Quanto al resto sarà meglio evitare che orecchi innocenti ascoltino certi sproloqui».

Franco si alzò da tavola e concluse: «Il pranzo, per me, finisce qui. Devo andare». Era fuori di sé.

Rincasò di pessimo umore. Nel vestibolo della sua casa di via Borgonuovo c'era una busta bianca sigillata, indirizzata a lui, senza affrancatura. La aprì. Era vuota. Quell'assenza di parole nascondeva un messaggio convenzionale, che Franco decifrò.

Ripiegò la busta, se la mise in tasca e scese di nuovo sulla strada. Entrò in un bar tabacchi sull'angolo con via Monte di Pietà, inserì una moneta da duecento lire e compose un numero sulla tastiera del telefono pubblico. Poi disse: «È arrivato il secondo invito. Sto partendo. Al mio ritorno vorrei chiudere la faccenda».

42

A MEZZOGIORNO le lezioni di equitazione venivano sospese per due ore a Fontechiara, una pausa necessaria al pasto dei cavalli e alla colazione di Tea e Marcello. Il veterinario che aveva visitato Ortensia se n'era andato da poco. Secondo le stime mancavano ancora un paio di giorni al parto della cavalla. L'evento, in ogni caso, si sarebbe potuto verificare in qualsiasi momento nel giro di quarantotto ore. Tea e Marcello si fiondarono in casa per uno spuntino veloce.

«Tua madre dov'è?» domandò Marcello a Tea, non vedendo Marta al telefono come sempre.

«Forse ha levato le tende», esultò Tea.

«Non ancora. Ma sto per togliere il disturbo», li sorprese la donna. Era in cima alla scala e cominciò a scendere.

«Stavo scherzando, mamma», mentì la ragazza.

«Io invece parlo seriamente», confermò lei. «Marcello», disse poi rivolgendosi all'uomo con la sua innata attitudine al comando, «puoi andare nella mia stanza a prendere le valigie. E tu, Tea, chiama un taxi, per favore.»

I due giovani si scambiarono una divertita occhiata d'intesa prima di eseguire i rispettivi ordini.

«Addio per sempre?» sperò Tea avvicinandosi al telefono per chiamare un taxi.

«Ma nemmeno per sogno», la deluse. «Un breve soggiorno a New York.»

«Così non avremo neanche il tempo di rimpiangere le tue specialità gastronomiche.»

«Siete i soli al mondo per i quali ho cucinato», puntualizzò.

«Te ne siamo grati», intervenne Marcello che scendeva carico come un facchino.

«Perché non vieni con me?» invitò la figlia. «Qualche giorno di vacanza ti farebbe un gran bene.»

«Sì, brava. Lasciando Marcello nei guai. E con Ortensia prossima al parto. Mamma, non hai ancora capito come funzionano le cose qui al maneggio?»

«Ho capito che avresti bisogno di un paio di stallieri, ma che i vostri mezzi non vi consentono questo lusso.»

Marcello le passò accanto regalandole un sorriso forzato e uscì con i bagagli.

«Lo vedi mai tuo padre?» chiese Marta cambiando improvvisamente discorso. Era la prima volta che accennava a Ermes.

«Non quanto vorrei. Il lavoro ci impegna troppo.»

«E la sua scrittrice?» incalzò la donna.

«Papà e Giulia si amano molto», sottolineò Tea.

«Il che non impedisce alla vostra Giulia di darsi da fare con Franco Vassalli», insinuò.

«Mamma, quando la smetterai con i tuoi pettegolezzi?»

«Se conoscessi Vassalli, sapresti che non è una maldicenza. È un maschio di prima scelta. E se te lo dico io, devi credermi.»

«Giulia ama papà», affermò Tea con convinzione. «Tra non molto si sposeranno. La storia finisce qui. Il tuo taxi sta arrivando», annunciò con l'intenzione di liquidare l'argomento.

«Non ipotechiamo il futuro e diamo tempo al tempo», concluse Marta lanciando la sua ultima frecciata.

Salì sul taxi regalando a Marcello un sorriso manierato. A Tea, che ricordò di non avere neppure salutata, lanciò un bacio distratto soffiando sulla punta delle dita. Era ormai lontana da Fontechiara e si stava già cullando nella dorata prospettiva di un incontro mondano. Questa prospettiva era per lei una iniezione di vitalità. Lontana dai bagliori e dai clamori dei salotti la sua personalità si spegneva trascinandola con sé nel buio di un'insopportabile quotidianità. Decisamente Marta non sapeva vivere lontana dalle luci dei riflettori.

43

«Eнi tu, vagabondo. Fuori di qui», gli intimò il contadino che per poco non lo inforcava prelevando la paglia per la lettiera del cavallo.

Giorgio si svegliò di soprassalto e spalancò su di lui due grandi occhi impauriti. Si era addormentato di colpo dimenticando fame e stanchezza. E sognava. Era un incubo angoscioso. Era nudo sull'autobus che lo portava a scuola e si sentiva addosso gli sguardi irridenti e il disprezzo della gente.

Giorgio scattò in piedi, il cuore in gola, minacciato dal contadino. La realtà era anche peggiore del sogno.

«Fuori», ripeté l'uomo puntandogli contro il forcone. Era un uomo largo come un armadio e forte come un bue che certo non temeva il ragazzo sul piano fisico.

Giorgio guardò alle spalle dell'uomo la porta spalancata e si chiese come potesse uscire dal momento che il contadino gli sbarrava la strada.

Il ragazzo alzò le mani in un istintivo gesto di resa che il contadino interpretò come un segnale d'aggressione.

«Guarda che se ti muovi ti infilzo», si contraddisse. «E chiamo la polizia.»

Drogati e marocchini, spinti dalla fame e dal bisogno di

trovare un rifugio, giravano la campagna rendendosi responsabili di piccoli furti e di pericolose aggressioni.

Pochi giorni prima, due drogati, minacciando una donna con una siringa, probabilmente infetta, si erano fatti consegnare una manciata di spiccioli e una collanina d'oro. Erano stati catturati, ma la gente stava all'erta. Drogato era sinonimo di infetto. E gli extracomunitari erano considerati dei potenziali aggressori.

«Non mi muovo», balbettò Giorgio. «Mi lasci andare.» Tremava come un cucciolo infreddolito. Fuori il cane abbaiava furiosamente. Era l'animale, asciutto e forte, che il ragazzo aveva visto alla catena prima di rifugiarsi nella stalla.

In un attimo rivide quello che era accaduto. Ricordò la fuga dal padre sulla spiaggia, una strada tra i campi brulli e l'incessante camminare senza meta con il cuore pieno di paura e di disperazione. Ricordò il freddo novembrino che gli mordeva con aghi di ghiaccio il viso e le mani. La fame gli scavava un vuoto insopportabile nello stomaco.

Aveva visto da lontano la casa colonica che gli sembrava deserta. Si era avvicinato guardingo all'aia. C'erano un trattore pesante, un calesse malandato, polli che razzolavano e il grosso cane ringhioso alla catena. Si era affacciata una donna sulla porta di casa richiamata dall'abbaiare del cane, ma il ragazzo si era nascosto dietro il trattore.

La donna era riuscita a calmare il cane, e aveva continuato a guardarsi intorno insospettita. Non avendo notato niente di strano, era ritornata in casa, e Giorgio aveva raggiunto uno spiazzo erboso dove c'era la stalla. La porta aveva ceduto a una lieve pressione e lui si era ritrovato nel denso tepore che profumava di paglia. Si era disteso sotto la botola del fienile e si era subito addormentato.

Adesso non sapeva che ora fosse, né dove fosse e il buio della notte nel ritaglio della porta non l'aiutava a orientarsi. L'atteggiamento del contadino lo terrorizzava. Era sul punto di aggredirlo sentendo che tutto era perduto.

Fece un ultimo tentativo.

«Mi lasci andare», ripeté, sempre tenendo le mani alzate. Si vedeva che l'uomo esitava. «Non sono un 'tossico'», disse Giorgio.

L'uomo non gli credette, il ragazzo era ridotto in uno stato deplorevole: sporco, tremante, lo sguardo allucinato. Poteva essere scambiato per un tossicomane in crisi di astinenza. Finalmente l'uomo si fece da parte, lasciando un varco tra sé e la porta.

Giorgio scattò in avanti schivando con uno scarto la forca del contadino e uscì nel buio verso la libertà, inseguito dalle maledizioni dell'uomo e dal latrare del cane. Corse a perdifiato incespicando nelle zolle di terra gelata, senza sapere dove stesse andando, spinto dalla paura di essere raggiunto e consegnato alla polizia.

Era stato terribile quando i due poliziotti lo avevano sorpreso a Milano e lo avevano portato al commissariato. Umiliante e doloroso l'incontro con la madre venuta a riprenderlo. Tremendo poi quello che era accaduto in seguito. La realtà gli stava insegnando che, al peggio, non c'è mai fine.

Adesso correva verso il nulla in una campagna gelida e buia. Lontano, vide un susseguirsi di luci in movimento. Una strada. Delle automobili. Avrebbe potuto arrivarci e chiedere un passaggio. Ma per dove? Continuò a correre verso quella scia luminosa che era pur sempre un punto di riferimento. Accusava un intenso dolore ai bronchi che denunciava le troppe sigarette e il fumo dell'hashish.

Continuò a correre e, quando era ormai in prossimità della strada e sentiva il rumore dei motori, mise un piede in fallo e cadde in un avvallamento. Non sentì un gran male, ma quando volle rialzarsi si rese conto che il piede non lo sosteneva più. Allora si abbandonò sulla terra gelida e incominciò a piangere. Singhiozzava e chiamava sua madre.

La paura vinse il dolore e spostando il peso sul piede sano riuscì ad alzarsi e a raggiungere la strada.

Cercò di ottenere un passaggio, ma nessuno si fermò, incurante dei suoi drammatici segnali.

«Fermatevi, vi prego», gridava, la faccia sporca rigata di lacrime.

Fu un camionista a fermarsi. Si affacciò al finestrino squadrandolo al lume di una torcia elettrica.

«Non è il tuo giorno migliore», scherzò.

«No», ammise il ragazzo che guardò con affetto il camionista. Gli pareva un gigante forte e buono.

«Sei ridotto male.»

«Sì», rispose profondamente convinto.

«Dove vuoi andare?»

«A Milano.»

«Dai, monta», lo invitò.

Il piede non lo reggeva più e il dolore gli offuscava la vista.

«Non ce la faccio», disse con una smorfia di dolore.

L'uomo allungò un braccio poderoso e lo tirò nell'abitacolo caldo.

Il camionista rimise in moto, mentre Giorgio allentava le stringhe della scarpa da tennis che stringeva il piede dolorante in una morsa.

«È gonfio e nero», constatò spaventato.

«Sarà una storta. Fosse rotto, strilleresti come un'aquila. Scappato da casa?» chiese il camionista.

«Sì», confessò il ragazzo.

«Problemi?»

«Qualcuno.»

«Sei davvero un ragazzo di poche parole.»

«Dove siamo?» domandò.

«Quasi a Modena. Prendendo l'autostrada, in due ore arriviamo a Milano», lo informò. «A Milano, sai dove andare?»

No, non lo sapeva. Sapeva solo che aveva fame, sete, sonno, male al piede e alla gamba. Desiderava più di ogni altra cosa tornare da sua madre, ma c'era una forza misteriosa che glielo impediva. Giulia lo attirava e lo respingeva come una vertigine. Ricordava il suo volto e il suo profumo, la sua sicurezza, la sua chiarezza, la sua logica disarmante cui non riusciva a tener testa. E andava in tilt. Era la sola persona al mondo che riuscisse a metterlo in crisi, a farlo piombare nella disperazione o a infondergli sentimenti di tenerezza.

Poteva andare a casa di Ambra, o chiedere asilo alla zia Isabella, oppure allo zio Benny. Ma si vergognava di rientrare in famiglia in quelle condizioni. Il mondo freddo, vasto e terribile gli aveva impartito una dura lezione. Desiderava tornare indietro ma temeva il giudizio delle persone sulle quali aveva riversato tutto il suo disprezzo.

«A Modena ci stava il nonno Ubaldo», cominciò a sciogliersi. «Che sarebbe il mio bisnonno. Era un partigiano. Un eroe», aggiunse. «Almeno così raccontano. Io non l'ho mai conosciuto. C'è ancora la sua casa a Modena. Adesso non ci abita più nessuno.»

«Vuoi che ti lasci a Modena?» propose il camionista.

«Andiamo a Milano», disse Giorgio.

«Hai deciso di ritornare a casa?»

Rispose di sì, ma in realtà erano le circostanze a decidere per lui. Non aveva scelta.

L'uomo gli tese il thermos del caffè. Giorgio ne versò una buona dose nel bicchiere di plastica. Era caldo e dolce. Gli parve la cosa migliore che avesse mai bevuto in vita sua.

«Da quando non ti metti a tavola?»

«Da un'eternità.»

Il camionista allungò un braccio verso la reticella e tirò giù un sacchetto di plastica con dentro due panini al prosciutto.

«Mangia», lo invitò burbero.

«Perché mi aiuti con tanto... con tanto affetto?» domandò Giorgio commosso.

«Mia figlia aveva qualche anno più di te», incominciò a raccontare. «Era bella e sorridente. Poi un giorno il suo sorriso si spense. Sua madre ci aveva lasciati e si era rifatta una vita con un altro. Io non avevo tanto tempo da dedicarle. Così lei si è messa con una compagnia di balordi. L'hanno trovata nel gabinetto di un bar a Cinisello Balsamo, con la siringa ancora infilata nel braccio. Morta. L'ho vista sul marmo dell'obitorio. Era ancora molto bella.» L'uomo si passò una mano sugli occhi. «Si chiamava Chiara.»

Giorgio rabbrividì. Dopo un lungo silenzio disse: «Io non mi buco».

Il camionista annuì.

«Da Milano io proseguo per la Francia», disse. «Ma tu come arrivi a casa con quel piede?» si preoccupò.

«Chiederò un passaggio», disse Giorgio. Il racconto dell'uomo aveva aumentato il suo disagio.

«Hai soldi con te?»

«Mio padre mi ha vuotato le tasche. Sono senza una lira e senza una sigaretta.»

«Meglio così. I soldi sono il modo più efficace per finire nei guai. E anche le sigarette. Forse se fossi stato meno generoso con mia figlia, sarebbe ancora qui. Forse. Ma va' a sapere.»

Giorgio non era d'accordo, ma non lo disse.

Dopo Lodi l'uomo entrò nell'area di parcheggio di un grill. Sistemò il camion. Poi, sostenendo il ragazzo, entrò nel bar, si avvicinò alla cassa e comperò una tessera magnetica per telefonare.

Giorgio saltellando su un piede solo andò al telefono.

Compose le prime cifre del numero di sua madre, ma si bloccò.

Fece un altro numero.

«Ciao», disse. «Scusa se ti sveglio a quest'ora. Ho bisogno di aiuto. Ho pensato a te.»

44

ERA passata da poco la mezzanotte quando Giulia ricevette la seconda telefonata di Leo.

«Giorgio è stato visto in una stalla, in un paesino del forlivese», le disse l'uomo.

«Come stava?» lo interrogò terrorizzata.

«Dormiva. Un contadino lo ha sorpreso nel fienile. È scappato. Ha avuto paura. Il contadino ha telefonato ai carabinieri. Lo stanno cercando. Almeno adesso sappiamo che è vivo», concluse.

Giulia era nel suo studio. Ermes le era vicino e le aveva somministrato un tranquillante dopo la prima telefonata di Leo.

«Tu dove sei?» chiese Giulia.

«Nella stazione dei carabinieri», disse Leo

«Credi che lo troveranno?»

«Loro dicono di sì.»

«Non può essere andato lontano, vero?» disse alla ricerca di risposte rassicuranti che l'ex marito non poteva darle.

«Forse si aggira nei campi. Forse ha raggiunto la statale. Forse ha trovato un passaggio», ipotizzò Leo.

«E se fosse tornato a casa tua?» chiese Giulia.

«Lo saprei. Un vicino sorveglia la casa. Penso, invece, che cercherà di ritornare a Milano», disse Leo.

«Tienimi informata», replicò lei.

«Ti richiamo presto. Spero per darti notizie migliori», e chiuse la comunicazione.

Giulia si abbandonò contro lo schienale della poltrona e chiuse gli occhi.

Ermes la accarezzò: «Lo troveremo, sano e salvo».

«Speriamo», disse lei e aggiunse: «Sono contenta che tu sia qui con me. Anche perché tu hai sofferto le mie stesse pene».

«Ti riferisci a Tea, vero?»

«Che ormai ha risolto i suoi problemi.»

«Li risolverà anche Giorgio», affermò Ermes. «Ma sarà poi vero che il loro rientrare nella normalità risolverà i nostri e i loro problemi? Noi stessi facciamo fatica a convivere con le nostre ansie. Eppure, in qualche modo, abbiamo superato tante avversità.»

Giulia si rifugiò tra le braccia di Ermes.

«Dimmi che questa storia finirà presto», sospirò esausta.

«Prima che spunti il giorno, vedrai», cercò di tranquillizzarla.

«Finirà bene o male?» lo interrogò.

«Finirà nel migliore dei modi.» Era quello che pensava davvero.

Credeva in Giorgio. Lo considerava un ragazzo sensibile, profondamente infelice, ma buono e onesto.

Giulia sbadigliò. Il tranquillante incominciava a fare effetto.

«E se partissi?» propose. «Se andassi da Leo? Mi sembrerebbe di essere più vicina al mio bambino.» Tentò di alzarsi ma si rese conto di essere completamente senza forze.

«Se vuoi ti accompagno», rispose Ermes. «Ma se Giorgio venisse da te? Se da un momento all'altro suonasse alla porta di casa? Se telefonasse?»

«Non verrà, Ermes», sorrise rassegnata. «Lo sento. Perché

io l'ho allontanato affidandolo a suo padre. Un altro errore da mettere sul mio conto», si colpevolizzò.

«Basta, Giulia. È inutile che ti tormenti.»

Lei si acquietò. Teneva lo sguardo fisso sul quadrante dell'orologio scrutando l'invisibile movimento delle lancette, lo scorrere lento e faticoso del tempo.

Alle due del mattino il telefono trillò ancora.

«Giorgio sta venendo da me», annunciò Tea.

«Da te? Come lo sai?» domandò Giulia ansiosa.

«Perché mi ha telefonato pochi minuti fa. Marcello è già partito. È andato a prenderlo.»

«Dov'è adesso?»

«In una stazione di servizio sull'autostrada», rispose la ragazza.

«Vengo subito da te con tuo padre», disse Giulia.

«È lì con te?» chiese Tea.

«Te lo passo», Giulia tese il ricevitore a Ermes. Sorrideva tra le lacrime.

«Papà», esordì Tea. «Giorgio ha una caviglia mal messa. Forse fuggendo se l'è fratturata.»

«Ci penso io», disse Ermes e posò il ricevitore. «Bisogna avvertire Leo. Immediatamente», proseguì.

217

45

Franco Vassalli infilò sul muso di Lupo una museruola nera.

«Scusami amico. Ma questo è l'unico modo per viaggiare senza avere problemi.»

Salirono insieme su un taxi e l'autista, che non amava i cani, vista la museruola non ebbe il coraggio di fare obiezioni.

«Alla centrale», comunicò Franco al tassista. Nell'atrio inutilmente faraonico, ma non privo di una sua monumentale bellezza, acquistò un pacco di giornali: da *il manifesto* a *Il Sole 24-Ore*. Poi si mise pazientemente in fila davanti a uno dei pochi sportelli aperti della biglietteria.

«Santa Margherita Ligure. Seconda classe. Due biglietti», disse quando venne il suo turno.

Alle dieci di sera il flusso dei pendolari si era esaurito. I viaggiatori erano pochi. Il vagone di seconda classe sul quale salì era scarsamente frequentato. L'uomo respirò l'odore di fumo di cui l'ambiente era impregnato.

Si accomodò su un sedile di plastica marrone, accanto al finestrino. Lupo si accucciò ai suoi piedi scomparendo praticamente sotto il sedile. E siccome erano soli, Franco gli tolse la museruola.

Il treno uscì lentamente dalla stazione e una pioggia uggiosa e insistente incominciò a rigare il finestrino sporco.

Aprì un giornale sforzandosi di concentrarsi sulle notizie per dominare il nervosismo che quel viaggio gli procurava.

Non riusciva a fermare l'attenzione su quello che leggeva. Alla fine si arrese. Ripiegò il giornale e lo mise insieme con gli altri. Si abbandonò contro lo schienale e, guardando la sua immagine sbiadita che il vetro sporco rifletteva, pensò a Giulia.

Era la sola oasi felice nel marasma dei suoi pensieri.

«Io ti avrò», si sorprese a sussurrare. «Anche tu mi vuoi.»

In quei giorni tormentati, carichi di tensione, aveva letto e riletto l'ultimo romanzo di Giulia e gli pareva di conoscere profondamente l'autrice. In ogni frase, in ogni personaggio, in ogni situazione, Giulia sembrava raccontare se stessa, e ne emergeva una personalità sfaccettata e complessa, fatta di coerenza e di contraddizioni, di forza e di fragilità, ma su tutto dominava la sua sconcertante sincerità.

Una donna così vera non l'aveva mai conosciuta. Oltre a sua madre, naturalmente.

Era passata la mezzanotte quando scese alla stazione di Santa Margherita. Era deserta. Non pioveva più e l'aria fredda e tersa della notte carica del profumo del mare ripristinò la lucidità dei suoi pensieri.

Uscì sul piazzale seguito da Lupo e prese la direzione del monte. Conosceva a memoria quella strada che si inerpicava fino alla vecchia casa del nonno paterno dove aveva trascorso molte estati della sua infanzia.

All'interno, una enorme stanza al piano terreno aveva, su un lato, un grande lavello di granito dove sua madre lavava i piatti, i panni e i suoi due figli. C'era una stufa economica a legna dove si cucinava e un paio di brande dove lui e suo fratello Giuseppe dormivano. Due stanze al piano superiore: una per il nonno, l'altra per suo padre e sua madre. La casa era già allora in pessimo stato. Franco e la sua famiglia, di solito, vi trascorrevano tutto il mese d'agosto. Ed era un mese infelice.

Qualche volta, nel cuore della notte, veniva svegliato dai gemiti di dolore della madre e dalle urla del padre che si avventava su di lei che non voleva saperne. E infine, dopo la violenza subita, sua madre scendeva in cucina masticando lacrime e oltraggio e si infilava nel suo letto.

Franco si faceva piccolo piccolo per farle posto. Lei si asciugava le lacrime sul cuscino e, insieme, con gli occhi sbarrati, aspettavano l'alba.

«Io l'ammazzo», prometteva sottovoce Franco alla madre. «Un giorno o l'altro l'ammazzo.»

«Non pensarle nemmeno certe cose», l'ammoniva spaventata dalla determinazione del ragazzo. «È sempre tuo padre.»

Si accorse che stava serrando la mascella e di nuovo l'ira gli offuscava la mente.

C'era una fontana a mezzo colle, trent'anni prima. E c'era ancora. Lupo bevve con avidità. Si sentì un latrar di cani. Lupo rizzò le orecchie, poi riprese il cammino al fianco del padrone.

La strada in quel punto diventava un sentiero ripido e sassoso. Esattamente come allora. Invece di rallentare, Franco accelerò il passo. Ed eccola lì, oltre la curva, illuminata soltanto dal chiarore delle stelle, l'orrenda bicocca. Forse era così anche trent'anni prima, ma lui non la ricordava tanto malandata. Una luce tenue si diffondeva dalla finestra del pianterreno. I vetri erano chiusi, ma le imposte di legno erano spalancate come bianchi occhi nel buio. Una vecchia Lancia era parcheggiata davanti alla casa.

«Lupo, fermo qui. Aspetta», ordinò Franco accompagnando le parole con un gesto della mano.

L'animale si acquattò poggiando il muso fra le zampe anteriori. Franco raggiunse l'uscio della casa, abbassò la maniglia e spalancò la porta.

C'era un uomo seduto al tavolo che amoreggiava con un fiasco di vino. Alzò su di lui uno sguardo arrossato e acquoso. Franco osservò l'intrico di venuzze rossastre che ricama-

220

vano fittamente soprattutto il naso e gli zigomi dell'uomo. Dal soffitto piovevano collane di cipolle e di aglio. La stufa economica era accesa e riscaldava la stanza.

«Ciao, papà», disse Franco, ritto sulla soglia.

L'uomo lo guardò come se vedesse un fantasma. Sembrò spaventato. Ma si riprese subito e, facendo schioccare il pollice e il medio della mano destra verso un angolo buio, ordinò: «Tu vai di sopra».

C'era una donna semisdraiata su un divano consunto. Aveva la faccia bianca, appesantita da un trucco un po' sfatto, e grandi occhi scuri e taglienti, i capelli, esageratamente biondi, rivelavano alla radice il loro naturale colore scuro. Indossava una vestaglia di seta rossa che lasciava scoperta una spalla candida e liscia.

La donna si tirò a sedere, infilò i piedi in due pianelle nere ornate di piume e si alzò scoprendo una gamba lunga e snella. Si lisciò un'anca e, con una sfottente alzata di spalle all'indirizzo di Franco, attraversò la grande cucina e si infilò su per la scala.

Franco si avvicinò al padre che continuava a scrutarlo e si pose proprio di fronte a lui.

«Chi non muore si rivede», lo salutò con voce impastata da ubriaco.

«Giuseppe dov'è?» chiese Franco.

«Da quando ti preoccupi di tuo fratello?» lo sferzò l'uomo.

«Da quando ha sequestrato nostra madre», ribatté Franco sforzandosi di sorridere.

La faccia grinzosa del vecchio impallidì quel poco che gli consentiva il tasso alcolico. La mano che stringeva il bicchiere prese a tremare.

«Non so di che cosa tu stia parlando», balbettò.

«Mi hai sempre offerto eccellenti ragioni per odiarti», gli disse Franco, piano, «e io ti ho odiato con una passione che non puoi nemmeno immaginare. Sei sempre stato un inetto. Le sole vittorie le hai ottenute sui più deboli, usando la violenza. Più di una volta ho desiderato ammazzarti quando ero bambino. Adesso le cose non sono cambiate. Ho ancora voglia di vederti morto.»

Nelle mani del vecchio comparve un coltello a serramanico e la lama scattò mentre l'uomo balzava in piedi con un'agilità insospettata per la sua età. A giudicare dall'espressione sarebbe stato capace di ucciderlo.

«Vattene da dove sei venuto», lo minacciò, «o sarò io a cancellarti dalla faccia della terra.»

Franco non si scompose. Modulò soltanto un breve fischio e la porta socchiusa si spalancò, mentre Lupo volò addosso all'uomo atterrandolo.

«Adesso mi porterai da mia madre», disse Franco, «e farai venire anche la tua baldracca», ordinò, mentre il cane lo costringeva all'immobilità.

«Richiama il tuo cane e parliamo», gridò il vecchio.

46

Gli agenti di polizia Ruta e D'Amico stavano vivendo una notte relativamente tranquilla, nel giro di pattuglia della zona loro assegnata. Le incursioni coordinate delle notti precedenti avevano disperso il piccolo cabotaggio della malavita, almeno provvisoriamente.

«Facciamo una puntata su Brugherio», disse Ruta al compagno che era al volante dell'Alfetta.

«Domanda o affermazione?»

«Come preferisci.»

«Preferirei che ti mettessi il cuore in pace», disse il siciliano, assecondando tuttavia il desiderio del collega.

«A me quel furto delle scenografie mi ha tolto il sonno», confessò Ruta.

Era stato più volte, dal giorno del primo sopralluogo, nei magazzini di Inter-Channel. Fingendo un incontenibile interesse per il funzionamento di una emittente televisiva, aveva parlato con quasi tutti gli addetti. Aveva addirittura fraternizzato con Walter, il responsabile dei magazzini, che aveva finito per raccontargli i suoi guai sentimentali con un'avvenente ragazza che, dopo averlo stregato con i suoi begli occhioni dolci e chiari, aveva preso il volo.

«Si chiamava Marisol», gli aveva raccontato. «Era davvero bella come il sole. Mi ha mollato da un giorno all'altro. Senza una ragione. Senza un addio. Bella e misteriosa fino all'ultimo.»

L'Alfetta si fermò davanti al cancello dei magazzini dell'emittente commerciale.

«Sai che cosa penso?» disse Ruta, «che quella ragazza fosse complice dei ladri.»

«Quale ragazza?»

«Marisol», rispose Ruta, «l'ex ragazza di Walter. Ti ricordi quando ti ho raccontato la storia?»

«Con la martellante intensità di una telenovela», sorrise D'Amico.

«Chi è entrato lì dentro aveva la banda magnetica che apre il cancello. Conosceva la dislocazione dei magazzini e tutto il resto. Non è impossibile riprodurre una banda magnetica. Marisol si è lavorata l'ingenuo e prestante Walter per ottenere quello che voleva. Poi, lo ha mollato.»

I due giovani videro, di là dal cancello, un guardiano notturno che faceva il suo giro d'ispezione. Anche il guardiano li vide e si accostò alle sbarre.

«Grazie per la collaborazione», gridò agitando un braccio in segno di saluto.

Ruta uscì dalla macchina e gli andò incontro.

«Salve», ricambiò. «Tutto tranquillo a quanto pare.»

«Situazione sotto controllo», ribatté il vigilante con una vistosa pistola alla cintura. «Se fate un giro e venite dall'altra parte, vi offro un caffè.»

«Grazie, no. Siamo fuori zona. Dobbiamo rientrare.»

L'agente risalì in macchina.

«Dai, torniamo in città», lo sollecitò D'Amico.

Invertirono la marcia. Fu allora che videro tre macchine avanzare a mezze luci mentre si inoltravano per un viottolo tra i campi.

«Una birra per un'ipotesi attendibile su quelle tre macchine in una strada di campagna a quest'ora di notte», lo sfidò D'Amico.

«Affare fatto», abboccò il siciliano. «Spegni le luci e seguiamoli.»

Si avvicinarono alle tre auto, tenendosi a distanza per non essere notati. Pochi minuti dopo le vetture si fermarono a ridosso di un filare di pioppi. Anche la Pantera della polizia si fermò mettendosi al riparo di un vecchio muro di cinta. I due agenti intravidero delle ombre che, uscite dalle auto, si avvicinavano a una costruzione piatta, nascosta da un ciuffo di alberi. Il cielo autunnale, denso di nubi, non aiutava i due agenti che seguivano la scena da lontano.

«Se chiamassimo la centrale?» chiese D'Amico.

«E se stessi un po' zitto?» ribatté il collega uscendo dall'Alfetta.

«Che intenzioni hai?»

«Capire che cosa sta succedendo», rispose Ruta scendendo a sua volta dall'auto.

D'Amico lo seguì anche se sapeva di fare una cosa sbagliata.

Camminarono lungo il filare di pioppi e arrivarono all'altezza delle tre vetture.

«Michele», Ruta si rivolse al collega, «non sei obbligato a seguirmi. Il tuo posto è sull'Alfetta. Qui ci stiamo mettendo in un mare di guai.»

«Parla per te», disse D'Amico.

Ruta aveva la certezza di essersi imbattuto in qualcosa, forse, di troppo grande per lui.

«Riesci a leggere i numeri di targa?» chiese il siciliano.

Le persone scese sembravano essersi dileguate nel nulla.

D'Amico, con l'ausilio della torcia elettrica opportunamente schermata con la mano, lesse il numero di targa e lo mandò a memoria. Era una targa relativamente recente.

«Cerchiamo di avere dei nomi», suggerì Ruta.

«Vado alla macchina e chiedo», decise D'Amico e aggiunse: «Dico anche il tipo di guaio nel quale ci siamo cacciati?»

«Buona idea ma prematura. Però, è soltanto la mia opinione. Agisci come ritieni più giusto», concluse Ruta.

«Vado e torno.»

Si ripresentò ansante dopo una decina di minuti.

«Allora?» chiese sottovoce Ruta.

«Roghi Antonella», disse D'Amico, e soggiunse: «Investigazioni private».

Ruta aveva voglia di ridere ma non poteva permetterselo.

«Roba da romanzo poliziesco. Con detective privati e sbirri sul sentiero di guerra. Roghi Antonella», ripeté, «e aumenta l'odore di bruciato. È una che non si muove col suo esercito per una questione di corna.»

Il basso edificio sullo sfondo sembrava una grossa scatola affiorante nel buio.

«Andiamo a dare un'occhiata?» azzardò D'Amico stuzzicato dall'avventura.

«Credi che stanotte faremo un colpo grosso?» azzardò Ruta.

«Tutto è possibile», disse D'Amico.

«La Roghi è una specialista nel ramo rapimenti», ricapitolò Ruta. «È arrivata prima di noi anche nel caso dell'industriale di Bresso.»

«E adesso ci frega il caso Vassalli, vuoi vedere?»

«Michele, mettiamola così. Tu torni alla macchina. Io proseguo fin dove posso. Se c'è burrasca segnalo con la torcia e tu chiedi aiuto.»

Il siciliano ritornò verso la macchina, mentre Ruta iniziava l'avvicinamento.

A un certo punto il filare si interrompeva e incominciava uno slargo. Una nuvola capricciosa, sotto la spinta del vento, si mise a navigare verso est scoprendo una mezza luna lattescente che illuminò uno spiazzo di terra battuta oltre il quale si delineava, adesso lo vedeva bene, un capannone industriale appoggiato sul terreno ancora sconnesso. Non si sentiva un rumore.

Il poliziotto si fermò. Se avesse proseguito sarebbe uscito allo scoperto e qualcuno lo avrebbe potuto vedere. Era un rischio che non voleva correre.

Alla fine scelse l'attesa. La sua cultura di ragioniere gli diceva che i conti dovevano sempre tornare, alla fine. Valeva la pena di aspettare.

Nonostante il freddo, gli era venuta sete. E avrebbe dato un'ora di vita per un boccale di birra. La tensione in certi momenti lo induceva a desiderare le cose più strane. Si alzò il vento che raccolse il sinistro abbaiare di un cane. Le nuvole presero a correre veloci verso occidente rivelando, a tratti, la luna.

Ruta adesso aveva paura, e tuttavia la curiosità prevaleva sui suoi timori.

47

Ermes gli aveva steccato la caviglia e il piede con due assicelle di legno compensato, fissandole con un'opportuna fasciatura.

«È un lavoro rudimentale», spiegò, «però serve a immobilizzare il piede fino a domani, quando farai una radiografia.»

Giorgio era disteso sul letto matrimoniale, nella camera al piano superiore della casa di Fontechiara, occupata fino al giorno prima da Marta.

«Non mi fa più male», sorrise il ragazzo. «Provo soltanto un po' di fastidio se cerco di muovere le dita.»

«È probabile che sia soltanto una distorsione», diagnosticò Ermes, «però avrai il piede fuori combattimento per diversi giorni.»

L'uomo sollevò la gamba del ragazzo, inserendo un paio di cuscini sotto il polpaccio. «Tea, porta una borsa con del ghiaccio», disse Ermes alla figlia.

«Subito papà», obbedì sollecitamente la ragazza scendendo al pianterreno.

Ermes si compiacque del cambiamento di Tea. Da ragazzina insoddisfatta e problematica si era trasformata in una donna matura e consapevole.

Ermes guardò il volto stanco di Giorgio e le profonde occhiaie che segnavano quello di Giulia.

«Perché non ti stendi un po' qui, con Giorgio? Ho l'impressione che qualche ora di sonno farebbe un gran bene a tutti e due», consigliò.

«Perfetto, professore», lo ringraziò Giorgio con un sorriso innocente mentre gli tendeva la mano.

«Tu non sei meno stanco di me», intervenne Giulia abbracciando Ermes.

«Sono abituato alla fatica», si schermì l'uomo. «E poi avrò tutto il tempo per dormire in aereo.»

«Sei davvero deciso a partire?» chiese lei accarezzandogli il viso.

Ermes ricordò le vivaci, dolorose conversazioni sull'argomento.

«Più che mai», ribadì.

«Ti accompagno alla macchina», si offrì Giulia.

«Tu ti sdrai di fianco a tuo figlio. E subito», ordinò.

Tea portò la borsa del ghiaccio che Ermes sistemò sulla caviglia del ragazzo. Poi stese una coperta su Giulia, che si era sdraiata di fianco a Giorgio. Mentre si chinava su di lei per baciarla Giulia gli chiese: «Quanto tempo starai lontano?»

«Il tempo necessario», rispose spegnendo la luce. «Per me e per te», soggiunse uscendo dalla stanza.

Giulia e il ragazzo si addormentarono subito.

«Ti preparo un caffè, papà», propose Tea quando furono in soggiorno.

«Ma sì», acconsentì Ermes abbandonandosi su una poltrona.

«Che notte», esclamò Tea tornando poco dopo con il caffè.

«Marcello, dov'è?» si interessò Ermes rendendosi conto che non aveva ancora visto il compagno di sua figlia.

«Fa il medico di guardia», sorrise. «È nei box dove Ortensia potrebbe entrare in travaglio da un momento all'altro. Non possiamo lasciarla sola», spiegò.

«Hai chiamato il veterinario?»

«Lo farò appena ne avrò il tempo», disse passandosi una

mano sulla fronte. «Poi, in caso di emergenza, ci sei sempre tu», scherzò, «il chirurgo tuttofare.»

«Non contare su di me per far partorire la tua cavalla», l'ammonì Ermes.

Tea cambiò improvvisamente discorso. «Perché te ne vai senza Giulia?» gli domandò tendendogli la tazza colma di buon caffè amaro e bollente.

«Giulia ha troppi problemi in questo momento per allontanarsi da suo figlio», confessò.

«E tu, papà?» Ripensava alle parole di sua madre, una malevola allusione sui rapporti tra Giulia e Vassalli.

«Io che cosa?»

«Sei felice?»

«Questa è una bella e originale domanda. Conosci qualcuno che lo sia veramente?»

«Non rispondere interrogando. Sai bene che cosa intendo per felicità.»

«Sposerò Giulia al ritorno dagli Stati Uniti, se è a questo che alludi», affermò finendo di sorbire il caffè.

«Molto bene. Sono felice per voi», disse Tea.

Ermes si alzò e abbracciò la figlia. Poi le prese il volto tra le mani, grandi e calde, scrutandola negli occhi.

«Come sei messa con il tuo ragazzo?»

«Vuoi sapere se anch'io sono felice?» gli sorrise.

Ermes annuì.

«Sono tranquilla, papà. E mi sembra molto, dopo tutti i guai che ho combinato. Inoltre questa vita al maneggio mi piace. È la vita attiva e vitale che ho sempre desiderato, senza saperlo. Lo sai», annunciò, «che voglio rimettermi a studiare?»

«Per diventare medico?»

«In un certo senso. Vorrei iscrivermi a veterinaria. Per tutta l'estate ho lavorato con il veterinario di Cassano. Ho imparato tante cose.»

«Io, pur di diventare medico, ho perfino lavorato in una

macelleria per pagarmi gli studi. Tu sei avvantaggiata rispetto a tuo padre.»

«Ti voglio bene, papà», sussurrò con pudore. «Anche se forse non te ne sei mai accorto, mi hai insegnato tante cose. Ti devo molto», dichiarò stringendosi a lui.

«Grazie, Tea. È il complimento più bello che abbia mai ricevuto.»

Uscirono sul viale. Albeggiava. L'aria era di ghiaccio.

«Tea», gridò Marcello. «Chiama il veterinario. Presto! Ortensia è in travaglio.»

«Ciao, papà», lo salutò brevemente mentre lui saliva in macchina e, subito, corse incontro a Marcello: «Chiamalo tu il veterinario. Io vado da Ortensia».

Lavorando con il dottor Spadari, aveva assistito a diversi parti. Aveva visto nascere felicemente una decina di puledrini e, ogni volta, si era commossa al miracolo della maternità. Una gioia che lei non avrebbe mai potuto avere. L'ostetrico della clinica dove sua madre l'aveva costretta ad abortire l'aveva resa sterile.

48

Tea entrò nel box di Ortensia mentre la cavalla calciava e raspava per terra. Le accarezzò il dorso e prese a parlarle con dolcezza.

«Buona, cavallina», la rassicurò, «tra poco diventerai mamma, lo sai? Non spaventarti e sii forte. Il dolore che senti dentro è soltanto il tuo piccolo che vuole vedere la luce. Se tutto andrà bene, il sole e il tuo cucciolo nasceranno nello stesso momento.»

Ortensia si sdraiò. Il suo ventre enorme era scosso da brividi. Incominciò a sudare. Tea la coprì con un plaid mentre continuava ad accarezzarla e a parlarle. Poi prese la striglia di gomma. A Ortensia piaceva essere massaggiata.

Per qualche istante sembrò placarsi, ma subito dopo si rialzò e incominciò a nitrire, raspando nuovamente la lettiera di trucioli.

I cavalli, nei box adiacenti, sembravano intuire la tensione e stavano stranamente quieti.

«Buona, dolcezza mia. Buona», l'ammonì Tea che cominciava a fremere d'impazienza. Perché Marcello non tornava? Avrebbe voluto uscire a cercarlo ma non osava lasciare sola Ortensia.

Coprì la cavalla con un telo supplementare cercando di padroneggiare il proprio nervosismo.

Finalmente arrivò Marcello ansante per la corsa.

«Hai telefonato?» chiese Tea alludendo al veterinario.

«Spadari non si trova», disse il giovane allargando le braccia.

«Come sarebbe? Ortensia sta per avere il piccolo.» Aveva alzato la voce in preda al panico.

«Lo so benissimo. Ma lui non c'è», spiegò Marcello. «Ho chiamato a casa, in ambulatorio, nelle scuderie vicine. Ho fatto il giro telefonico dei suoi parenti e degli amici. Non c'è e non posso farci niente», concluse prendendo il muso di Ortensia tra le braccia e accarezzandole la testa.

«Ma lei è pronta. Che cosa facciamo?» lo interrogò Tea disperata.

«Abbiamo visto nascere altri puledri. Sappiamo come si fa. È una faccenda che di solito scivola via come l'olio. Ci arrangeremo da soli.»

La cavalla tornò a sdraiarsi. Era agitata. Tremava.

«Prendi i guanti sterili», riprese Marcello, con tono tranquillo, «un paio per te e un paio per me.»

Tea si sentì rassicurata dai suoi comandi e si affrettò ad assecondarlo. Lui si inginocchiò accanto al posteriore dell'animale e insinuò una mano nella vagina di Ortensia.

«È già dilatata», constatò, «buttale addosso un'altra coperta.»

Tea obbedì. L'animale adesso sudava copiosamente, i muscoli del ventre si contraevano.

«Va tutto bene?» chiese Tea a Marcello che continuava l'esplorazione manuale.

«È podalico», rispose preoccupato. «Eccolo qui lo zoccolino nero», esclamò vedendolo spuntare dalla vagina.

Marcello e Tea erano spaventati e per Ortensia la sofferenza era atroce.

«E adesso?» lo interrogò Tea angosciata.

«Farai esattamente quello che ti dico», esordì Marcello alzandosi. «Bisogna girare il puledro.»

Tea non aveva mai assistito a un parto podalico. Era un evento raro. Marcello, invece, ne aveva visto uno alcuni mesi prima e ricordava le manovre del veterinario.

«Non ci riusciremo mai», disse la ragazza sfiduciata.

«Stammi bene a sentire», la esortò Marcello. «Tu hai il braccio più piccolo del mio. Spingi indietro lo zoccolo e infilalo dentro. Poi, cerca con la mano la testa del puledro. Fai presto o li perderemo entrambi. Dov'è la soluzione fisiologica?»

«Nell'armadietto dei medicinali», rispose meccanicamente la ragazza.

«Tu fai l'ostetrica mentre io le faccio una flebo. Ci vorrà un cardiotonico. La pressione deve essere calata. Coraggio Tea.»

La cavalla sembrava implorare aiuto.

«Va bene, dolcezza», le disse piano Tea. «Farò tutto quello che posso.»

Con la mano fece rientrare lo zoccolino nero. Quindi infilò l'avambraccio nel corpo della cavalla. Sentiva sotto le dita il puledrino che annaspava per uscire.

Marcello tornò con la soluzione fisiologica, improvvisò un trespolo con la forca e incominciò ad armeggiare con l'ago e la cannula. Trovò la vena del collo di Ortensia, sterilizzò la parte e infilò l'ago assicurandolo con un cerotto.

Tea stava cercando di compiere la manovra essenziale.

«Hai trovato la testa?» chiese Marcello.

«Solo il muso», rispose Tea.

«Sali ancora e cerca il collo», suggerì lui.

«Eccolo!» esultò Tea.

«Tiralo verso di te», le ordinò.

«Non viene.»

«Perché devi girare il puledrino. E attenta al cordone ombelicale. Non deve avvilupparsi attorno al collo. Ma sbrigati,

Tea. O il cuore di Ortensia non reggerà. Il cardiotonico non può fare miracoli.»

«E io non posso fare l'impossibile», gridò la ragazza angosciata.

«Togliti di lì», si arrabbiò Marcello.

«No. Io ho cominciato, io devo finire.» L'orgoglio prese il sopravvento sulla paura.

Ortensia soffriva e, con lo sguardo, implorava pietà. Il ventre le si contraeva in atroci spasmi.

Il volto di Tea si illuminò di stupore. «Marcello», gridò con la voce strozzata dall'emozione, «sta girando. Ecco... l'ho girato. Ho girato il puledrino.»

«Guidalo fuori, presto», la incitò Marcello.

«Ho in mano il muso!»

«Allora tiralo delicatamente. Aiutalo.»

Pochi istanti dopo si affacciò il muso nero e umido del puledrino. Tea fece scivolare fuori la sua mano e, subito dopo, il cucciolo usciva con la testa e le spalle. In un paio di contrazioni vide la luce.

Tea e Marcello ridevano e piangevano insieme. La ragazza recise il cordone ombelicale e si sfilò i guanti. Ortensia aveva già preso a leccare il suo piccolo per pulirlo e asciugarlo. Marcello deterse la madre con una spugna pulita poi, insieme con Tea, l'aiutarono a rimettersi in piedi.

«E adesso alzati anche tu, giovanotto», ordinò Tea accorgendosi in quel momento che il puledrino era un maschio. «Coraggio, Piede Nero», lo spronò Tea, battezzandolo.

Il piccolo con le zampe esili e tremanti si sollevò e, tenendosi in un precario equilibrio, cercò subito la mammella della madre.

«È una meraviglia», esclamò Marcello felice, «è sano e forte.»

«È fatta, Marcello. Non posso crederci», disse Tea stupefatta e commossa.

«E a fare il miracolo sei stata tu», affermò il ragazzo

con orgoglio. La abbracciò teneramente: «Sai che ore sono, ragazzina?»

«Sono le nove del mattino», disse una voce di donna alle loro spalle. I due giovani si volsero a guardare.

Sulla porta del box, gli occhi umidi di commozione, Giulia li stava osservando da tempo. «Ho assistito al miracolo», disse.

«È il primo fiocco azzurro di Fontechiara», ricordò Tea andandole incontro.

Ritornarono verso casa tutti insieme. Poi, Giulia salì nella stanza che aveva diviso con il figlio. Giorgio, immobilizzato a letto, le sorrise.

«Credo che dovremmo parlare un po', io e te, mamma», propose lui.

«Credo di doverti dire subito una cosa, Giorgio», sedette di fianco al ragazzo.

«Che cosa?» domandò Giorgio.

«Avrai un fratellino. O una sorellina. Ancora non lo so. Io sono incinta», dichiarò con una serenità che non conosceva da tempo. Pensò a Ortensia e al suo puledrino, alla fatica e alla commozione di Tea e di Marcello, protagonisti di un miracolo. Forse, quell'evento straordinario l'aveva aiutata a decidere.

«Quando nascerà?» chiese Giorgio senza apparente partecipazione.

«La prossima estate. Se sarà una bambina la chiameremo Carmen. Come tua nonna.»

49

«Tu lo sai dov'è il posto, vero?» domandò Franco alla bionda che si era messa alla guida della vecchia Opel di suo padre.

Lei annuì. Si era rivestita e indossava pantaloni aderenti di pelle nera, mocassini rossi e una blusa di camoscio rossa, piena di frange e di ricami d'oro. Si portava addosso un vago profumo di cipria Coty che stonava con l'insieme della sua persona.

Era sua madre, lo ricordava bene, che al mattino passava sul viso un piumino incipriato di Coty.

Suo padre prese posto sul sedile posteriore e Franco gli si mise accanto. Lupo si era raggomitolato ai loro piedi. Il vecchio Vassalli, l'aria afflitta di un ladro colto sul fatto, sbirciava il figlio con disprezzo e con invidia. L'aveva sempre guardato così fin da quando era bambino, quel figlio incomprensibile e tanto diverso da lui. Giuseppe, invece, il maggiore, era identico a lui, perverso e violento.

La macchina procedeva sicura lungo i tornanti e sotto le gallerie dell'autostrada per Milano. La bionda, nonostante l'apparenza, si rivelava un pilota veloce e affidabile.

Franco ricordò l'uomo violento che era stato suo padre. Aveva un taxi verde che una volta l'anno, nei mesi estivi, saliva ai fasti della cronaca. Mario Vassalli, nel vano del motore, aveva costruito una specie di santuario con statue di Beati e Madonne, mostri alati e martiri. Era riuscito a riprodurre, in miniatura, la trinata magnificenza del duomo di Milano. Il taxi di suo padre era una curiosità turistica. Una domenica mattina, dopo la Messa solenne, era stato ricevuto dal cardinale con tutta la famiglia.

Franco ricordava bene quell'uomo violento, devotamente inginocchiato a baciare l'anello dell'alto prelato. Era felice di vivere il suo momento magico che appagava il suo bisogno di protagonismo. Si compiaceva dell'applauso dei colleghi tassisti e delle felicitazioni che gli venivano da ogni parte.

«Eppure ti devo la vita», brontolò Franco seguendo il filo dei suoi pensieri.

«Sì, mi devi la vita», ribadì il vecchio che aveva colto le parole sussurrate da Franco. «E la vita ha un prezzo», vaneggiò. «Tu hai i soldi. Quindi paga.»

«Sarai tu a pagare», promise Franco facendosi minaccioso. «E pagherà tuo figlio Giuseppe, per il rapimento di mia madre.»

«Che cosa vorresti fare?» lo provocò con movenze da giullare agitando le mani come fossero due burattini. «Vuoi denunciarci? Vuoi che il tuo bel mondo sappia da dove vieni? E come ti giustificheresti? Anche adesso che hai saputo che i rapitori siamo noi, ti conviene sempre pagare.»

Allo svincolo di Milano, la macchina infilò la tangenziale est, proseguendo verso Brugherio.

«Pagherai, figliolo. Lo so che pagherai i dodici miliardi del riscatto», sghignazzò il vecchio. «Potrei vendere a un giornale scandalistico un memoriale firmato da me e da tuo fratello Giuseppe», minacciò.

«Lo sai che rischi di finire i tuoi anni in galera, per rapimento a scopo di estorsione?» ribatté Franco.

«Io dico che pagherai», si incaponì il vecchio.

La Opel superò la sede dell'emittente di Franco Vassalli e proseguì per alcuni chilometri lungo una strada di campagna.

Si fermò davanti a un capannone costruito recentemente. Era di Franco, che pure non l'aveva mai visto. Lo aveva acquistato a un prezzo fallimentare in previsione di utilizzarlo come magazzino supplementare per il suo network in espansione.

«Giuseppe è là dentro con la mamma», disse Franco. «Scendi e fatti aprire. È per questo che ti ho portato con me. Non fare scherzi», l'ammonì. «Se a mia madre viene torto un capello, giuro che ti ammazzo.»

Franco si guardò intorno e vide alcune figure strisciare lungo il muro. Tutto procedeva secondo copione. Si sentì rassicurato e uscì a sua volta affiancando il padre. Il vecchio batté tre colpi alla porta di ferro. Attese pochi istanti e batté altri due colpi. Si aprì uno spioncino.

«Sei tu», affermò sorpresa una voce d'uomo. Franco riconobbe la voce di suo fratello.

«Apri», ordinò Mario Vassalli.

«Perché non hai avvertito?» domandò l'uomo sospettoso.

«Ci sono novità. Apri», incalzò l'uomo.

Si sentì scattare la serratura automatica, poi il cancello prese a scorrere aprendo un varco appena sufficiente al passaggio di una persona.

Fu questione di pochi attimi. Dal buio si materializzarono dieci uomini che bloccarono Mario e Giuseppe Vassalli. Il cancello si aprì completamente e Franco entrò.

Al suo fianco comparve la figura di Antonella Roghi.

«Ce l'abbiamo fatta», disse con la sua voce argentina.

«Non ne ho mai dubitato», precisò Franco.

«Guardi che bello spettacolo avevano allestito», disse sorpresa la donna osservando l'ambiente.

Franco si guardò intorno stupefatto: «Ecco dov'erano finite le scene degli spettacoli per i ragazzi. È una delicatezza insperata. È persino probabile che a mia madre la cosa sia piaciuta».

Si addentrò in quel Paese dei balocchi. «Chi devo ringraziare?» si informò Franco, guardandosi intorno.

«Marisol», lo informò brevemente Antonella Roghi. «È stata lei l'artefice di questa messa in scena, costumi compresi. Le sembrerà assurdo, ma penso che debba esserle grato.»

«Sono proprio sicuro che tutto questo alla mamma è piaciuto», ripeté.

«No. Proprio no. Questa volta ti sbagli di grosso», disse Serena Vassalli. Era emersa da un enorme cigno di legno che ospitava un letto. Indossava una lunga camicia da notte bianca che la faceva sembrare una bambina.

«Come stai, mamma?» Franco le andò incontro per abbracciarla.

«Qui dentro tutto è finto. Lo sapevi?» lo respinse imbronciata.

«No. Ma se me lo dici tu, ti credo», rispose dolcemente, accarezzandole una guancia.

«Stai a sentire la tua mamma. I fiori non sono fiori», prese a elencare, «il castello non è un castello. E il cielo è dipinto. Non è questo il dono di compleanno che mi aspettavo», protestò con voce stizzita. Fece per uscire dal cigno ma perse l'equilibrio. Franco la afferrò e, finalmente, la strinse fra le braccia.

«Mamma, che cosa fai? Mi rimproveri?» rideva felice per lo scampato pericolo.

«Solo Marisol mi piace. È cara, simpatica, vera. E ti avverto, non pensare di portarmi via di qui senza di lei.»

Marisol era la moglie di Giuseppe e stava immobile tra due uomini di Antonella Roghi. Lo fissava con la sua bella faccia chiara.

50

«ALLORA, Antonella Roghi, raccontaci come sono andate le cose», la interrogò Michele D'Amico, con aria sfottente.

La donna infilò una sigaretta nel lungo bocchino nero. L'accese, aspirò una boccata di fumo e lo soffiò in faccia al poliziotto con aria di sfida.

Sedeva sulla pedana girevole della giostra. D'Amico montava un cavallo di legno, mentre Francesco Ruta, al fianco di Vassalli, si addentrava lungo un viottolo di cartapesta verso la casa di Cappuccetto Rosso.

«Non le racconto niente», disse la donna con la sua vocina gentile. «Ho un cliente che paga e un ufficio legale che risponde per me», lo sfidò.

«Sai, sarebbe seccante per il questore essere tirato giù dal letto a quest'ora», insinuò. «Può anche decidere di trattarti male per avergli guastato la nottata.»

«Tu incomincia a tirarlo giù dal letto. Poi vediamo», replicò alzandosi in piedi e mandandogli in faccia un altro sbuffo di fumo.

Perché questo era il punto: i due agenti avrebbero dovuto chiamare la centrale da tempo. Ma c'era di mezzo un pezzo grosso e loro non sapevano come regolarsi. Sapevano di qualche collega, e anche di brillanti funzionari, trasferiti da un giorno all'altro in isole lontane per una mossa sbagliata. Questa prospettiva non li entusiasmava.

«Francesco, che cosa si fa?» chiese Ruta che non aveva perso una sola battuta del dialogo tra D'Amico e Antonella Roghi.

«Avverti il commissariato», rispose il collega.

«Per dire?» esitò Ruta.

«La verità. Serena Vassalli è stata ritrovata in eccellenti condizioni», concluse D'Amico.

«E i rapitori?»

«Si sono dileguati senza lasciare traccia», tentò il poliziotto.

«Ma che cosa mi racconti? Il vecchio e il giovane li ho visti io», disse portandosi gli indici alle palpebre.

Franco intervenne con voce pacata: «Senta, come stavo spiegando al suo collega, domattina andrò personalmente dal questore a riferire come sono andate le cose. Lei, mi creda, ha visto soltanto gli uomini di Antonella Roghi. È stata lei a individuare questo rifugio. Quando sono arrivato, mia madre era praticamente libera. E con lei c'era soltanto un'infermiera, mandata dalla signora Roghi. E un uomo di sorveglianza. I rapitori si erano già dileguati quando voi siete arrivati. Io non ho pagato nessun riscatto e non sto proteggendo nessuno, se non la tranquillità di mia madre».

Serena Vassalli si stava avvicinando con aria ridente. Indossava una vestaglia di lana soffice e bianca. D'Amico la osservò grattandosi la testa da sotto il caschetto.

«Credevo che certe cose succedessero solo a Palermo», si lamentò.

«Perché?» lo interrogò Franco.

«Perché, anche qui, due più due possono fare cinque.»

Antonella Roghi, appoggiata pericolosamente a un pilastro di cartapesta, li guardava sorridendo, ironica.

«Andiamo a casa, Franco», disse la vecchia.

Franco Vassalli circondò con un gesto protettivo le spalle della madre.

«Sono venuto per questo», sorrise avviandosi con lei fuori del capannone.

«Voglio Marisol con me», disse ancora la donna all'orecchio del figlio.

«È già in macchina. Ti sta aspettando», promise l'uomo.

Qualcuno spense le lampade che avevano illuminato a giorno quel paesaggio di cartapesta.

Ruta e D'Amico si avviarono verso la loro macchina, mentre il corteo di vetture li superava sollevando un gran polverone.

«Mi hai deluso», disse il siciliano al collega. «Hai sentito puzza di potere e di amicizie eccellenti e ti sei spaventato.»

L'altro sorrise con antica saggezza. «È uno schifo di storia», disse. «Il potere e i soldi non c'entrano. O forse sì. Non lo so.»

Salirono in macchina e D'Amico si mise al volante.

«Lo stendi tu il rapporto?» domandò prendendo la direzione di Milano.

«Il capo ci dirà il da farsi», sorrise Ruta.

«Però il vecchio e il giovane messi sotto dagli uomini di Antonella Roghi io li ho visti. E li hai visti anche tu. Dove sono finiti?»

«Speravo di non doverci tornare mai più in quelle isole schifose», disse Louis Fournier a Franco Vassalli.

Erano fermi nell'area di parcheggio di un autogrill sulla tangenziale di Milano est.

«Tra quarantotto ore sarai di ritorno e non sentirai parlare mai più di Georgetown e delle isole Cayman», garantì Franco.

«Ti capisco, sai. Mi spiace per te. Quel posto è una vera e propria discarica per la spazzatura. D'altra parte, che cosa avrei dovuto fare, ucciderli? Consegnarli alla polizia? Si tratta di mio padre e di mio fratello. E posso contare solo su di te.»

«Inutile recriminare. Credo tu abbia deciso per il meglio», quasi si scusò Fournier.

«La Roghi te li consegnerà all'aeroporto. In confezione regalo. Dovrai solo scaricarli a Georgetown e consegnarli a quel francese che conosci. Si abitueranno al clima e alle nuove regole.»

«E la bionda che stava con tuo padre?» domandò il francese.

«È uno dei migliori elementi della Roghi. È lei che ha confermato i miei sospetti individuando con certezza i rapitori e il capannone dove avevano nascosto mia madre.»

«E l'altra? Tua cognata?»

«Credo sia stata felice di liberarsi di un compagno violento. Starà benissimo sul lago, con mia madre», rispose.

Si salutarono con una stretta di mano.

Franco lo guardò uscire dall'area di servizio, salì sulla vettura che lo aspettava e si mise al volante. Sui sedili posteriori sua madre si era addormentata con la testa appoggiata alla spalla di Marisol che sorrideva.

51

...
...

GIULIA fermò la macchina davanti alla casa di Tea, a Fonte-chiara. Scese reggendo una grande sacca piena di biancheria e altri indumenti per Giorgio. C'era anche Leo.

Videro Marcello al dressage con alcuni allievi a cavallo. Anche lui li vide e li salutò con un gesto amichevole. Tea usciva dal box con Ortensia e il piccolo Piede Nero.

«Non trovi che sia meraviglioso quel cucciolo con la madre?» chiese Giulia all'ex marito.

«È un quadretto che riconcilia con la vita. La maternità è la più delicata e poetica invenzione dai tempi della creazione. Ricordo te con nostro figlio quando lo allattavi. Mi commuoveva quella vostra intimità. E mi ingelosiva anche. Perché eravate un piccolo nucleo dal quale mi sentivo escluso.»

Giulia ebbe per lui uno sguardo perplesso. Era una forma di gelosia che non avrebbe mai sospettato in lui. Si domandò se nei tradimenti di Leo avesse avuto qualche parte questo senso di esclusione. Poi respinse l'ipotesi. Il tradimento sessuale, per lui, era una seconda pelle.

«Diventerò mamma, per la seconda volta», gli confessò.

Lui si fermò sulla soglia di casa e la fissò esterrefatto.

«Stai scherzando? Non vorrai metterti a fare un figlio alla tua età.»

«Un figlio sta già crescendo in me», sorrise. «E non farmi sentire più vecchia di quello che sono.»

«È di Ermes?» chiese con naturalezza.

Giulia annuì.

«Congratulazioni», disse Leo chinandosi su di lei per baciarla sulla fronte.

Entrarono nel soggiorno.

«Sono qui.» La voce del ragazzo veniva dalla cucina. «Chiunque voi siate venite avanti e qualificatevi», scherzò.

Lo trovarono nella vasta cucina che rimestava in un enorme paiolo un pastone per i cavalli. Il piede malato era avvolto da un leggero stivaletto di gesso. La distorsione stava guarendo.

«Scusate, ma non posso lasciare questo pastone, altrimenti si attacca sul fondo», disse porgendo alla madre una guancia da baciare.

«Che roba è?» chiese Leo con una smorfia di disgusto guardando dentro il paiolo.

«Semi di lino, orzo e avena», spiegò Giorgio. «Li ho messi in ammollo ieri sera. Stanno cuocendo da quattro ore. Tra poco saranno cotti.» Da un sacchetto versò una considerevole quantità di crusca. «Questa è come la ciliegina sulla torta», soggiunse soddisfatto.

«Ti ho portato degli abiti per cambiarti», disse Giulia. «Aspetto che ti cambi e poi ritorniamo a casa.»

Il ragazzo spense la fiamma e li precedette, zoppicando, nel soggiorno.

Si accostò alla finestra che si affacciava sul maneggio. Guardò fuori. Alcuni allievi si esercitavano pazientemente. «Io vorrei restare qui», propose senza girarsi.

Giulia e Leo si guardarono perplessi.

«Fammi capire», disse suo padre. «Vuoi restare qui. Perché? E fino a quando?»

Giorgio si voltò verso di loro: «Perché qui mi piace, papà. Qui faccio delle cose. Mi sento utile, importante. Non è come a scuola dove cercano di ficcarmi in testa delle nozioni assurde che non hanno nessun interesse per me».

«Una confessione in piena regola», osservò Giulia mettendosi a sedere in poltrona.

Leo la guardava come per chiederle un consiglio.

«Volevate che la smettessi con l'hashish? L'ho fatto. E non mi è costato nessuna fatica. Ma se volete che ritorni a scuola, la risposta, per ora, è no.»

«È un bell'inizio per una discussione serena», disse Giulia.

Leo chiamò a raccolta il suo autocontrollo. «Giorgio, io credo che tu dovresti studiare e vivere con tua madre. La tua non è una scelta. È un ripiego.»

«Sarà un ripiego, come dici tu», ribatté il ragazzo, «però a scuola non funziono. Qui sì. Non ho detto che voglio passare la vita a rimestare pastoni. Ma, per ora, qui mi sento bene.»

«Tea e Marcello sono d'accordo?» domandò Leo.

«Non chiedono di meglio», rispose Giorgio.

«Giulia, che cosa ne pensi?» la interpellò Leo.

Giulia ricordò l'ottusa, insensata, feroce aggressività del figlio, la sua vita allo sbando, il cammino melmoso lungo il quale si era avviato. Pensò alla propria incapacità di dominarlo. Al bisogno che entrambi avevano di recuperare un po' di serenità.

Guardò Leo, sapendo che, ancora una volta, sarebbe stata sola nel prendere la decisione.

«Va bene, Giorgio. Rimarrai qui. Almeno fino a quando Tea e Marcello ti vorranno.»

«Grazie, mamma», disse il ragazzo sorridendole con una luce nuova nello sguardo. «Sai, a Fontechiara si preparano eventi epici. Arriverà una troupe cinematografica. Gireranno nel maneggio la parte centrale di un film tratto dal tuo ultimo romanzo.»

«Davvero?» Giulia si finse stupita.

«È un'esperienza unica», si esaltò il ragazzo.

«Credo, però, che perderai l'anno scolastico», osservò la

madre. «D'altra parte, l'avresti perso comunque. Speriamo che la nuova esperienza serva a chiarirti le idee.»

Giulia ripensò a Franco Vassalli. L'uomo si riproponeva nella sua vita come se i loro destini dovessero di nuovo incontrarsi dopo essersi ripetutamente incrociati.

Non l'aveva più visto da quella sera in cui, dopo la mostra di Boldini, lui l'aveva baciata.

Un paio di giorni prima aveva letto sui giornali la notizia del rilascio di sua madre. Giulia aveva ritrovato suo figlio, Franco aveva ritrovato la madre. Un'altra coincidenza? Si sentì turbata e, di nuovo, attratta da quello strano uomo. Emerse con fatica dai suoi pensieri. «Hai il mio consenso e la mia benedizione», disse abbracciando il figlio.

In quel momento erano felici tutti e due.

52

ALL'angolo della Fifth Avenue con la Quarantaquattresima Strada, Ermes si fermò attratto da un tipico carrettino che vendeva hot dog. Non resistette all'impulso di comperarne uno. L'ambulante gli confezionò un panino e lui lo divorò con avidità destreggiandosi tra la folla dei passanti che, a ogni istante, minacciava di travolgerlo.

Aveva trascorso la mattinata con l'amico che aveva conosciuto, molti anni prima, quando aveva lavorato come *research fellow* alla Columbia University, il professor Heini Steiner. Avrebbe rivisto il vecchio collega a cena. Era leggermente invecchiato, il che non gli aveva impedito di divorziare dalla prima moglie per mettersi con una compagna di vent'anni più giovane di lui.

«Viviamo con tre cani e due gatti», gli aveva raccontato. «Judith è una ragazza un po' stravagante. Ma sa essere una partner deliziosa. È bravissima a scaldare il cibo in scatola. Questo nel caso fossi tanto coraggioso da accettare il nostro invito a cena. Sono sicuro che ti piacerà.»

Passò davanti alle vetrine di *Tiffany* e osservò con interesse un gioiello vagamente déco: una libellula con ali di smeraldo e occhi di rubino. Pensò a Giulia. Quella spilla le sarebbe piaciuta.

L'acquistò con la carta di credito, si infilò in tasca il pacchetto e si rituffò tra la folla. Calcolò che, proseguendo a piedi, sarebbe arrivato al *Pierre,* dove risiedeva, in una decina di minuti.

Aveva tutto il tempo per cambiarsi, indossare una tuta e andare a Central Park a fare un po' di jogging. Il freddo di New York accentuava il suo bisogno di movimento. Venne urtato da un paio di frettolosi passanti e urtò a sua volta, nel tentativo di schivarne un terzo, una signora impellicciata carica di pacchi e sacchetti. Si volse per chiederle scusa e si rese conto che la donna aveva un viso familiare. La riconobbe quasi subito, nonostante gli occhialoni scuri che le nascondevano una parte del viso.

«Ermes», esclamò lei sorridendo.

«È il destino», disse fra sé, ricordando un altro incontro in quella stessa strada, qualche anno prima: quello con Giulia. Il caso, contro ogni logica, sfidando il calcolo delle probabilità, ancora una volta aveva deciso per lui.

«Come dici?» gli chiese Marta che gli si era affiancata sfidando il flusso pedonale.

Erano arrivati all'altezza della Grand Army Square. Ermes la fronteggiò: «Dico che non sei la persona che avrei voluto incontrare», dichiarò bruscamente.

«Dai, Toro seduto, perché non seppellisci l'ascia di guerra? Ormai siamo soltanto due ex coniugi. Potremmo almeno salutarci con un minimo di civiltà.»

Aveva costruito un'espressione dolce e sottomessa che lui conosceva bene. I modi di Marta non lo ingannavano più.

«Senti, non riesco nemmeno a pronunciare il tuo nome. Quello che c'era da seppellire l'ho sepolto: il mio passato con te.»

«È stata davvero una storia così brutta?» chiese facendo il broncio.

«Orribile. Perciò è meglio se ci lasciamo qui», disse tentando di defilarsi.

«Ermes, ti giuro, sono cambiata», replicò lei cercando di trattenerlo, con il risultato che pacchi e sacchetti le scivolarono dalle mani.

«Non sembra proprio», constatò lui. «Dove passi tu, semini il caos.»

Fu costretto ad aiutarla a raccogliere i pacchetti disseminati per terra.

«Non ti sto chiedendo niente. Solo un saluto amichevole. Senza inutili rancori. O devo pensare che hai paura di me? Dopotutto abbiamo in comune una figlia», gli ricordò.

Voleva dimostrarle che non aveva paura di lei. «E va bene», sospirò rassegnato. «Dove vuoi che ti accompagni?»

«A un isolato da qui. Ho casa a New York, non lo sapevi? O almeno l'avevo. Adesso sto facendo un sit-in perché la prima moglie del mio defunto fidanzato vuole portarmela via. Hai saputo, vero, del mio povero James?»

«Sì, l'ho saputo», annuì.

«A proposito», cambiò discorso, «vorrei ringraziarti per aver consentito a Tea di ospitarmi. Magnanimo come sempre», ironizzò.

Arrivarono all'ingresso di un grande palazzo. Il portiere si fece incontro a Marta per alleggerirla del suo carico ed Ermes ne approfittò per consegnargli anche quelli che lui aveva portato fin lì.

«Perché non sali da me?» lo invitò. «Non ho servitù, ma sono ancora in grado di preparare un panino.»

«No, grazie», rispose seccamente.

«Peccato. Mi sento così sola. Avrei scambiato volentieri due parole con te», si rammaricò Marta.

«Marta», ribatté lui chiamandola finalmente per nome. «Sai una cosa?»

«Quale?» chiese con tono languido.

«Meno ti vedo e meglio sto», le disse togliendole ogni illusione.

«Accidenti, Ermes, non puoi trattarmi come se fossi una

vecchia ciabatta. Qualunque cosa tu pensi di me, ho anch'io dei sentimenti. E tu non ti dimostri migliore di me frustandomi col tuo disprezzo.» Aveva le lacrime agli occhi. Lui si rese conto di avere calcato la mano più del necessario. Ma la sua reazione gli veniva direttamente dal cuore.

«D'accordo. Ti chiedo scusa», capitolò Ermes.

«Allora, vogliamo fumare insieme il calumet della pace?» propose con un sorriso patetico.

«Il fumo fa venire il cancro.» Aveva ripreso la sua sicurezza.

«Brindiamo all'amicizia», lei disse mettendosi l'orgoglio sotto i piedi.

«Quale amicizia?» si oppose lui.

«Brindiamo alla salute di nostra figlia», tentò.

Aveva toccato un tasto troppo delicato per collezionare un ulteriore rifiuto.

Pochi minuti dopo Ermes era in un salone immenso, con divani chilometrici, kenzie rigogliose, tavolini in lacca e avorio, statuette in ceramica Robj, vasi firmati Daum e tappeti Buchara dai colori vivaci.

Paragonò quello sfarzo all'abitazione di Giulia e sentì che quella piccola casa gli mancava terribilmente.

Marta arrivò spingendo un carrello con champagne, crostini al prosciutto e ciliegie che sembravano finte tanto erano grosse e scarlatte.

«È una consolazione per me, dopo tutti i malintesi passati, incontrarti come un vecchio amico», esordì versando lei stessa lo champagne nelle flûte.

Ermes la guardò. Aleggiava intorno a lei un vago profumo di Chanel che un tempo detestava. Lo infastidiva ancora. Si chiese come avesse potuto provare un'attrazione per quella donna tutta costruita. Forse anche Marta aveva un'anima, ma lui continuava a nutrire seri dubbi in proposito. Ogni gesto, ogni parola, l'inflessione stessa della voce, era tutto falso.

Si aspettava, invece, improvvisa, una micidiale stoccata che confermasse il suo giudizio.

«A nostra figlia», lui brindò.

«E alla tua Giulia», lei alzò a sua volta il bicchiere con un sorriso dolcissimo.

«Questa non me l'aspettavo», lui disse diventando improvvisamente pensieroso.

«Perché no? Dopotutto adesso è lei la tua donna. O sbaglio?»

«Marta, lascia stare Giulia», affermò con decisione.

«Dovevo immaginarlo che ti avrebbe fatto male parlare di lei. Perché Giulia è in Italia e tu sei qui, da solo. O sbaglio?»

«La cosa non ti riguarda», osservò seccamente.

«Certo. È vero. La cosa non mi riguarda», disse Marta umile e rassegnata. «Ma è per te che mi dispiace. Tu sei sempre stato un grande ingenuo. Lo eri anche con me, i primi tempi.»

«Che cosa vuoi dire?» esclamò. E si maledisse perché si era messo da solo nella trappola di Marta.

«Voglio dire che partendo hai lasciato il campo libero a Franco Vassalli. È un tipo che non perdona. Detto in confidenza, lui ha preso una specie di cotta per la tua scrittrice.»

Ermes si alzò di scatto: «Lo sapevo che avresti cercato di mordere».

«Solo qualche considerazione sulla vita e sull'amore», lei minimizzò.

«La tua riserva di veleno è inesauribile», sorrise amaramente Ermes prima di andarsene.

Se lei lo conosceva, e lo conosceva bene, ormai il danno era fatto. Proprio come voleva.

Ermes si ritrovò per strada. La mano affondata nella tasca del cappotto stringeva rabbiosamente il pacchetto di Tiffany che conteneva la libellula di smeraldi e rubini acquistata per Giulia.

53

QUELLA notte Giulia sognò di fare l'amore con tanta intensità e passione che si svegliò bagnata di sudore e di desiderio. Dopo qualche attimo di stordimento, si alzò e, raggiunta la stanza da bagno, si infilò sotto la doccia. Quando ne uscì, si sentiva leggera e felice. Si avvolse in un morbido accappatoio di spugna. Si asciugò con cura e prese a spalmarsi il corpo con una lozione idratante. Entrò nella camera da letto. Prima di vestirsi, si guardò allo specchio. I seni si erano lievemente ingrossati e l'areola intorno ai capezzoli cominciava a scurirsi. La mammella operata, per effetto della gravidanza, si differenziava dall'altra solo per una piccola cicatrice. Nessuno, tranne lei, poteva rendersi conto di questi impercettibili mutamenti che erano il riflesso esteriore del suo nuovo stato.

La doccia non aveva cancellato le sensazioni del sogno e non si dispiacque per questo. Era una donna incinta che sentiva il bisogno di fare l'amore. E non aveva nessuna voglia di mentire a se stessa respingendo come peccaminose e trasgressive le pulsioni che il sogno aveva reso manifeste.

L'uomo del sogno aveva un nome: Franco Vassalli. E si sentiva stregata, affascinata, presa. Su quei due baci rubati aveva costruito una passione.

Infilò gli slip di seta bianca, agganciò ai fianchi il reggicalze e si infilò un paio di calze color sabbia dorata. Coprì il seno con un top bianco e si allacciò al collo un giro di perle. Poi sedette al tavolo della toeletta e cominciò a truccarsi.

Si rese conto che stava compiendo queste operazioni consuete con una cura e una lentezza insolite, la mente sgombra di pensieri, il corpo teso come una corda di violino a captare le vibrazioni del desiderio.

Indossò una gonna a pieghe piuttosto lunga con uno spacco che saliva oltre il ginocchio e un maglione di cachemire che scendeva blusante sui fianchi con una scollatura stretta e profonda che arrivava all'attaccatura del seno. Calzò scarpe basse, chiuse da lacci. Tornò davanti allo specchio. Sembrava una ragazzina. Invece aveva quarantadue anni, era incinta e aveva voglia di fare l'amore.

«Giulia, sei scandalosa», si disse guardandosi maliziosamente allo specchio. Non si compiacque del suo atteggiamento, ma non si condannò.

Andò al telefono e compose il numero dell'avvocatessa Dionisi.

«Sono Giulia de Blasco», disse alla segretaria.

«Le passo subito l'avvocatessa.»

«No, non la disturbi. Vorrei soltanto il numero di telefono del dottor Vassalli», tagliò corto per sfuggire all'interrogatorio dell'amica.

La segretaria le dettò una serie di numeri. Cominciò dal primo.

«Il dottor Vassalli», chiese.

«Chi parla?» si informò cortesemente la segretaria.

«Sono Giulia de Blasco.»

«Il dottore è in riunione», rispose Madì. «Posso esserle utile?»

«Sì. Gli dica che lo sto cercando.»

«Rimanga in linea, signora de Blasco. Vedo quello che posso fare.»

Aspettò un paio di interminabili minuti. Poi una voce d'uomo, calda e vibrante disse: «Ciao Giulia».

«Possiamo vederci?» chiese lei.

«Quando?» si affrettò a rispondere l'uomo.

«Subito», lei disse con estrema sicurezza.

«Dove?»

«All'ingresso dei giardini di via Palestro», propose Giulia sul momento senza sapere perché.

«Ci sarò», rispose Franco.

Giulia scese in soggiorno dove Ambra stava passando la cera sul pavimento e cantava sprigionando allegria.

«Esco», la interruppe per salutarla.

«Quando torni?» chiese la donna.

«Non lo so», disse Giulia trasognata.

«Copriti, che è freddo fuori», le raccomandò.

Giulia infilò la giacca di montone e uscì.

Franco e il suo cane erano là, accanto ai cancelli dei giardini pubblici. I viali erano coperti da un tappeto di foglie fiammeggianti. Le antiche statue li osservavano con occhi vuoti.

«Che meraviglia, vederti», disse lui andandole incontro.

Giulia lo guardò con attenzione.

«Come sei giovane», disse lei sorridendo.

«Lo dici come se fosse una colpa», obiettò lui e aggiunse: «Quando sorridi così sembri una ragazzina».

«Sto sorridendo con tutta me stessa perché ti desidero», confessò Giulia.

Altre donne gli avevano detto, con parole e atteggiamenti diversi, la stessa cosa, ma nessuna aveva quell'accento semplice e vero, quell'espressione dolce.

Si erano addentrati nel giardino dove alcuni bambini molto piccoli giocavano sotto gli occhi delle madri. Giulia continuava a tenere acceso quel sorriso di desiderio. Guardava il tappeto di foglie rosse e gialle che copriva il viale.

Franco l'attirò a sé e Giulia, aderendo al suo corpo, sentì

la virile consistenza di un desiderio ricambiato. Desiderò che Franco la prendesse su quel tappeto di foglie, sotto il cielo terso, nell'aria gelida percorsa dalle voci innocenti dei bambini.

Mentre lei elaborava questa fantasia, Franco riuscì a sorprenderla con un'altra decisione improvvisa. La prese per mano e la guidò verso la Villa Reale, che era stata, un tempo, la sontuosa dimora di un'antica famiglia milanese.

Il palazzo ospitava il museo d'arte moderna, ma l'ala destra, dove i saloni affrescati custodivano ancora gli arredi regali, era proprietà del Comune che vi celebrava matrimoni e la adibiva a ricevimenti.

Elusero con facilità la vigilanza dei due custodi impegnati in un'accanita discussione calcistica e salirono silenziosamente lo scalone di pietra. Franco conosceva la fuga dei saloni e delle stanze che sfociavano in una camera rivestita di arazzi settecenteschi. C'era un letto a baldacchino, ricoperto di seta celeste con gigli di Francia. L'uomo chiuse la porta a chiave.

Giulia abbandonò la giacca di montone sul pavimento a mosaico, superò il cordone di seta che segnava il limite invalicabile per i visitatori, si liberò delle scarpe e della gonna. Franco la prese in braccio e la depose al centro del grande letto.

Quello che accadde dopo fu una specie di miracolo. A quarantadue anni, per la prima volta nella sua vita, Giulia scoprì l'incanto di un rapporto che escludeva ogni implicazione sentimentale. Era sesso purissimo, il più splendente e glorioso. Fu un susseguirsi di amplessi travolgenti senza gemiti disperati.

Come nel sogno, più che nel sogno, la potenza della virilità si scioglieva dentro di lei in una dolcezza paralizzante e dorata, in un lunghissimo e felice orgasmo punteggiato di stelle.

54

I CAVALLI erano nervosi. Anche Tea e Marcello erano tesi. Fontechiara era stata invasa da quella specie di grande Barnum che è una troupe cinematografica. Roulotte, camion, automobili, materiale di vario genere, fotografi e macchine da presa, attori, comparse, segretarie di produzione, sarte, parrucchieri, truccatori, elettricisti e macchinisti.

Ovunque era un intrico di cavi elettrici, di voci, di richiami con scambi di battute vivaci, di gente che si aggirava in quella improvvisata fabbrica di sogni impartendo ed eseguendo ordini, cercando cose. Il cinema aveva portato lo scompiglio a Fontechiara alterando i ritmi consueti.

«Credi che questa storia andrà avanti ancora per molto?» chiese Marcello che rimpiangeva la quiete laboriosa del passato, con il tempo scandito dalle lezioni degli allievi, nel rispetto dei ritmi biologici degli animali.

«Come se tu vivessi sulla luna», rispose Tea seccata. «Sai quanto me che i lavori della troupe dureranno almeno una settimana.» L'equilibrato e tranquillo assetto di Fontechiara era scombinato dall'assalto di quegli estranei chiassosi e invadenti.

«Era proprio necessario?» chiese lui quasi rimproverandola.

Erano in soggiorno e stavano facendo colazione. Giorgio, collaborativo come sempre, stava portando in tavola crostini caldi e miele.

«Scusate se m'intrometto, ma io non mi ero mai divertito tanto», confessò candidamente. «Stamattina cominciano le riprese e io non vedo l'ora di assistere al primo ciak.» Gli avevano tolto il gesso e ormai si muoveva con relativa facilità.

Tea e Marcello, presi dall'inizio burrascoso della conversazione, non lo sentirono neppure.

«Ti ho chiesto se era proprio necessario aprire le porte a questa orda selvaggia», ripeté l'uomo.

«No. La risposta è no», si infuriò Tea. «Non era necessario, né tantomeno obbligatorio. Era facoltativo. Ma tu sai, esattamente come me, quanti soldi ci danno per ogni giorno di permanenza a Fontechiara. Ci pagano così bene che, quando se ne andranno, potremo comperare due mezzosangue. E si tratta di sopportarli per una sola settimana. Ti sembra poco?» incalzò la ragazza mettendolo di fronte alla realtà.

«Con il vostro permesso», intervenne Giorgio con ironia, «vado nei box.» Si era assunto l'impegno di cambiare le lettiere tre volte al giorno e lo manteneva scrupolosamente. «Non disturbatevi ad accompagnarmi. Conosco la strada», tentò di rompere la tensione. Il ragazzo uscì e chiuse delicatamente la porta alle sue spalle.

«È cominciato tutto con l'arrivo di tua madre», si lamentò Marcello. «Prima qui si viveva in pace.»

«Mia madre se n'è andata. Forse è la presenza di Giorgio che ti disturba?»

«Ma fammi il piacere», replicò con un gesto della mano.

«Perché se è così possiamo sempre invitarlo a togliere il disturbo», tagliò corto Tea che cominciava a non sopportare più il malumore di Marcello.

Interruppe la colazione e, calcandosi fin sulla fronte un cappellaccio, si infilò una vecchia giacca e si apprestò a uscire. Quella con Marcello stava diventando una polemica sterile.

«Mi ricordi tanto Marta, quando fai così», la sferzò lui.

«Questo era meglio che non lo avessi detto», reagì Tea tornando sui suoi passi e guardandolo severa. Trovava offensivo quel paragone. E poi, comunque, non le piaceva essere paragonata a qualcuno. Lei era Tea, e basta.

«Invece l'ho detto», insisté Marcello. «Ed è esattamente quello che penso.»

«Mi aspettavo collaborazione da te, non accuse insensate», disse. «C'eri anche tu quando il direttore di produzione è venuto con i suoi tirapiedi a fare il sopralluogo. C'eri anche tu quando ci hanno versato un congruo anticipo. C'eri anche tu quando ho sottoscritto l'accordo. Se avevi delle obiezioni, perché non le hai sollevate allora?»

«Perché sembrava terribilmente importante, per te, portare a casa quei soldi.»

«E lo è ancora. I prestiti con la banca li ho contratti io. E sono io, ogni mese, a dover far quadrare i conti», gli rinfacciò.

«È così che la pensi», lui si infuriò. «Eppure credevo di avere contribuito a inventare e a tirare avanti questa baracca. Evidentemente mi sbagliavo. La figlia di Marta Corsini, esattamente come sua madre, ragiona come un registratore di cassa. È questo che fa la differenza tra noi due. Io denaro non ne ho. Non ne ho mai avuto. E non ne avrò mai. Né sono disposto a farmi trattare come una pezza da piedi pur di averlo.»

«Scusami Marcello. Io non volevo», disse Tea, consapevole di averlo profondamente ferito.

«Ma l'hai fatto. Da questo momento Fontechiara ti appartiene. In tutti i sensi. Perché io me ne vado», dichiarò con eccessiva teatralità.

Marcello uscì nel momento in cui la troupe entrava in azione all'interno del maneggio.

«Marcello, ascolta», gli urlò Tea dalla soglia di casa. Lui non rispose e non si voltò. Salì sulla Land Rover e avviò il motore.

«L'ho fatta grossa», si disse piano. «Adesso come faccio da sola?» si chiese smarrita.

Non doveva, non poteva lasciarlo andare via così. Se avevano litigato, era per colpa di Marcello che l'aveva paragonata a Marta. Ma lei lo aveva ingiustamente umiliato.

Tea sapeva l'importanza che Marcello aveva avuto nella sua rinascita. Quando l'aveva incontrato, era una ragazzina disperata senza scopo. Marcello e i cavalli erano stati la sua salvezza. Si era sentita amata e aveva conosciuto la gioia di amare, il piacere di sentirsi utile, necessaria. Eppure era bastato uno screzio, il primo tra loro, per mandare tutto a rotoli. Era davvero così fragile l'equilibrio della loro unione?

Tea, incurante della gente che aveva invaso Fontechiara, corse ai box. Giorgio stava sellando Kacina, la sua cavalla araba, per la prima lezione del mattino.

«Lascia. Faccio io», ordinò Tea al ragazzo.

Balzò in sella e si lanciò all'inseguimento di Marcello. La Land Rover stava uscendo dal maneggio e avrebbe infilato la via Cassanese, ma lei, prendendo la scorciatoia per i campi, sarebbe arrivata prima di Marcello all'incrocio con la statale per Milano. Voleva fermarlo e indurlo a riflettere.

Poi un ostacolo imprevisto si parò dinanzi al cavallo che s'impuntò improvvisamente, disarcionando Tea, che venne proiettata in avanti e vide il terreno bruno e compatto venirle addosso. Tentò una capriola per attutire il colpo. Poi il mondo svanì nel nulla.

Quando riaprì gli occhi la prima cosa che vide fu il viso sorridente di un giovane. Aveva un limpido sguardo azzurro, capelli biondi che gli scendevano sul collo e una voce calda e pastosa che vibrava in una domanda preoccupata.

«Come stai?» le chiese in inglese.

Forse stava sognando, ed era un gran bel sogno. Non aveva mai visto una faccia di uomo così bella, né aveva mai udito una voce così attraente. Subito dopo vide gente intorno a lei e sentì qualcuno che commentava la dinamica dell'incidente.

La voce del giovane si impose sul brusio.

«Sarà meglio portarla dentro», decise. E le sue braccia vigorose la sollevarono.

Tea chiuse gli occhi, respirò il suo profumo e sperò che non fosse un sogno.

55

Era americano, aveva ventisei anni, un corpo d'atleta e una faccia da schiaffi. Si chiamava Rod Ward. Era il protagonista maschile della versione cinematografica di *Come il vento*, l'ultimo romanzo di Giulia de Blasco. Tea aveva perso la testa per lui.

«Ti piace, vero?» le chiese Giorgio con un sorriso ammiccante.

Le faceva tremare le gambe ogni volta che lo vedeva. La sua presenza le creava un dolcissimo disagio.

«È un bel ragazzo», minimizzò Tea divorandoselo con gli occhi.

Sedevano sulla staccionata che delimitava la zona dei box. A pochi metri da loro, gli specialisti della troupe stavano allestendo un roseto seguendo le indicazioni dello scenografo, mentre l'americano, seduto sulla scaletta della sua roulotte, parlava con il regista che, copione alla mano, gli spiegava come recitare una scena che stavano per girare.

Rod sembrava attento ai suggerimenti del regista, mentre in realtà sbirciava in direzione di Tea. Giorgio e Tea si avviarono verso i box.

«Kacina e Kadim hanno bisogno di essere montati», osservò Tea.

«Non contare su di me per il purosangue arabo di Marcello», si defilò Giorgio, preoccupato dall'impegno.

«Non ci penso neppure», lo rassicurò lei. «Ancora per un po' di tempo è meglio che tu monti cavalli tranquilli e affidabili.»

Marcello se n'era andato da quattro giorni. Tea si era ripresa bene dalla caduta che, a parte qualche indolenzimento, non aveva avuto conseguenze.

La sera, ogni sera, Rod aveva espresso a Tea la propria disponibilità a montare Kadim, poiché l'animale ne aveva bisogno. Il ragazzo, prima di diventare attore, aveva vissuto in un ranch del Colorado e di cavalli ne sapeva quanto e forse più di lei.

Rod, che aveva finito di lavorare con il regista, raggiunse Tea e Giorgio ai box.

Prese Tea per un braccio: «L'aiutante non serve», decretò, immaginando che Giorgio potesse montare Kadim.

«Perché non serve?» civettò lei.

«Perché ci sono io. Ho due ore libere nella pausa di colazione.»

«A quell'ora i miei cavalli hanno altri programmi. Grazie comunque per la cortese offerta.» Il rifiuto le costò fatica e una grande emozione, ma non era disposta a gettare lo scompiglio nei ritmi dei suoi animali neppure per cavalcare al fianco di Rod.

«Allora vada per questa sera», lui replicò mandandole un bacio sulla punta delle dita.

«Sei sicura di farcela?» si preoccupò Giorgio vedendola montare in sella.

Tea non aveva più lavorato dal giorno della caduta. Niente di grave, ma le era piaciuto fare la parte della convalescente, ricevere le visite di Rod e di altri attori del cast per sentire che, anche in assenza di Marcello, c'era chi si preoccupava per lei.

«Per saperlo devo provare», rispose con un sorriso pieno di civetteria.

Uscirono al passo dal maneggio. Tea montava Kacina, Giorgio un animale docile, adatto a lui. Si avviarono lungo un sentiero che costeggiava la strada.

«Notizie di Marcello?» chiese il ragazzo.

«È tornato nella sua soffitta in città», lo informò Tea.

«Te lo ha detto lui?»

«Ho fatto un giro di telefonate.»

«Credi che tornerà?» si preoccupò Giorgio.

«Certamente. Devo soltanto andare da lui e pregarlo in ginocchio. È un mostro di orgoglio.»

«E tu ci andrai, vero?» la supplicò il ragazzo. «Non è che vi siete lasciati, vero?» Andava a caccia di certezze. Gli pareva di averne trovate nel piccolo universo di Fontechiara e non voleva perderle.

«Stai sicuro che ci andrò», volle rassicurarlo. «Ma non prima di avergli dimostrato che sto con lui perché lo amo, non perché è utile all'andamento del maneggio.»

«Ma tu hai bisogno di Marcello. Non ce la farai mai da sola a tirare avanti questa baracca.»

Kacina mosse la testa con eleganza.

«C'è del vero in quello che dici. Però Marcello non deve saperlo.»

«Tutto quello che vuoi», replicò Giorgio. «Ma tornate insieme, per favore. Sono stanco di gente che si separa. Contavo di stare un po' di tempo con voi due. E adesso scopro che ti lasci incantare da un cowboy di celluloide», si lamentò.

«Sto solo civettando. Ho diciotto anni. E alla mia età una piccola trasgressione è permessa.»

Giorgio pensò a Marcello. «A lui non piacerebbe», disse. «Se Marcello lo sapesse, ne soffrirebbe moltissimo.»

«Peggio per lui. Questa volta se l'è proprio cercata. Si

265

è comportato come un cavallo imbizzarrito», lo accusò Tea che ancora non riusciva a identificare la ragione di quel violento litigio.

Sapeva, invece, con chiarezza, che non si limitava a civettare con l'americano. Rod le piaceva. Se i ragazzi con i quali si era accompagnata da ragazzina erano stati un antidoto contro la solitudine, Rod accarezzava in lei corde che non avevano mai vibrato prima. Se Marcello era la tenerezza e l'amore, e gli altri uomini prima di lui erano stati la scoperta del sesso, questo bellissimo ragazzo che cos'era? Tea spinse il suo purosangue al trotto, imitata da Giorgio, e si lasciò accarezzare dal vento.

Era scesa la sera. Fontechiara era nuovamente deserta. I componenti della troupe erano tornati in albergo. Tutti tranne Rod, che, nella scuderia, stava strigliando i cavalli con Giorgio e Tea.

Quando l'americano si avvicinò a Tea con intenzioni inequivocabili, Giorgio abbandonò il campo col cuore in tumulto e un violento rimescolio nel sangue, mantenendo tuttavia un contegno corretto, smentito da un improvviso e violento rossore. Si sentiva intimidito dal comportamento di Rod e provava un'invincibile solidarietà con Marcello che considerava vittima di un tradimento.

«Vado a preparare la cena», si sentì in dovere di giustificarsi sgombrando il campo.

«Ti raggiungo subito», gli gridò Tea.

«No, tu non te ne vai», le sussurrò Rod deciso, tenendola stretta per un braccio. «Sono quattro giorni che giochi a rimpiattino con me. Adesso siamo qui. Soli.»

Quando Tea cercò di protestare, lui la strinse tra le braccia e le chiuse la bocca con un bacio.

«Non credere di avermi incantata con la tua faccia da schiaffi», protestò Tea col cuore in gola allontanandolo da sé. In realtà, quella che voleva allontanare era la paura di ricominciare a buttarsi via. Lo respingeva, anche se il desiderio per Rod era forte.

«Stai zitta, ragazzina», le impose con altri baci coricandola sulla paglia della lettiera.

«Non so niente di te», protestò lei stordita dai baci e dall'aggressività dell'uomo.

«Sai quanto basta di noi due», lui disse insinuando una mano sotto il maglione.

Quella situazione che la stordiva, invece di isolarla dal resto del mondo e dall'attualità, le riportò alla mente il volto sensuale della madre e le figure indistinte degli uomini che aveva avuto e che lei aveva conosciuto soltanto in parte.

La cosa che desiderava di più era non essere come lei. Non lo voleva per se stessa. Per Marcello. Per la sua ritrovata dignità.

Sgusciò agilmente dalle braccia di Rod, si tirò in piedi e disse: «È vero, Rod. Mi piaci. E mi piacerebbe fare l'amore con te. Ma non lo farò».

«Sei proprio un enigma, ragazzina», si infuriò. «Se una cosa ti piace, perché non la fai?»

«È una stupida questione di fedeltà», sorrise Tea. «Ne hai mai sentito parlare?»

«Certo che ne ho sentito parlare», ammise. «Come ho sentito parlare di amore platonico, di amore eterno, di santità della famiglia. Ma noi due sappiamo che sono storie. Non è così?» la interrogò alzandosi a sua volta e andandole vicino.

Il giovane la abbracciò con la certezza di averla, ma sentì tra le braccia un corpo gelido.

«Su certi valori i nostri giudizi divergono», lei replicò con freddezza. «E adesso, per favore, lasciami andare.»

Era la prima volta che una donna lo respingeva. E non poteva crederci: «Stai scherzando, ragazzina?» si sentiva umiliato, ferito, offeso.

«Fammi capire», lei tentò di ragionare. «Tu vuoi farti una

sana scopata. Giusto? E dopo?» continuò Tea. «Mi riferisco al mio dopo, naturalmente. Dopo ritorno dal mio uomo, lo abbraccio pensando a te. E aspetto una nuova avventura come questa.»

«Un altro come me non lo trovi più», scherzò l'uomo senza convinzione.

«Tipi come te se ne trovano sempre», disse lei ribattendo colpo su colpo. «E non occorre neanche essere particolarmente carine per trovarli. Il mondo è pieno di Rod Ward. Riconosco di essere andata al di là del lecito, di averti fatto inutilmente sperare. Ti ho desiderato, lo riconosco. E forse ti desidero ancora. Ma ho bisogno di dimostrare a me stessa, non al mio uomo, che sono degna di lui e del suo amore per me.»

Il caldo respiro dei cavalli inumidiva l'aria che aveva il loro stesso odore.

«È un concetto superato», riprese Tea mettendo un ragionevole spazio tra sé e l'uomo, «ma l'ho rivalutato grazie a Marcello. Perché a lui devo molto. Con lui ho costruito una vita. A te non devo niente. Che cosa potrei costruire con te?»

«Un'indimenticabile notte d'amore. Ti sembra poco?» disse l'attore. Non accettava di rassegnarsi alla sconfitta.

«Una notte è niente al confronto di tutta la vita», concluse Tea uscendo dal box.

56

Si chiamava *Serena* lo Swan di venti metri ancorato nel porticciolo di Rapallo. Batteva bandiera inglese e c'erano due marinai britannici a bordo, oltre al cuoco.

«Salpiamo l'ancora», annunciò Franco Vassalli al più anziano dei due. «Destinazione Gibilterra. Con tappa a Minorca.»

L'uomo non lasciò trapelare nessuna sorpresa, ma il suo stupore era al massimo. Era la prima volta che Vassalli decideva una partenza in pieno novembre, ma soprattutto era la prima volta che ospitava una donna a bordo. Aveva sempre navigato da solo.

«Vieni», disse a Giulia. «Ti accompagno in cabina.» Era una vera e propria fuga dal mondo, dopo l'esaltante esperienza erotica nella camera da letto della Villa Reale.

La cabina padronale, a poppa, era una bomboniera in legno con ottonature lucenti e un letto a due piazze con una coperta di visone biondo.

Giulia si abbandonò su quella morbida pelliccia.

«Devo essere impazzita», confessò assumendo un atteggiamento frivolo che non le si addiceva.

«Non ti sembra di esagerare?» replicò Franco.

«Ho già esagerato venendo qui con te. Nemmeno a

269

vent'anni ho immaginato di fare una simile follia. Forse siamo innamorati», ammise Giulia. «O forse no, anche se i sintomi sembrerebbero quelli: parole banali, discorsi a ruota libera, frasi assolutamente prive di senso comune.»

«Lasciati andare, Giulia», l'ammonì lui stendendosi al suo fianco. «Non cercare giustificazioni a comportamenti che si spiegano da soli.»

Giulia lo respinse.

«Perché?» si stupì lui.

«Perché vorrei sopravvivere a questa grandiosa esperienza», avvampò.

Non avevano bagaglio e non avevano avvertito nessuno della loro improvvisa partenza.

«Non ho abiti per cambiarmi», confessò Giulia.

«Nemmeno io», la rincuorò Franco. «Mentre i marinai provvedono ai rifornimenti, noi scendiamo a terra e compriamo quello che ci serve.»

Giulia si alzò. «Prima vorrei telefonare ad Ambra. Non vorrei che si rivolgesse alla polizia per segnalare la mia scomparsa», disse con una certa preoccupazione.

«Giulia, non farlo», la pregò, alzandosi a sua volta e sfiorandola con tanti piccoli baci.

«Perché no? Non posso scomparire così. Per Ambra sarebbe la peggiore delle situazioni. Perché non vuoi?»

«Ho paura», confessò Franco.

«Tu hai paura?» si stupì Giulia. «Di che cosa?»

«Che l'incantesimo si spezzi», confessò semplicemente, chiudendola in un caldo abbraccio.

«I sogni sono tenaci. Credi che basti così poco per dissolverli?» Giulia provava un senso di vergogna per quelle battute da telenovela, ma non riusciva a evitarle.

«Forse hai ragione», ribatté l'uomo. «Quello che so con certezza è che stringo il mondo tra le mie braccia. E non voglio che nessuno me lo porti via», le sussurrò all'orecchio.

Giulia rabbrividì di piacere al suono di quelle parole

ovvie e scontate e si abbandonò a lui. Sentì una mano di velluto accarezzare il seno operato e la voce morbida e pastosa dell'uomo che diceva piano: «Il tuo seno è bellissimo, Giulia. E vorrei che nessun uomo al mondo potesse sfiorarlo all'infuori di me.» La grande paura che pesava su Giulia da quando aveva subito l'operazione finalmente si sciolse. Si abbandonò all'onda del desiderio che l'afferrava in un dolcissimo vortice.

Giulia e Franco scesero a terra a Portofino e presero d'assalto le boutique. Giulia ne approfittò per telefonare ad Ambra.

«Non preoccuparti per me», disse all'amica in apprensione. «Starò via qualche giorno. Avverti Giorgio.» Sapeva che suo figlio era al sicuro. E tanto le bastava.

«Giulia, non potresti fare meno la misteriosa e dirmi dove sei e che cosa stai combinando?» l'ammonì la donna.

«Ti prego, Ambra. Fidati di me. Ti garantisco che mi sento benissimo», rispose evasiva.

«Guarda che Ermes ha telefonato tre volte da New York», le comunicò Ambra senza nascondere un tono di rimprovero.

In quel momento, Giulia voleva soltanto il sogno che stava vivendo.

«Va bene così, Ambra», disse e riappese velocemente senza salutare. Franco si stava avvicinando a lei.

«A chi stai telefonando?» le domandò.

«Mi era venuta un'idea, ma capisco che è meglio serbare per noi il nostro segreto. Non telefono a nessuno», mentì.

«Così va bene», disse lui sapendo che mentiva.

Le circondò le spalle con aria da padrone e uscirono insieme sulla piazzetta deserta, illuminata dai lampioni e dalla luna.

57

Ermes salutò Ambra e chiuse la comunicazione. Subito dopo infilò cinque dollari sotto il telefono di Steiner. Era una simpatica abitudine americana che metteva l'ospite a proprio agio consentendogli l'uso del telefono senza sentirsi in colpa. E poi non voleva far pesare sull'amico, che già aveva problemi economici causati dalle pesanti richieste della ex moglie, anche il costo delle sue telefonate in Italia.

Era nella camera da letto del collega. Una stanza che sintetizzava il modo di vivere arruffato e opposto dei suoi occupanti: libri di medicina, animali di stoffa, un crocefisso ligneo e una stella di David. Una veduta notturna di Broadway e alcuni acquerelli che rappresentavano il duomo di Colonia, pipe di radica, vistose collane coloratissime di pietre false, una collezione di pregevoli boccali di cristallo e famiglie di animali di porcellana.

Erano due personalità diverse, quella di Heini e quella di Judith. Due età lontane nel tempo ma vicinissime sul piano dei sentimenti. Lui sulla soglia della cinquantina, lei appena ventenne.

Eppure in quella vetrina di contrasti regnava una singolare armonia. Era come se due generazioni a confronto si tendessero la mano riconoscendosi nelle disuguaglianze e trovando in esse fondamentali punti di riferimento, un incentivo a migliorare la qualità del loro rapporto.

Un cane di Judith, un volpino fulvo e bianco, si era accoccolato ai suoi piedi. Ermes sedeva sul bordo del letto, da dove aveva telefonato, e si tirò in piedi con una certa fatica.

Provava una sorta di invidia per la sorridente intesa tra Heini e la sua giovane compagna, un'intesa che tra lui e Giulia, da qualche tempo, si era andata deteriorando. Il fatto che lui sapesse, almeno in parte, le motivazioni psicologiche del suo comportamento, non cambiava il suo stato d'animo, né la realtà delle cose.

Giulia non era più l'innocente, vulnerabile e indifesa creatura che lui amava con tutto se stesso, ma una persona posseduta da un insensato bisogno di confrontarsi con tutto, anche sessualmente. Lui lo aveva perfettamente percepito.

Giulia aveva aspettato che lui partisse per riprendere il volo, ma non più verso le familiari solitudini rappresentate dalla casa di nonno Ubaldo a Modena. Aveva in mente altri traguardi e altri territori dove probabilmente non avrebbe messo radici, ma dove sicuramente avrebbe cercato una conferma della sua femminilità.

Girava intorno alle parole per paura di scontrarsi con una realtà non ancora documentata, ma pericolosamente intuita che alimentava in lui il sentimento più infido: la gelosia.

Era lui, adesso, il più indifeso. Ritornò in soggiorno dove l'amico e la sua compagna stavano completando un gigantesco puzzle. I cani e i gatti avevano occupato l'unico divano. Dalle casse armoniche dello stereo esplodeva la Nona Sinfonia di Beethoven. Nell'aria aleggiava l'aroma del tabacco da pipa. La ragazza alzò su di lui uno sguardo indagatore.

«Hai una faccia lunga e triste. Perché?» chiese affettuosamente.

Ermes non moriva dalla voglia di mettere in piazza i suoi problemi, ma quella sera, se non ci fosse stata Judith, avrebbe rovesciato addosso all'amico tutta la sua amarezza.

«Avevo sentito parlare di una festa», cambiò discorso. «Perché non ci andiamo?» propose.

Era stato Heini a dirgli che una loro amica, una fantasiosa esponente della pop-art, dava un party nella sua casa a pochi isolati da lì, nel quartiere cinese.

«Giusto, perché non ci fate un salto?» propose Judith che aveva captato il bisogno di Ermes di stare un po' da solo con l'amico.

«Tu non vieni?» la invitò Heini.

«Non questa sera», lei rifiutò senza giustificarsi. Andò a prendere i cappotti per gli uomini.

«Non farò tardi», la rassicurò il medico con una strizzatina d'occhio.

Quando furono in strada Heini ruppe il silenzio. «Non l'hai trovata. E così?» disse alludendo alla telefonata di Ermes.

Steiner sapeva di Giulia, della sua malattia, del generoso abbandono di Ermes che aveva preso a pretesto lo scambio di idee con i colleghi della Columbia University per lasciarla sola.

«Ha preso il volo», rispose Ermes depresso.

«Sono crisi passeggere», generalizzò l'amico per confortarlo. «Ora», continuò sorridente, «immergiamoci nella pazza folla in casa di Elsa. Un ragionevole tasso alcolico e un po' di frastuono sono un efficace antidepressivo.»

Si era alzato un vento teso che annunciava la neve.

«Ho paura di perderla», si sorprese a confessare Ermes. «Giulia è un gioiello raro. E qualcuno finirà per portarmelo via.» Ricordò le maligne insinuazioni di Marta a proposito di Franco Vassalli.

Heini guardò l'amico con viva preoccupazione. «Aspetta l'ebbrezza di una lunga serie di scotch per dire queste insulsaggini», lo rimproverò.

«Ma se Giulia si fosse stancata di me e avesse trovato un altro?» replicò Ermes con l'ingenuità di un ragazzino.

«Questo è un discorso accettabile che rientra nell'ordine

delle cose possibili», replicò con calma. «Ma se ho capito bene», aggiunse, «tu sei geloso come una scimmia. Ti garantisco che la gelosia non ha mai rafforzato l'equilibrio di una coppia. Prendi Judith», spiegò, «ha vent'anni. È bella, affettuosa, ha molti amici che frequenta anche senza di me. Ebbene, quando esce da sola e poi ritorna a casa, ho la certezza non solo che non mi ha tradito ma che mi ama più di prima. È giovane e ha bisogno di vita intorno a sé. Ha bisogno di sorrisi e di ottimismo che io non sempre posso darle.»

«Stai dicendo che dovrei fare la stessa cosa con Giulia?» chiese Ermes.

«Questa non è una domanda leale. Io ti ho parlato di me, della mia donna e di come abbiamo impostato il nostro rapporto. Ti ho sintetizzato un'esperienza che non è trasferibile. Ognuno deve impostare la propria vita in modo compatibile con la propria sopravvivenza.»

Ermes si passò una mano sulla faccia che, nonostante il freddo e i piccoli cristalli di neve che cominciavano a cadere, gli bruciava come se avesse la febbre. «Mi era sembrato facile decidere la mia partenza», confessò senza tener conto delle critiche del collega, «ma appena sono arrivato a New York, ho sperato che lei mi raggiungesse.»

«E invece non l'ha fatto», commentò l'amico.

«E io mi sono reso conto di avere mentito a lei e a me stesso.»

«C'è una soluzione», disse.

«Quale?»

«Domattina prendi il primo volo per Milano e ti togli il pensiero. Ma adesso, se ancora ci riesci, prova a distrarti», l'ammonì Steiner precedendolo nell'atrio di una vecchia casa.

La festa era al secondo piano, ma già alla prima rampa di scale si sentiva il ritmo di una lambada e un vocio confuso con scoppi di risate variamente modulate.

«Senti, io non ho voglia di tuffarmi nella mischia», disse Ermes ritraendosi davanti alla porta spalancata dell'appartamento dove era in pieno svolgimento la festa. C'era gente di tutte le età e di tutte le razze, un frastuono assordante e una terribile confusione.

«Professor Corsini», lo salutò una voce femminile squillante come un suono di campana.

Ermes guardò la ragazza che gli sorrideva cercando di ricordare dove e come l'avesse incontrata. Indugiò su quel viso bianco con trasparenze di perla, sul nasino petulante reso più delicato da una mascherina di lentiggini, sulla cascata di capelli fiammeggianti, sull'abitino blu cobalto con riflessi argentei.

«Sono Valentina», lo aiutò. «La dottoressa Valentina Righetti. Le dice qualcosa questo nome?» rise con aria maliziosa.

Finalmente si ricordò di lei. Un recente acquisto della clinica milanese. Una specialista in dermatologia chirurgica.

«Certamente: chirurgia correttiva», la salutò con un compito baciamano.

«Tutto mi sarei aspettata tranne che trovare lei, il severo professor Corsini, in questa specie di sagra della frivolezza», disse porgendogli una coppa di vino bianco e frizzante.

«Già», ammise lui sorridendo con un certo imbarazzo. «Neppure io, per la verità, avevo in programma una serata così mondana.»

La fissò incuriosito e ammirato. Quando l'aveva incontrata in clinica, la dottoressa Righetti gli era sembrata molto diversa dalla donna spumeggiante e disinvolta che gli stava davanti.

«So a che cosa sta pensando», disse lei aprendogli una strada tra la folla alla ricerca improbabile di un angolo tranquillo. «Lei ricordava i miei capelli raccolti sulla nuca, il camice bianco di una taglia abbondante e pesanti occhiali da miope», spiegò divertita. «È il mio travestimento professionale. Quando lascio la clinica, porto tacchi a spillo, lenti a contatto e cerco di sfruttare i miei capelli rossi e il fascino delle lentiggini», scherzò.

«Lei è la dermatologa più attraente che abbia mai incontrato», l'adulò Ermes alzando la voce per farsi capire in tutto quel frastuono.

«Come dice professore?»

«Che è molto attraente», fu costretto a gridare.

Heini Steiner, che si era lanciato nel vortice della danza con una negretta vestita di frange fluttuanti che mostravano più di quanto coprissero, si congratulò con lui con un sorriso pieno di ironia.

«Detto da lei è un fior di complimento», disse Valentina continuando a sorridergli. «Anche lei è molto attraente.» Gli dedicò uno sguardo inequivocabile, carico di malizia. «Vuole ballare?» lo invitò.

«Grazie, no. Mi sentirei ridicolo. Non c'è invece un modo per evadere? O dobbiamo aspettare la prossima amnistia?» la sua capacità di sopportazione era al limite.

«Mi segua», ordinò lei prendendolo per mano e guidandolo per una stretta scala a chiocciola.

Sbucarono in una specie di mansarda, con il soffitto a vetri. Era piuttosto fredda, ma si vedeva il cielo.

«Lo sapeva, professore, che a New York le stelle sono più vicine che a Milano?» lo sorprese Valentina guardando in alto.

«È uno scherzo o un modo per mettermi in imbarazzo?»

«Decida lei.»

«Come mai a New York?» scantonò l'uomo.

«Un congresso. Se preferisce, un pretesto per divertirmi un po'. E lei?» chiese facendosi insinuante.

«Una serie di incontri alla Columbia University», tagliò corto. «Questa sera, quando mi ha salutato, stavo per andarmene spaventato dalla confusione e dal rumore.»

«Sono felice che sia rimasto», scandì bene le parole.

Ermes sorrise. Le passò una mano sulla spalla. Poi le accarezzò una guancia con un gesto affettuoso e protettivo che lei gradì.

«Vado a cercare qualcosa da bere», disse, e dandole improvvisamente del tu ordinò: «Non muoverti di qui».

Ridiscese per la scala a chiocciola e si ritrovò nella folla degli ospiti. Raggiunse faticosamente la porta e sgusciò giù per le scale. Quando fu in strada fermò un taxi.

«*Hotel Pierre*», disse al conducente. Scappava vigliaccamente da una bella donna che gli stava offrendo un modo per non pensare a Giulia. Giulia gli pesava addosso come una nevrosi. La detestava e gli mancava. Come l'aria.

Quando entrò nel suo appartamento al quarto piano, la lucina rossa del telefono pulsava.

Sollevò l'apparecchio.

«C'è un messaggio per me?» chiese pieno di speranza.

«C'è una chiamata per lei. Rimanga in linea», lo avvertì la centralinista.

«Giulia», disse piano obbedendo a un desiderio.

«Mi dispiace deluderti, caro. Sono soltanto Marta», belò con la sua voce mielata.

«Che cosa vuoi?» chiese Ermes rassegnato.

«*Solo* testimoniarti la mia amarezza per il tuo disinganno.»

Ermes ricordò il modo in cui si erano lasciati. Le insinuazioni su Giulia.

«Che cosa stai dicendo?» tentò di parare il colpo.

«Ti riferisci a quello che vorrei dirti?»

Ermes fu lì per riattaccare, ma la curiosità prevalse.

«Non ho intenzione di rivederti, Marta.»

«Io sì. Ma so perdere con un certo stile. Tuttavia, non puoi impedirmi di esserti vicina e di esprimerti il mio rammarico per i dispiaceri che ti procura la tua Giulia. Capisco quanto la cosa possa ferirti.»

Ermes impallidì. Marta era troppo sicura di sé e aveva certamente in mano una combinazione vincente.

«Di che cosa stai parlando?» chiese simulando sicurezza.

«Non dirmi che non sai quello che ormai tutti sanno», si meravigliò Marta con meditata teatralità.

«Che cosa c'è da sapere?» chiese con rabbia.

«Sono la solita gaffeuse. Evidentemente non sai», disse perfidamente. «Perdonami, caro. Fa' conto che non ti abbia telefonato.»

Lui tacque in attesa della staffilata che sarebbe arrivata comunque.

«Ma forse è meglio sapere», riprese la donna, «in fondo sei un uomo di scienza. Sei abituato alle verità più dolorose. E poi, è meglio che tu lo sappia da me. La tua scrittrice», concluse trionfante, «è partita con Franco Vassalli. Una crociera nel Mediterraneo a bordo del *Serena*. Loro due. Naturalmente soli.»

58

IL sogno dove brillavano le stelle dei suoi cieli infantili improvvisamente si rannuvolò e si spense. Una sensazione di freddo le gelò le vene. Una nausea morbida e oleosa si impadronì di lei e la svegliò.

Responsabile del malessere era il beccheggio della barca, l'oscillare alterno dalla prua alla poppa per tagliare le onde. Individuata la causa del malessere, Giulia si sentì subito meglio.

Una voce nel buio, con venature infantili e toni supplichevoli, pronunciava frasi sconnesse di cui non afferrava il senso. C'era solo una parola chiara e ben distinta, ripetuta come un'ossessione: mamma. Giulia aprì gli occhi e nell'oscurità della cabina vide l'orologio digitale, sul tavolo accanto al letto, che segnava le tre del mattino. Il vento gemeva come un fantasma. Dopo qualche attimo di smarrimento, realizzò che la voce che sentiva nel buio era quella di Franco che dormiva accanto a lei. Quell'affettuosa, accorata parola, ripetuta insistentemente, le ricordò la vicenda del recente rapimento di sua madre. Giulia si intenerì. Un figlio e una madre, a qualsiasi età, sono sempre uno straordinario nucleo d'amore.

Pensò a Giorgio. I cupi giorni della ribellione, anche se erano appena passati, le sembravano ormai lontani. Era rimasto qualche livido nella sua anima, e forse anche in quella del ragazzo, ma il peggio sembrava passato anche se le restava dentro una paura incancellabile.

Giulia voleva credere che la vita di Giorgio, dopo la tempesta che li aveva travolti, si stesse finalmente incanalando verso la normalità. Per la prima volta, dopo tante angosce, vedeva uno sbocco positivo nell'avvenire di suo figlio e non era in ansia per lui. Dipendeva dalla sua fantastica avventura o dall'avere instaurato con Giorgio un rapporto diverso, fondato su una nuova consapevolezza da parte di entrambi? Qualunque fosse la risposta, qualcosa fra loro era certamente cambiato, e in meglio.

Giorgio avrebbe dovuto percorrere ancora un po' di strada prima di uscire definitivamente dalle sue difficoltà, ma Giulia riteneva che avesse imboccato il sentiero della salvezza.

Se lo immaginò addormentato nella quiete di Fontechiara e provò il desiderio irresistibile di trovarsi nella stanza accanto, per potersi alzare e andare a spiare il suo sonno, come faceva quand'era bambino.

Invece era così lontana. Per la prima volta, da quando era partita, esplose in lei la nostalgia per il figlio, il bisogno di ritornare a casa.

Nel sonno, Franco si mosse e tese un braccio verso di lei, quasi cercasse protezione.

«Mamma, sei qui?» chiese con voce assonnata.

Giulia si ritrasse con un senso di imbarazzo. Accese la lampada sul tavolino da notte. Franco aprì gli occhi e le sorrise.

«Perché non dormi?» le domandò.

Giulia lo guardò: «Non dormo perché tu mi hai svegliata», confessò. «Parlavi nel sonno.»

«Mi dispiace», si scusò.

«Chiamavi tua madre», insisté Giulia con finta indifferenza.

«I sogni sono misteriosi e incomprensibili», sentenziò per sottrarsi a ulteriori approfondimenti. «Forse non sono ancora riuscito a liberarmi dal pensiero del rapimento. È stato terribile. Quando ero bambino», incominciò a raccontare, «dicevo a tutti che mia madre era la mia fidanzata. E tale la consideravo. Rifiutavo gli inviti dei miei compagni di scuola per uscire con lei. Loro mi invidiavano perché credevano che uscissi con una ragazzina. Invece andavo in giro proprio con la mamma.»

Giulia lo guardò perplessa, preoccupata e turbata. Non era questo il genere di confessione che si aspettava da un uomo come Franco Vassalli.

«Vado a bere qualcosa», disse Giulia. Scivolò fuori dal letto, afferrò la vestaglia e uscì dalla cabina. La barca beccheggiava con allarmante intensità e lei dovette aggrapparsi al corrimano per non cadere. Raggiunse il quadrato. Il marinaio anziano, al tavolo da carteggio, stava facendo il punto. L'uomo, salutandola, le regalò un largo sorriso mostrando i denti bianchi e forti.

Era una faccia semplice e coraggiosa, piena di ottimismo e di gioia di vivere.

«Dove siamo?» si informò Giulia.

«Stiamo attraversando il Golfo del Leone. Abbiamo un vento tra i quindici e i venti nodi. Ciò significa che in due giorni e mezzo di navigazione, se tutto va bene, arriveremo a Gibilterra», disse il marinaio.

«Capisco», osservò Giulia. «Quello, però, che vorrei sapere con esattezza è quando potrò sbarcare.»

«Fra due giorni e mezzo, signora. A meno che lei non desideri prendere terra domattina. In questo caso dovrei invertire la rotta e tornare a Minorca. Questa inversione, però, non è nel piano di navigazione del comandante», spiegò pazientemente l'inglese.

«Il comandante e il suo equipaggio sono agli ordini della signora», intervenne Franco che aveva raggiunto il quadrato. Il marinaio si allontanò.

«Sei formidabile», esclamò Giulia riconoscente.

«Ma le mie azioni sono in ribasso», replicò lui prendendo dal bar una bottiglia di vecchio whisky, «altrimenti non mi pianteresti in asso nel cuore della notte per venire in quadrato a sovvertire i miei piani.»

Tese il bicchiere a Giulia che rifiutò. «Preferisco bere acqua», pensò all'attacco di nausea che aveva avuto.

«Perché vuoi interrompere questo viaggio?» chiese Franco porgendole un bicchiere di acqua naturale.

«Nostalgia di casa», si giustificò.

«Tanto forte?» insinuò l'uomo poco convinto.

Giulia andò a sedersi su un divano e bevve un lungo sorso d'acqua.

«Tanto da chiederti il permesso di sbarcare allo scalo più vicino», precisò lei.

Franco la guardò incredulo. «Avevamo deciso di fare una crociera di otto giorni, era una piccola verifica per un'esistenza in comune. Navighiamo soltanto da due giorni. Non vuoi proprio aspettare la fine del viaggio?» le sedette vicino e la guardò in quel suo modo irresistibile che la faceva fremere.

Giulia si sentì spiazzata. Perché Franco si metteva improvvisamente a parlare di esistenza comune? Si rannicchiò nell'angolo del divano.

Che cosa ci faceva lei, Giulia de Blasco, nel Golfo del Leone, su quell'elegante imbarcazione con un uomo che praticamente non conosceva? Perché aveva voluto provare il brivido della trasgressione con un uomo diverso, pur essendo incinta dell'uomo che amava?

Affiorò nitida nella memoria una storia che risaliva agli anni della sua adolescenza. Una calda estate nella casa di campagna del nonno Ubaldo. Sedevano a tavola, lei e il nonno, nella grande cucina che un sole impietoso aveva arroventato fino al tramonto. Poi le ombre della sera, percorse dallo stridio delle rondini, si erano distese fresche e gradevoli sulle case e sui campi. Voci di bimbi sull'aia. Abbaiare di cani lontani. La vecchia Radio-Marelli trasmetteva canzonette.

L'aria era piena dell'appetitoso odore dei cibi. Lei e il nonno mangiavano prosciutto con fichi e melone.

«Come mai sei così silenziosa?» chiese il nonno.

«Ascoltavo la radio», mentì lei.

Il nonno scosse il capo accompagnando quel gesto con un brontolio sordo.

«Dai, raccontamela giusta», l'ammonì il vecchio. «Tanto io so quando dici le bugie. Che poi non piacciono neanche a te.»

«Come fai a saperlo?»

«Te lo leggo negli occhi.»

«Allora, tanto vale che ti dica la verità.»

«Ti ascolto», disse con finta indifferenza il vecchio che in realtà moriva dalla voglia di sapere.

«Ho visto la Gilda», confessò Giulia, «che era nei campi dietro la Casa Bruciata. Faceva l'amore con un carabiniere.»

Giulia non aveva mai visto un uomo e una donna fare l'amore. Era stato uno spettacolo che l'aveva incuriosita e sconvolta. Anche perché, attraverso la veste di cotone sbottonata di Gilda, la ragazzina aveva visto il ventre gonfio e bianco della donna sul quale l'uomo si accaniva con un piacere animalesco.

«Mi dispiace», sospirò il nonno continuando a mangiare. «Sarebbe stato meglio che non li avessi visti, quei due. Ma ormai... Cerca di non dare loro troppo peso.»

Il nonno Ubaldo era un uomo imprevedibile, litigioso, ma anche tollerante. Forse perché doveva farsi perdonare molti peccati e l'indulgenza che aveva per gli altri, probabilmente, sperava che ricadesse anche su di sé.

«La Gilda è incinta. Io non immaginavo che una donna in quello stato facesse queste cose», arrossì Giulia che non avrebbe mai affrontato un argomento così delicato con un altro che non fosse stato suo nonno.

«Be', adesso lo sai. Non è una cosa edificante, ma prima di condannare aspetta di crescere», la ammonì bonariamente.

«Ma il carabiniere non è neanche il marito della Gilda», insistette lei che voleva chiarire alcuni punti precisi per capire meglio.

«Una donna incinta, resta sempre una donna con i suoi desideri. Se poi si tratta della Gilda, tutti gli uomini sono buoni. Tranne il marito, naturalmente», rise Ubaldo.

«La mamma dice che una donna incinta è sacra», martellò lei.

Le sembrava immorale e inaccettabile che un tutore dell'ordine potesse compiere un'aggressione blasfema su una donna che aspettava un figlio.

Ora toccava a lei, Giulia de Blasco, vivere quell'esperienza dissacrante con un uomo che non era il suo. Certo non aveva il pancione di Gilda e Franco non immaginava neppure che lei aspettasse un bambino. E invece lo aspettava. E quel figlio lo voleva con tutta se stessa.

«Non voglio aspettare la fine del viaggio. E non voglio provare niente. Perché non ho bisogno di provare niente», si infiammò lei. «Io ho già un uomo», disse d'un fiato.

Franco sorrise, ma fu un sorriso tirato e doloroso. «Lo avevi anche prima di telefonarmi e di partire per questa crociera», osservò. «Lo avevi anche quando sembravi morire tra le mie braccia.»

Giulia non accampò delle scuse, non lo riteneva dignitoso e, soprattutto, non ne sentiva il bisogno. I brividi della trasgressione che l'avevano coinvolta ed esaltata erano passati.

«Desidero tornare a casa», gli disse con sincerità.

«Da Ermes Corsini?»

«Sì, da lui.»

«Perché?» chiese Franco.

«Perche lo amo.» Dopo un attimo di silenzio Giulia proseguì: «Non so niente di te. Tranne che mi piacevi e mi piaci ancora. Ma Ermes è l'uomo della mia vita».

«Io ti voglio, lo capisci?» la aggredì Franco.

«Non guastare quello che c'è stato tra noi», Giulia lo indusse a riflettere.

Franco sedette sul divano e si prese la testa tra le mani. «Abbiamo fatto l'amore come se il sesso fosse una nostra scoperta esclusiva», incominciò. «Ti ho portata su questa barca dove non è salita nessuna donna tranne te. Prima di averti ho passato giorni e giorni a desiderarti.» Franco Vassalli aveva l'aria smarrita di uno studentello alla sua prima delusione d'amore.

«Ci sono donne più belle, più affascinanti di te. Ma ti voglio per i tuoi pensieri che non conosco. È la tua mente che mi ha stregato», proseguì. «Vorrei essere un bambino», la sorprese Franco, «piccolo così», disse misurando una porzione d'aria tra il pollice e l'indice. «Vorrei entrare dentro di te, nel tuo grembo. Come un figlio. E vivere in sintonia con il tuo cervello. Così saprei quello che senti e quello che pensi.» Il suo sguardo si fece opaco, torbido e Giulia provò un senso di paura.

«Mi porterai a casa?» chiese piano.

«Certo, se è questo che vuoi. Sbarcheremo a Minorca che è il porto più vicino. Intanto, vuoi ritornare a letto con me? Almeno fino a quando spunterà il sole?»

Voleva approfittare di quell'ultima occasione per tentare di riconquistarla, ma non era più l'uomo forte e desiderabile che Giulia aveva voluto con tutta se stessa. Era una creatura vulnerabile in cerca di aiuto.

Giulia era già lontana da lui, da quel mare, da quella barca, da quella travolgente esperienza. Stava pensando a Ermes, a Giorgio, ad Ambra e al nuovo bambino che adesso voleva più di ogni altra cosa al mondo.

59

VALENTINA Righetti attese un buon quarto d'ora osservando gli incomprensibili quadri alle pareti e guardando le stelle. Respinse gli assalti di un paio di ospiti alticci arrivati fin lassù per offrirle la loro compagnia, starnutì ripetutamente a causa dell'aria gelida che entrava dagli infissi e, infine, stanca di aspettare Ermes Corsini, decise di scendere a cercarlo.

Ermes non c'era. Il bel tenebroso, che ormai credeva di avere catturato, sia pure per una breve avventura, era scomparso senza lasciare traccia. Ma perché piantarla in asso come un ladro?

Valentina individuò il suo accompagnatore che, con movenze goffe, tentava di imparare la lambada da una brunetta secca e allupata.

«Io me ne vado», disse Valentina. «Ci vediamo domani.»

«Ma nemmeno per sogno», replicò lui abbandonando la sua scatenata maestra di danza esotica, che incominciò subito a strusciarsi contro l'uomo più vicino. «Vengo con te», soggiunse prendendola per un braccio.

«Come vuoi», finì per accettare. «Prima dovrò trovare la mia pelliccia.»

Nella camera della pittrice, cappotti, mantelli e pellicce erano stati gettati sul letto e formavano una montagna informe.

«È una parola», osservò l'uomo guardando sconsolato quel cumulo di indumenti.

Cominciarono a rovistare procedendo alla cieca e aggiungendo confusione al disordine.

Una domestica nera si affacciò sulla soglia ripetendo instancabile, con voce monocorde: «Valentina Righetti».

«Sono io.»

«Allora vai al telefono», brontolò la donna. «In cucina», precisò prima di reimmergersi nella folla degli invitati.

Valentina la seguì.

La cucina sembrava un campo di battaglia. Dappertutto bicchieri e piatti sporchi. Avanzi di cibo e di bevande. Bottiglie vuote e piatti di carta. Il ricevitore era stato posato su un piatto con avanzi di pasta al pomodoro. La ragazza afferrò la cornetta e la accostò all'orecchio cercando di limitare i danni.

«Chi è?» domandò.

«Ermes», rispose l'uomo dall'altra parte del filo.

«Ci conosciamo?» chiese lei con sussiego.

«Scusami. Ma non ho resistito in quella bolgia. Vuoi venire a bere qualcosa?» propose lui.

«Dove?» domandò lei con un sorriso radioso.

«*Hotel Pierre*. Appartamento quattrocentosei», precisò Ermes.

Valentina ritornò in camera da letto dove il suo compagno combatteva una lotta impari con i cappotti che si aggrovigliavano e scivolavano da tutte le parti come serpenti.

La ragazza afferrò al volo una mantella di pelliccia.

«È stato un colpo di fortuna trovarla subito», si complimentò l'uomo.

«Non è mia», lei sorrise con aria complice. «Ma è di buona qualità e mi va bene. Ho fretta. Ciao», lo salutò dileguandosi.

Per Valentina Righetti, come per tutte le donne dell'équipe della Clinica Milanese, il professor Ermes Corsini rappresentava una specie di inaccessibile divinità. Tutti conoscevano il suo legame con la scrittrice Giulia de Blasco e sapevano che non degnava di uno sguardo le altre donne. Questo fatto lo rendeva ancora più desiderabile. Averlo scoperto all'improvviso disponibile e imprevedibile aveva fatto vibrare in lei le corde della femminilità. Così, nonostante la recente umiliazione, aveva deciso di accettare al volo l'invito.

Valentina arrivò al *Pierre* con la certezza di vivere un'esaltante avventura. Quando bussò alla porta dell'appartamento di Ermes aveva il cuore in gola e il sangue in subbuglio.

«Sono in ritardo?» gli chiese sfoderando lo sguardo più ingenuo del suo repertorio. Lui la accolse nella luce ovattata di un salottino di stile europeo.

«Sei puntualissima», disse aiutandola a togliersi la mantella. Su un carrello, apparecchiato con una tovaglia di lino candido, c'erano un secchiello con lo champagne, una ciotola di cristallo colma di frutta fresca e un vassoio con tartine di salmone adagiate su larghe foglie di lattuga.

«Da dove incominciamo?» chiese Valentina riordinando una ciocca fiammeggiante dei suoi capelli. Era molto attraente e lo sapeva.

Ermes stappò la bottiglia di Cristal, riempì due bicchieri e gliene porse uno.

«Dal punto in cui eravamo rimasti», rispose lui.

Valentina si mosse per prendere il bicchiere e lanciò uno sguardo nella stanza accanto. La camera da letto, sui toni grigi e azzurri, sembrava invitante.

Guardò Ermes e le parve che i suoi occhi grigi fossero velati da un'ombra.

«A noi due», brindò Valentina facendo tintinnare i bicchieri.

«Già», fece lui soprappensiero, «a noi due», aggiunse prima di vuotare il bicchiere. «Ho fatto preparare qualcosa da mangiare.»

«Per prima o per dopo?» chiese con intenzione.

«Per dopo», disse lui sospingendola deciso verso la camera da letto.

Valentina stava interpretando un ruolo che non le si addiceva per vincere una specie di ossessione che la induceva a credere di non saper suscitare la virilità del partner. C'erano stati uomini con i quali aveva passato mesi ad amoreggiare prima di arrivare al rapporto sessuale. Ne aveva conosciuto altri che, di fronte alla naturale conclusione di un incontro d'amore, si lasciavano prendere dal panico e vi rinunciavano. Alcuni avevano dato deludenti prove di sé. E Valentina aveva preso su se stessa la colpa di queste sconfitte.

Così, si era rassegnata a mortificare la sua prorompente bellezza in un largo camice bianco anche se, come ogni donna, sperava ogni giorno, svegliandosi, di incontrare l'uomo della sua vita. Era evidente che la storia con Ermes non sarebbe sfociata in un rapporto duraturo, ma le bastava essere desiderata.

Valentina non sapeva per quale ragione il gelido primario si stesse interessando proprio a lei e non voleva saperlo. Le bastava partecipare alla realizzazione di quel miracolo che la stava travolgendo.

Ermes non si preoccupò di spogliarla completamente. La fece sdraiare sul letto e la penetrò in un amplesso senza baci, senza tenerezza.

Quando Ermes si sciolse dentro di lei, gli occhi della donna si riempirono di lacrime.

Giulia scese dal taxi davanti al *Pierre*. Aveva viaggiato tutto il giorno passando da un aereo all'altro. Era stanca e felice. Attraversò la hall e raggiunse il banco del concierge.

«Il signor Corsini, per favore.»

Il portiere, un italiano che lavorava da oltre vent'anni nel grande albergo newyorkese, era pronto a scambiare quattro chiacchiere con la bella connazionale, ma Giulia, dopo qualche frase convenzionale sul tempo, gli fece capire, gentilmente, che il colloquio era finito.

L'uomo, a malincuore, guardò la casella corrispondente all'appartamento di Ermes. «Il signor Corsini è in camera», annunciò, «Chi devo dire?» domandò apprestandosi a sollevare il telefono.

«Sono la signora Corsini», mentì e aggiunse subito: «Non telefoni, la prego. Vorrei fargli una sorpresa».

«Che signora spiritosa», l'adulò il portiere. «Salga all'appartamento quattrocentosei e... auguri», sorrise con aria complice.

Giulia salì al quarto piano e bussò. Non avendo ottenuto risposta, girò la maniglia della porta che obbedì docilmente aprendosi su un salotto dove tutto sembrava predisposto per accoglierla. Lasciò cadere la pelliccia sulla poltrona e si affacciò sulla soglia della camera da letto.

Vide Ermes e una donna dalla chioma fulva in un atteggiamento inequivocabile.

«Non è possibile», mormorò portandosi le mani al viso e dalla gola serrata le uscì una risata isterica, irrefrenabile che raggiunse in pochi secondi la massima estensione. Ermes si alzò di scatto e si girò verso la porta.

«Giulia», la chiamò piano.

Lei continuava a ridere, incapace di controllarsi, ma i sussulti diventarono singhiozzi disperati. Valentina si era messa a sedere sul letto, pietrificata dallo stupore.

Giulia, piangendo, si voltò lentamente e uscì chiudendo la porta dell'appartamento alle sue spalle. Poi si abbandonò contro il muro del corridoio e continuò a singhiozzare. Una giovane coppia le passò accanto mentre la porta dell'appartamento si apriva e Valentina ne usciva, dignitosamente, in silenzio.

Due mani forti l'afferrarono per le spalle e la obbligarono a voltarsi.

«Che cosa ti aspettavi di trovare?» l'aggredì Ermes guardandola negli occhi. «Un uomo distrutto, tradito e a braccia spalancate?»

«Non toccarmi», reagì Giulia continuando a singhiozzare.

E subito Ermes l'abbracciò e la tenne stretta fra le sue braccia cullandola come una bambina: «Perdonami, Giulia».

Giulia a questo punto non aveva titoli per condannare o per assolvere e le mancava la necessaria lucidità. Si sentiva come un cane bastonato senza più la forza di reagire. E poi, perché avrebbe dovuto perdonare? Chi avrebbe perdonato lei? Aveva toccato il fondo e non sapeva se avrebbe trovato le energie per ritornare a galla.

Disse soltanto: «Perché, Ermes... perché?»

60

MARTA Corsini indossò una camicia da notte di seta color avorio, chiusa al collo e ai polsi da una ruche di pizzo. Sembrava una collegiale e nessuno, valutò ammirandosi allo specchio, avrebbe detto che aveva ormai superato la soglia dei cinquant'anni. Merito del suo corredo biologico e delle assidue attenzioni che dedicava al suo corpo.

Si infilò nel letto, che per alcuni mesi aveva diviso con James Kendall, dove ormai dormiva sola. Il suo era stato un errore imperdonabile. Aveva puntato tutto sul celebre chirurgo plastico convinta che fosse una carta vincente, invece aveva perso la partita. James Kendall aveva avuto il pessimo gusto di morire all'improvviso senza nominarla nel testamento, senza darle una ricompensa per il tempo che gli aveva dedicato. Il meno che potesse aspettarsi era quell'appartamento in Park Avenue, dove attualmente si trovava per gentile concessione dei figli di James che, peraltro, avevano il diritto di cacciarla in qualunque momento.

Marta era ricca, ma non possedeva una casa a New York. E questo era disdicevole per una donna della sua condizione.

Fortunatamente non era la sola, in quel periodo, a essere in disgrazia. Non è probabilmente vero che il male comune è sempre un «mezzo gaudio», ma era pur sempre una piccola soddisfazione. L'ombra di un sorriso aleggiò sul suo volto mentre si avvolgeva nelle lenzuola di lino ricamate a mano. Era consolante che anche Ermes stesse vivendo momenti terribili.

Quando gli aveva telefonato per dirgli che Giulia era in crociera con Franco Vassalli, aveva avvertito il suo imbarazzo e il suo dolore. Era già una consolazione.

Prese il telefono e chiamò Zaira Manodori. Aveva un buon pretesto: parlarle di abiti. In realtà voleva avere notizie di prima mano su ciò che più la interessava.

«Sei sempre a New York?» chiese la stilista sentendo la sua voce rimbalzare sul satellite.

«Sempre. Ma non dimentico che si avvicina l'apertura della Scala. Vorrei sapere a che punto sei con il mio vestito», replicò Marta.

«Tranquillizzati», garantì la stilista. «Il 7 dicembre tutti i fotografi saranno ai tuoi piedi. Sarai la più bella.»

«Com'è Milano senza di me?» stava prendendo il discorso da lontano.

«Come se mancasse la Madonnina», mentì spudoratamente.

«Sei un'incantevole bugiarda», disse Marta nemmeno tanto convinta. «Hai notizie di Franco Vassalli?» sparò finalmente.

«Ha interrotto la sua crociera nel Mediterraneo. Stamattina è passato da Dorina per vedere le bambine», tergiversò.

«Sai che di quelle due pupattole non mi importa niente, Zaira. Non tenermi sulle spine», la supplicò. «Perché ha interrotto la crociera?» domandò Marta ansiosa.

«Giulia l'ha mollato», annunciò Zaira non senza soddisfazione.

Fu una mazzata che la stordì. «Giulia ha fatto questo?» ribatté Marta scandalizzata come se la scrittrice avesse commesso un delitto.

«A giudicare dalla faccia di Franco, che è quella dei momenti peggiori, sembrerebbe proprio di sì.»

«Si potrebbe trattare di un problema di affari», ipotizzò Marta.

«Si potrebbe, ma non lo è», la contraddisse Zaira. «Casomai sono affari di cuore. Perché Giulia ha voluto sbarcare a Minorca da dove è partita per New York. Non è escluso che tu possa incontrarla, se rimani lì.»

Marta aveva incontrato casualmente anche Ermes, ma non aveva nessuna intenzione di trasformarsi in detective per vedere la sua peggiore nemica.

«Se hai in serbo qualche altro particolare, dimmelo senza farmi troppo penare», insistette.

«Sai, questo è l'argomento del giorno», martellò Zaira con una punta di sadismo. «Ma si tratta soltanto di illazioni. Perché Franco non ha detto niente alla sua ex moglie. E anche tu conosci bene la proverbiale discrezione di Giulia. Le notizie che ti ho dato sono quelle diffuse dai marinai.»

«Non chiedermi apprezzamenti su di lei», si inviperì Marta. «Perché la cosa migliore che potrei dire è che la tua amica scrittrice è una grandissima puttana.»

«Dolcissima Marta», la salutò Zaira. «Arrivederci. Ti aspetto a Milano per l'ultima prova del vestito entro la fine del mese.»

«Ci sarò», disse Marta furibonda. Chiuse la comunicazione dimenticando persino di ricambiare i saluti della stilista.

Abbandonò la testa sul cuscino, chiuse gli occhi e fu sopraffatta dalla voglia di piangere. Ermes e Giulia erano sicuramente insieme per ricominciare la loro storia d'amore. Quante cose avevano da dirsi, quante emozioni da vivere. Perché, Marta ne era certa, Ermes avrebbe perdonato a Giulia questa trasgressione.

Marta pianse di rabbia sulla sua solitudine, in quella casa bellissima, da dove poteva essere sfrattata in qualsiasi momento. Che futuro aveva lei, senza un marito, senza un compagno?

C'era una scatola di cioccolatini sul tavolino da notte. Ne

afferrò una manciata e li divorò traendone un piccolo sollievo e dimenticando quanto fossero deleteri per la sua linea.

Poi consultò la sua agenda telefonica e trovò il numero che cercava, quello della casa milanese di Franco Vassalli.

«Sono Marta Corsini, cerco il dottor Vassalli», disse al cameriere che le rispose.

Poco dopo sentì la voce di Franco. La riconobbe subito e sentì che era venata di tristezza.

«Vuoi una spalla su cui piangere?» si offrì. E aggiunse: «Che cosa ne diresti di cenare con una vecchia amica?»

«Sto partendo per Parigi», la informò brevemente.

«Allora facciamo domani sera alle nove in punto, alla *Tour d'Argent*», precisò Marta.

«Sei fantastica», rise Franco.

«E irresistibile, spero.»

«Irresistibile», confermò l'uomo. «Sei riuscita a regalarmi un momento di puro divertimento.»

«Ci sarai?»

«Ci sarò», promise.

Marta aveva un appuntamento con l'avvocato Martin Newton per le nove del mattino. Avrebbe fatto in tempo a prendere il Concorde e sarebbe arrivata puntualissima a Parigi all'appuntamento con Vassalli. Si sentiva già meglio ed era pronta per ricominciare. Rimise a posto il telefono, prese un tranquillante e si addormentò subito.

61

Ermes teneva Giulia fra le sue braccia: «Sei ancora più bella di come ti ricordavo».

L'aveva convinta a ritornare nel salotto del suo appartamento al *Pierre* e sedeva sul divano accanto a lei.

«È passata soltanto una settimana dal nostro ultimo incontro», si stupì lei e aggiunse: «Tu eri e sei l'uomo della mia vita. Il solo».

La recente tempesta sembrava passata.

«È per dirmi questo che sei venuta fin qui?» chiese Ermes.

Giulia annuì.

«Questo lo so, da quando eravamo ragazzi. Te lo ricordi il nostro primo incontro?» domandò cominciando a scavare nel passato.

«Tu abbattevi un alberello nel giardino di casa mia. Era un modo per pagare le lezioni di greco e di latino che ti dava mio padre», ricordò Giulia.

«Il professor Vittorio de Blasco», puntualizzò lui.

«Rimasi affascinata dalla tua bellezza», scherzò lei.

«Ti capisco benissimo», stette al gioco.

«E ti offrii un caffè», continuò Giulia sorridendo.

«Eccellente. E tu avevi un grosso raffreddore. Gli occhi lucidi di febbre e il naso rosso.»

«Poi tu mi baciasti. E fu il mio primo vero bacio. E pensare che ti ho lasciato partire», esclamò. «Ero convinta di non essere più una donna desiderabile. Ero persuasa che il tuo amore fosse contaminato dalla pietà per la paziente toccata da un male atroce. Adesso ho la certezza che non era così. Voglio te, Ermes, e te soltanto», dichiarò con convinzione.

«Lo so, Giùlia», disse lui.

«No, tu non sai niente. Non sai nemmeno che cosa ho fatto e come ho vissuto in questi giorni di separazione», replicò prontamente.

«Non voglio sapere nulla dei giorni passati», la fermò.

«Ma tu devi saperlo», lei insistette. «Non devono esserci ombre tra di noi. Devo dirti quello che è successo.»

«Non voglio sapere niente», ripeté Ermes alzandosi di scatto dal divano.

«Allora andiamo a dormire», lei si rassegnò. «Sono stanca. Sono letteralmente a pezzi.»

«Chiedo che ti trovino una camera confortevole», disse lui girandole le spalle.

Giulia lo guardò perplessa e addolorata. «Che cosa dici? Io dormirò qui. Con te.»

«Ascoltami bene», si voltò per guardarla negli occhi, «sono io che non riesco a dormire con te.» Pronunciò queste parole dolorosamente.

Giulia si sentì mancare la terra sotto i piedi, come se stesse precipitando in una buia voragine.

«Perché questo orribile scherzo? Per farmi del male?» chiese disorientata.

«Mi conosci bene. Non posso scherzare su una cosa tanto importante», ribadì Ermes.

«Ma allora, tu mi stai dicendo...» si interruppe.

«Ti sto dicendo che è finita, Giulia. Che soltanto in questo momento mi rendo conto che la nostra storia è finita.»

«Ti sei ingelosito per Franco Vassalli?» tentò sperando

in uno spiraglio di salvezza. «Mi vuoi punire?» Giulia era disperata.

Ermes prese delicatamente fra le sue mani il bel volto commosso di Giulia. «Casomai sto punendo crudelmente me stesso. So benissimo che cosa perdo, ma so anche che non potrei continuare a vivere con te dopo quello che è successo.»

Giulia passò dalla commozione al furore. «Non ti credo. Io ti conosco e so che mi vuoi bene. E quando ci si ama, si sta insieme», urlò. «Io sto nutrendo col mio sangue nostro figlio. Un bambino tuo e mio. Lo capisci questo?»

«Quel bambino che porti dentro di te è soltanto tuo. Lo hai gridato a piena voce. Poteva essere mio, ma non lo è stato. Tu ne hai rivendicato l'esclusivo possesso. Così come, da sola, hai voluto fare scelte delle quali ti devi assumere la responsabilità.»

Soffrivano tutti e due, profondamente.

«Io ti amo, Ermes», mormorò Giulia.

«Anch'io ti amo, ma c'è qualcosa in me che mi impedisce di andare avanti.»

Giulia afferrò la pelliccia, abbandonata su una sedia, e uscì sbattendo la porta.

62

IL Concorde era appena partito da New York e puntava su Parigi. In aereo, Marta si sentiva bene come se si trovasse nel suo elemento naturale. Raccoglieva i suoi pensieri, faceva progetti, perfezionava le sue strategie.

Questa volta ripensava al recente incontro con l'avvocato Martin Newton. Era uno stimato e temuto professionista con lo studio in Broad Street, nel quartiere degli affari. Era stato molto amico di James Kendall e non gli aveva mai nascosto la sua simpatia e la sua ammirazione per Marta.

«Marta e Martin, due nomi che sembrano fatti apposta per procedere in coppia», le aveva detto alcuni mesi prima, quando si erano conosciuti. E già allora l'accostamento era qualcosa di più di una semplice battuta.

Martin Newton era un tipo alla Clark Gable. Navigava a vele spiegate verso la sessantina ed era il vedovo più conteso tra le divorziate che frequentavano i quartieri alti.

James aveva raccontato a Marta che la moglie dell'avvocato Newton discendeva da una nobile famiglia del Thanet e, morendo, aveva lasciato un vuoto che nessuna donna avrebbe mai potuto colmare.

Era vedovo da vent'anni e sul suo conto non era stato costruito nemmeno un pettegolezzo per quanto riguardava la sua vita sentimentale. Il lavoro sembrava assorbirlo completamente.

«È davvero un piacere rivederti», l'aveva salutata quella mattina andandole incontro e baciandole la mano. L'aveva ricevuta nel suo studio con le pareti rivestite di quercia e le poltrone in pelle, i libri antichi e la pesante scrivania di mogano.

Non c'era nulla di convenzionale nel saluto di Martin, ma un sentimento di sincera ammirazione che la lusingava. Quella mattina Marta aveva indossato un tailleur di cachemire color salvia con una camicetta di seta blu e una cravatta regimental a righe salvia e blu. Un completo firmato Zaira Manodori che conferiva un tocco di classe alla sua bellezza bionda.

«So di averti affidato un incarico tutt'altro che piacevole», aveva esordito lei, seduta comodamente in poltrona, le lunghe gambe accavallate e un sorriso smagliante.

Marta si riferiva alla sua richiesta di impugnare il testamento di James, che secondo lui non avrebbe avuto valore, essendo stato redatto prima del loro fidanzamento.

«Non direi tanto spiacevole, quanto delicato e complesso», ribatté Martin prendendo posto di fronte a Marta nella poltrona gemella. «Un compito difficile per una contestazione più che legittima, sotto il profilo morale. Più complessa dal punto di vista legale. Lasciami studiare il problema», soggiunse con un lampo di intelligenza nello sguardo, «e vedrai che cercheremo di risolverlo. So quanto James ti amasse e sono sicuro che, subito dopo il fidanzamento, si sarebbe sicuramente preoccupato per te.»

«Questa tua testimonianza mi è di grande conforto», disse Marta offrendogli un sorriso mite e pieno di sincero dolore.

«Mi ricordi la mia Jane», sussurrò l'uomo. «Dolce, bionda, raffinata. Il suo stesso portamento. Gli stessi tratti legati all'aristocrazia europea. Niente a che vedere con l'invadenza delle donne americane, troppo esplicite e prive di sfumature nel linguaggio e nell'espressione.»

Era sulla buona strada. In quel momento Marta ebbe la

certezza che, se soltanto gli avesse dato un po' di corda, avrebbe finito per ritrovarselo ai suoi piedi. Ma non era quello che voleva. Non per il momento. Adesso aveva bisogno di un maturo e valente avvocato per portare a casa le briciole dell'eredità di Kendall e di un giovane e vigoroso amante che placasse i suoi ultimi ardori e la facesse sentire viva.

Marta guardò fuori dall'ampia finestra che si affacciava sulla vertigine di Wall Street con i grattacieli che si stagliavano nel grigio plumbeo di quel gelido novembre.

«Proprio così, Marta», riprese Martin. «Più ti guardo, più rivedo la mia Jane.»

Marta formulò mentalmente quelli che riteneva i più efficaci scongiuri. «Se amavi Jane come James ha amato me, deve essere stata una donna molto fortunata», deviò abilmente il discorso. Era riuscita a calarsi con rara efficacia nel ruolo della vedova inconsolabile, distillando una sufficiente, ma non esagerata, quantità di sospiri.

«Il mio povero James», soggiunse, «non avrebbe pace se sapesse in quale situazione mi ha lasciata.»

«Vedremo di porre rimedio...»

«Perché vedi, Martin», lo interruppe, «io non voglio un ricordo di James per avidità. Non ne ho nessun bisogno. E tu lo sai. Non basterebbe tutto il denaro del mondo per alleviare il mio dolore», si commiserò facendo apparire come per magia tra le sue mani un aereo fazzolettino di batista. «Il problema è squisitamente morale», continuò. «Che i suoi figli abbiano quello che spetta loro, mi sembra sacrosanto. Ma che alle due ex mogli vada una terzo dell'eredità, mi sembra sommamente immorale. Lui le detestava. Lo dimostra il fatto che ha divorziato. Permettere a queste due donne di prendersi tutto sarebbe come impedirmi di essere la sua vedova. La sola persona degna di questo nome. Dio mi è testimone della mia devozione e del mio amore per lui.» Arginò le lacrime salvando la faccia e il trucco.

«Marta, amica dolcissima», la rassicurò prendendole le

mani, «se non esiste un modo per avere giustizia, lo inventeremo. Il tuo dolore avrà una tangibile testimonianza, un segno concreto, te lo prometto.»

E in quel momento, fissando i suoi occhi pieni di promesse nello sguardo intenerito di lui, Marta seppe che il grande avvocato avrebbe fatto tutto il possibile, e anche qualche cosa di più, per risolvere il problema «morale» che la angustiava.

Uno steward ossequioso si apprestò a servirle il pranzo che Marta rifiutò chiedendo, invece, del succo d'arancia. Poi eliminò anche la cuffia per l'ascolto di un film che stavano proiettando. Si abbandonò contro lo schienale della poltrona e cercò di dormire. Voleva rilassarsi per presentarsi nella forma migliore all'appuntamento con Franco Vassalli.

L'aereo atterrò al Charles de Gaulle mentre Parigi si accendeva di mille luci. Un taxi la portò al *Victoria Palace* dove ebbe il tempo di fare un accurato restauro.

Alle nove in punto era al numero quindici del quai Tournelle, alla *Tour d'Argent*. Vassalli la stava aspettando.

«Puntuale come il primo giorno dell'anno», scherzò Franco andandole incontro. «Non mi sembra una tua prerogativa.»

«La puntualità?» chiese porgendogli la mano da baciare. «Dipende da chi mi aspetta.»

«Devo essere lusingato?»

«Non montarti la testa. Mi riferivo al celebre *canard au sang*. Specialità della casa», replicò accomodandosi nella poltroncina che un maître premuroso e impeccabile aveva spostato per lei.

«Non ti smentisci mai», lui le sorrise prendendo posto a sua volta. «Giù la maschera, Marta Corsini», aggiunse puntandole contro l'indice accusatore. «Come se non sapessi che hai attraversato l'oceano esclusivamente per vedermi.»

«E per sapere, tesoro. Muoio letteralmente dalla voglia di sapere», confessò Marta.

«Questo è ovvio», rise lui. «Ma si dà il caso che io non sia una signora annoiata in vena di pettegolezzi. Soprattutto se le divagazioni sul tema riguardano la mia vita privata», puntualizzò Franco mentre un cameriere serviva loro crostini al rognone con una bottiglia di annata del miglior Borgogna.

«Prima di tutto non sono pettegolezzi, ma corrette informazioni», replicò lei, «che riguardano anche la mia vita, se permetti.»

«In che senso?» Franco cascò dalle nuvole.

«Nel senso che quella pseudoscrittrice con cui hai tentato di circumnavigare il globo è l'amante di mio marito.» Un lampo d'odio passò nel suo sguardo.

«Del tuo ex marito», precisò lui. «Comunque tra Giulia e me non c'è stato nulla. Anche se ho fatto tutto il possibile perché le cose andassero diversamente», mentì con grande naturalezza.

«Non ho bisogno di prove ulteriori per sapere che tu sei un gentiluomo», sorrise incredula.

«Eppure le cose sono andate esattamente come ti ho detto», insistette nella sua versione dei fatti.

«E io non ti credo. Questa, se mi passi l'espressione, è la bufala più clamorosa degli ultimi anni», ribatté, ma l'ombra del dubbio incrinò la sua voce.

«A volte la verità sembra incredibile ma, per fortuna, la mia non devo provarla a nessuno.» Bevve un sorso di vino e ne assaporò il gusto squisito. «Proprio così, cara Marta. Sono stato tre giorni e tre notti in mare con Giulia de Blasco e non è successo niente», ribadì Franco con accento sincero. «È sempre innamorata di Ermes Corsini.»

Da Giulia de Blasco si sarebbe aspettata tutto, ma non questa rigorosa coerenza sentimentale. Non che Giulia uscisse vittoriosa anche dal confronto con Franco Vassalli, rivelandosi, ancora una volta, la più forte, la più singolare, la più imprevedibile.

«Allora è doppiamente insopportabile», esclamò Marta

perdendo ogni ritegno. «Perché ha accettato di venire in barca con te conoscendo le tue intenzioni?» incalzò.

«Bisogno di evasione. Credo si dica così. O forse bisogno di provare la propria capacità di resistere alla tentazione.» Franco Vassalli era convincente. «Forse l'intenzione era quella di trasgredire, ma alla fine ha prevalso il coraggio, o forse la viltà.»

«Peccato», confessò Marta. «Mi privi di un argomento decisivo.» A questo punto gli credeva. «Chi ha voluto interrompere il viaggio?» domandò.

«Vuoi sapere se mi ha scaricato?»

«La sintesi è questa.»

«Allora devo confessarti che è stata lei a scaricarmi.»

«E io che speravo di conoscere i particolari piccanti di una cronaca amorosa. Mi hai fatto fare un viaggio a vuoto. E che viaggio», si lamentò rivelando finalmente la vera ragione del suo trasferimento a Parigi. Per consolarsi bevve d'un fiato il bicchiere di Borgogna.

«Invece ti garantisco che non hai attraversato l'oceano per niente», la sorprese Franco, «perché ho qualcosa di interessante per te. Più interessante, redditizio e nobile di un pettegolezzo.»

«Ho bisogno di consolazioni», disse lei. «Non tenermi sulle spine. Di che cosa si tratta?»

«Lavoro. Hai voglia di lavorare per me?» le chiese.

«Stai scherzando», si scandalizzò. «Non ho mai lavorato un solo giorno nella mia vita.»

«Puoi sempre incominciare. E ti garantisco che la mia proposta è davvero allettante. Sto producendo sceneggiati televisivi. E sono in cerca di soci», disse.

«E di denaro», lei ribatté prontamente.

«Che tu hai e puoi investire al meglio», suggerì Franco con tono professionale.

«Non ho mai sentito dire che il cinema italiano sia un investimento.»

«E invece lo è. Non si tratta di cinema puro e semplice,

ma di cinema per la televisione. Georges Bertrand e Huguette Leclerc, la sua amante, che tu ben conosci, sono i soci francesi. Mi serve un socio italiano, che sia anche un amico, per far pendere dalla parte giusta l'ago della bilancia.»

«La parte giusta naturalmente è la tua.»

«Vedo che hai superato l'esame», ironizzò l'uomo.

«E quanto costa questo piccolo investimento?» si informò cautamente Marta.

«Una ventina di miliardi. E tu li hai», dichiarò.

«Se va in porto una certa operazione a New York, ne avrò molti di più», lei disse. «Ma che cosa mi daresti in cambio di questo intervento?»

«Avrai le quote azionarie corrispondenti alla tua partecipazione, i dividendi, e un compenso da stabilire. Perché tu affiancherai la produzione, interverrai nella scelta dei copioni e in quella degli attori. Hai gusto, talento e intuito. E, soprattutto, hai la mia fiducia.»

«Potrei anche bocciare iniziative in corso?» si informò.

«Se ti riferisci al romanzo di Giulia, è escluso. Andresti contro i tuoi interessi. E questo non possiamo permettercelo, perché faremmo il male della società.»

Era un discorso chiaro, semplice e senza fronzoli, un linguaggio che lei capiva benissimo. Marta fece un cenno al cameriere che si affrettò a riempire i bicchieri.

«Sai, Franco, quest'idea comincia a divertirmi. Quando si comincia?» chiese.

«Abbiamo già incominciato», disse lui alzando il bicchiere per brindare al nuovo sodalizio.

Alla fine, Marta era più malleabile di quanto credesse. Era anche una compagnia piacevole e Franco non voleva passare i giorni a piangere sul perduto amore di Giulia.

63

FRANCO Vassalli giunse all'aeroporto nel momento in cui arrivava il volo proveniente da Panama. Individuò Louis Fournier mentre usciva dal settore doganale. Alzò il braccio per richiamare la sua attenzione.

«Com'è andata?» chiese tendendogli la mano.

«Liscia come un olio», disse il francese. «Il vecchio e suo figlio non ti disturberanno più. Vuoi sapere tutti i particolari o ti basta il sommario?» chiese mentre, insieme, si lasciavano trasportare dal tapis-roulant verso l'uscita del moderno scalo parigino.

«Risparmiami certe miserie», disse Franco chiudendo l'argomento. «Piuttosto: perché ci hai impiegato più del previsto?» lo interrogò.

«Ho voluto mettere un po' di nero su bianco. Ho qui un'ampia confessione scritta e firmata. Ora sei in una botte di ferro. Naturalmente ai due è stato ritirato il passaporto.»

«La parte economica?» si preoccupò.

«Hanno di che vivere per il resto dei loro giorni. Come volevi tu. È tutto a posto», concluse soddisfatto il francese che aveva per Franco motivi seri di profonda riconoscenza.

«Ti ringrazio», disse Franco.

«Dovrei passare io il resto della mia vita a ringraziarti. Piuttosto, tua madre come sta?» si informò Louis.

«Si trova benissimo con quella ragazza. Sembrano nate per vivere insieme. Marisol non ha avuto una vita facile con mio fratello. Adesso si sente in paradiso.»

«E tu? Non mi sembri nella tua forma migliore», disse il francese scrutandolo intensamente.

«È soltanto un'impressione tua», scantonò. In realtà portava sulla faccia e nel cuore i segni della sua delusione. Il ricordo di Giulia riempiva ancora i suoi pensieri e, per la prima volta, si sentiva stanco.

Franco si avvicinò alla Rolls che li aspettava. Vicino all'autista sedeva la fedelissima Madì. Vassalli, con un cenno, invitò la segretaria a prendere posto sui sedili posteriori al suo fianco.

«Dove si va?» chiese il francese.

«A trovare un tuo vecchio amico», rispose Franco. «Georges Bertrand ci aspetta nel suo ufficio in boulevard Saint Germain», annunciò Vassalli.

«Non è una prospettiva molto eccitante, almeno per me», brontolò Louis, ricordando il modo in cui il banchiere parigino l'aveva liquidato.

«Lo sarà, Louis, dopo che ti avrò esposto i termini di un nuovo accordo societario che prevede anche la partecipazione della signora Montini», lo rassicurò Franco.

«E io che cosa c'entro in tutto questo?» si informò Louis.

«Tu sarai il direttore generale della nuova casa di produzione cinematografica», lo nominò Franco.

«C'è solo un particolare irrilevante. Io non mi intendo di cinema», protestò. Non si aspettava di venire catapultato, senza il suo consenso, in un lavoro nel quale avrebbe brillato per la sua incompetenza. Sapeva che Vassalli voleva la massima disponibilità da parte dei suoi collaboratori, ma gli stava chiedendo molto.

«Io non so niente di cinema», ripeté.

«Ma sai tutto di soldi ed è di soldi che parleremo con Bertrand», lo rassicurò il presidente di Inter-Channel infondendogli nuova fiducia.

Fu Pierre Cortini a fare gli onori di casa quando Franco entrò negli uffiei della Banque de Commerce con Fournier e Madì.

«Il presidente verrà subito», disse il corso invitando gli ospiti a prendere posto al tavolo delle trattative.

Pierre non riusciva a nutrire per l'italiano la stessa viscerale avversione che Bertrand aveva per Vassalli. Gli sarebbe piaciuto averlo come capo e guardò con invidia Fournier che stava dall'altra parte della barricata.

Non che credesse molto nella solidità economica della controparte. Sapeva che Vassalli era il classico esempio di manager rampante che aveva costruito un castello sulla sabbia contrabbandandola per dura roccia. Sarebbe bastata un'onda forte per sgretolarlo.

Ma adesso il mare era calmo e senza vento, il castello si stagliava nitido contro il cielo in tutta la sua suggestione e chiunque avesse un certo spirito di avventura poteva subirne il fascino. Molto più divertente, in ogni caso, che lavorare per la Banque de Commerce e per un padrone cupo, privo di fantasia, roso dal livore contro tutti, amici e nemici.

L'esperienza, però, gli aveva insegnato che, prima o poi, i tipi come Franco Vassalli saltano con tutte le loro società.

Vassalli non aveva denaro, né sembrava gli importasse averne. Si espandeva e si ingrandiva attuando complesse strategie economiche ma i capitali che risultavano sulla carta non erano sempre disponibili in banca. Nelle banche c'erano soltanto conti in rosso.

Eppure gli istituti di credito continuavano a finanziarlo, come del resto stava facendo Bertrand. Ci volevano fascino, intelligenza, capacità decisionale e carisma per continuare a espandersi sulla sabbia come stava facendo il finanziere italiano.

«Eccoti qua, grandissimo farabutto», esordì con brutalità il banchiere entrando nella sala riunioni e puntando decisamente verso Vassalli.

«Non sarebbe meglio che ascoltassi quello che ho da dirti prima di aprire le ostilità?» chiese Franco senza scomporsi.

Il banchiere sedette a capo del tavolo senza degnare di uno sguardo Louis Fournier che, per cinque anni, aveva lavorato assiduamente per lui.

«Mi hai fottuto sei milioni di sterline», strillò. «Pretendi l'applicazione del galateo?»

«Non ho mai derubato nessuno, Georges», precisò. «Ti ho solo chiesto un prestito che Louis, in tua assenza, mi ha gentilmente concesso. E sono qui per restituirtelo», disse Franco. Poi si rivolse a Madì: «Gli dia l'assegno, per favore», la invitò.

La segretaria tese verso il banchiere un assegno della Chase Manhattan Bank.

Bertrand se lo rigirò tra le dita come se fosse il primo assegno della sua vita. Era un assegno al portatore firmato da Marta Montini: sei milioni di sterline. Il banchiere, che non credeva ai propri occhi, fu spinto a una battuta infelice dall'emozione che l'evento gli comunicava: «A vuoto?» ridacchiò.

Franco Vassalli ebbe per lui un'occhiata di compatimento. «Prova a incassarlo», disse.

«Chi è questa Marta Montini?» chiese rivolgendosi al suo collaboratore.

Il corso si strinse nelle spalle e, dietro le lenti, i suoi occhi sorrisero enigmatici.

«Un nuovo azionista della società di produzione cinematografica», rispose Franco imperturbabile. E aggiunse: «Ho in corso tre produzioni. Tre film per la televisione che ho già venduto in tutta Europa, tramite la Provest. Le trattative con gli americani sono a buon punto. Ho un piano per produrre altri dieci film a livello internazionale e ti offro la possibilità di entrare nella combinazione. È una pura formalità a titolo di risarcimento perché, come vedi, prevedendo la tua risposta negativa, voglio saldare il mio debito. Mi sembra tutto di una chiarezza esemplare. È la tua costituzionale diffidenza che ti impedisce una corretta valutazione.»

«E lui che cosa ci fa qui?» chiese il banchiere puntando l'indice accusatore contro Fournier.

«Lavora per me. È capace e ha il senso dell'amicizia.»

«Dipende dai punti di vista, come ben sai. Per quel che mi riguarda e inaffidabile. Quello che ha fatto a me, potrebbe farlo a te», lo mise in guardia.

Vassalli non l'ascoltò e precisò invece: «Sarà il direttore generale della nuova società».

«Allora è destinata al fallimento», pronosticò Bertrand alzandosi e tendendo l'assegno a Pierre Cortini. Poi si rivolse a Franco: «Hai avuto ragione a mettere in preventivo un mio rifiuto alla tua proposta. Come l'hai definita?» si chiese portando una mano alla fronte. «Ah, sì, a titolo di risarcimento. Be', non se ne fa niente. Invece devo ricordarti che mi devi ancora gli interessi per questo prestito estorto con l'inganno e con la complicità di questo galantuomo.»

Franco aspettò che Bertrand fosse sulla porta per dire: «Avrai gli interessi, ma intanto devo dirti che butti via un ottimo affare».

«Cercherò di sopravvivere», ironizzò riducendo i suoi occhietti penetranti a due fessure.

«Peccato. Un vero peccato», ripeté Vassalli.

Ma dove voleva arrivare questo maledetto italiano che non diceva mai una parola in più se non era strettamente indispensabile e funzionale all'affare che stava trattando?

«Non vedo la ragione di questa tua preoccupazione», cominciò ad allarmarsi il banchiere.

«Il fatto è che ti avevo preferito a un socio di tutto rispetto. Un tuo connazionale. Anzi, una tua connazionale», precisò

Franco. «Alla quale ora dovrò rivolgermi avendo già la sua disponibilità e la sua quota tramite il Credit Lyonnais.»

«Huguette... Huguette Leclerc», balbettò Bertrand impallidendo come se l'avesse colpito una sincope.

«Risposta esatta, George», lo ferì Franco.

Huguette Leclerc, la sua amante, la donna che con il suo aiuto aveva accumulato un'ingente fortuna, si era alleata con Vassalli contro di lui. E magari la tenera e appassionata partner di tante partite d'amore non aveva soltanto rapporti d'affari con il suo peggior nemico, che godeva fama di grande amatore.

«Sei un bastardo, Franco Vassalli», lo insultò. Era livido di rabbia.

«Lo so», disse Vassalli regalandogli un dolcissimo sorriso, «è la mia forza.»

64

GIULIA aveva volato da New York a Milano ripensando alla lunga, dolcissima e tormentata storia con Ermes, per capire le ragioni di quel fallimento. Sentiva di avere delle giustificazioni al comportamento che l'aveva spinta tra le braccia di Franco Vassalli, ma Ermes l'aveva respinta senza appello, infliggendole la più dura delle punizioni. Possibile non si rendesse conto che da quell'esperienza sbagliata il suo amore per lui era uscito vittorioso?

Giulia, alla guida della sua vecchia Mercedes, raggiunse il maneggio di Fontechiara. Parcheggiò davanti alla casa di Tea, scese dall'auto e si guardò intorno. Era calata la nebbia che appendeva garze lattiginose agli alberi, sfumando i contorni degli edifici.

Nella luce opalescente del dressage vide Tea e Giorgio che cavalcavano due biondi mezzosangue e udì il rumore attutito degli zoccoli e il respiro dei cavalli. Il resto era silenzio. Sembrava un'immagine senza tempo e aveva i contorni del sogno. Giulia respirò l'aria umida e fredda e la sua inquietudine ne trasse qualche giovamento. Si strinse addosso la giacca di montone e rabbrividì.

Alzò un braccio in un gesto di saluto all'indirizzo di Giorgio e Tea che l'avevano riconosciuta e le venivano incontro.

Era proprio suo figlio quello stupendo ragazzo con i capelli lunghi e biondi che sollecitava il cavallo per correrle incontro?

Il freddo gli arrossava il viso e liquefaceva gioiosamente l'oro del suo sguardo.

«Mamma», disse smontando da cavallo e abbracciandola.

«Continui a crescere, Giorgio. Ormai sei più alto di me», disse ammirata.

«È nell'ordine naturale delle cose. Pensa se fossi tu a crescere», scherzò.

Arrivò anche Tea che abbracciò Giulia. «Sei tornata per restare o solo per riposarti prima di riprendere il volo?»

Giulia eluse la domanda. «Qui si gela. Non potremmo entrare in casa?» si lamentò.

Nel soggiorno c'era un calore confortevole e il caminetto acceso. Le fiamme mordevano un ciocco robusto provocando allegri scoppiettii.

Si sedettero su un divanetto di fronte al fuoco e Giorgio tormentava il ciocco con un attizzatoio per intensificare il turbinio delle scintille.

Tea, in cucina, stava preparando il caffè che già diffondeva nell'aria il suo profumo invitante.

«L'altro giorno è venuto papà», esordì Giorgio, «voleva tue notizie.»

«Davvero?» chiese Giulia distrattamente.

«Davvero, mamma. Neppure Ambra sapeva dove fossi. Eravamo in pena per te.» C'era un'ombra di risentimento nella voce.

«Già. Si sta male quando qualcuno se ne va senza dire dove», convenne Giulia.

«L'hai fatto per restituirmi la pariglia?» la accusò il ragazzo.

«Non era questa l'intenzione», si giustificò lei. «Ho seguito soltanto l'istinto.»

«E ti è andata bene?»

«Giudica tu. Ermes mi ha lasciata», confessò e fu come se si fosse definitivamente liberata da un peso.

«Non ci credo», disse Giorgio continuando a stuzzicare il fuoco.

«Nemmeno io», si associò Tea che veniva dalla cucina con il vassoio del caffè e aveva colto al volo la confessione di Giulia. «Mio padre è cotto di te.»

«L'ho provocato», lo difese Giulia.

«E così il mio fratellino non avrà un padre», si immalinconì la ragazza. «E la storia ricomincia.»

«Avrà una madre. E due splendidi fratelli», sentenziò Giulia portandosi alle labbra la tazza di caffè bollente.

Il calore del fuoco allegro e scoppiettante non era sufficiente a cancellare la tristezza.

«Mi sembra che manchi qualcuno», osservò Giulia guardandosi intorno.

«Marcello se n'è andato», chiarì Tea. «Siamo le due donne più piantate del vecchio continente!» esclamò con un tono di voce che avrebbe voluto essere scherzoso, ma non lo era.

«Divergenza di opinioni?» chiese Giulia.

«Più o meno. Ma lui è testardo come un mulo. E non tornerà se non sarò io a chiederglielo», spiegò.

«Perché non lo fai?»

«Perché ho il mio orgoglio. La mia dignità», dichiarò Tea.

«In nome della dignità si fanno tante sciocchezze», sorrise amaramente Giulia scuotendo il capo.

«Che cosa mi consigli?»

«Lo ami ancora?»

«Più che mai.»

«E allora vai a cercarlo. In amore l'orgoglio è un sentimento insensato.»

«E tu lo ami sempre Ermes?» intervenne Giorgio.

«Più che mai», rispose la donna usando le stesse parole di Tea.

«E perché non vai a cercarlo?» la spiazzò il ragazzo.

Giulia tacque. Non poteva raccontare a Giorgio e a Tea tutto quello che era successo. Infine disse: «Io credo che il tempo aggiusterà le cose. Il nonno Ubaldo diceva che il tempo sana le ferite e ricuce gli strappi. E darà anche un padre a questo bambino», concluse portandosi una mano al ventre.

Tea guardò l'orologio, quindi si alzò. «Chiedo scusa», disse. «Devo governare i miei animali. Loro non sanno che farsene delle storie dei nostri abbandoni.»

«Vengo con te», si offrì Giorgio preparandosi a seguirla.

«No. Aspetta. Vorrei parlarti un momento», propose Giulia.

«Non posso lasciare Fontechiara», disse Giorgio intuendo la domanda che gli avrebbe fatto sua madre. «Tea è sola.»

«Dov'è finito il caravanserraglio dei cinematografari?» prese tempo colpita dalla prontezza del ragazzo.

«Hanno levato le tende proprio ieri», rispose Giorgio. «C'era un attore, un certo Rod Ward, che ha fatto una corte serrata a Tea. Ma lei ha saputo metterlo in riga. Adesso siamo soli», spiegò, «e Tea ha davvero bisogno di me.»

«Anch'io sono sola e ho bisogno di te», disse Giulia rabbuiandosi.

Giorgio reagì con una certa durezza: «Che cosa vuoi farmi credere, mamma? Tu non hai mai avuto bisogno di nessuno. Ma, soprattutto, non di me».

«Forse non sono mai stata tanto sola come adesso», si rattristò.

«Perché non mi dici chiaramente che vuoi richiamarmi all'ordine e farmi riprendere gli studi regolari?»

«Te lo dico chiaramente. Voglio che tu ritorni a scuola.»

«Non posso, mamma», si spaventò. «Sono indietro col programma e non apro un libro dall'inizio dell'anno. Non ce la farei. E poi ho paura del confronto con i compagni. Inoltre», trovò finalmente la forza di confessare, «c'è un ragazzo dell'ultimo anno al quale devo dei soldi. E non voglio affrontarlo.»

«È quello che ti sovvenzionava per l'hashish?»

«Potresti darglieli tu i soldi che gli devo?» propose timidamente Giorgio. «Non sono poi un capitale. Sono trentamila lire.» Il ragazzo era imbarazzato dallo sguardo pacato ma deciso della madre.

«No, Giorgio», disse Giulia. «Quando rivedrai il tuo compagno dovrai cavartela da solo. Non ho altro modo per aiutarti. Quanto alla scuola», precisò, «ci sono gli istituti privati.»

«Costano milioni», si scandalizzò Giorgio. «Sei pronta a spendere milioni», si incupì, «e fai delle storie per trentamila lire. Non ti sembra un controsenso?»

«Quello del fumo è un problema tuo», cercò di spiegargli. «Tu hai incominciato. Tu hai deciso di smettere. Se ti dessi le trentamila lire sarebbe come intromettermi in una faccenda che non mi deve riguardare.»

Giorgio non capì la coerenza del ragionamento di Giulia, ma si rese conto che era inutile insistere.

«Non sono pronto per ritornare a casa, mamma», ribadì il ragazzo.

Giulia si rattristò. «Sono molto delusa», disse.

«Di me?» chiese Giorgio esitante.

«No, di me stessa», concluse la donna.

«Che cosa c'entri tu?»

«Mi considero un disastro. Come madre e come donna.»

Lo stupì l'amarezza di Giulia. «Io credo che tu sia la migliore delle madri», la consolò. «Credo che un giorno saremo felici, tutti quanti.»

«Forse la felicità è una donna come me che aspetta un secondo figlio mentre cerca di riconquistare il primo.»

Giorgio l'abbracciò. «Veniamoci incontro, mamma», propose. «Aspetterò il ritorno di Marcello. Poi verrò a casa.»

«Speriamo che Marcello ritorni presto», concluse Giulia rassegnata.

65

IL buio arrivava presto e alle sette di sera sembrava notte. L'aria era fredda e l'atmosfera malinconica.

Tea, nei box, stava cambiando la lettiera ai cavalli. Giorgio distribuiva agli animali l'ultimo foraggio della giornata. Era un lavoro duro, soprattutto da quando Marcello se n'era andato.

L'assenza dell'uomo si faceva sentire anche sul piano dei profitti. Pur lavorando a tempo pieno, Tea era stata costretta ad annullare molte lezioni.

La sera prima, facendo i conti, si era accorta che gli incassi delle ultime due settimane erano praticamente dimezzati. La piccola azienda si reggeva con i soldi pagati dai cinematografari. Tea non avrebbe voluto intaccare quella somma per l'ordinaria amministrazione. Il suo progetto era di utilizzarla per acquistare due cavalli pregiati. Ormai, quello sarebbe rimasto soltanto un sogno. Giorgio faceva del suo meglio per aiutare ma, non avendo la necessaria competenza, non poteva sostituirsi a Marcello nell'impartire lezioni.

Tea era stanca e preoccupata. Sentiva di essere al limite delle sue forze.

Giorgio arrivò correndo dal settore riservato ai purosangue, chiamando a gran voce la ragazza.

«Che cosa c'è?» chiese Tea passandosi il dorso della mano sulla fronte imperlata di sudore. Era tesa.

«Credit Card sta male», annunciò il ragazzo.

Era uno stallone splendido con il mantello nero, il corpo snello, il portamento elegante.

Tea piantò il lavoro e corse verso il box.

«Ha una colica», diagnosticò la ragazza.

L'animale era percorso da violenti brividi che segnalavano forti dolori al ventre.

«Che cosa facciamo?» domandò il ragazzo, angosciato. Era impotente di fronte all'emergenza.

«Bisogna chiamare il veterinario. Intanto coprilo bene. Io vado in casa a telefonare. Prenderò anche uno sciroppo per calmare il dolore. Ma che cosa può essere stato?» si interrogò.

Tea si chinò a esaminare la lettiera.

«Ha fatto la muffa», constatò sbriciolando i trucioli misti a torba e annusandoli. «È cambiato il tempo e la lettiera ha fatto la muffa. Questa è sicuramente la causa del male.»

Era preoccupata. Una colica era sempre un rischio molto serio per un cavallo. Senza un intervento immediato, Credit Card poteva anche morire.

«Mi raccomando, Giorgio», lo istruì, «tienilo al caldo. E parlagli. Lui ha bisogno di sentire le nostre voci.»

Corse verso casa incespicando nel buio. Non voleva perdere nessun cavallo, soprattutto, non voleva perdere quel cavallo. Non solo per il valore dell'animale, che era notevole, ma per l'affetto che li univa. Quel purosangue era stato il primo della scuderia, dopo Kacina e Kadim. Glielo aveva regalato suo padre.

Il veterinario rispose al secondo squillo.

«Sono Tea Corsini», lei disse. «Ho un purosangue irlandese che sta male. Ha mangiato trucioli ammuffiti.» Aveva il fiato grosso per l'ansia e la corsa.

«Vengo subito», assicurò il medico.

Tea si abbandonò sulla sedia accanto al tavolo. All'improvviso, incominciò a tremare. Si sentiva male. Le sembrava di avere la testa chiusa in una morsa. Aveva dolori in tutto il corpo. Doveva reagire. Si alzò e andò a prendere lo sciroppo dall'armadio dei medicinali. Poi si infilò un maglione supplementare per vincere i brividi di freddo e corse di nuovo verso i box.

Trovò Giorgio affettuosamente chino sul cavallo che, a terra supino, scalciava quasi volesse colpire il dolore che lo tormentava.

«Sta male per colpa mia», disse il ragazzo. «Avrei dovuto rendermi conto che stava mangiando i trucioli ammuffiti», ripeteva con la disperazione di un bambino.

«Giorgio, per carità, smettila», reagì la ragazza. «Aiutami invece a fargli tranguiare questa roba», ordinò versando lo sciroppo dentro una ciotola di plastica.

Quando arrivò il veterinario si preoccupò per Tea, più che per il cavallo.

«Sarebbe stato meglio che avessi chiamato un medico per te», disse. Poi, rivolto a Giorgio: «Accompagna Tea in casa. E provale la febbre. Penso io al cavallo».

I due ragazzi si avviarono verso casa.

«Stai male, Tea?» chiese Giorgio premuroso.

«Se prendi su di te anche la responsabilità del mio malessere, giuro che ti prendo a schiaffi», lo aggredì. Poi, battendo i denti per la febbre e per il freddo, disse: «Qui c'è bisogno di Marcello. Quel testone deve ritornare», e si avviò decisa verso il retro della casa dove era parcheggiata la sua auto.

«Dove vai, Tea? Hai la febbre. Vieni in casa», la pregò Giorgio.

«Ti affido Fontechiara, Giorgio. Io vado a cercare Marcello», decise salendo in macchina. Mise in moto e partì sgommando.

In mezz'ora arrivò a Milano. Si districò nel traffico serale con qualche difficoltà. La testa le martellava dolorosamente.

Parcheggiò la vettura, in sosta vietata, davanti a un antico palazzo di via Senato che era stato della famiglia di Marcello. Adesso era la sede di una grande compagnia di assicurazioni. Marcello abitava la mansarda della quale aveva l'usufrutto. Nemmeno quella gli apparteneva più.

Tea pensò a tutte le volte che era stata in quella casa dove lei e Marcello si erano amati. Lì avevano concepito il figlio mai nato che, per ordine di Marta, era stato eliminato in una clinica svizzera.

Allora era soltanto una ragazzina persa e piena di paure. Il conte Marcello Belgrano, a cui aveva deciso di affidare la sua giovinezza, era un alcolista povero che, per sopravvivere, faceva il maestro di equitazione, mantenendosi un cavallo. I cavalli erano la sua grande passione. Lui, Tea e i cavalli si erano salvati tutti insieme.

La ragazza suonò alla porta ma nessuno rispose. Pensò che Marcello fosse uscito a cena e si rassegnò ad aspettarlo. Sedette per terra, davanti all'uscio. Appoggiò il capo sulle ginocchia e si assopì.

Sentì una mano affondare nei suoi capelli, poi un fresco profumo di Floris che conosceva bene e infine una voce calda e rassicurante.

«Sembri un puledrino bagnato», disse Marcello.

Lei aprì gli occhi. L'uomo si era accovacciato accanto a lei. Aveva in mano le chiavi di casa.

«Sto male», si lamentò Tea.

«Lo vedo», disse Marcello. L'aiutò a rimettersi in piedi, aprì la porta e la fece entrare.

Tea annaspò verso il letto, vi si lasciò cadere e disse: «Ho bisogno di te, che tu ritorni a Fontechiara. Io, da sola, non ce la faccio più».

Non erano esattamente le parole che avrebbe voluto dirgli. Avrebbe voluto parlargli del suo amore per lui, del loro futuro. Ma aveva la febbre e la testa le martellava dolorosamente.

Era sicura che Marcello avrebbe capito.

66

ADESSO Georges Bertrand sapeva chi ringraziare. Era stata Huguette Leclerc a informare Franco Vassalli della sua intenzione di scalare Inter-Channel. Huguette non faceva mai niente senza il consenso del marito, nemmeno i giochi d'amore con il banchiere. Se il sottosegretario aveva favorito l'operazione era perché si aspettava da Franco Vassalli l'appoggio della sua emittente televisiva in previsione della prossima campagna elettorale. Leclerc e il suo partito stavano rastrellando tutte le possibili fonti d'informazione per battere la grancassa.

L'uomo politico aveva ottenuto quello che Georges Bertrand gli avrebbe negato, perché appoggiava il partito contrario al suo.

«E già che c'erano, gli hanno dato una mano in questa iniziativa cinematografica, che magari frutterà grossi guadagni», si lamentò Bertrand «Ti sembra corretto?»

Pierre Cortini lo ascoltò con un sorriso ironico.

«La correttezza in affari è come la buona educazione a letto», replicò, «in genere, non produce risultati positivi.»

«Così trovi il modo di giustificarli», reagì pieno di livore.

«Io credo che, se a suo tempo non avessi soffiato sul fuoco, tutto questo non sarebbe successo. La rete televisiva europea è un business dell'italiano, adesso. È in attivo. Se tu avessi aspettato, prima o poi ne avresti goduto i vantaggi. I profitti stanno aumentando, sia pure in misura minore, dopo che hai perduto parte del tuo pacchetto. I favori politici, invece, te li scordi. I programmi li fa lui.»

«Ma tu, da che parte stai?» chiese con rabbia.

«Dalla tua, ovviamente, visto che lavoro per te e che tu, per questo, mi paghi. Tu piuttosto ti comporti come se fossi il tuo peggior nemico», lo accusò, rischiando. «Ti avevo avvertito di non fare lo sgambetto a Vassalli. Lui non è un banchiere, è un finanziere. E non ragiona in termini di costi e ricavi. La sua realtà si esprime nell'ottica dell'espansione. È un giocatore d'azzardo. Intelligente e fortunato. Sa destreggiarsi con tutte le combinazioni possibili. È un vincente.»

«Ma non infallibile.»

«Nessuno lo è.»

Bertrand fece una smorfia di disprezzo. «E i Leclerc che ruolo hanno in questa rappresentazione?» lo provocò il banchiere.

«Sono figure di passaggio», rispose sicuro Cortini. «Le solite mezze figure che alternano alti e bassi senza mutare sostanzialmente il corso degli eventi. Gente che arraffa dove può, come può e finché può. Qualche volta finiscono malamente. Ma non lasciano mai traccia del loro passaggio.»

«L'hai detto. Qualche volta finiscono malamente. Stavo pensando alla miniera del Sudafrica. A che punto è?» chiese Georges.

«Fallita. Oggi ho venduto le tue ultime azioni ai Leclerc. L'annuncio ufficiale del fallimento sarà dato soltanto domattina all'apertura della Borsa.»

Le labbra di Georges si schiusero in un largo sorriso.

«Vedi come basta poco per farmi felice?»

«È così raro vederti sorridere», disse Pierre alzandosi per congedarsi. «Quello che ti frega», soggiunse, «è che tu gioisci più per le disgrazie altrui che per le tue fortune.»

«Io non ti piaccio, vero?» chiese Georges con una sorta di piacere sadico.

«È fondamentale per te saperlo?» domandò il corso guardandolo da sopra gli occhialini a mezzaluna.

«No», rispose Bertrand. «D'altra parte non ho mai preteso di piacerti. Ti pago e tu fai quello che devi. Secondo contratto.»

«Ti sono grato per la precisazione», disse Pierre prima di scomparire dietro la porta.

Bertrand guardò fuori dai vetri rigati di pioggia. Il boulevard era grigio e lucido come un fiume. Le auto sfrecciavano sollevando spruzzi d'acqua. Da due giorni su Parigi pioveva abbondantemente. L'aria gelida, proveniente dal Mare del Nord, rendeva il clima insopportabile. Era decisamente il novembre peggiore degli ultimi vent'anni.

Il banchiere consultò l'orologio. Era l'ora del tè e anche quella dell'appuntamento con Huguette.

Dal boulevard Saint Germain a rue des Beaux Arts il tratto era breve, e Bertrand decise di farlo a piedi sfidando la pioggia e il vento. Indossò il Burberry foderato di cachemire scozzese, si munì del suo ombrello Brigg e uscì. Fece tappa ai *Deux Magots* dove bevve un grog bollente prima di raggiungere la piccola strada del quartiere latino.

Salì al secondo piano di un'antica palazzina che si diceva essere appartenuta a Madame Pompadour, ristrutturata e divisa in piccoli appartamenti, abitati da artisti di successo e da persone facoltose.

Aprì la porta con le sue chiavi e fu subito accolto dall'abbaiare petulante di Fortuné, il minuscolo yorkshire di Huguette. Non era mai corso buon sangue tra l'animaletto peloso e il banchiere. Ora sembrava che Fortuné avvertisse l'ostilità dell'ospite perché era particolarmente aggressivo.

«Sta' zitto», brontolò il banchiere minacciandolo con l'ombrello. Il cagnolino corse via guaendo come se davvero fosse stato bastonato.

«Sei tu, caro?» la voce mielata di Huguette gli giunse dal salotto.

Bertrand non si preoccupò di risponderle. Depose l'ombrello, si tolse cappello e impermeabile. Meditò di farsi una doccia. Dopotutto l'acqua calda era compresa nel prezzo dell'affitto. Il contratto scadeva alla fine del mese e lui non lo avrebbe rinnovato. Perché non approfittarne? Il risparmio, come sosteneva suo nonno, è la prima regola dell'economia. E, fedele al suo principio, il nonno, che in vita sua non aveva mai sprecato un centesimo, si faceva il bagno una volta la settimana, nella stessa acqua in cui si erano lavati prima i bambini e poi la moglie.

Bertrand, senza affacciarsi al salotto, andò direttamente in bagno, fece la doccia, si asciugò accuratamente con un lenzuolo di spugna pregustando il piacere di comunicare a madame Leclerc la ferale notizia.

Si riallacciò al polso il suo Piaget, si picchiettò il viso con acqua di colonia e si rivestì. Entrò in salotto mentre Huguette era intenta a compilare un cruciverba. Indossava una vestaglia di lana vaporosa. I capelli biondi e densi erano raccolti con un nastro rosa. Era una bella donna, desiderabile e attraente. Era semisdraiata sul divano e Fortuné, appallottolato sul suo grembo, ringhiava mostrandogli i denti. Nell'aria aleggiava l'aroma intenso di Opium.

«Be', ti sei rivestito?» chiese stupita.

Georges andò a sedersi nella poltrona di fronte a lei.

«Così sembra», rispose accingendosi a versare le solite due dita di Calvados della sua riserva speciale dalla bottiglia posata sul tavolino.

«Amore, oggi sei più nero del cielo di Parigi. Che cosa ti succede, cuoricino mio?» miagolò.

«Non chiamarmi cuoricino mio perché mi fa imbufalire», ringhiò prima di portarsi il bicchiere alle labbra.

«Georges, io non ti capisco», si lamentò lei, mettendosi a sedere e spalancando su di lui i suoi occhioni languidi.

325

Fortuné aveva rizzato le orecchie e, attraverso i peli che gli nascondevano gli occhi, osservava aggressivo il banchiere.

«Arrivi senza nemmeno salutare», riprese la donna. «Vai in bagno, ti fai la doccia e torni vestito di tutto punto, come se dovessi uscire. E per giunta non mi dai nemmeno un bacino. Che cosa ti succede, Georges?»

«A me niente. A te, invece, sta per succedere qualcosa.»

Fortuné ringhiò all'ospite, quasi che la minaccia lo riguardasse.

«Qualcosa che io non so, evidentemente», replicò lei per niente preoccupata. «E che magari tu invece sai.»

«Certo», gongolò l'uomo. «Perché sono io che ti scarico, mia bella Huguette.»

Bertrand sparò la sua bordata e attese il botto. Non ci fu. Perché la donna, dopo aver riflettuto un lungo istante, ribatté: «Sai come si dice, Georges. Morto un papa se ne fa un altro. Se era per darmi questa notizia potevi risparmiarti la fatica di venire fin qui. Con questo brutto tempo. Con i reumatismi che ti avvelenano l'esistenza. Bastava una telefonata. Tra gente di mondo certe cose si capiscono. Senza riprovevoli scenate». E aggiunse con ironia: «Cuoricino mio».

«Non mi chiedi nemmeno perché ti pianto?»

«Avrai le tue buone ragioni.»

«Gelida e calcolatrice, come sempre», constatò lui. «Ma c'è un finale a sorpresa», annunciò.

«Che rimandiamo alla prossima puntata», disse lei accarezzando Fortuné.

«Non ci saranno altre puntate», garantì l'uomo dando fondo al suo Calvados. «Il romanzo si conclude qui.»

«Sono in trepida attesa», si abbracciò a Fortuné fingendo di rabbrividire.

«Quella montagna di milioni che hai investito nelle azioni minerarie del Sudafrica, dietro mio suggerimento», sparò a zero, «non esiste più.»

La vide appassire come un fiore invecchiato in un vaso.

«È uno scherzo», disse la donna buttando da parte il cagnolino ringhioso che scomparve sotto il divano.

«La Società mineraria centrale e la sua consociata sono fallite. E tu oggi hai perso venticinque milioni di franchi. Non è uno scherzo. È un'anteprima assoluta», concluse l'uomo alzandosi.

«Lo hai fatto apposta?» chiese lei con voce appena comprensibile.

«L'ho fatto apposta», confermò.

«Ma perché?» lo interrogò ancora incredula con i grandi occhi neri spalancati.

«Prova a pensare al giochetto che volevi fare alle mie spalle con Franco Vassalli. Sei stata tu a raccontargli che volevo metterlo in minoranza a Inter-Channel. E sei stata ancora tu a foraggiare la sua società di produzione cinematografica. Ti sentivi in una botte di ferro. E ti divertivi a fare il doppio gioco. Povera Mata Hari. Adesso dovrai vedertela con tuo marito. Così attaccato al denaro. Com'è giusto che sia per uno che se lo è guadagnato onestamente. Si seccherà parecchio il signor sottosegretario.»

Il banchiere si avviò verso l'ingresso. Aveva lo sguardo radioso.

«Georges», lo chiamò la donna. «Ritorna qui.» Aveva la bellezza e il pallore di una statua.

«Salutami tuo marito», disse lui senza nemmeno voltarsi. Richiuse la porta alle spalle lasciandola sola.

In mezz'ora aveva liquidato un'amante che stava diventando una noiosa abitudine, si era vendicato dei favori che lei aveva fatto all'italiano e l'aveva messa in una situazione economica tale che l'avrebbe costretta a vendere la sua quota di partecipazione della società di produzione cinematografica di Vassalli, che stava diventando un grosso affare.

Avrebbe rilevato lui le quote di Huguette Leclerc. E allora Franco Vassalli avrebbe dovuto vedersela con lui.

67

Giulia prendeva appunti per un nuovo romanzo. Nella quiete del suo studio, abbozzava idee e personaggi che nascevano nella sua mente ancora fragili e indecisi senza un ruolo e una personalità ben delineati.

Era la fase più confusa, faticosa, ma anche la più bella e la più coinvolgente.

Ormai nella «magione avita», come la definiva enfaticamente il professor Vittorio de Blasco, viveva soltanto lei, con Ambra, che veniva al mattino e se ne andava la sera, lamentandosi perché in casa non c'era quasi più niente da fare.

Qualche volta, raramente, squillava il telefono. Quasi sempre era Riboldi, il suo editore, che le regalava una buona notizia sulle vendite dei suoi romanzi, sulle traduzioni in nuovi Paesi, sui giornali che parlavano di lei.

Giulia era tranquilla, le capitava spesso di assopirsi al tavolo da lavoro. Dormiva molto, anche durante il giorno. Si muoveva poco e mangiava con appetito. Stava ingrassando. Ogni tanto posava una mano sul ventre e si aspettava di sentir muovere il bambino.

Era ancora presto, lo sapeva, ma Giulia aspettava con trepidazione quel momento.

La vita che cresceva in lei, e che lei proteggeva con tutte

le sue forze, era uno scudo che la difendeva dalle intrusioni esterne e dagli stress. Pensava spesso a Ermes, ma senza più sofferenza.

Sentì suonare il campanello di casa. I passi di Ambra si affrettarono verso la porta, poi un parlottare gioioso. Si passò istintivamente una mano tra i capelli, cercò di mettere ordine raccogliendo i fogli degli appunti e alzò lo sguardo nel momento in cui la porta del suo studio si spalancò e sulla soglia vide Giorgio che le sorrideva. Alle sue spalle c'era Leo.

«Visto che sono ritornato?» sorrise il ragazzo.

«Vieni dentro», disse lei alzandosi e andandogli incontro.

Giorgio si buttò tra le braccia spalancate della madre. Leo li guardava con un sorriso felice.

«Questa è davvero una gran bella sorpresa», disse Giulia porgendo a Leo la guancia da baciare.

«È stato lui a chiamarmi», spiegò l'uomo. «Voleva ritornare da te. Subito.»

Giulia annuì.

«Andiamo in cucina», li invitò. «Ambra starà certamente preparando qualcosa di buono per noi.»

«È un mese che non ti vedo», esordì Ambra con la sua voce ridente. «Quanto sei cresciuto, bambino mio.» Prese a scompigliargli i capelli, come faceva quando Giorgio era bambino, e a baciarlo sulle guance.

«Per lei, dottore, ho messo il caffè sul fuoco», continuò rivolgendosi a Leo. «Giusto?»

«Perfetto. Tu sai come farmi felice.»

«E tu, Giulia, che cosa prendi?»

Aveva rinunciato al caffè ormai da un paio di settimane.

«Un tè molto leggero», disse sedendosi al tavolo tra Leo e il ragazzo. «E così ti sei deciso a ritornare», aggiunse rivolgendosi al figlio.

«Te lo avevo promesso che, al rientro di Marcello, sarei ritornato da te», le ricordò. «E poi fra quei due che limonavano, cominciavo a sentirmi a disagio.»

«A Fontechiara, i castellani rivendicavano la loro privacy», intervenne Leo. «E con un giro di parole gli hanno fatto capire che era meglio che ritornasse a casa.»

«È così», sorrise Giorgio. «Avevano bisogno di stare un po' per conto loro. Però sono stato bene a Fontechiara. Come sono felice di essere qui con te. Adesso. Dico sul serio.»

Giulia guardò Leo con aria interrogativa sperando che le cose fossero andate veramente così.

«Abbiamo fatto quattro chiacchiere, noi due, durante il viaggio», la informò Leo. «La sintesi del discorso è questa: Giorgio vuole ritornare a scuola.»

«Devo crederlo?» chiese Giulia poco convinta.

Giorgio la guardò con insolita serenità.

«Facciamo una prova, mamma. Sta arrivando Natale e ci sono due settimane di vacanza. Se tu sei disposta a pagarmi delle lezioni, cercherei di mettermi alla pari con il programma. Così in gennaio potrei affrontare le interrogazioni del primo quadrimestre. E magari potrei prendere qualche sufficienza», disse Giorgio divorando i bignè che Ambra aveva disposto in bell'ordine su un piatto al centro del tavolo.

Giulia lo osservava con aria pensosa. «Sto sognando?»

«Il fatto è che mi sono stancato di prendere legnate. Vorrei darne qualcuna anch'io. Ho dentro una voglia di fare che neanche te la immagini.»

«Allora? Vogliamo offrirgliele queste lezioni private?» chiese Leo.

«Mi sembra ovvio. Quando vuoi incominciare?»

«Subito. Se per te va bene. Telefono a un paio di compagni e mi faccio dare l'indirizzo dei professori dai quali vanno loro.»

«Questo ragazzo ha il talento del manager», azzardò Leo. «Non farà mai il giornalista.»

«Te ne vai già?» chiese Giulia all'uomo vedendo che guardava l'orologio con impazienza.

«Mi conosci bene», disse l'uomo.

«Potrei scrivere un saggio su di te. Allora, te ne vai?»

«Ho un volo per Londra fra un'ora e mezzo.»

«Un grande servizio, immagino. Tipo: le inglesi e l'amore.»

Leo esplose in una franca risata. «Sbagliato: gli inglesi e le tasse.»

«Il primo tema ti si addiceva di più.»

«La gelosia resta la tua arma peggiore.»

«Ho altro a cui pensare e di cui preoccuparmi, amico mio.»

«Beato lei, dottore, che viaggia sempre. Oggi qui, domani là. Se torno a nascere, faccio la giornalista anch'io», sognò Ambra mentre lo accompagnava alla porta.

Giulia e suo figlio rimasero soli.

«Allora, questi proclami sullo studio erano fumo per gli occhi di tuo padre? Se è così, adesso puoi dirmelo. Faccio molta fatica a credere che un ragazzo come te, da tempo allo sbando, nel giro di poche settimane possa aver equilibrato i propri meccanismi a un punto tale da tentare la rincorsa di un intero anno scolastico.»

Giorgio la guardò con durezza.

«Non scomodare le tue filosofie e i grandi discorsi, mamma. Vediamo di intenderci con parole semplici», replicò deciso. «Il mio equilibrio non l'ho recuperato per il semplice fatto che non l'ho mai avuto. L'ho trovato. È diverso», precisò.

«Sei sempre stato molto bravo a mettere i puntini sulle i. Ma la tua ammissione di essere un fumatore abituale di hashish non me lo sono certo sognata», martellò Giulia impietosamente. «E ho il sospetto che questi tuoi proponimenti siano soltanto un fuoco di paglia.»

«Implacabile come sempre, la grande Giulia de Blasco», replicò il ragazzo sferzante. «Non posso garantirti il futuro. Posso darti delle garanzie sul presente. Ti posso dire quali sono le mie intenzioni adesso. Perché vedi, mamma, al maneggio, in queste settimane, ho avuto modo di riflettere. Quando ti ho detto che sono stanco di prendere legnate, non mentivo. Fumare hashish mi piaceva e mi piace. Ma continuando per quella strada non combinerei niente di serio. L'ho capito quando ho lavorato per quattordici ore al giorno e alla fine ero stanco, ma più felice di quando fumavo. Ho conosciuto un'altra gioia, più grande.»

Giulia lo ascoltava con sempre maggiore attenzione.

«Vedi», riprese Giorgio dopo essersi ripulito gli angoli della bocca dai residui dei bignè, «Tea, Marcello e io siamo stati tutti e tre drogati. Io, come diresti tu, mi inebriavo con l'hashish, Marcello con l'alcol, Tea con il sesso. Ognuno di noi, più o meno faticosamente, si è liberato delle proprie ossessioni. Voi credete», generalizzò, «che la droga sia soltanto il fumo e l'eroina. Anche le sigarette sono una droga. Anche l'ambizione spasmodica di affermarsi è una droga. Anche i tranquillanti che prendete voi con la complicità del medico sono droga. Sai che cosa ti dico, mamma? Io dalla mia dipendenza mi sono liberato, Tea è uscita dalla sua ossessione, Marcello si è lasciato alle spalle il suo passato di alcolista. Ma tu ti libererai mai dalla droga del successo? Dalla frenesia di apparire? Dal piacere che provi passando da un'intervista televisiva a una conferenza stampa? Mio padre si libererà mai dalla smania dello scoop? Ed Ermes che si nutre di sala operatoria, al di là della cosiddetta missione, si libererà mai di questo bisogno ossessivo? Siamo tutti drogati, mamma. Si tratta, casomai, di stabilire l'effetto più o meno devastante che hanno le singole droghe su ognuno di noi.»

Giulia lo guardò smarrita e sgomenta.

«Sei un polemista infido, Giorgio Rovelli, ma io ti voglio bene.» L'abbracciò per testimoniargli il suo affetto, ma anche per mettersi al sicuro dai suoi colpi.

68

FRANCO Vassalli arrivò a villa Gray alle prime luci dell'alba: Marisol lo aveva raggiunto telefonicamente a Parigi. Sua madre stava male e chiedeva di lui. Franco aveva tirato giù dal letto Louis Fournier nella sua casa di Neuilly.

«Devo andare sul lago. Occupati tu della riunione di domani. Se avessi dei problemi c'è Madì. Lei è al corrente di tutto. Fa' in modo che Bertrand non influenzi in nessun modo i Leclerc: il sottosegretario è un alleato prezioso», gli disse.

«Ma che ore sono?» chiese il francese ancora frastornato dal brusco risveglio.

«Le due del mattino», rispose Franco. «Avverti anche la signora Montini della mia partenza.»

La villa sul lago era immersa nel silenzio. Le luci al primo piano erano tutte accese e, quando Franco suonò perché gli aprissero il cancello, sentì Lupo uggiolare e poi corrergli incontro come un fulmine.

Pomina si affacciò alla porta per riceverlo.

«Come sta?» chiese Franco alludendo alla madre, mentre saliva i gradini seguito dal cane.

L'anziana domestica l'aiutò a togliersi il cappotto di cachemire.

«Il cuore non fa più il suo dovere», disse soltanto.

«E il medico?»

«Se n'è andato da poco.»

«Che cosa dice?»

Pomina per tutta risposta scosse il capo desolata. Comparve anche Aldo, il giardiniere, che veniva dalla cucina. Non dormiva nessuno quella notte a villa Gray.

«Meno male che è arrivato lei, dottore», esultò l'uomo attribuendo alla presenza di Franco capacità miracolose. «La signora chiede continuamente di lei.»

Franco volò su per le scale e si fermò qualche attimo davanti alla porta socchiusa della camera di Serena. Aveva il cuore in gola.

Entrò controllando il respiro affannoso per la corsa. La stanza era illuminata da una lampada da tavolo schermata con un foulard blu. Marisol sedeva su una poltroncina stile impero accanto al letto. La vecchina, il capo affondato nei cuscini, sembrava dormisse.

Franco avanzò in punta di piedi per non svegliarla. Marisol si alzò salutandolo con un sorriso. Poi uscì perché potesse rimanere solo con la madre. L'uomo si fermò ai piedi del letto e guardò quel volto diafano dove erano ancora riconoscibili i tratti della sua delicata bellezza giovanile.

Sedette al posto di Marisol e rimase lì, in silenzio, a spiare il sonno della madre. Non sapeva ancora che cosa fosse sopravvenuto a turbare un equilibrio che sembrava stabile. Vide una bombola d'ossigeno ai piedi del letto e sul tavolino una serie di medicinali. La madre riposava tranquilla.

La vecchina mosse appena le palpebre e Franco sfiorò, con la sua, la mano di Serena. Un gesto affettuoso e consueto che lo riportò agli anni dell'infanzia, quando la sua piccola mano di bambino sfiorava quella delicata della madre. E poi la mamma la prendeva, la portava alle labbra e la baciava. Risentiva la sua voce melodiosa che diceva: «Amore mio. Tu sei il mio grande amore. Sei la mia gioia. Non potrei vivere senza di te».

Parole stregate che lo facevano fremere e gioire, che lo spaventavano come una sentenza incatenandolo a lei. Quante volte aveva rinunciato ai giochi con i compagni, a una gita scolastica, a un appuntamento con una ragazzina per stare con lei. Quanta gratitudine gli aveva dato sua madre in cambio di questa dedizione.

Una volta soltanto si era arrabbiata. Era stato quando Franco era già un uomo e le aveva detto che avrebbe sposato Dorina.

«Non è donna per te», si era opposta. E poiché lui si era mostrato irremovibile, lei aveva concluso: «Non ti perdonerò mai questa scelta».

Invece l'aveva perdonato, prima che la sua mente cominciasse a vacillare nella morsa della demenza precoce.

Franco si alzò e uscì dalla camera. Nel corridoio Marisol l'aspettava.

«Mi pare che riposi tranquilla», disse Franco.

«Era previsto. Il medico le ha dato un sedativo.»

«Che cosa è accaduto esattamente?» la interrogò precedendola verso il salotto, al pianterreno.

«Tua madre si è sentita male due giorni fa», prese a raccontare la ragazza. «È accaduto dopo la visita di Dorina.»

Era stato Franco a pregare la sua ex moglie di andare a salutare Serena.

«Tua madre aveva iniziato una delle sue giornate buone», riprese Marisol. «Ha accolto Dorina con gioia. Sono state qui a chiacchierare per un paio d'ore. Da tua moglie, tua madre voleva sapere perché, da molti giorni, non ti facevi vivo. Era lucidissima, te l'assicuro. Dorina, a un certo punto, le ha detto che eri andato in crociera con una donna. Una scrittrice bella e famosa, precisò Dorina. Allora lei ha voluto sapere tutto di questa donna che era in viaggio con suo figlio. Era allegra, felice. Quando Dorina se n'è andata, ha cambiato improvvisamente umore. Ha cominciato a inveire contro quella scrittrice. Ha dato in escandescenze. Ha spaccato il servizio da tè. Poi si è sentita male. Dolori al petto, alle spalle, al braccio. I sintomi tipici dell'infarto. Ho chiamato il medico. Le ha fatto un elettrocardiogramma. Il suo cuore non reggerà per molto. Lei si è rifiutata di farsi ricoverare.»

Franco impallidì. Sua madre che faceva una sfuriata simile perché lui aveva fatto una breve vacanza con una donna. Non riusciva a crederlo.

«Sei sicura che le cose siano andate proprio così?»

«C'era anche Pomina presente a questo finimondo», disse Marisol portando il peso di un'autorevole testimonianza. «Lei, così minuta e fragile, aveva trovato la forza e l'aggressività di una tigre.»

Un brivido di orrore gli corse lungo la schiena. Perché inveire contro una donna che stava con lui? Perché tanta cattiveria?

«Salgo da mia madre», disse Franco. «Tu vai a riposare.» Tornò nella camera al primo piano. Serena aveva aperto gli occhi e lo guardava.

«Ciao, mamma», le sorrise Franco.

«Ti sei deciso a venire», sussurrò lei.

«Vengo sempre da te, lo sai.»

«Tranne quando te ne vai in giro con le tue donne», disse con un filo di voce guardandolo con un lampo di odio.

Improvvisamente, Franco lesse in quello sguardo una verità della quale non aveva mai voluto rendersi conto. Con la sua apparente fragilità, sua madre lo aveva tenuto in pugno per tutta la vita. Soltanto adesso si rendeva conto dell'amore morboso, della gelosia incontenibile con cui lo aveva tenuto prigioniero, da sempre.

Serena Vassalli morì al tramonto. Franco stette accanto a lei per tutto il giorno dominato da sentimenti intensi e contrastanti. Un'alternanza di rabbia, disperazione, smarrimento e una strana, incredibile sensazione di pace.

69

ERA stata una di quelle mattinate che Ermes definiva buone. Gli interventi erano andati bene e non c'erano state complicazioni. L'équipe aveva funzionato a meraviglia. Aveva lasciato la sala operatoria poco dopo mezzogiorno e aveva mangiato qualcosa alla mensa della clinica, poi aveva visitato i pazienti per controllare i decorsi postoperatori e aveva programmato il lavoro per il giorno seguente. Consumò il resto del pomeriggio nel suo studio.

Stava togliendosi il camice per rincasare, quando la segretaria l'aveva bloccato.

«C'è una sua paziente che desidera parlarle, professore», lo avvertì la collaboratrice.

«Ma non avevamo finito con le visite?» si stupì lui.

«Infatti. Ma la signora si è presentata pochi minuti fa. Senza appuntamento», cercò di spiegare la segretaria. «Dice che non si tratta di una visita. Ho l'impressione che abbia un problema importante da sottoporle», insistette forzandogli la mano.

«Come si chiama?» chiese Ermes.

«Sara Shaky. Ecco la sintesi della sua cartella clinica», disse porgendogli un cartoncino che riassumeva la storia della paziente.

Ermes riabbottonò il camice, sedette alla scrivania e prese visione del documento. Ricostruì il caso.

Sara Shaky era una francese sposata a un italiano. Aveva quarant'anni, era arredatrice di ambienti. Ora se la ricordava: un tumore avanzato che aveva richiesto l'asportazione totale di una mammella. La donna non si era mai rassegnata a quell'amputazione ed era stata seguita da uno psicologo con modesti risultati.

«La faccia passare», decise il chirurgo.

Sara Shaky entrò nello studio con passo esitante e un sorriso forzato, stringendosi al petto una busta di pelle marrone. Era una donna bella ed elegante. Alta e slanciata, una massa di capelli biondi fluenti molto curati, il viso regolare perfettamente truccato, un abito di maglia molto semplice ravvivato da una grossa cintura di metallo dorato. Pochi gioielli tanto belli e costosi da sembrare finti.

«La ringrazio per avermi ricevuta, professore», disse tendendogli la mano.

Ermes si alzò invitandola a prendere posto di fronte a lui.

«È stata una decisione sofferta», sussurrò la donna, «quella di venire da lei, intendo. Ma mi trovo in una situazione spaventosa. E non so a chi chiedere aiuto», esordì.

«I controlli trimestrali l'hanno messa in allarme?» indagò cautamente.

«No, i controlli sono andati benissimo», spiegò. «Fisicamente non ho problemi. Ma la mia situazione è ugualmente grave.» Il suo sguardo inaridito denunciava un grande dolore, un tormento senza lacrime.

«Qual è il problema, signora?» insistette Ermes.

«Mio marito», rispose.

Ermes sorrise per mettere la paziente a proprio agio. «Mi aiuti a capire, signora», la prego.

La sua esperienza gli venne in aiuto. Capitava a volte che mariti, innamorati fino al momento dell'intervento, rifiutassero la moglie dopo che questa aveva subìto l'asportazione dell'utero o di una mammella. Scattava in questi uomini un meccanismo infantile che li portava a considerare la loro compagna alla stregua di un giocattolo rotto, da buttare.

Ma Ermes, che prima e dopo l'intervento aveva l'abitudine di parlare con le pazienti e con i loro partner, ricordava il marito di Sara, titolare di un affermato studio legale. E ricordava le sue parole.

«Credo che amerò mia moglie anche più di prima», gli aveva detto. «Non sono innamorato di un seno. È lei che amo profondamente.»

Che cos'era accaduto nel frattempo?

«Mio marito non mi vuole più», confessò.

«Che cosa è successo?»

La donna lo guardò dritto negli occhi senza esitazione e senza vergogna.

«È successo che l'ho tradito», disse.

Ermes pensò a Giulia.

«Tradito come?» la interrogò.

«Tradito nel modo più banale, più stupido, più classico», spiegò la donna. «È accaduto in autunno, durante un weekend in montagna. Lui, voglio dire l'altro, ha cominciato a farmi una corte serrata pur sapendo della mia menomazione. Nonostante le assidue attenzioni di mio marito, mi sentivo tutt'altro che attraente. Mio marito poteva fingere di desiderarmi. Poteva amarmi per pietà, per bontà d'animo. Io invece avevo bisogno di sapermi desiderata per me stessa, per il fascino che riuscivo ancora a esercitare su un uomo. Così è scattato in me un meccanismo perverso che mi ha spinto tra le braccia dell'altro.»

«Con quale risultato?» chiese Ermes mentre il sangue gli pulsava nelle tempie.

«Desidero mio marito e ho la certezza di amarlo più di prima.»

Ermes la guardava fisso negli occhi. «Continui, la prego», la invitò.

«Non c'è altro. Tranne il fatto che mio marito ha saputo del mio tradimento.»

«Glielo ha detto lei?»

«Non sono una bambina. Non c'era motivo di farlo soffrire per un episodio che non si sarebbe ripetuto mai più. Qualcuno glielo ha raccontato. E lui se n'è andato di casa.»

«Posso soltanto dirle che episodi come il suo sono abbastanza frequenti tra le donne operate al seno», cercò di spiegare Ermes.

«Professore, io vivo con l'angoscia che questo male terribile che mi ha colpito si ripresenti. È un tormento che forse non giustificava la mia trasgressione, ma può essere una buona spiegazione», disse dolorosamente la donna.

«Cerchi suo marito, signora», la consigliò Ermes. «Gli parli con la stessa franchezza con cui ha parlato a me. Io credo che capirà. Se dovesse insistere in questo suo atteggiamento, gli dica di telefonarmi», aggiunse. «Ma intanto non smetta mai di volersi bene. È molto importante che lei abbia voglia di vivere.»

La paziente se ne andò ringraziando commossa e lui rimase ancorato alla sua scrivania anche dopo che la segretaria ebbe chiuso lo studio.

Nella donna offesa al seno, che per un attimo si era compiaciuta di suscitare emozioni in un uomo che non fosse il marito, Ermes aveva visto Giulia. Quante analogie tra lei e Sara. La stessa trasgressione, un identico risultato: un amore più forte per il compagno della loro vita.

Ermes si avvicinò alla finestra. Di là dai vetri, nel buio della sera, risplendevano le vetrine e le luci per le feste imminenti.

70

GIULIA uscì dallo studio del ginecologo con una certezza in più e un nuovo piacere. Era una madre forte e avrebbe avuto una gravidanza normalissima.

«È al termine del terzo mese e tutto procede nel migliore dei modi», l'aveva rassicurata lo specialista.

Non era costretta a letto come ai tempi di Giorgio, ma avrebbe tratto giovamento da lunghe passeggiate.

«Se le capita, può anche nuotare. Un'ora al giorno in piscina non può farle che bene», le aveva suggerito il medico mentre la esortava a limitarsi alla ginnastica dolce.

Si sentiva quasi felice. Le mancava soltanto un elemento fondamentale: Ermes.

Intimamente Giulia sentiva di non averlo perso, anche se, obiettivamente, Ermes non dava segni di voler tornare. Facendo affidamento sull'atmosfera natalizia decise di fare un altro passo per riavvicinarlo.

Entrò da Moroni Gomma in corso Matteotti e acquistò una boule per l'acqua calda, bianca con piccoli cuori rossi. Scrisse velocemente un biglietto: «Se non bastasse per riscaldarti il cuore, sai dove trovarmi. Buon Natale. Giulia».

Scrisse su una busta l'indirizzo di Ermes, vi infilò il

biglietto e consegnò il tutto al commesso che la conosceva bene: «Gliela faccia recapitare la vigilia di Natale», disse.

L'uomo, un giovane dalla faccia cordiale, la rassicurò: «Non dubiti, signora de Blasco».

Si apprestava a uscire quando una robusta e melodiosa voce femminile la chiamò.

Giulia si volse. Dalla sommità di una soffice montagna di zibellino, spuntava il viso di una bella donna molto sofisticata.

«Zaira», esclamò Giulia riconoscendola.

«Che cosa ci fai qui, cuore mio?» la interrogò la stilista abbracciandola.

«Niente. Curiosavo», esitò come se temesse di scoprire il proprio segreto. «Tu, piuttosto. Che cosa ci fai in un negozio di questo genere?»

«Regali utili e intelligenti», scherzò. «Come vedi ho conservato le mie abitudini contadine. È un secolo che non ci vediamo.»

«Diciamo dalla scorsa estate», precisò Giulia.

«Come mi trovi?»

«Se è al lifting che ti riferisci, devo dire che è perfetto. Sei sempre più bella.»

«Speravo che non si vedesse», si imbronciò delusa.

«E non si vede», le sussurrò all'orecchio. «Solo che io ti conosco bene, se permetti. Perché non andiamo a bere qualcosa insieme?» propose Giulia indicando il *Sant'Ambroeus* che era proprio al di là della via.

Era scesa la sera. Le due donne entrarono nel famoso caffè milanese, sedettero a un tavolino e ordinarono cioccolata calda.

«Come ai vecchi tempi», disse Giulia con un lampo di complicità.

Zaira la osservò con ammirazione.

«Hai un incarnato trasparente, sembri di porcellana. Ringiovanisci a vista d'occhio. Puoi dirmi come fai?» chiese.

«È un segreto della casa», scherzò Giulia, «che presto tutti conosceranno.»

«E non vuoi confidarlo in anteprima a una tua vecchia ammiratrice?» disse Zaira invitante. «Un nuovo film? Un nuovo libro? Una nuova traduzione?» la provocò.

«Un nuovo bambino. Sono incinta, Zaira», annunciò Giulla.

«Mi lasci senza parole», ribatté la stilista. «E il padre chi è?».

«Chi vuoi che sia? Ermes, naturalmente.»

«E Franco Vassalli, non c'entra?»

«No, non c'entra», replicò con severità.

«Ti credo», disse Zaira. «Ma in mare con lui per alcuni giorni ci sei stata. O no?»

«Come lo sai?» chiese Giulia arrossendo.

«Diciamo che sono molto amica della sua ex moglie», sorrise Zaira.

Giulia capì al volo di quale amicizia si trattasse.

«Non sapevo di questa, diciamo così, amicizia.»

«Tu non sai mai niente di quello che fa la gente», la rimproverò Zaira. «Ma fammi capire quale segreto nasconde una donna come te che, essendo incinta, va a spasso nel Mediterraneo con Franco Vassalli.»

«Sesso», sussurrò Giulia con occhi maliziosi.

«Sei semplicemente scandalosa», rise Zaira divertita. «Se non ti conoscessi, ti crederei.»

«Mi piacerebbe sapere chi ha raccontato questa storia alla moglie di Franco Vassalli», indagò Giulia.

«Pettegolezzi di marinai. Avete preso il largo sotto gli occhi di tutti.»

«Adesso capisco», disse Giulia.

«Ma fammi toccare il tuo pancino», la supplicò Zaira. «Porta fortuna.»

Giulia si alzò in piedi. «Ancora non si vede», disse.

Indossava un maglione a collo alto color lavanda e una gonna beige di cover piuttosto attillata.

«Allora mi fai toccare?» insistette Zaira allungando una mano.

Giulia rise e si voltò per sfuggire a quel gesto troppo intimo dell'amica, dandole così le spalle.

Fu in quel momento che il bel volto di Zaira fu invaso dal terrore.

«Mio Dio, Giulia, che cosa ti succede?» le disse sottovoce.

«Che cosa c'è, Zaira?» domandò allarmata.

«Copriti subito», le impose l'amica posando sulle spalle di Giulia il suo mantello.

«C'è una chiazza di sangue sulla tua gonna», spiegò cercando di mantenere la calma.

«Non è possibile», Giulia era terrorizzata. «Sono stata un'ora fa dal ginecologo. Andava tutto bene.»

«Non preoccuparti», la rassicurò. «Ti porto subito in clinica.»

Fuori c'era l'autista di Zaira al volante di una limousine. La stilista guidò l'amica verso l'auto e la aiutò a stendersi sul sedile posteriore.

«Presto, alla Clinica Milanese», ordinò la donna. «Di corsa.»

Giulia stava piangendo, il capo reclinato sulla spalla di Zaira.

«Voglio Ermes», mormorava disperata.

«Buona, Giulia. Ti sto portando da lui», la rassicurò l'amica.

71

Pomina, Aldo e Marisol sedevano al tavolo della cucina di villa Gray. Era una di quelle cucine che avevano sfidato due guerre senza rivoluzionari cambiamenti. Le pareti erano rivestite di piastrelle bianche che terminavano ad altezza d'uomo con una striscia di maiolica a fiori blu.

C'era ancora il lavello di marmo con venature grigie e un lungo scolapiatti dello stesso materiale con una spalliera di ottone lucido. Funzionava ancora una stufa economica che andava a legna e aveva il duplice scopo di scaldare e di cuocere i cibi. C'era un tavolo con il ripiano di marmo e le gambe tornite; e c'era una dispensa bianca che correva lungo tutta una parete con antine di vetro smerigliato che lasciavano intravedere servizi di piatti e di bicchieri.

L'unica concessione al progresso era un grande frigorifero e un'efficiente lavastoviglie.

In un angolo davanti alla finestra era stato allestito un piccolo abete di Natale luminoso e dorato. Sulla stufa bolliva l'acqua per la colazione e nel forno erano state messe delle fette di pane ad abbrustolire.

Erano le sette del mattino. Dal lago saliva una nebbiolina biancastra e sfilacciata.

Franco Vassalli era andato al funerale di sua madre. Lui e

il suo cane. Soli. Non aveva voluto dare pubblicità a un evento che in definitiva riguardava soltanto lui. Anche le sue figlie e i collaboratori più fedeli erano stati esclusi dalla funzione.

Serena Vassalli era stata sepolta in un piccolo cimitero di paese, sulle pendici del colle, a cinque chilometri dalla villa.

Adesso i tre erano riuniti attorno al tavolo della grande cucina e aspettavano il ritorno di Franco. Si interrogavano tutti sul loro futuro. Erano certi che il padrone avrebbe restituito la villa al legittimo proprietario, l'inglese Alan Gray. Che ne sarebbe stato di loro? Pomina e Aldo lavoravano in quella casa da dieci anni. Marisol da poche settimane soltanto, ma in cuor suo aveva sperato di continuare a vivere nella quiete di quel rifugio. Nei pochi anni di vita matrimoniale con Giuseppe Vassalli aveva passato momenti troppo bui per non considerare villa Gray come un paradiso.

Quando sentì la macchina di Franco nel viale, Pomina si alzò per riceverlo.

«Le servo la colazione?» domandò assumendo l'aria mesta che la circostanza richiedeva. Forse era quella l'ultima volta che il padrone tornava in villa e, molto probabilmente, il loro ultimo incontro.

Franco le sorrise con la solita cordialità.

«Se non è un problema, portami un caffè nello studio», disse lui col tono pacato di sempre, attraversando l'atrio seguito dal suo cane.

Lo studio era un ambiente austero con boiserie di ciliegio, librerie in stile liberty, preziosi bronzetti, una collezione di ceramiche inglesi.

Si lasciò cadere sulla poltrona di cuoio e chiamò al telefono Alan Gray. L'editore inglese gli rispose dalla sua casa di Chelsea.

«Alan, vengo dall'avere sepolto mia madre», disse Franco senza soppesare le parole, con tono distaccato.

«Mi dispiace. Non sapevo», si rammaricò senza tuttavia imbarcarsi in uno dei soliti discorsi di circostanza.

«Non lo sa nessuno. È una questione strettamente privata. Spero tu mi capisca.»

«Perfettamente. Posso esserti utile?»

«Che cosa farai della tua villa sul lago?» domandò.

«La vorresti tu?» intuì l'inglese.

«La vorrei come si trova. Rispettando le regole dei primi proprietari», dichiarò Franco. «Qual è la quotazione dell'immobile?»

«Si aggira sui due miliardi. Facendo il conto in lire, naturalmente», rispose Gray che era bene informato e aveva una straordinaria dimestichezza con i numeri.

«Ti offro una partecipazione nella Provest-film. Produzioni per la tv.»

«Se ne parla bene in giro», disse l'editore. «Dicono che tu stia confezionando prodotti di tutto rispetto», aggiunse.

«Allora ci stai?»

«Mettiti in contatto con il mio avvocato. Per quanto mi riguarda, villa Gray è tua.»

«Ti ringrazio della fiducia», tagliò corto Vassalli.

Pomina arrivò con il caffè.

«Che cosa ne sarà di noi, adesso?» chiese esitante.

«Non è cambiato niente», lui garantì. «Ci sarà un altro ospite, tra non molto. E spesso ci sarò anch'io, qui. Dillo anche al giardiniere e a Marisol.»

Franco salì al piano superiore ed entrò nella camera che era stata di sua madre. Il letto era stato rifatto e la stanza era in ordine. Si guardò intorno dapprima timidamente, poi aprì l'armadio di legno d'acero con una grande anta a specchio. Lo investì un fresco profumo di lavanda. C'erano tutti gli abiti di Serena. Sfiorò con dita leggere quelle stoffe delicate.

Erano abiti che avevano almeno vent'anni, perché Franco se li ricordava fin dai tempi del liceo. In quei vestiti e nel loro profumo c'era la storia della sua vita e delle sue angosce sempre abilmente nascoste.

Quella mattina al cimitero, leggendo i certificati che un messo del Comune gli aveva consegnato, aveva fatto una sconcertante scoperta.

Sua madre si era sposata al quinto mese di gravidanza. Perché suo fratello Giuseppe era nato esattamente quattro mesi dopo le nozze. Quello con il tassista violento era stato dunque un matrimonio riparatore. E forse l'uomo, quando l'aveva presa che era ancora ragazza, non era stato poi così violento. E lei, qualcosa di suo doveva averlo speso in quel primo incontro d'amore senza gli obblighi e le imposizioni del matrimonio.

Serena si chiamava Maggi da ragazza. I suoi genitori avevano una piccola bottega d'oreficeria in corso Magenta e speravano in un matrimonio più ricco. Forse lei stessa mirava a qualcosa di meglio. Che cos'era accaduto quando la sua incipiente maternità l'aveva obbligata a sposare il tassista, che si sarebbe rivelato un compagno violento e insensibile? Lo aveva detestato per la sua volgarità o non aveva contribuito con il suo risentimento a provocarla?

Franco aprì un cassetto del comò che sembrava contenere l'anima di sua madre. C'era un mazzetto di fiori secchi tenuti insieme da un nastrino di velluto. Chi le aveva regalato quei fiori così gelosamente custoditi? In una scatola vide un mucchietto di monili, alcuni veri, altri finti, tutti ugualmente patetici. Franco sfiorò con la mano boccettine di vecchi profumi, una scatola di cipria coty, sacchetti di lavanda.

C'era un album di marocchino blu in cui erano conservate con cura fotografie in bianco e nero. Si riconobbe in alcune di esse. In altre era ritratto con il fratello. Sua madre, in alcune immagini, aveva cancellato il viso di Giuseppe con una croce. Perché?

Perché era stato concepito prima delle nozze? Perché nel

fisico e nel carattere era la copia esatta del padre? Oppure Serena aveva preso a detestarlo prima ancora che nascesse?

La figura della madre diventava sempre più complessa e indecifrabile. C'erano molte lettere legate da un nastro grigio. Erano indirizzate a lei. Con chi aveva intrattenuto quella fitta corrispondenza? Certamente non con suo padre. Fu sul punto di sciogliere il nodo e posare lo sguardo su quei profumati segreti. Si fermò in tempo. Che diritto aveva di indagare su un passato che sua madre gli aveva taciuto? Uscì dalla camera, chiuse la porta a chiave e ritornò nello studio per nascondere la chiave sul fondo di un cassetto della scrivania.

Forse un giorno sarebbe ritornato in quella stanza per approfondire la ricerca. Ma adesso non aveva l'animo per farlo.

Suonò il campanello. Poco dopo comparve Pomina.

«La camera di mia madre», le impose Franco, «rimarrà chiusa. Per tutti.»

«Come lei desidera, dottore.»

«Di' all'autista che fra mezz'ora partiamo per Milano», ordinò.

Poi soggiunse: «Oggi è venerdì, vero?»

«L'ultimo venerdì prima di Natale», precisò la domestica.

Franco sorrise a un ricordo lontano. A un altro venerdì, il suo giorno fortunato.

«Potresti prepararmi del baccalà per cena?» chiese a Pomina.

«Il dottore, allora, ritorna in villa?» chiese con entusiasmo.

«E forse non sarò solo», annunciò Franco.

Poi si attaccò al telefono. Chiamò Milano, Parigi, New York. Con New York esaminò la possibilità di sbarcare su quel pianeta proibito agli europei con la produzione del suo network.

Sulla tangenziale per l'aeroporto il denso traffico rallentò in prossimità di Mecenate e, nel giro di pochi chilometri, diventò una colonna immobile e disperata con gente ai finestrini a prodursi nel solito show di chi vuole conoscere la causa dell'ingorgo.

Soltanto dopo si sarebbe saputo che c'era stato un incidente in prossimità dello svincolo. Passarono tre quarti d'ora prima che il traffico si normalizzasse. Così Franco arrivò a Linate con un'ora di ritardo rispetto all'arrivo del volo da Parigi.

Fu unicamente per scrupolo che si inoltrò nel settore degli arrivi internazionali, perché, conoscendola, poteva ragionevolmente supporre che lei non sarebbe rimasta ad aspettarlo. Invece, la vide incredibilmente calma, davanti alla bottega dei souvenir, in fiduciosa attesa.

«Ciao, Marta. Scusa il ritardo», lui cercò di giustificarsi. «C'è stato un incidente e...»

Marta aveva una maturità insolita nello sguardo limpido e nell'espressione assorta. Lo abbracciò e lo baciò su tutt'e due le guance.

«Non devi scusarti per questo», lo rassicurò riuscendo a comunicargli una serenità nuova.

L'autista, che seguiva Franco, prese i bagagli avviandosi verso l'uscita.

«Hai fatto buon viaggio?» domandò Franco.

«Un soffio su una nuvola», disse allegramente. «Come sta tua madre?»

«È morta. Non è stato possibile salvarla.»

Marta riuscì persino a non stupirsi della fatalistica rassegnazione di Franco che sapeva attaccatissimo alla madre. Si limitò a stringersi più forte a lui, per un momento.

Salirono in macchina e cambiarono subito discorso.

«Hai saputo degli accordi francesi per la Provest-film?» domandò lei.

«Fournier mi ha fatto avere ieri una relazione particolareggiata. Benvenuta a bordo. Non sarà una placida crociera, ma un viaggio avventuroso», promise Franco.

«L'avventura è il sale della vita», pontificò lei scherzosamente.

«Vuoi che ti porti al maneggio da tua figlia?» chiese Franco, anche se già sapeva quale sarebbe stata la risposta.

«A dirti la verità, credo che a Fontechiara sarei di troppo. Tea è ritornata a vivere con il suo conte spiantato.»

«Sempre inflessibile e definitiva», la rimproverò bonariamente.

«No. Non è più così. Sono cambiata. Credimi. E ho cambiato opinione anche su Tea e Marcello. E sai una cosa? Penso che insieme saranno felici. Sono stata stupida e ingiusta a volere per Tea qualcosa di diverso, di più interessante, di più eccitante. Tea è proprio figlia di suo padre. Pensa che si è persino iscritta a medicina.»

«Dove vuoi che ti porti, allora?» chiese Franco.

«Perché non mi fai una proposta?» aveva l'aria di rimettersi alle sue decisioni.

«Ti andrebbe una villa sul lago di Como? Mancano pochi giorni a Natale e là c'è una grande quiete.»

Un lampo dell'antica perfidia brillò nello sguardo di Marta.

«Giulia de Blasco ti ha mollato e tu hai già trovato il modo di leccarti le ferite. È così?» lo sfidò mentre la macchina si incanalava nel traffico.

Le cose stavano più o meno in questi termini, ma Franco Vassalli non l'avrebbe mai ammesso.

«Il lago è un buon posto per riflettere e recuperare la pace», disse. «E per una persona come te», aggiunse, «è l'ideale per ritrovare il senso della vita.»

Marta esplose in una franca risata.

«Stai chiedendo davvero molto a una donna di cinquant'anni che non ha ancora capito se stessa.»

«Ti sento diversa», replicò Franco.

«Il fatto è che mi sono stancata di lottare contro tutti. La rissa e l'intrigo, ormai, mi deprimono invece di darmi gioia. Pensa che ho persino chiamato il mio avvocato a New York per dirgli che non intendo procedere nella causa contro gli eredi di James. Ho deposto le armi, insomma», confessò rassegnata.

«Un motivo di più per tentare di vivere con me», replicò Franco, deciso a dare un assetto alla sua vita sentimentale.

«Mi aspettavo una proposta per la sera», si stupì Marta, con una punta di autoironia.

«E invece è a tempo indeterminato.»

«Che può voler dire fino a domani», azzardò lei.

«O fra vent'anni», concluse Franco sorridendo.

C'era una luce materna nello sguardo di Marta, un sentimento protettivo di cui Franco aveva bisogno. Adesso si rendeva conto che Marta Montini aveva superato le burrasche di una vita disordinata e avrebbe potuto dargli qualcosa che da Giulia non avrebbe avuto mai: una serenità stabile, almeno sul piano dei sentimenti.

72

«ALLO stato dei fatti non vedo motivi di preoccupazione, signora de Blasco», sorrise il dottor Morelli, un uomo pacato che dava fiducia. E Giulia cominciò a rilassarsi anche se il lettino ginecologico non è il posto migliore per liberarsi dalla tensione, dalla paura e dallo stress. «Il collo dell'utero», continuò dopo aver eseguito una serie di controlli, «è perfettamente chiuso. Per il momento non c'è in atto nessuna minaccia abortiva.»

Giulia era nell'ambulatorio di ginecologia della clinica di Ermes.

«Ma allora, perché sto perdendo sangue?» domandò.

«L'ecografia appena fatta segnala, senza possibilità di equivoco, la presenza del battito cardiaco fetale. Il suo bambino per ora sta bene», le comunicò in tono rassicurante.

«Ma non mi ha ancora detto perché sto perdendo sangue», insistette Giulia.

«Lei ha perso sangue. Ma ora non più. Perché l'emorragia si è arrestata. La perdita di sangue di poco fa indica soltanto che esiste un problema di adesione della placenta al rivestimento della parete uterina», spiegò lo specialista. «Niente altro.»

Giacomo Morelli era un giovane ginecologo, cresciuto alla

scuola del professor Brandani. Era serio, attento e perfettamente aggiornato. E tuttavia Giulia non si sentiva tranquilla.

«Lei mi ha visitato questa mattina», protestò. «E proprio lei mi ha detto che tutto procedeva nel migliore dei modi. Perché subito dopo mi è venuta un'emorragia?»

«Una risposta precisa non gliela posso dare, perché le cause possono essere diverse. Dovremmo approfondire l'indagine», disse il ginecologo. «Questo piccolo coagulo potrebbe essere il risultato di uno stress psicologico», lo specialista sembrava sincero.

«Dottor Morelli, io non voglio perdere questo figlio. Lo amo e lo desidero. Se dovrò mettermi a riposo per i restanti sei mesi, lo farò. L'ho già fatto per Giorgio, diciassette anni fa.»

«Il riposo forzato non sarà affatto necessario», la rassicurò. «Se non per tempi brevissimi. La gravidanza a letto è un concetto superato. Perché si è visto, ed è ampiamente dimostrato, che se una donna deve abortire, questo succede anche in condizioni di assoluto riposo. La gravidanza è uno stato naturale e come tale va mantenuto. Lei potrà continuare la vita di sempre. Nel senso che potrà uscire, andare al ristorante, sedere al tavolo da lavoro o fare una gita in campagna. Ora la metterò a riposo per un paio di giorni qui, in clinica. Entro quarantott'ore, se una nuova ecografia avrà dato buon esito, lei potrà tornarsene a casa anche in metropolitana», garantì il medico.

Giulia si apprestò a scendere dal lettino ma lui la trattenne.

«Ho detto a riposo per un paio di giorni», la ammonì. «Era disposta a restarsene a letto per sei mesi. Io le ho ridotto la pena a due giorni», scherzò. «La farò trasportare su un lettino fino alla sua stanza. C'è una camera già pronta per lei nel reparto del professor Corsini.»

«Lui dov'è?» chiese preoccupata.

«Qui fuori. La sta aspettando.»

Ad attenderla, insieme a Ermes, c'era anche Zaira che poco prima aveva accompagnato Giulia in clinica.

«Allora?» chiese il chirurgo scrutando il collega.

«Nessun problema», l'assicurò Morelli. «La signora sta bene. Il dolore soprapubico è cessato. Finita anche la perdita ematica. Nessuna terapia, tranne un paio di giorni a letto», concluse il ginecologo.

«Allora ti portiamo di sopra», disse Ermes prendendo una mano di Giulia tra le sue.

«Non era in queste condizioni, che avrei voluto rivederti», mormorò lei, in modo che Zaira non sentisse.

Ermes la guardava così intensamente che Zaira cinguettò: «La mia ben nota sensibilità mi suggerisce di togliere il disturbo».

«Ti ringrazio di avermi accompagnata fin qui», disse Giulia.

L'amica si chinò sul lettino e le sfiorò una guancia con un bacio.

«Ho rovesciato il mondo per te, Giulia. Questa sera riceverai camicie e vestaglie di seta, pianelle di raso, talco e profumi. Sarai la paziente più elegante e più viziata della clinica», disse allontanandosi verso l'uscita, mandando baci sulla punta delle dita.

«Ecco un caso tipico di malattia incurabile», scherzò Ermes alludendo a Zaira che era ormai sparita oltre la porta a vetri.

Un infermiere sospinse il lettino dentro l'ascensore, mentre Ermes prendeva in consegna la cartella clinica di Giulia. L'ascensore saliva verso l'ottavo piano ed Ermes leggeva le annotazioni diagnostiche del ginecologo.

«Non dovresti stare nel mio reparto», disse mentre entravano nella stanza dove trionfava un gran fascio di rose scarlatte in un vaso di cristallo. «Ma per il primario si fanno delle eccezioni.»

Ermes aiutò l'infermiera a sistemare Giulia nel letto e, quando la donna se ne fu andata, sedette su una sedia al suo capezzale.

«Devo considerarti un buon samaritano che provvisoriamente si occupa di me?» chiese Giulia.

«Devi considerarmi per quello che sono e sono sempre stato: il tuo uomo. E anche il padre di questo bambino», precisò lui posando una mano lieve sul ventre di Giulia.

«A New York non la pensavi così», disse Giulia. «Non ammettevi neppure che io avessi qualche giustificazione.»

«A New York parlavano l'orgoglio ferito e la gelosia.»

«Anche la ragazza con i capelli rossi era il risultato della gelosia?» insinuò Giulia.

«Era un tentativo di liberarmi di un incubo», disse. «Tentativo fallito», precisò.

Ermes si chinò su di lei e l'abbracciò stretta.

«Ci voleva un'altra grande paura per riunirci», disse Giulia commossa.

Ermes prese tra le sue una mano di Giulia e la baciò. Lo sapeva, lo aveva sempre saputo di non poter vivere senza di lei: Giulia era il suo passato, la sua giovinezza, i suoi sogni. Giulia era il suo presente, la sua realtà, la sua fantasia. Giulia era il figlio che sarebbe nato. Giulia era la vita.

Pensò ai lunghi giorni trascorsi senza di lei. «In realtà non ci siamo mai lasciati, amore mio. Qualunque cosa accada, non ci sarà mai niente e nessuno che possa separarci perché io ti porto sempre qui», disse indicando il suo cuore. «E qui», soggiunse portandosi una mano alla fronte.

«Lo so. È lo stesso anche per me», sorrise Giulia.

«Ci siamo comportati come due ragazzini egoisti e litigiosi. Ma adesso è finita», replicò Ermes. «Ti amo tanto, Giulia.»

Qualcuno bussò alla porta ponendo fine alle loro effusioni.

«Avanti», disse Ermes.

La porta si spalancò. Entrò un fattorino carico di scatole infiocchettate.

«Da parte della marchesa Manodori», annunciò il ragazzo guardandosi intorno in cerca di uno spazio dove deporre la sua cornucopia.

«Zaira mi ha mandato un corredo da sposa», scherzò indicando al fattorino il divano sotto la finestra. «Metta tutto lì sopra. E dica alla signora che la ringrazio», aggiunse.

Quando il ragazzo fu congedato con una lauta mancia, Giulia disse: «Dai, apriamo un po' di quelle scatole». Era eccitata come una bambina.

Le confezioni contenevano esattamente quello che la stilista aveva promesso: camicie e vestaglie di seta, pianelle di raso, talco e profumi.

C'era anche un biglietto: «Buon Natale a te, a Ermes e al vostro meraviglioso bambino».

Giulia assaporò il gusto della felicità. C'era Ermes vicino a lei, c'era quel personaggio sempre meno misterioso che era il suo bambino, c'erano la speranza e l'amore. Non più il sentimento caparbio e capriccioso di un momento, non il furore e le fiamme di un tempo ma quel tenero, dolcissimo legame che persiste attraverso molte vicissitudini e dura tutta una vita.

73

ERA un caldo e colorato mattino di maggio. Nel cortlle della casa di via Tiepolo, il sole penetrava squillante attraverso il glicine in fiore. Giulia sedeva su una poltroncina di vimini davanti alla macchina da scrivere. Indossava un abito pre-maman rosa intenso che sottolineava la sua condizione e la ringiovaniva.

Lavorava all'ultimo capitolo di un nuovo romanzo. Le sue dita volavano sui tasti. La storia fluiva dalla sua mente con estrema limpidezza e ogni giorno, quando terminava un capitolo, sapeva esattamente quello che avrebbe scritto il giorno dopo. Non le era mai accaduto di scrivere un romanzo con tanta immediatezza, senza sforzo. Sperò che anche la sua gravidanza si concludesse nell'identico modo.

Il suo ventre enorme, nonostante la impacciasse nei movimenti, era un fardello gradevole. A volte sentiva il bambino calciare contro la parete dell'utero e allora posava la mano sul punto corrispondente alla spinta e sorrideva. La vivacità del bambino le dava gioia.

L'ecografia aveva individuato il sesso del nascituro: una femmina.

Ermes e Giulia avevano accolto con gioia e commozione la notizia. Vivevano insieme dal giorno in cui si erano ritrovati.

Giulia sapeva che il parto era ormai imminente. Secondo i suoi calcoli mancavano soltanto sei giorni. Era stata dal dottor Morelli per una visita di controllo e il ginecologo aveva prenotato per lei una camera nel reparto di ginecologia della Clinica Milanese. Il suo bambino e il suo romanzo erano in dirittura d'arrivo. E tutto lasciava prevedere che il libro avrebbe tagliato per primo il traguardo. Se Giulia avesse scritto l'ultimo capitolo prima di sera, avrebbe avuto quasi una settimana di tempo per rivederlo prima di consegnarlo all'editore.

Era immersa in questi pensieri quando sentì una mano accarezzarle i capelli sulla nuca. Quel contatto la fece sussultare.

«Ciao, mammina. Come stai?»

«Un giorno o l'altro mi farai morire, con la tua mania di sbucare dal nulla», sorrise.

C'era Giorgio accanto a lei. In mano aveva un panino farcito di marmellata. Briciole di pane sulle labbra sottolineavano la sua golosità, facendolo sembrare più bambino dei suoi diciassette anni.

«A che punto siamo?» chiese il ragazzo.

«Sto finendo il romanzo», rispose invitandolo a sederle accanto.

«Mi riferivo al tuo pancione», precisò lui.

«Credo che li sfornerò insieme: libro e bambino. E tu a che punto sei?» domandò guardandolo negli occhi. Aveva uno sguardo sereno. Sorrideva spesso e la coccolava. Era proprio cambiato il suo ragazzo.

«Sto facendo un ripasso generale. La prossima settimana cominciano le interrogazioni di fine anno. Voglio farcela. Non posso avere esami a settembre. Tea e Marcello mi hanno invitato a Fontechiara per l'estate. Quei due ragazzi hanno bisogno di una mano. E io ho bisogno dell'atmosfera di Fontechiara. Non sai che animali meravigliosi sono i cavalli, mamma.»

«Non ho la tua esperienza», scherzò, «ma credo di saperlo», soggiunse ricordando il parto di Ortensia.

«Come vedi, non potrei permettermi esami di riparazione con tutto il lavoro che mi aspetta a Fontechiara.»

Era un piacere guardarlo e starlo ad ascoltare. Giulia ripensava al passato, a tutti i problemi e ai dolori che quel figlio le aveva dato, e le sembrava un sogno assistere a questa trasformazione straordinaria.

Si sorprendeva a scrutarlo con apprensione mentre si chiedeva se la nuova consapevolezza di Giorgio fosse definitiva.

«Non farne un dramma se per caso non sei promosso a giugno», lo rincuorò.

«Penso di farcela. A proposito, potresti parlare con la mia insegnante di lettere? Eh, mamma? Tu sai dire le parole giuste al momento opportuno. Sennò a che cosa serve una mamma importante?» si strusciò contro di lei scherzosamente per convincerla.

«Che cosa dovrei dirle?»

«Di non essere spietata nelle interrogazioni, per esempio. Farmi capire su quale punto debbo prepararmi.»

«Vedrò quello che posso fare», sorrise Giulia.

«Sapevo di poter contare su di te», disse lui alzandosi. «Torno in camera mia a studiare», aggiunse trangugiando l'ultimo boccone.

Fu allora che Giulia sentì una fitta alle reni. Un dolore acuto e violentissimo. Ma passò subito. Fu talmente rapido da farle pensare che si fosse trattato di un'impressione. Eppure quella fitta per un attimo le aveva tolto il respiro. Si rasserenò e alzò il viso verso il figlio per ricevere un bacio.

Giorgio era rientrato in casa e lei riprese a scrivere. Passarono alcuni minuti e un'altra fitta, meno dolorosa ma più insistente, le attraversò le reni.

«Oddio, ci siamo», disse bloccandosi. Anche quando era nato Giorgio, le doglie erano cominciate nello stesso modo.

Giulia decise di non dare ascolto a quei segnali che potevano dipendere da cause diverse. Un colpo d'aria, per esempio. Continuò a martellare la sua fedele Valentina rossa. Scrisse quasi mezza cartella prima che una terza fitta, più prolungata delle precedenti, l'aggredisse.

È inutile nascondersi dietro un dito, pensò. Ci siamo proprio. E sorrise pensando che, se il bambino avesse avuto la bontà di aspettare qualche ora, sarebbe riuscita a finire il romanzo.

Si alzò, entrò in casa e chiamò Ambra.

«Me lo prepareresti un tè?» chiese. E aggiunse: «E un panino con la marmellata come quello che hai dato a Giorgio».

«Adesso fai anche merenda?» si stupì la donna.

«Eccezionalmente sì», rispose Giulia dirigendosi verso il suo studio. Telefonò al dottor Morelli.

«Mi dispiace, signora de Blasco», l'avvertì l'infermiera. «Il dottore non c'è. Può aspettare fino a domani?»

«Io potrei. È il mio bambino che non può», disse trattenendo il respiro perché un'altra fitta le aggrediva le reni. «Credo che voglia nascere adesso.»

«Si faccia portare subito in clinica, signora. C'è il ginecologo di turno. Intanto cerco di rintracciare il dottor Morelli.»

Giulia andò in cucina, bevve un sorso di tè. Poi chiese ad Ambra: «È pronta la mia borsa?»

«Quale borsa?» si stupì.

«Credo che dovrai accompagnarmi in clinica», disse. Il suo tono era pacato, sorridente.

«Le doglie?» si allarmò Ambra.

«Credo proprio di sì», ammise Giulia.

«Allora sbrighiamoci. Che cosa aspetti?»

«Il panino lo mangerò un'altra volta», concluse un po' contrariata.

Giulia era in sala travaglio. Aveva perso le acque e il dottor Morelli auscultava con lo stetoscopio il battito cardiaco del nascituro. Lei respirava con respiri brevi e frequenti, come le era stato insegnato nel corso di preparazione al parto. Ermes le si avvicinò.

«Come stai?» chiese piano.

«Male, grazie», lei rispose.

Aveva l'espressione tirata per il dolore e la tensione, la fronte imperlata di sudore. I dolori erano molto forti e sempre più ravvicinati.

«Stringi forte la mia mano», disse lui. Indossava il camice e un'infermiera gli stava annodando al collo una mascherina.

«Io credo che questo bambino lo farò qui, Ermes», minacciò Giulia, «lo farò adesso, subito, se non vi sbrigate a portarmi in sala parto.»

Ermes guardò il ginecologo che annuì.

«Andiamo a far nascere questa bambina», disse Morelli facendo un cenno alla levatrice.

«Ho paura», disse Giulia stringendo la mano di Ermes.

«È normale. Non c'è motivo di preoccuparsi», la rassicurò. «E poi hai già avuto un bambino. Sai come vanno queste cose», le sussurrò.

«È stato tanto tempo fa», si lamentò lei.

Era notte, ormai, e il travaglio durava da diverse ore. Era sfinita. In sala parto la misero su un lettino e le fecero poggiare le gambe sulle apposite staffe. E lei non riuscì a trattenere un grido.

Uno sguardo d'intesa passò tra Ermes e il ginecologo che aveva già praticato un'incisione per facilitare il passaggio del nascituro senza lacerazioni.

«Vedo la testa», annunciò Morelli. «Spinga, signora, con tutte le sue forze», la incitò.

Giulia concentrò su quella spinta tutta la potenza dei suoi addominali. E sentì subito un sollievo.

«La testa è fuori», le disse Ermes mentre le asciugava il sudore sulla fronte con una garza sterile.

Seguì un'altra spinta dolorosa e, infine, la liberazione seguita, alcuni istanti dopo, dal pianto disperato della bambina.

«Nostra figlia è nata», disse Ermes sollevandola in alto. «È bellissima.»

Il ginecologo stava ricucendo le ferite del parto, mentre due infermiere lavavano nell'apposita vaschetta la bambina che urlava con tutte le sue forze.

«Come stai, adesso?» chiese Ermes chinato su Giulia.

«Stanca», lei rispose con un pallido sorriso, «ma felice.»

Un'infermiera le mise accanto un corpicino arrossato e grinzoso.

«Non mi hai ancora detto come si chiama», disse Ermes felice.

«Se ti va bene, la chiamerei Carmen, come mia madre», lei rispose in un soffio stringendo a sé la sua bambina.

«Sì Giulia, la chiameremo Carmen», confermò l'uomo chinandosi a sfiorare madre e figlia.

Carmen e Giulia navigavano in un mare sereno, inondato di sole. I pensieri bui erano ormai lontani. Forse non erano mai esistiti. Una donna e una bambina avrebbero conosciuto insieme lo splendore della vita.

Della stessa autrice

Anna dagli occhi verdi

Il Barone

Saulina (Il vento del passato)

Come stelle cadenti

Disperatamente Giulia

Donna d'onore

E infine una pioggia di diamanti

Lo splendore della vita

Il Cigno Nero

Come vento selvaggio

Il Corsaro e la rosa

Caterina a modo suo

Lezione di tango

Vaniglia e cioccolato

Vicolo della Duchesca

6 aprile '96

Qualcosa di buono

Rosso corallo

Rosso corallo (Edizione illustrata)

Singolare femminile

Il gioco delle verità

Mister Gregory

Un amore di marito

Léonie

Giulia per sempre
(*Disperatamente Giulia, Lo splendore della vita*)

Il Diavolo e la rossumata

Palazzo Sogliano

La moglie magica

La vigna di Angelica

Il bacio di Giuda

Dieci e lode

Festa di famiglia

Suite 405